C H V

# Umberto Eco
# Über Gott und die Welt

Essays und Glossen

*Aus dem Italienischen von*
*Burkhart Kroeber*

Carl Hanser Verlag

Die Originale der hier versammelten Texte finden sich in den Essaybänden: *Il costume di casa, Dalla periferia dell'Impero* und *Sette anni di desiderio*, alle Bompiani, Mailand


ISBN 3-446-13933-8
4. Auflage 1986

Umschlag: Klaus Detjen
Foto: Hearst Castle, Kalifornien

Satz: LibroSatz, Kriftel/Taunus
Druck und Bindung: May + Co, Darmstadt

# Inhalt

## IV. Nachrichten aus dem Weltdorf



## V. Beim Lesen der Dinge



## VI. De Consolatione Philosophiae

# I

# Auf dem Wege zu einem Neuen Mittelalter

Neuerdings hat man in verschiedenen Kreisen begonnen, von unserer Epoche als von einem neuen Mittelalter zu sprechen. Die Frage ist, ob es sich dabei um eine Prognose oder um eine Feststellung handelt. Mit anderen Worten: Sind wir bereits in das Neue Mittelalter eingetreten, oder steht uns, wie es Roberto Vacca vor kurzem in einem beunruhigenden Buch ausgedrückt hat, ein »Mittelalter in naher Zukunft« bevor? Vaccas These bezieht sich auf den Verfall der großen Systeme, die für das technologische Zeitalter typisch sind: zu ausgedehnt und komplex, um von einer zentralen Autorität im ganzen koordiniert oder auch nur im einzelnen von einem effizienten Management kontrolliert zu werden, seien sie zum Kollaps verurteilt und bewirkten im gleichen Maße, wie sie ihm näher kämen, unweigerlich einen Rückschritt der ganzen industriellen Zivilisation. Überprüfen wir die apokalyptischste Hypothese, die Vacca in einem Szenario von großer Eindringlichkeit entwirft.

## 1. Projekt einer Apokalypse

Eines Tages wird es in den Vereinigten Staaten dazu kommen, daß die Koinzidenz einer Verstopfung der Straßen mit einer Lähmung des Bahnverkehrs die Ablösungsmannschaft eines großen Flughafens daran hindert, ihren Arbeitsplatz zu erreichen. Vom Streß überwältigt, verursachen die nicht abgelösten Fluglotsen einen Zusammenstoß zweier Jumbos, die auf eine Hochspannungsleitung stürzen, deren Ladung, verteilt auf andere, schon überlastete Leitungen einen Blackout bewirkt, wie ihn die Stadt New York bereits vor einigen Jahren erlebte. Nur ist er diesmal noch gründlicher und dauert mehrere Tage. Da es schneit und die Straßen verstopft bleiben, bilden die Autos gigantische Knäuel. In den Büros entzünden die Leute offene Feuer, um sich zu wärmen, es kommt zu Bränden, die nicht gelöscht werden können, da die

Feuerwehr sie nicht erreicht. Unter dem Ansturm von fünfzig Millionen Eingeschlossenen, die sich gegenseitig anzurufen versuchen, bricht das Telefonnetz zusammen. Es beginnen Märsche im Schnee mit Toten am Wegrand.

Von aller Versorgung abgeschnitten, versuchen die wandernden Horden, sich Unterkünfte und Lebensmittel zu beschaffen, die Zigmillionen in Amerika frei verkauften Schußwaffen treten in Aktion; die Streitkräfte übernehmen die Macht, doch auch sie erliegen der allgemeinen Paralysierung. Supermärkte werden geplündert, die Kerzenbestände in den Häusern gehen zur Neige, die Zahl der Erfrorenen, der Verhungerten und der Toten in den überfüllten Kliniken steigt. Nach ein paar Wochen, wenn die Normalität wieder notdürftig hergestellt ist, beginnen die zahllosen Leichen in den Städten und auf dem Lande, Epidemien zu verbreiten, es drohen Seuchen im Ausmaß der Schwarzen Pest, die im 14. Jahrhundert zwei Drittel der europäischen Bevölkerung dahinraffte. Angstpsychosen entstehen, ein neuer McCarthyismus kommt auf, der den alten an Brutalität noch weit übertrifft. Das politische Leben, in die Krise getreten, zerfällt in eine Vielzahl autonomer und von der Zentralmacht unabhängiger Subsysteme mit Söldnermilizen und Selbstjustiz. Während die Krise sich ausbreitet, sind es die Bewohner der unterentwickelten Zonen, die leichter mit ihr zurandekommen, da sie schon vorher gelernt hatten, sich unter schwierigen Lebens- und Konkurrenzbedingungen durchzuschlagen, und so kommt es zu großräumigen Migrationen mit Rassenvermischungen und -fusionen, Importen und Ausbreitung neuer Ideologien. Nachdem die Kraft der Gesetze erloschen ist und die Kataster zerstört sind, stützt sich das Eigentum nur noch auf das Recht der »Usukapion«, das heißt des Besitzerwerbs durch »Ersitzung« nach dem Motto »wer hat, der hat«; zugleich reduziert der rasche Verfall die Städte auf eine Serie von Ruinen im Wechsel mit Häusern, die noch bewohnbar sind und jeweils von denen bewohnt werden, die sich ihrer bemächtigen, während lokale Autoritäten noch eine gewisse Macht behalten können, indem sie abgeschirmte Bezirke und kleine Festungen bilden. An diesem Punkt ist man schon tief in feudalen Strukturen, die Bündnisse zwischen lokalen Mächten beruhen auf

Kompromissen und nicht auf dem Recht, die individuellen Beziehungen gründen auf Aggressionen, auf Freundschaftsbündnissen oder Interessengemeinschaften, elementare Bräuche der Gastlichkeit für den Wanderer bilden sich neu.

Angesichts dieser Perspektive, meint Vacca, sei es zwingend geboten, Äquivalente der alten Klostergemeinschaften zu entwickeln, die sich ab sofort inmitten des allgemeinen Verfalls darin üben, die wissenschaftlichen und technischen Kenntnisse, die zur Heraufkunft einer neuen Renaissance erforderlich sind, zu wahren und weiterzugeben. Wie diese Kenntnisse organisiert werden können, wie man verhindert, daß sie im Laufe der Weitergabe verkommen oder von gewissen Gruppen zu partikulären Zwecken mißbraucht werden, diese und andere Probleme sind das Thema der letzten (und großenteils anfechtbaren) Kapitel des Buches vom »Mittelalter in naher Zukunft«. Doch die Frage ist, wie eingangs erwähnt, eine andere: Vor allem gilt es zu klären, ob Vaccas Szenario eine apokalyptische Zukunftsvision darstellt oder eine Emphatisierung von Prozessen, die bereits laufen. Im weiteren geht es darum, den Begriff des Mittelalters von der negativen Aura zu befreien, die ihm eine gewisse Kulturpublizistik im Geiste der Renaissance umgehängt hat. Versuchen wir also zunächst zu klären, was unter Mittelalter zu verstehen ist.

## 2. Alternativprojekt eines Mittelalters

Als erstes stellen wir fest, daß der Ausdruck zwei recht verschiedene Zeitabschnitte umfaßt: Der eine reicht vom Zerfall des Weströmischen Reiches bis zur Jahrtausendwende und ist eine Zeit der Krise, des Niedergangs, der gewaltsamen Einnistung ganzer Völker und des Zusammenpralls von Kulturen; der andere reicht von der Jahrtausendwende bis zum Beginn der Epoche, die man in der Schule als Humanismus bezeichnet, und nicht zufällig sehen ihn viele Historiker schon wieder als eine Zeit der Blüte; ja sie sprechen sogar von drei Renaissancen, einer karolingischen, einer zweiten im 11. und 12. Jahrhundert und einer dritten, die wir als die »eigentliche« Renaissance zu sehen gewohnt sind.

Angenommen, es gelänge, das Mittelalter synthetisch in eine Art abstraktes Modell zu fassen: welcher der beiden Phasen entspräche dann unsere Zeit? Jede Suche nach einer Punkt für Punkt genauen Entsprechung wäre naiv, schon weil wir in einer Zeit leben, in der sich die Prozesse enorm beschleunigt haben; was heute in fünf Jahren geschieht, kann einer Entwicklung entsprechen, die damals fünf Jahrhunderte brauchte. Außerdem hat sich das »Zentrum der Welt« auf den ganzen Globus erweitert, heutzutage leben Kulturen, Zivilisationen und verschiedene Entwicklungsstadien miteinander, und in Begriffen des Alltagsverstandes sind wir geneigt, von »mittelalterlichen Verhältnissen« in einem Land wie Bengalen zu sprechen, während wir etwa New York als ein blühendes Babylon sehen oder Peking als das Modell einer neuen Renaissancekultur. Folglich muß der Vergleich, wenn er angestellt werden soll, zwischen ausgewählten Momenten und Situationen unserer globalen Zivilisation einerseits und andererseits verschiedenen Momenten eines Geschichtsprozesses, der vom 5. bis zum 14. Jahrhundert der christlichen Ära reichte, gezogen werden. Gewiß mag es recht akademisch erscheinen, einen bestimmten geschichtlichen Augenblick (heute) mit einem Zeitraum von beinahe einem Jahrtausend zu vergleichen, und akademisch wäre es auch, wenn es dabei bliebe. Doch wir versuchen hier, eine Art hypothetisches »Projekt Mittelalter« zu entwickeln (gleichsam als wollten wir uns ein Mittelalter errichten und überlegten nun, welche Zutaten nötig sind, um ein möglichst plausibles und leistungsfähiges herzustellen).

Freilich wird dieses Projekt oder Modell die charakteristischen Merkmale aller im Labor erzeugten Geschöpfe haben: Es wird das Ergebnis einer Auswahl sein, und die Auswahl wird von einem Ziel abhängen. In unserem Fall ist das Ziel die Herstellung eines historischen Bildes, an dem wir Tendenzen und Situationen unserer Zeit messen können. Es wird ein Spiel im Labor sein, aber niemand hat je im Ernst behauptet, daß Spiele nutzlos seien. Spielend lernt das Kind, sich in der Welt zurechtzufinden, eben weil es in der Fiktion durchspielt, was es in der Wirklichkeit später zu tun gezwungen sein wird.

Was brauchen wir alles, um ein gutes Mittelalter zu fabrizieren? Vor allem zunächst einen Großen Frieden, der brüchig zu werden beginnt, eine Weltmacht, die den vorhandenen Weltkreis als Sprache, als ein Ensemble von Sitten und Bräuchen, Ideologien und Religionen, Kunst und Technik vereinigt hatte und die nun an einem bestimmten Punkt aufgrund ihrer eigenen unregierbaren Komplexität zerfällt. Sie zerfällt, weil an den Grenzen die »Barbaren« drängen, die nicht zwangsläufig unkultiviert sein müssen, aber neue Sitten und Weltanschauungen mitbringen. Diese Barbaren können gewaltsam eindringen, um sich eines Reichtums zu bemächtigen, der ihnen bisher verwehrt war; oder sie können langsam in den sozialen und kulturellen Körper der herrschenden Pax einsickern und dabei neue Glaubensformen und Lebensperspektiven verbreiten. Als das römische Reich zu zerfallen begann, war es nicht von der christlichen Ethik unterminiert; es hatte sich selber unterminiert, indem es synkretistischerweise sowohl die alexandrinische Hochkultur als auch die orientalischen Mithras- oder Astarte-Kulte aufnahm, indem es mit der Magie herumspielte, mit den neuen Sexualethiken, mit verschiedenen Heilsbildern und Erlösungshoffnungen. Es hatte sich neue Rassenelemente einverleibt, es hatte unter dem Druck der Verhältnisse viele starre Klassentrennungen aufgehoben, es hatte die Unterschiede zwischen Bürgern und Nichtbürgern, zwischen Patriziern und Plebejern verringert, es hatte zwar die Verteilung der Reichtümer aufrechterhalten, aber die der Funktionen und sozialen Rollen durchlässiger gemacht, und es hatte auch gar nicht anders gekonnt. Es hatte rasche Akkulturationsphänomene erlebt, es hatte Männer an die Regierung gelassen, die zweihundert Jahre vorher noch als rassisch minderwertig gegolten hätten, es hatte zahlreiche Theologien entdogmatisiert. Im selben Augenblick konnten die Herrschenden zu den klassischen Göttern beten, die Soldaten zu Mithras und die Sklaven zu Jesus. Instinktiv verfolgte man zwar den Glauben, der auf lange Sicht am tödlichsten für das System erschien, doch in der Regel herrschte durchaus eine große repressive Toleranz, die alles an- und aufzunehmen erlaubte.

Der Zerfall des Großen Friedens (der militärischen und zivilen, sozialen und kulturellen Pax Romana) eröffnete zwar eine Zeit ökonomischer Krisen und politischer Machtkarenzen, aber nur eine berechtigte antiklerikale Reaktion hat uns das »finstere Mittelalter« so finster zu sehen erlaubt; faktisch war auch das frühe Mittelalter vor der Jahrtausendwende (vielleicht sogar mehr als das spätere) eine Zeit enormer geistiger Vitalität voll faszinierender Dialoge zwischen barbarischen Zivilisationen, römischem Erbe und christlich-orientalisch geprägten Fermenten, eine Zeit der Reisen und der Begegnungen (mit den irischen Mönchen, die kreuz und quer durch Europa zogen und Ideen verbreiteten, Lesekenntnisse förderten, allen möglichen Unsinn erfanden . . .). Kurzum, hier wuchs der moderne abendländische Mensch heran, und in diesem Sinne kann das Modell eines Mittelalters uns nützen, zu begreifen, was heutzutage geschieht: Im Zerfall eines Großen Friedens kommt es zu Krisen und Unsicherheit, verschiedene Zivilisationen stoßen zusammen, und langsam entsteht das Bild eines neuen Menschen. Es tritt erst später in voller Klarheit zutage, aber die Grundzüge sind schon da und brodeln in einem dramatischen Kessel. Boethius, der Pythagoras unter die Leute bringt und Aristoteles nachliest, wiederholt nicht einfach nur sklavisch die Lektion der Vergangenheit, sondern erfindet eine neue Art, Kultur zu betreiben, und während er sich als der letzte Römer gebärdet, gründet er faktisch die erste Studienstätte am Hof der Barbaren.

## 3. Krise der Pax Americana

Daß wir heute die Krise der Pax Americana erleben, ist mittlerweile Gemeinplatz der kritischen Zeitgeschichte. Es wäre kindisch, die »neuen Barbaren« in ein präzises Bild fixieren zu wollen, schon wegen des negativen und irreführenden Klanges, den der Ausdruck »Barbaren« noch immer in unseren Ohren hat. Sind es die Chinesen oder die Völker der Dritten Welt, die protestierenden Jugendlichen oder die »Gastarbeiter« beziehungsweise, in einem Land wie Italien, die Immigranten aus dem Mezzogiorno, die in Turin ein neues Piemont erzeugen, das niemals zuvor existiert hat? Und drängen sie nur an den Grenzen (wo sind die Grenzen?), oder sind sie bereits im Innern des sozialen Körpers am Werk? Andererseits, wer waren die Barbaren in den Jahrhunderten der Dekadenz des Römischen Reiches? Die Hunnen, die Goten oder die asiatischen und afrikanischen Völker, die mit ihrem Handel und ihren Religionen mehr und mehr auch die Zentrale des Reiches erfaßten? Das einzige, was mit Sicherheit damals verschwand, war die Figur des klassischen Römers, so wie heute der klassische Liberale verschwindet, der Unternehmer angelsächsischer Zunge, der in *Robinson Crusoe* sein erstes Epos gefunden hatte und in Max Weber seinen Vergil.

Gewiß, in den Villen und Bungalows von Suburbia verkörpert der mittlere Angestellte mit Bürstenhaarschnitt noch den aufrechten Römer, aber sein Sohn läuft bereits mit langen Indianerhaaren und mexikanischem Poncho herum, spielt die indische Sitar, liest buddhistische Texte oder leninistische Fibeln und bringt es oft fertig (ähnlich wie seine Vorfahren im zerfallenden Römischen Reich), mit gleicher Inbrunst Hermann Hesse, die Tierkreiszeichen, die Alchimie, das Mao-Tsetung-Denken, den Marihuana-Joint und die Stadtguerilla-Techniken zu verehren; man lese nur Jerry Rubins *Do it!* oder denke an die Programme der »Alternate University«, die vor zwei Jahren in New York Seminare über Marx, die kubanische Ökonomie und die Astrologie veranstaltete. Andererseits läßt sich auch der Vater, dieser letzte noch überlebende Römer, in Momenten der Langeweile auf Spielereien mit Partnertausch ein und erschüttert so das Modell der puritanischen Familie.

Eingefügt in eine große Korporation (ein zerfallendes Großsystem) erlebt dieser Römer mit Bürstenhaarschnitt faktisch bereits die totale Dezentralisierung und Krise der Zentralmacht (oder -mächte), die nur noch eine Fiktion ist (wie einst das späte Imperium) und ein System von immer abstrakteren Prinzipien. Man lese die einschlägigen Analysen der Gesellschafts- und Politikwissenschaftler, zumal den beeindruckenden Essay des italienischen Soziologen Furio Colombo (*Potere, gruppi e conflitto* *nella società neo-feudale**), aus dem die Zeitgenossenschaft einer typisch neo-medievalen Situation sehr klar hervorgeht. Aber auch ohne Soziologie zu betreiben wissen wir alle, in welchem Maße bei uns die Regierungsentscheidungen oft nur noch formaler Natur sind – im Gegensatz zu den scheinbar peripheren Entscheidungen großer Konzerne, die nicht zufällig schon beginnen, sich ihre privaten Telefonnetze zu schaffen, womöglich unter Benutzung der öffentlichen, und ihre privaten Hochschulen, finalisiert zur Erzeugung brauchbarerer Resultate, als sie angesichts des Scheiterns der staatlichen Bildungspolitik zu erwarten sind. Und in welchem Maße heutzutage die Politik des Pentagon oder des FBI ganz unabhängig von der des Weißen Hauses vorgehen kann, steht jeden Tag in den Zeitungen.

»Der Handstreich der technologischen Macht hat die Institutionen ausgehöhlt und das Zentrum der sozialen Struktur veröden lassen«, schreibt Colombo, und die Macht »organisiert sich offen außerhalb der zentralen und mittleren Zone des sozialen Körpers«. Sie verlagert sich immer mehr »in eine von allgemeinen Aufgaben und Verantwortlichkeiten freie Zone und enthüllt damit offen und unversehens den akzessorischen Charakter der Institutionen«.

Appelle erfolgen nicht mehr unter Berufung auf amtliche Hierarchien oder staatlich kodifizierte Funktionen, sondern unter Berufung auf ein Prestige und effektive Pressionen. Colombo zitiert den Fall der New Yorker Gefängnisrevolte vom Oktober 1970, als die institutionelle Autorität in Gestalt von Oberbürgermeister John Lindsay nur noch durch Appelle zur Mäßigung eingreifen konnte, während der Ausgleich – zwischen Gefangenen und Wärtern zuerst, dann zwischen Journalisten und Gefängnisbehörden – effektiv durch Vermittlung des Fernsehens erfolgte.

* »Macht, Gruppierungen und Konflikt in der neofeudalen Gesellschaft«, in: *Documenti su il nuovo medioevo*, Bompiani, Mailand 1973, ein Sammelband, in dem auch der vorliegende Essay erschienen ist.

Im Wechselspiel dieser privaten Interessen, die sich selbst verwalten und dabei zu Kompromissen und Gleichgewichten gelangen können, geschützt von Privatpolizeien und Söldnertruppen und ausgerüstet mit eigenen rundum befestigten Sammel- und Verteidigungszentren, erleben wir heute das, was Colombo eine fortschreitende »Vietnamisierung der Territorien« nennt, das heißt eine zunehmende Einigelung und Befestigung der privaten Reviere gegen die Schläge neuer Freikorps (wer oder was sind die »Minutemen« und die »Black Panthers«?). Man probiere nur einmal, mit einer Maschine der TWA in New York zu landen: Man kommt in eine völlig private Welt, eine selbstverwaltete Kathedrale, die nicht das geringste mit dem Terminal der PanAm zu tun hat. Die Zentralmacht, von der TWA besonders stark unter Druck gesetzt, liefert der Fluggesellschaft eine schnellere Paß- und Zollabfertigung als den anderen. *Fly TWA and you enter United States in five minutes!* – mit anderen Fluggesellschaften braucht man dafür eine Stunde. Alles hängt davon ab, welchem fliegenden Feudalherrn man sich anvertraut, und die »Gesandten des Herrn« (die auch mit Befugnis zu ideologischer Verdammung und Absolution ausgestattet sind) befreien die einen von Bannflüchen, die für die anderen viel dogmatischer unaufhebbar sind.

Man muß nicht erst nach Amerika gehen, um zu erkennen, wie sehr sich das Äußere etwa der Schalterhalle einer Bank in Mailand oder Turin verändert hat, oder um zu ermessen, wenn man zum Beispiel das Hauptgebäude der RAI in Rom zu betreten versucht, was für ein Kontrollsystem, verwaltet von inneren Sicherheitskräften, man heute passieren muß, bevor man den Fuß in eine überdurchschnittlich befestigte Burg setzen kann. Das Beispiel der Fortifizierung und Prämilitarisierung großer Fabriken ist auch bei uns inzwischen Alltagserfahrung. Der gewöhnliche Polizist mag noch dienlich sein oder nicht, er bekräftigt die symbolische Präsenz der Zentralmacht, die manchmal auch wirksamer »weltlicher Arm« werden kann, doch meistens genügen die inneren Söldnertruppen. Wird eine Ketzerfestung dann allzu peinlich (wie die Mailänder Staatsuniversität mit ihrem »de facto« privilegierten Freiraum), so greift die Zentralmacht ein, um die Autorität des Bildes vom Staat wiederherzustellen; doch in die Mailänder Architekturfakultät, die sich in eine Trutzburg verwandelt hatte, ist sie erst eingedrungen, als Feudalherren unterschiedlicher Provenienz, Konzerne, Zeitungen, örtliche Christdemokratie, beschlossen hatten, daß die feindliche Trutzburg geschleift werden müsse. Erst in diesem Moment bemerkte die Staatsmacht (oder tat so, als wäre sie zu der Überzeugung gelangt), daß die Situation seit Jahren illegal war, und erhob Anklage gegen den Fakultätsrat. Solange der Druck von seiten großer Feudalherren noch nicht unerträglich geworden war, hatte man dieses kleine Lehen verirrter Tempelritter oder, wenn man so will, dieses Kloster wildgewordener Mönche ungeschoren gelassen, auf daß es sich selbst verwalte mit seinen Regeln und Fastengebräuchen oder Freizügigkeiten.*

* Die Studenten protestieren, weil die Hörsäle überfüllt sind und der Lehrplan zu autoritär ist. Die Professoren sind bereit, die Arbeit in Seminaren mit den Studenten zu organisieren, aber die Polizei greift ein. Bei einem Zusammenstoß kommen fünf Studenten ums Leben (Anno 1200). Eine Reform wird verabschiedet, die den Professoren und Studenten Autonomie zubilligt; einem Kandidaten, der von sechs Professoren vorgeschlagen wird, darf der Kanzler nicht die Lehrbefugnis verweigern (Anno 1215). Der Kanzler von Notre-Dame verbietet die Bücher von Aristoteles. Die Studenten stürmen ein Lokal, weil die Preise angeblich zu hoch sind, und verwüsten es. Der Polizeiprofoß interveniert mit einer Kompanie Bogenschützen und verletzt Passanten. Aus den Gassen ringsum strömen Studenten herbei, reißen das Pflaster auf und greifen die Polizei mit Steinen an. Der Polizeiprofoß ordnet die Räumung an, drei Studenten werden getötet. Generalstreik an der Universität, Verbarrikadierung im Gebäude, Delegation zur Regierung. Studenten und Professoren wandern ab in Universitäten an der Peripherie. Nach langwierigen Verhandlungen erläßt der König ein Gesetz, das den Studenten billige Unterkünfte garantiert und Kollegien sowie Mensen schafft (März 1229). Die Bettelorden besetzen drei von zwölf Lehrstühlen. Revolte der weltlichen Dozenten, die sie beschuldigen, eine Ordinarien-Mafia zu bilden (1252). Im Jahr darauf kommt es zu einem heftigen Kampf zwischen Studenten und Polizei, die weltlichen Dozenten streiken aus Solidarität, während die Ordens-Ordinarien ihre Vorlesungen fortsetzen (1253). Die Universität gerät in Konflikt mit dem Papst, der mit den geistlichen Professoren konform geht, aber schließlich muß Alexander IV. das Streikrecht konzedieren, wenn der Streik von der Fakultätsversammlung mit Zweidrittelmehrheit beschlossen wird. Einige Professoren wehren sich gegen die Konzession und werden abgesetzt: Guillaume de Saint-Amour, Eudes de Douai, Chrétien de Beauvais und Nicolas de Bar-sur-Aube gehen vor Gericht. Die abgesetzten Professoren publizieren ein Weißbuch unter dem Titel *Die Gefahr der jüngsten Zeiten*, aber das Buch wird in einer Bulle von 1256 als »ruchlos, kriminell und abscheulich« verdammt (vgl. Gilette Ziegler, *Le défi de la Sorbonne*, Julliard, Paris 1969).

Vor einem Jahr hat der italienische Geograph Giuseppe Sacco das Thema der »Medievalisierung der Stadt« entfaltet: Eine Reihe von Minderheiten, die sich der Integration verweigern, schließen sich zu Clans zusammen, und jeder Clan verschanzt sich in einem Stadtteil, der dann zu seinem (oft unzugänglichen) Zentrum wird; so kommt es zur Bildung mittelalterlicher »Contraden« (Sacco lehrt in Siena). Auf den Clangeist rekurrieren andererseits auch die wohlhabenden Klassen, die sich, dem Naturmythos folgend, aus der Stadt ins Grüne zurückziehen, das heißt in Gartenviertel mit autonomen Supermärkten, wo sie andere Typen von Mikrogesellschaften bilden.

Auch Sacco greift das Thema der Vietnamisierung der Territorien auf, die zu permanenten Spannungsgebieten werden, wenn der gesellschaftliche Konsens zerbricht: Eine der Reaktionen des Staates ist die Tendenz zur Dezentralisierung der großen Universitäten (eine Art »Entlaubung« von Studenten), um gefährliche Massenzusammenballungen zu verhindern. In dieser permanenten Bürgerkriegssituation, beherrscht von Zusammenstößen gegensätzlicher Minderheiten ohne Zentrum, nähern sich unsere Städte immer mehr jenem Zustand, den wir bereits in einigen an die Guerilla gewöhnten Städten Lateinamerikas finden können, »wo die Zerstückelung des sozialen Körpers treffend dadurch symbolisiert wird, daß die Pförtner der großen Apartmenthäuser gewöhnlich mit Maschinenpistolen bewaffnet sind«. In denselben Städten »muten die öffentlichen Gebäude, etwa die Präsidentenpaläste, bisweilen wie Festungen an, umgeben von einer Art Sperrzone, die sie vor Bazooka-Angriffen schützen soll«.

Natürlich muß unsere Parallele zum Mittelalter so scharf gezogen werden, daß sie nicht die symmetrisch entgegengesetzten Bilder zu fürchten braucht. Denn während das andere Mittelalter einen engen Zusammenhang zwischen Bevölkerungsrückgang, Verödung der Städte und Hungersnot auf dem Lande, Kommunikationsschwierigkeiten, Verfall der römischen Straßen und Poststationen und Krise der zentralen Kontrolle sah, scheint sich heute (angesichts und im Vorfeld der Krise des zentralen Machtapparates) das Gegenteil abzuzeichnen: eine Bevölkerungsexplosion, die sich mit einer explosionsartigen Vermehrung der Kommunikations- und Verkehrsprozesse verbindet und somit die Städte nicht durch Zerstörung und Verödung unbewohnbar macht, sondern durch Verstopfung und übermäßige Aktivität. An die Stelle des Efeus, das die verfallenden Baudenkmäler früherer Zeiten zerfraß, treten heute die Luftverschmutzung und die Berge von Abfall, die unsere neuen Großbauwerke verunstalten und ersticken; die Städte füllen sich mit Immigranten, aber die alten Einwohner ziehen aus und kommen nur noch zur Arbeit herein, um nach Feierabend so schnell wie möglich in ihre Vorstädte zu enteilen (die immer stärker befestigt werden nach dem Massaker von Bel Air). Manhattan wird, wenn es so weitergeht, bald nur noch von Schwarzen bewohnt sein und Turin von Süditalienern, während ringsum auf den Hügeln und in den Ebenen neue Adelsburgen entstehen, verbunden mit neuen Nachbarschaftsbräuchen und gegenseitigem Mißtrauen und großen Gelegenheiten zu feierlich-zeremonieller Begegnung.

## 5. Der ökologische Verfall

Auf der anderen Seite leiden die Großstädte, auch wenn sie heute nicht mehr von kriegerischen Barbaren geplündert oder von Feuersbrünsten verheert werden, unter Wasserknappheit, krisenanfälliger Stromversorgung und Verkehrsverstopfungen. Vacca verweist auf die Existenz subversiver Underground-Gruppen, die im Bestreben, die technologische Massengesellschaft an der Basis zu treffen, zur Provozierung von Blackouts aufrufen, etwa indem sie empfehlen, möglichst viele elektrische Haushaltsgeräte gleichzeitig zu benutzen und die Wohnung durch Offenlassen der Kühlschranktür frisch zu halten. Gewiß hat Vacca vollkommen recht, wenn er als Wissenschaftler bemerkt, daß bei offenstehender Kühlschranktür die Temperatur nicht sinkt, sondern steigt; aber die heidnischen Philosophen hatten bedeutend ernstere Einwände gegen die sexuellen oder ökonomischen Theorien der ersten Christen vorzubringen, und dennoch bestand das Problem nicht darin, die Wirksamkeit ihrer Theorien zu prüfen, sondern zu klären, wie man den Absentismus und das Verweigern der Mitarbeit, wenn sie ein gewisses Maß überschritten, wirksam bekämpfte. Vor kurzem wurden bei uns Professoren gemaßregelt, weil ihre Weigerung, bei Fakultätsversammlungen die Absenzen zu registrieren, einer Absage an den Kult der alten Götter gleichkam. Was die Machthaber fürchten, wenn sie den Willen zur Sabotage der traditionellen Ordnung und zur Einführung neuer Gebräuche sehen, ist die Aushöhlung der Rituale und der Mangel an förmlicher Reverenz vor den Institutionen.

Kennzeichnend für das frühe Mittelalter war auch ein rascher Verfall der Technologie und eine zunehmende Verarmung des Landes. Eisen war knapp, und ein Bauer, der seine einzige Sichel in einen Brunnen fallen ließ, mußte auf den wundertätigen Eingriff eines Heiligen warten, der sie ihm wieder heraufholte (wie es von Legenden bezeugt wurde), andernfalls hatte sein Erdenleben ein Ende. Die Bevölkerung nahm rapide ab, erst nach der Jahrtausendwende begann sie wieder zu wachsen, und zwar genau dank der Einführung neuer Anbaumethoden, vor allem des Anbaus von Bohnen und Linsen mit hohem Nährgehalt, ohne die Europa an konstitutioneller Schwäche gestorben wäre (das Verhältnis von Bohnen und kultureller Erneuerung ist entscheidend). Die heutige Parallele kommt aus entgegengesetzter Richtung zum gleichen Ergebnis: Eine immense Entwicklung der Technologie provoziert Verstopfungen und Dysfunktionen, die Expansion einer hochtechnisierten Ernährungsindustrie verkehrt sich zur Produktion von vergifteten und krebserzeugenden Lebensmitteln.

Auf der anderen Seite produziert die Gesellschaft des maximalen Konsums nicht perfekte Gebrauchsgegenstände, sondern leichtverderbliche Apparate (wer ein gutes Messer haben will, kauft es am besten in Afrika, in den Vereinigten Staaten zerbricht es nach einmaligem Gebrauch). Die »technological civilization« wird immer mehr zu einer Gesellschaft gebrauchter und nicht mehr brauchbarer Gegenstände – während es auf dem Lande zu Kahlschlägen kommt, zur Aufgabe von Kulturen, Verseuchung des Wassers, der Luft und des Bodens, Ausrottung ganzer Tierarten und so weiter, weshalb die Einführung, wenn nicht von Bohnen, so doch von neuen genuinen Elementen immer dringlicher wird.

## 6. Das neue Nomadentum

Was den Umstand betrifft, daß man heute zum Mond fliegen kann, daß Fußballspiele per Satellit übertragen und neue Verbindungen im Labor erzeugt werden, so paßt er bestens zu der anderen, meist ignorierten Seite des Hochmittelalters um die Jahrtausendwende, das man zu Recht als die Zeit einer ersten sehr folgenreichen industriellen Revolution definiert hat. Im Laufe von drei Jahrhunderten wurden die Steigbügel und das Kummet erfunden, das die Leistung der Zugpferde potenzierte, die Windmühle und das frei bewegliche Heckruder, das den Schiffen ein Kreuzen gegen den Wind erlaubte. So unwahrscheinlich es klingen mag, dem Durchschnittsmenschen boten sich wenige Chancen in seinem Leben, die benachbarte Stadt zu sehen, aber viele, nach Santiago de Compostela oder Jerusalem zu gelangen. Das mittelalterliche Europa war von Pilgerstraßen durchzogen (die es säuberlich in seinen frommen Reiseführern verzeichnete, in denen die Abteikirchen aufgeführt wurden wie heute die Motels und Hiltons), ähnlich wie der moderne Himmel von Fluglinien, die uns leichter nach New York bringen als in die hundert Kilometer entfernte Nachbarstadt.

Man könnte hier einwenden, daß die halbnomadische mittelalterliche Gesellschaft eine Gesellschaft des unsicheren und gefahrvollen Reisens war; aufbrechen hieß sein Testament machen (man denke an den alten Vercors in Claudels *Verkündigung*), und reisen hieß riskieren, auf Räuber, Vagantenhorden und wilde Tiere zu stoßen. Doch das Ideal des modernen Reisens als einer Spitzenleistung von Sicherheit und Komfort ist inzwischen nachhaltig ramponiert: Beim Einsteigen in einen Jet, nachdem man die vielfältigen Kontrollen und Durchsuchungen gegen Flugzeugentführungen hinter sich hat, beschleicht einen heute schon wieder ziemlich genau das alte Gefühl der Unsicherheit in einer Welt voll Gefahren, und vermutlich wird es in Zukunft noch wachsen.

## 7. Die Insecuritas

»Unsicherheit« ist ein Schlüsselbegriff, das Gefühl des Ungeborgenseins in der Welt gehört in den Rahmen der »millenaristischen« oder chiliastischen Endzeitängste: Die Welt ist dem Untergang nahe, eine finale Globalkatastrophe wird das Millennium beenden. Die berühmten »Schrecken des Jahres Tausend« sind zwar eine Legende, wie inzwischen bewiesen ist, aber bewiesen ist auch, daß die Angst vor dem Ende das ganze 10. Jahrhundert durchzog (bis auf die letzten Jahre, in denen die Psychose bereits überwunden war). Was unsere heutige Zeit betrifft, so genügen die wiederkehrenden Themen der nuklearen und der ökologischen Katastrophe, um starke apokalyptische Strömungen anzuzeigen. Als utopisches Korrektiv gab es damals die Vorstellung der »renovatio imperii«, das heißt der Erneuerung des Heiligen Römischen Reiches, wie heute die ziemlich wandelbare Idee der »Revolution«, beide mit soliden realen Aussichten, nur daß die Realisierung am Ende vielleicht ein bißchen anders aussieht als das ursprüngliche Projekt (die Unsicherheit wurde diszipliniert, aber nicht durch das erneuerte Reich, sondern durch die kommunale Renaissance und die Nationalmonarchien).

Doch Unsicherheit ist nicht nur ein »historisches« Phänomen, sondern auch ein »psychologisches«, sie verbindet sich mit der Beziehung des Menschen zur Landschaft und des Einzelnen zur Gesellschaft. Wer nachts durch die Wälder irrte, sah sie von bösen Geistern bewohnt, man wagte sich nicht so leicht vor die Tore der Stadt, man ging bewaffnet – eine Situation, an die der New Yorker sich heute gewöhnt, der nach Einbruch der Dämmerung keinen Fuß mehr in den Central Park setzt, der aufpaßt, daß er nicht aus Versehen eine Subway nach Harlem besteigt und nach Mitternacht nicht mehr allein in der Subway fährt und wenn er eine Frau ist, auch vorher nicht. Unterdessen, während die Ordnungskräfte beginnen, das Räubertum durch unterschiedslose Massaker an Guten und Schlechten zu unterdrücken, kommt die Praxis der »revolutionären Enteignung« und der Entführung von Botschaftern auf – ähnlich wie einst ein Kardinal mit seinem ganzen Gefolge von jedem besseren Robin Hood gefangengenommen werden konnte, zum Austausch gegen ein paar fröhliche Waldgenossen, denen der Galgen drohte.

Letzter Pinselstrich am Tableau der kollektiven Unsicherheit: Heute wie damals, im Unterschied zu den Gepflogenheiten der bürgerlich-liberalen Staaten, werden die Kriege nicht mehr erklärt (außer im nachhinein, wenn der Konflikt beendet ist, siehe Indien und Pakistan), so daß man nie weiß, ob man sich schon im Kriegszustand befindet oder noch nicht. Im übrigen braucht man bloß nach Livorno, nach Verona oder nach Malta zu gehen (oder nach Heidelberg, Ramstein, Mutlangen, Garmisch etc., *A.d.Ü.*), um sich mit eigenen Augen zu vergewissern, daß Truppen des Reiches als Dauerbesatzung in unseren nationalen Gebieten stehen, und es handelt sich um gemischtsprachige Armeen mit Befehlshabern, die ständig versucht sind, ihre Macht zu benutzen, um auf eigene Rechnung Kriege zu führen (oder Politik zu machen).

## 8. Die Vagantes

Durch diese weiten Gebiete der Insecuritas ziehen Banden von Ausgestoßenen und Ausgestiegenen, Mystikern oder Abenteurern. Abgesehen davon, daß in der allgemeinen Hochschulkrise die Studenten sich als Vagantes rekonstituieren, ihre »natürlichen Lehrer« ablehnen und sich nur noch auf unbestallte Meister berufen, haben wir einerseits Hippiebanden, regelrechte Bettelorden, die von der öffentlichen Mildtätigkeit leben auf der Suche nach einer mystischen Seligkeit (ob durch Drogen oder durch göttliche Gnade macht kaum einen Unterschied, schon weil allerlei nichtchristliche Religionen durch die Falten der chemischen Seligkeit lugen). Die lokale Bevölkerung lehnt sie ab und verfolgt sie, und wenn dann der Bruder vom Blumenorden aus allen Jugendherbergen vertrieben ist, mag er schreiben, es herrsche hienieden eitel Freude. Genau wie im Mittelalter ist die Grenze zwischen dem Mystiker und dem Halsabschneider oft minimal, und Charles Manson ist nichts anderes als ein Mönch, der sich, wie seine Vorfahren, etwas zu sehr auf satanische Riten eingelassen hat (andererseits werden auch Mächtige, wenn sie den Argwohn der effektiv Herrschenden wecken, wie es den Templern unter Philipp dem Schönen erging, in Sittenskandale und/oder Landesverratsaffären verwickelt). Mystische Ekstase und diabolischer Ritus liegen nah beieinander, und Gilles de Rais, der bei lebendigem Leibe verbrannt wurde, weil er zu viele Kinder gefressen hatte, war ein Waffengefährte der hl. Guerillera Jeanne d'Arc, einer charismatischen Führergestalt wie Che... Andere den Bettelorden verwandte Formen werden dagegen auf anderen Gebieten von politisierenden Gruppen beansprucht, der Moralismus vieler »marxistisch-leninistischer« Bruderschaften mit seiner Berufung auf Armut, Sittenstrenge und »Dienst am Volk« hat mönchische Wurzeln.

Wenn die Parallelen unklar erscheinen, denke man an die enorme Differenz, die unter dem Anschein des frommen Äußeren zwischen kontemplativen und arbeitsscheuen Mönchen bestand: Mönchen, die in der Abgeschiedenheit ihrer Klöster wüst aufeinander einschlugen, aktivistische und populistische Franziskaner, doktrinäre und verbissene Dominikaner, aber allesamt mehr oder minder freiwillig ausgestiegen aus dem normalen gesellschaftlichen Zusammenhang, den sie als dekadent, diabolisch, Nährboden für Neurosen und »Entfremdung« abtaten. Diese Gemeinschaften von Erneuerern, hin- und hergerissen zwischen hektischer Aktivität im Dienst der Entrechteten und heftiger theologischer Diskussion, zerfleischten einander mit gegenseitigen Häresievorwürfen und übereinandergestapelten Exkommunikationen. Jede Gruppe machte sich ihre eigenen Dissidenten und Häresiarchen zurecht, und die wilden Attacken, die Franziskaner und Dominikaner gegeneinander ritten, sind nicht unähnlich denen, die zwischen Trotzkisten und Stalinisten toben – und das ist nicht stammtischgeschwätzhafterweise ein Zeichen für wüste Unordnung und »Chaotentum«, sondern im Gegenteil Zeichen für eine Gesellschaft, in welcher neue Kräfte nach neuen Bildern des kollektiven Lebens suchen und dabei entdecken, daß sie diese Bilder nicht anders durchsetzen können als im Kampf gegen die etablierten »Systeme« durch Ausübung einer bewußten und rigorosen theoretisch-praktischen Intoleranz.

## 9. Die Auctoritas

Es gibt einen Aspekt der mittelalterlichen Zivilisation, den uns eine aufgeklärte, laizistische und liberale Sicht durch übertrieben scharfe Polemik zu deformieren und als schlimmes Übel zu sehen verleitet hat, nämlich die Praxis des Rückgriffs auf die Auctoritas. Der mittelalterliche Gelehrte tut immer so, als habe er überhaupt nichts Neues erfunden oder entdeckt, und beruft sich ständig auf frühere Autoritäten. Es können die Patres der Ostkirche sein, es können Augustinus, Aristoteles oder die Heilige Schrift sein oder auch Gelehrte, die kaum hundert Jahre alt sind, aber nie darf er etwas Neues vorbringen, ohne es hinzustellen als etwas, das schon *vor* ihm jemand gesagt hat. Wenn wir es recht bedenken, ist es genau das Gegenteil dessen, was man seit Descartes in der aufgeklärten Moderne tut, in welcher bekanntlich der Philosoph oder Wissenschaftler nur dann etwas gilt, wenn er etwas Neues eingeführt hat (desgleichen seit der Romantik, vielleicht auch schon seit dem Manierismus, der Künstler). Nicht so der Mann des Mittelalters, er tut genau das Gegenteil. Darum erscheint die mittelalterliche Kulturdebatte, von außen betrachtet, wie ein enormer Monolog ohne Differenzen, denn alle bemühen sich, immer dieselbe Sprechweise zu gebrauchen, dieselben Zitate, dieselben Argumente, denselben Wortschatz, und dem fremden Zuhörer kommt es vor, als sagten alle immer dasselbe – genau wie dem, der heute in eine Versammlung linker Studenten gerät oder die Presse der außerparlamentarischen Gruppen liest (oder auch die Schriften der chinesischen Kulturrevolution).

In Wahrheit erkennt der Spezialist für mittelalterliche Probleme fundamentale Unterschiede, so wie der erfahrene Politiker heute mühelos Differenzen und Abweichungen zwischen den einzelnen Diskussionsbeiträgen erkennt und sein Gegenüber sofort in die eine oder andere Fraktion einzuordnen vermag. Der mittelalterliche Gelehrte weiß nämlich sehr genau, daß man mit der Auctoritas machen kann, was man will: »Die Autorität hat eine Nase aus Wachs, die man nach Belieben verformen kann«, sagte Alain de Lille im 12. Jahrhundert. Aber schon vor ihm hatte Bernhard von Chartres gesagt: »Wir sind wie Zwerge auf den

Schultern von Riesen« – die Riesen sind die unbestreitbaren Autoritäten von einst, die soviel klarer und weiter sahen als wir; aber wir, so klein wir auch sein mögen, sehen, wenn wir uns auf sie stützen, noch weiter.

Es gab mithin auf der einen Seite durchaus das Bewußtsein, daß man Neues erfand und Fortschritte machte, andererseits mußten die Neuerungen auf einem kulturellen Corpus aufbauen, der ihnen sowohl ein paar unbestreitbare Überzeugungen garantierte als auch eine gemeinsame Sprache. Und das war nicht nur Dogmatismus (auch wenn es oft einer wurde), sondern es war die Art und Weise, in welcher der Mann des Mittelalters auf das Chaos und den kulturellen Zerfall des untergehenden Römertums reagierte, auf das Gewimmel von Ideen, Religionen, Verheißungen, Sprachen und Redeweisen der hellenistischen Welt, in der sich jeder mit seinem Schatz an Wissen allein fand. Das erste, was damals getan werden mußte, war das Wiederherstellen einer Thematik, einer Rhetorik und eines gemeinsamen Wortschatzes, an dem man sich zu erkennen vermochte, andernfalls hätte man nicht mehr kommunizieren können noch gar (worauf es ankam) eine Brücke zwischen Intellektuellen und Volk schlagen – was die mittelalterlichen Intellektuellen, paternalistisch und auf ihre Weise, im Unterschied zu den griechischen und den römischen taten.

Die Haltung der jungen politischen Gruppen heute ist genau von derselben Art, sie stellt die Reaktion dar auf den Zerfall der romantisch-idealistischen Originalitätsvorstellung und auf den Pluralismus der liberalen Ansichten, verstanden als ideologische Hüllen, die unter der Patina ihrer Meinungs- und Methodenvielfalt die eherne Einheitlichkeit der ökonomischen Herrschaft verbergen. Die Suche nach heiligen Texten (ob von Marx oder Mao, von Che Guevara oder von Rosa Luxemburg) hat in erster Linie diese Funktion: Wiederherstellung einer gemeinsamen Diskussionsbasis, eines Corpus von anerkennbaren Autoritäten, auf dem man das Spiel der Differenzen und der sprengenden Vorschläge austragen kann. Und zwar mit einer ganz und gar mittelalterlichen, dem Geist des modernen Bürgertums genau entgegengesetzten Demut: Entscheidend ist nicht die Persönlichkeit dessen, der vorschlägt, und der Vorschlag darf nicht als individuelle Entdeckung durchkommen, sondern nur als Ergebnis einer kollektiven, stets und streng anonymen Entscheidung. Darum verläuft eine Vollversammlung linker Studenten heute wie eine »quaestio disputata«: eine scholastische Disputation, die dem Außenstehenden vorkam wie ein monotones byzantinisches Spiel, während in ihr nicht bloß die großen Schicksalsfragen der Menschheit diskutiert wurden, sondern Probleme, die das Eigentum und die Verteilung des Reichtums betrafen, das Verhältnis zum Fürsten oder auch die Natur der beweglichen Körper auf Erden und der unbeweglichen Himmelskörper.

## 10. Die Formen des Denkens

Wechseln wir rasch die Szene (nach wie vor in der Gegenwart), ohne jedoch die Parallele zum Mittelalter auch nur einen Fingerbreit zu verlassen: Wir sitzen in einem Hörsaal, und Noam Chomsky zerlegt unsere Sätze grammatikalisch in Atombestandteile, die sich binomisch verzweigen, oder Roman Jakobson reduziert die phonologischen Emissionen auf binäre Züge, oder Claude Lévi-Strauss strukturiert die Verwandtschaftsbeziehungen und das Geflecht der Mythen in antinomische Spiele, oder Roland Barthes liest Balzac, de Sade und Ignatius von Loyola, wie der mittelalterliche Gelehrte Vergil las, nämlich indem er gegensätzliche und symmetrische Illusionen aufspürt. Nichts kommt dem mittelalterlichen intellektuellen Spiel näher als die strukturalistische Logik, so wie ihm, aufs ganze gesehen, nichts näher kommt als der Formalismus der heutigen physikalischen und mathematischen Logik. Daß sich auf ein und demselben Gebiet im Mittelalter Parallelen sowohl zur dialektischen Debattierweise der Politiker heute als auch zur tendenziell mathematischen Deskriptionsweise in der heutigen Wissenschaft finden, darf uns nicht wundern, da wir ja eine lebendige Wirklichkeit mit einem kondensierten Modell vergleichen; aber in beiden Fällen, damals wie heute, handelt es sich um zwei Annäherungsweisen an die

Realität, die keine befriedigende Parallele in der Kultur des modernen Bürgertums haben und die beide mit einem Rekonstitutions- oder Neugestaltungsprojekt zusammenhängen, angesichts einer Welt, deren offizielles Bild abhanden gekommen ist oder abgelehnt wird.

Der Politiker argumentiert subtil, gestützt auf die Autoritäten, um ausgehend von theoretischen Grundlagen eine formende Praxis zu stiften; der Wissenschaftler versucht, durch Distinktionen und Klassifizierungen neue Formen für ein kulturelles Universum zu finden, das (wie das griechisch-römische) an zuviel Originalität explodiert ist, am Zusammenfluß allzu vieler verschiedener Neuerungen aus Orient und Okzident, Magie, Religion und Recht, Poesie, Medizin und Physik. Es geht um den Aufweis, daß Abszissen des Denkens existieren, die uns erlauben, Moderne und Primitive im Zeichen ein und derselben Logik zu begreifen. Die formalistischen Exzesse und die antihistorische Neigung des Strukturalismus sind die gleichen wie die der scholastischen Diskussionen im Mittelalter, desgleichen muß die pragmatische und verändernde Spannkraft der Revolutionäre (die damals Reformatoren hießen oder schlicht Ketzer) sich heute wie damals auf heftige Theorie-Kontroversen stützen, und jede theoretische Nuancierung impliziert eine andere Praxis. Selbst die Diskussionen zwischen Sankt Bernhard, dem Befürworter einer bildlosen, keuschen und strengen Kunst, und dem Abt Suger von St. Denis, der für die prachtvoll geschmückte, von bildlichen Aussagen strotzende Kathedrale eintrat, finden heute Entsprechungen auf diversen Ebenen und diversen Gebieten im Gegensatz zwischen russischem Konstruktivismus und sozialistischem Realismus, zwischen Anhängern der abstrakten Malerei und des Neobarock, zwischen rigoristischen Theoretikern der begrifflichen Kommunikation und McLuhanschen Aktivisten des Weltdorfes der visuellen Kommunikation durch elektronische Medien.

## 11. Die Kunst als Bastelei

Gehen wir nun von den Parallelen in Wissenschaft und Politik zu denen in Kunst und »Bildung« über, so wird das Panorama sehr viel komplexer. Auf der einen Seite haben wir eine ziemlich exakte Entsprechung zwischen den beiden Epochen, die in verschiedenen Modi, aber mit gleichen Erziehungsutopien (und mit gleicher ideologischer Maskierung eines paternalistischen Projekts der Bewußtseinslenkung) die Kluft zwischen elitärer und populärer Kultur durch Einsatz der visuellen Kommunikationsmittel zu überbrücken versuchen. In beiden Epochen räsoniert die Bildungselite anhand der geschriebenen Texte mit buchgläubiger Mentalität, aber dann übersetzt sie die essentiellen Daten des Wissens und die Grundstrukturen der herrschenden Ideologie in Bilder. Das Mittelalter ist eine Zivilisation der Schau, in der die Kathedrale als großes steinernes Buch fungiert und praktisch als Werbeplakat, als Fernsehbildschirm, als mystischer Comic strip, der alles erzählen und alles erklären muß: die Völker der Erde, die Künste und die Berufe, die Tage des Jahres, die Jahreszeiten der Saat und der Ernte, die Mysterien des Glaubens, die Anekdoten der heiligen und der profanen Geschichte und das Leben der Heiligen (der großen Verhaltensvorbilder oder Massenidole, ähnlich den heutigen Film- und Rockstars, eine Elite ohne politische Macht, wie Francesco Alberoni sagen würde, aber mit enormer charismatischer Macht).

Neben diesem großangelegten Volksbildungsunternehmen haben wir auf der anderen Seite die stille Kompositions- und Collage-Arbeit, die von der Bildungselite an den Überresten der vergangenen Kultur verrichtet wird. Man nehme einen Magischen Kasten von Joseph Cornell oder von Arman, eine Collage von Max Ernst, eine Unnütze Maschine von Bruno Munari oder Jean Tinguely, und man befindet sich in einer Welt, die nichts mehr mit Raffael oder Canova zu tun hat, aber sehr viel mit dem mittelalterlichen Kunstgeschmack. In der Poesie bezeugen es die Figuren- und Rätselgedichte, die irischen Kenningar, die Akrostika, die verbalen Geflechte aus vielfältigen Zitaten, die an Pound und Sanguineti erinnern; die absurden etymologischen

Spiele eines Virgilius von Bigorre oder Isidor von Sevilla, die so ungemein joyceanisch anmuten (Joyce wußte das), die Zeitkompositionsübungen der Poetiktraktate, die ein Programm für Godard sein könnten, und vor allem die große Vorliebe für Kollektionen und Inventare. Die sich besonders handgreiflich in den Schatzkammern niederschlug, in denen der weltlichen Fürsten wie denen der Kathedralen, wo unterschiedslos gesammelt wurden: ein Dorn aus der Krone Jesu, ein Ei, das jemand in einem anderen Ei gefunden hatte, das Horn eines Einhorns, der Verlobungsring des hl. Joseph und der Schädel Johannes' des Täufers im Alter von zwölf Jahren *(sic)*.*

Es herrschte eine totale Indifferenz zwischen ästhetischem und mechanischem Objekt (ein kunstvoll ziselierter Automat in Form eines krähenden Hahns wurde Karl dem Großen von Harun al Raschid geschenkt – ein kinetisches Kleinod, wenn es je eines gab), man unterschied nicht zwischen »Kreation« und Kuriosität, nicht zwischen Handwerk und Kunst, nicht zwischen Serienprodukt und Einzelstück und vor allem nicht zwischen seltenem Fundstück (der Walfischzahn gleich der Jugendstillampe) und Kunstwerk. Zudem war das Ganze beherrscht vom Sinn für die grelle Farbe und für das Licht als physisches Element des Vergnügens – nur mußten es damals goldene Kelche sein, besetzt mit Topasen, damit die Strahlen der Sonne, wenn sie durch ein Kirchenfenster einfielen, sich darin brachen, und heute tut es die

* *Objekte im Schatz Karls IV. von Böhmen*: Der Schädel des hl. Adalbert, das Schwert des hl. Stephanus, Ein Dorn aus der Krone Jesu, Stücke vom Kreuz, Tischtuch des Letzten Abendmahls, Ein Zahn der hl. Margaretha, Ein Knochenstück des hl. Vitalis, Eine Rippe der hl. Sophia, Das Kinn des hl. Eoban, Rippe eines Wals, Stoßzahn eines Elefanten, Stab des Moses, Kleidungsstücke der Heiligen Jungfrau. *Objekte im Schatz des Duc de Berry*: Ein ausgestopfter Elefant, Ein Basilisk, Manna aus der Wüste, Horn eines Einhorns, Kokosnuß, Verlobungsring des hl. Joseph. *Objekte in einer Ausstellung Pop Art und Neuer Realismus*: Puppe mit aufgeschlitztem Bauch, aus dem Köpfe anderer Puppen herausragen, Brille mit aufgemalten Augen, Kreuz mit eingefaßten Coca-Cola-Flaschen und einer Glühbirne in der Mitte, Vervielfachtes Marilyn-Monroe-Porträt, Vergrößerung eines Dick-Tracy-Comics, Elektrischer Stuhl, Pingpongtisch mit Bällen aus Gips, Komprimierte Autoteile, Verzierter Motorradhelm in Öl, Elektrische Batterie aus Bronze auf Sockel, Schachtel mit Flaschenkorken, Senkrecht gestellte Tischplatte mit Teller, Messer, Gitanes-Päckchen und hängender Dusche vor Landschaft in Öl.

Lichtorgel einer x-beliebigen Glitzerdisco, die Multimedia-Show mit wechselnden, schummrig-bunten Polaroidprojektionen.

Huizinga meinte, um den mittelalterlichen Kunstgeschmack zu verstehen, müsse man sich die Reaktion eines »staunenden Bürgersmannes« vor einer seltenen Kostbarkeit vorstellen.[1] Huizinga dachte in Begriffen einer nachromantischen Sensibilität für das Kunstschöne, heute finden wir ganz dieselbe Reaktion bei Jugendlichen vor einem Poster, auf dem ein Dinosaurier oder ein Motorrad dargestellt ist, oder vor einem transistorisierten Magischen Kasten mit blinkenden Punkten und rotierenden Strahlen, halb technisches Miniaturmodell, halb futuristischer Science-fiction-Traum, mit Komponenten barbarischer Goldschmiedekunst.

Nicht systematische, sondern additive und zusammengebastelte Kunst ist die unsere wie die des Mittelalters, heute wie damals koexistiert das verfeinerte Experiment der Elite mit dem Großunternehmen der populären Divulgation (das Verhältnis Miniatur/Kathedrale ist das gleiche wie zwischen Museum of Modern Art und Hollywood) mit permanenten Wechselbeziehungen und gegenseitigen Anleihen. Und der scheinbare Byzantinismus, die wilde Lust am Sammeln, Auflisten, Anhäufen der verschiedensten Dinge entspringt dem Bedürfnis, die Überreste einer früheren Welt zu sichten und neuzubewerten – einer Welt, die vielleicht harmonisch war, aber nun zerfallen ist, erlebbar nur noch, um mit Sanguineti zu sprechen, wie eine *Palus Putredinis*, ein Sumpf der Fäulnis, den man durchquert und vergessen hat. Während Fellini und Antonioni ihre Höllen erproben und Pasolini sein Decamerone (und Ronconis *Orlando* ist durchaus kein Renaissancefest, sondern ein mittelalterliches Mysterienspiel auf der Straße und für das kleine Volk), bemühen sich andere verzweifelt, die alte Kultur zu retten, wähnend, sie hätten dazu ein intellektuelles Mandat, und so häufen sich die Enzyklopädien, Gesammelten Werke und elektronischen Informationsspeicher, um der Nachwelt einen Wissensschatz zu tradieren, der Gefahr läuft, sich in der Katastrophe aufzulösen.

1 Johan Huizinga, *Herbst des Mittelalters*, Kröner, Stuttgart 1975, S. 391.

## 12. Die Klöster

Nichts ist ähnlicher einem Kloster (abgelegen irgendwo auf dem Lande, ummauert, heimgesucht von barbarischen Horden, bewohnt von Mönchen, die mit der Welt nichts zu tun haben wollen und sich ausschließlich ihren privaten Forschungen widmen) als ein amerikanischer Universitäts-Campus. Bisweilen ruft der Fürst einen jener Mönche an seinen Hof, macht ihn zu seinem Berater und schickt ihn als Botschafter in das ferne Katai, und der also Berufene wechselt gleichmütig aus dem Kloster ins weltliche Leben, wird ein Machthaber und versucht, die Welt mit derselben aseptischen Perfektion zu regieren, mit der er zuvor seine griechischen Texte kollationierte. Er mag Gerbert von Aurillac oder Robert McNamara heißen, Bernhard von Clairvaux oder Henry Kissinger, er kann ein Mann des Friedens werden oder ein Kriegsmann (wie Eisenhower, der ein paar Schlachten gewann und sich dann wieder in sein Kloster zurückzog, um College-Direktor zu werden, bis er von neuem in die Dienste des Reiches trat, von den Massen als charismatischer Held gerufen).

Allerdings ist es zweifelhaft, ob diesen mönchischen Zentren die Aufgabe zukommen wird, den Fundus der vergangenen Kultur zu registrieren, aufzubewahren und weiterzugeben, womöglich mit Hilfe hochkomplizierter elektronischer Apparate (wie der Computerfachmann Vacca suggeriert), die das Vergangene Stück für Stück wiederherstellen, ohne je seine Geheimnisse ganz zu enthüllen. Das andere Mittelalter erzeugte am Ende zwar eine Renaissance, die sich damit amüsierte, Archäologie zu betreiben, aber selber betrieb es keineswegs systematische Konservierung, sondern achtlose Destruktion und planlose Konservierung: Es ließ essentielle Manuskripte verlorengehen und rettete völlig irrelevante, es schabte wunderbare Gedichte ab, um platte Rätsel und Gebete darüber zu schreiben, es verfälschte die heiligen Texte, indem es Passagen einfügte, und auf diese Art schrieb es »seine« Bücher. Das Mittelalter erfand die kommunale Gesellschaft, ohne Kenntnis von der griechischen Polis zu haben, es gelangte nach China in der Erwartung, dort Menschen mit nur einem Fuß vorzufinden oder mit dem Mund am Bauch, es gelangte vielleicht nach Amerika vor Columbus, indem es sich an die ptolemäische Astronomie und an die Geographie des Eratosthenes hielt...

## 13. Die permanente Transition

Unser Neues Mittelalter wird eine Epoche der »permanenten Transition« sein, die neue Adaptionsmethoden verlangt. Das Problem wird nicht so sehr darin liegen, die Vergangenheit wissenschaftlich zu konservieren, sondern Hypothesen über die Nutzung des Chaos aufzustellen, indem man sich auf die Logik der Konfliktualität einläßt. Es wird, wie in Ansätzen schon zu sehen ist, eine Kultur der laufenden Neuanpassung entstehen, die sich an Utopien nährt. So und nicht anders hatte der mittelalterliche Mensch die Universität erfunden, mit der gleichen Vorurteilslosigkeit, mit der die fahrenden Kleriker unserer Tage sie nun zerstören (und vielleicht transformieren). Das Mittelalter hat die Erbschaft der Vergangenheit auf seine Weise gehütet: nicht indem es sie wie einen Schatz vergrub, sondern indem es sie laufend neuübersetzte, benutzte und adaptierte, in einer immensen Bastelarbeit auf der Kippe zwischen Hoffnung, Nostalgie und Verzweiflung.

Unter seinem so immobil und dogmatisch erscheinenden Äußeren hatte es paradoxerweise ein Moment von »Kulturrevolution«. Natürlich war der ganze Prozeß geprägt von Pestwellen und Massakern, Intoleranz und Tod. Niemand behauptet, die Aussicht auf ein Neues Mittelalter sei rundum erfreulich. Wie die Chinesen sagten, um jemanden zu verfluchen: »Möge es dir beschieden sein, in einer interessanten Epoche zu leben.«

(1972)

# II

# Reise ins Reich der Hyperrealität

# Die Festungen der Einsamkeit

Die Mädchen, beide sehr schön, sind nackt. Sie knien voreinander, streicheln sich zärtlich, küssen sich, lecken sich mit der Zunge über die Brustspitzen. Sie hocken in einer Art Zylinder aus Plexiglas. Auch ohne eingefleischter Voyeur zu sein ist man versucht, den Zylinder zu umkreisen, um sie auch von der Seite, von hinten und von der anderen Seite zu sehen. Dann nähert man sich dem Zylinder, der auf einer kleinen Säule steht und nur ein paar Handbreit Durchmesser hat, um von oben hineinzusehen: Die Mädchen sind nicht mehr da. Es handelt sich um ein Exponat in einer New Yorker Ausstellung der Schule für Holographie.

Holographie, das neueste Wunder der Lasertechnik, bereits in den fünfziger Jahren von Denis Gabor erfunden, realisiert eine farbphotographische Wiedergabe in mehr als drei Dimensionen. Wir blicken in einen Magischen Kasten, in dem eine Miniaturlokomotive erscheint oder ein galoppierendes Pferdchen, und wenn wir den Kopf bewegen, sehen wir von dem Objekt auch die Teile »hinter der Perspektive«. Ist der Kasten rund, so können wir das Objekt von allen Seiten betrachten. Ist es mit Hilfe einiger Kunstgriffe in Bewegung photographiert worden, so bewegt es sich vor unseren Augen, beziehungsweise wir bewegen uns und sehen dann, wie die abgebildete Schöne uns zuzwinkert oder wie der Angler aus der Bierdose trinkt, die er in der Hand hält. Es ist nicht Kino, es ist eine Art virtuelles Objekt in drei Dimensionen, das auch da existiert, wo wir es nicht sehen, aber sehen können, sobald wir uns nur bewegen.

Holographie ist kein Spielzeug, sie wird von der NASA studiert und zu Raumforschungszwecken angewandt, sie wird in der Medizin benutzt, um realistische Bilder von Organverwachsungen zu gewinnen, sie dient in der Luftbild-Kartographie, in vielen Industriezweigen zur Erforschung chemischer und physikalischer Abläufe... Aber auch Künstler beginnen sie zu benutzen, Künstler, die sich früher vielleicht dem Hyperrealismus verschrieben hätten, dem Streben nach photographisch exakter Wiedergabe der Realität, dessen höchste Ansprüche sie nun erfüllt. Das größte jemals geschaffene Hologramm steht vor dem Museum der Hexerei in San Francisco. Es zeigt den Teufel mit einer betörenden Hexe.

Nur in Amerika konnte die Holographie so rasch und blühend gedeihen, nur in einem realismusbesessenen Land, in dem eine bildliche Wiedergabe, um glaubwürdig zu erscheinen, partout und auf Teufel komm raus »ikonisch« sein muß: anschaulich und wahrheitsgetreu im Sinne einer täuschend ähnlichen, täuschend »echt« wirkenden Kopie der wiedergegebenen Realität.

Gebildete Europäer und europäisch erzogene Amerikaner sehen die USA meist nur als die Heimat der Wolkenkratzer aus Stahl und Glas sowie des abstrakten Expressionismus. Doch die USA sind auch die Heimat von Superman, dem übermenschlichen Helden einer Comic-Serie, die seit 1938 erscheint. Dieser Superman hat von Zeit zu Zeit das Bedürfnis, sich mit seinen Erinnerungen zurückzuziehen, und dann fliegt er ins unwegsame Gebirge, wo tief im Felsen, bewehrt durch ein riesiges Stahltor, seine »Festung der Einsamkeit« liegt.

Dort hält er sich seine Roboter, treue Kopien seiner selbst und Wunderwerke der elektronischen Technik, die er von Mal zu Mal in die Welt aussendet, um sich auf diese Weise einen berechtigten Wunsch nach Ubiquität zu erfüllen. Und diese Roboter sind unglaublich, denn sie wirken absolut »echt«, es sind nicht mechanische Blech- und Plexiglasmännchen, die schnarrend und piepsend daherkommen, sondern perfekte »Kopien« des Menschen mit Haut und Haaren, Stimme, Bewegungen und Entscheidungsvermögen. Doch Superman benutzt seine Festung auch als Museum der Erinnerungen: Alle Ereignisse seines an Abenteuern so reichen Lebens werden dort registriert in Form von perfekten Kopien, oder auch regelrecht konserviert in Form von miniaturisierten Originalbeweisstücken – wie die Stadt Kandor, einzige Überlebende nach dem Ruin des Planeten Krypton, die er weiter am Leben erhält, verkleinert, unter einer Glasglocke im Format Omas Gute Stube, mitsamt Gebäuden, Schnellstraßen, Autos, Männern und Frauen. Der pedantische Eigensinn, mit dem Superman allen Trödelkram seiner Vergangenheit aufbewahrt, erinnert an jene Kuriositätenkabinette oder »Wunderkammern«, die besonders in der deutschen Kultur der Barockzeit verbreitet waren und ihren Ursprung in den Schatzkammern mittelalterlicher Feudalherren hatten, vielleicht auch schon früher in den römisch-hellenistischen Sammlungen (in denen man ohne Unterschied Einhorn-Hörner neben Kopien griechischer Statuen sammelte, später auch mechanische Krippen, verblüffende Automaten, krähende Hähne aus Edelmetall, Uhren mit kleinen Männchen, die um zwölf heraustraten, und dergleichen mehr). Zu Anfang erschien jedoch Supermans Pedanterie unglaublich, da Wunderkammern – dachte man – heutzutage niemanden mehr betören; und es gab ja noch nicht jene Praktiken post-informeller Kunst wie zum Beispiel Armans Assemblagen von Uhrengehäusen in einem Plexiglasschrein oder Spoerris Fragmente des Alltagslebens (ein unabgeräumter Tisch nach einem wüsten Mahl, ein zerwühltes Bett); oder die post-konzeptuellen Übungen einer Annette Messager, die ihre Kindheitserinnerungen in neurotisch-penibel liniierten Heften auflistet und als Kunstwerke ausstellt.

Am unglaublichsten aber war, daß Superman, um sich die vergangenen Abenteuer erinnernd zu vergegenwärtigen, sie in Form von Wachsfiguren reproduzierte, lebensgroß wie im Kabinett der Madame Tussaud, eine eher makabre Vorstellung. Freilich gab es damals noch nicht die hyperrealistischen Statuen eines Duane Hanson, aber auch später war man geneigt, die Hyperrealisten für besonders ausgefallene Avantgardisten zu halten, die lediglich auf die herrschenden Abstraktionstendenzen oder die Deformationen der Pop Art reagierten. So schien es den Lesern von Superman, daß seine musealen Schrullen keine realen Entsprechungen in Geschmack und Mentalität des Durchschnittsamerikaners hatten.

Dabei gibt es in Amerika viele Festungen der Einsamkeit mit ihren Wachsfiguren, ihren Robotern und ihren Sammlungen kurioser Wunder. Man braucht nur die Grenzen des Museum of Modern Art und der Kunstgalerien zu überschreiten, und schon gelangt man in eine andere Welt: in die Welt der Durchschnittsfamilie, der Touristen und der Politiker.

Die erstaunlichste Festung der Einsamkeit hat sich in Austin, Texas, der ehemalige Präsident Johnson noch zu Lebzeiten als persönliches Denkmal, Pyramidengrab und Mausoleum errichtet. Ich spreche hier gar nicht von dem riesigen Bau im modern-imperialen Stil, auch nicht von den vierzigtausend roten Behältern, die sämtliche Dokumente seines politischen Lebens enthalten, nicht von der halben Million dokumentarischer Photographien, den Porträts, der Stimme von Mrs. Johnson, die den Besuchern das Leben ihres verstorbenen Gatten erzählt. Ich spreche vielmehr von den aufgehäuften Erinnerungsstücken aus der Schulzeit des Großen Mannes, von den Photos der Hochzeitsreise, den Filmen über die Auslandsreisen des Präsidenten-Ehepaares, die den Besuchern pausenlos vorgeführt werden, von den Wachsfiguren, angetan mit den Hochzeitskleidern der Töchter Lucy und Linda, von der lebensgroßen Reproduktion des »Oval Room«, des präsidialen Arbeitszimmers im Weißen Haus, von den roten Schuhen der Tänzerin Maria Tallchief, dem Namenszug des Pianisten Van Cliburn auf einer Partitur, dem Federhut, den Carol Channing in »Hello Dolly« trug (lauter Souvenirs, deren Präsenz dadurch gerechtfertigt ist, daß die betreffenden Künstler sich im Weißen Haus produziert hatten), von den Gastgeschenken der Repräsentanten verschiedener Staaten, von der indianischen Federhaube, den Porträts aus Streichhölzern, den Gedenktafeln in Form eines Cowboyhutes, den Zierdeckchen, bestickt mit der amerikanischen Flagge, dem Schwert des Königs von Thailand und dem Mondstein, den die Astronauten mitgebracht hatten. Die Lyndon B. Johnson Library ist eine Festung der Einsamkeit: Wunderkammer, naives Beispiel von Narrative Art, Wachsfigurenkabinett, Roboterhöhle. Und sie verdeutlicht einen Grundzug der Einbildungskraft und Geschmacksvorstellung des Durchschnittsamerikaners, für den die Vergangenheit in Gestalt perfekter Kopien, lebensgroß, Format eins zu eins, konserviert und zelebriert werden muß: eine Philosophie der Unsterblichkeit als Verdoppelung. Sie beherrscht das Verhältnis zum eigenen Ich, zur eigenen Vergangenheit, nicht selten zur eigenen Gegenwart, stets zur Geschichte und im Grenzfall zur europäischen Tradition.

Wer den Oval Room des Weißen Hauses im Maßstab eins zu eins nachbaut (und zwar mit den gleichen Materialien und in den gleichen Farben, nur selbstverständlich frischer lackiert, blitzblank, dem Verfall entzogen), drückt damit aus, daß die historische Information, um »anzukommen«, die Form einer Reinkarnation annehmen muß. Um von Dingen sprechen zu können, die man als echt empfinden will, müssen sie echt erscheinen. Das »ganz Wahre« wird identisch mit dem »ganz Falschen«. Das absolut Unwirkliche präsentiert sich als wirklich Vorhandenes. Im Nachbau des Oval Room steckt der Wille, ein »Zeichen« zu setzen, das seinen Zeichencharakter vertuscht: Das Zeichen will selber die »Sache« sein, es will die Differenz der Verweisung aufheben, die Mechanik der Substitution. Es will nicht mehr Abbild der Sache sein, sondern ihr Abklatsch oder ihr Duplikat.

Ist dies das Geschmacksempfinden Amerikas? Sicher nicht das eines Frank Lloyd Wright, eines Seagram Building von Mies van der Rohe. Sicher nicht das der New Yorker Schule, nicht das eines Pollock. Auch nicht das der Hyperrealisten, die eine so schreiend echte Realität produzieren, daß sie ihren Fiktionscharakter in alle vier Winde hinausschreit. Aber es gilt zu begreifen, aus welchem Fundus von populärer Sensibilität und handwerklicher Geschicklichkeit die Hyperrealisten ihre Inspiration beziehen und warum sie das Bedürfnis haben, diese Tendenz bis zum äußersten Punkt zu treiben. Es gibt demnach ein Amerika der außer Rand und Band geratenen Hyperrealität, das noch ein anderes sein muß als das der Pop Art oder der Mickey Mouse oder des Hollywoodkinos. Es gibt ein verborgeneres (beziehungsweise genauso öffentliches, aber von den Besuchern aus Europa und sogar von den amerikanischen Intellektuellen gewöhnlich verschmähtes), und in mancher Hinsicht bildet es gleichsam ein Netz von Verweisen und Einflüssen, die sich am Ende auch auf die Produkte der anspruchsvollen Kultur und der Unterhaltungsindustrie erstrecken. Dieses Amerika gilt es zu finden.

Machen wir uns also auf die Reise, ausgerüstet mit einem Faden der Ariadne, einem Sesam-öffne-dich, der uns erlaubt, das Ziel unserer Suche zu identifizieren, welche Gestalt es auch annimmt. Wir können es in zwei typischen Redewendungen identifizieren, die einen Großteil der Werbung durchdringen. Die erste, von Coca Cola verbreitet, aber auch als hyperbolische Formel in der Umgangssprache benutzt, ist *»the real thing«* (was übertragen das Höchste, das Beste, das Nonplusultra bedeutet, aber wörtlich soviel wie »das Echte«). Die zweite, die man überall hört und liest, ist *»more«*, ein Ausdruck, um »noch etwas« oder »weiter« zu sagen, aber in Form von »mehr davon«; man sagt nicht »das Programm geht in Kürze weiter«, sondern *»more to come«*, man sagt nicht »geben Sie mir noch etwas Kaffee«, sondern *»more coffee«*, man sagt nicht, daß eine bestimmte Zigarette länger ist, sondern daß sie »mehr« bietet, mehr als man üblicherweise bekommt, mehr als man verlangen kann, etwas zum Wegwerfen – das ist Wohlstand.

Mithin ist der Grund dieser unserer Reise ins Reich der Hyperrealität die Suche nach Fällen, in denen die amerikanische Einbildungskraft das Wahre und Echte haben will und, um es zu bekommen, das absolut Falsche erzeugen muß; womit dann die Grenzen zwischen Spiel und Illusion verschwimmen, das Kunstmuseum wird von der Schaubude angesteckt, und man genießt die Lüge in einer Situation der »Fülle«, des Horror vacui.

Erste Etappe ist das Museum der Stadt New York, das die Geschichte der Metropole erzählt, von Peter Stuyvesant und vom Erwerb der Insel Manhattan durch die Holländer, die den Indianern dafür ganze 24 Dollar bezahlten, bis in die Gegenwart. Das Museum ist mit Sorgfalt gemacht, mit historiographischer Präzision, mit Sinn für die zeitlichen Abstände (den die amerikanische Ostküste sich erlauben kann, während die Westküste ihn, wie wir sehen werden, noch nicht aufbringt) und mit bemerkenswerter pädagogischer Phantasie. Nun ist zweifellos einer der wirksamsten und am wenigsten langweiligen pädagogischen Apparate das Diorama: das plastische Schaubild, die kleine Bühne oder die Krippe. Und das Museum ist voller Krippen in Glasvitrinen, vor denen die Kinder, die es besuchen kommen (und Kinder kommen sehr viele), sich drängen und sagen: »Guck mal, da ist Wall Street«, so wie bei uns die Kinder sagen: »Guck mal, da ist Bethlehem, und das Eselchen und der Ochse.« Vor allem aber versucht das Diorama, sich als Substitut der Wirklichkeit darzustellen, wirklicher als das Original zu erscheinen. Und zwar mit Erfolg, denn wo es ein historisches Dokument verdeutlichen soll, eine Urkunde oder einen alten Stich, wirkt es zweifellos wahrheitsgetreuer als der Stich, und wo es keinen Stich gibt, hängt neben dem Diorama ein farbiges Foto des Dioramas, das wie ein altes Gemälde aussieht, nur daß natürlich das Diorama plastischer und lebendiger wirkt als das Foto. In manchen Fällen gäbe es schon auch ein richtiges altes Gemälde, so erfährt man zum Beispiel aus einer Legende, daß ein zeitgenössisches Bildnis von Peter Stuyvesant existiert. Ein europäisches Museum mit pädagogischen Ambitionen würde nun eine möglichst gute Kopie davon zeigen; das New Yorker Museum präsentiert uns statt dessen eine dreidimensionale, gut dreißig Zentimeter hohe Figur, die Peter Stuyvesant so wiedergibt, wie er auf dem Gemälde dargestellt war, nur daß er natürlich auf dem Gemälde bloß von vorn oder von der Seite zu sehen war, während er hier nun vollständig ist, komplett mit Hintern.

Aber das Museum tut noch mehr (womit es gewiß nicht das einzige auf der Welt ist, die besten ethnologischen Museen befolgen das gleiche Muster), es rekonstruiert nämlich ganze Interieurs in voller Größe, ähnlich wie Johnson den Oval Room. Allerdings wird in anderen Museen (zum Beispiel in dem exzellenten Museum für Anthropologie in Mexico City) die manchmal höchst eindrucksvolle Rekonstruktion (etwa eines aztekischen Marktes mit seinen Händlern, Kriegern und Priestern) deutlich als solche bezeichnet; die archäologischen Funde stehen gesondert, und wenn ein Fundstück in perfekter Kopie rekonstruiert worden ist, wird klar darauf hingewiesen, daß es sich um eine Rekonstruktion handelt. Gewiß fehlt es dem Museum der Stadt New York nicht an archäologischer Präzision, es unterscheidet durchaus zwischen echten und reproduzierten Stücken, aber die Unterscheidung findet sich in erklärenden Texten auf Tafeln an der Wand neben den Vitrinen, während in den Vitrinen selbst die Rekonstruktion, das Originalobjekt und die Wachsfigur zu einem Ensemble verschmelzen, das auseinanderzudividieren der Betrachter gar keine Lust hat. Und dies nicht nur darum, weil dank einer pädagogischen Entscheidung, die zu kritisieren mir fernliegt, die Museumsgestalter wollen, daß der Besucher eine Atmosphäre erfaßt und sich in eine Vergangenheit einfühlt, ohne erst Philologe und Archäologe werden zu müssen, sondern auch darum, weil das rekonstruierte Ausgangsmaterial bereits selber die Ursünde der »Vergangenheitsnivellierung« und der Verschmelzung von Kopie und Original in sich trug. Exemplarisch in dieser Hinsicht ist das riesige Diorama, das den Salon der Villa von Mr. und Mrs. Harkness Flager aus dem Jahre 1906 vollständig reproduziert. Man beachte zunächst, daß ein Privathaus von vor knapp siebzig Jahren heute bereits ein musealer, archäologischer Gegenstand ist – was einiges aussagt über den gefräßigen Verbrauch von Gegenwart und den unaufhörlichen Ausstoß von »immer neuen« Vergangenheiten, den die amerikanische Zivilisation mit ihrem ständigen Wechselprozeß von utopischem Zukunftsentwurf und nostalgischen Schuldgefühlen vollbringt (in den großen Schallplattenläden finden sich in der Abteilung »Nostalgie«, neben der Sektion Vierziger und Fünfziger Jahre, bereits die Sektionen Sechziger Jahre und Siebziger Jahre).

Wie war nun die Villa der Herrschaften Harkness Flager beschaffen? Laut Beischrift war der Salon eine »Adaption« des Tierkreis-Saales im Palazzo Ducale von Mantua. Die Decke war abkopiert von einem Gewölbe in venezianischer Kirchenbauweise, das sich heute im Museo dell'Accademia befindet. Die Wandgemälde sind im pompejanisch-präraffaelitischen Stil gehalten, und das Fresco über dem Kamin erinnert an Puvis de Chavannes. Diese ganze lebende Fälschung also, die der Salon von 1906 schon zu Lebzeiten war, wird nun penibel mit allen Details im Museum nachgefälscht, aber so, daß schwer zu sagen ist, was Originalteile des Salons sind und was neue Fälschungen mit der Funktion, das Ambiente zu komplettieren (und sogar wenn man es wüßte, würde es nichts am Gesamtbild ändern, denn die Imitationen der Imitation sind so perfekt, daß nur ein Einbrecher, der im Auftrag eines Antiquitätenhändlers herkäme, ernstlich in Sorge geriete über die Schwierigkeit, sie zu unterscheiden). Die Möbel sind wahrscheinlich die des echten Salons, in dem es durchaus echte Möbel gab, aus echten Antiquitätenläden, wie man vermuten darf. Aber bei der Decke wird es schon zweifelhaft, und wenn auch die Figuren der Dame, der Hausdienerin und des kleinen Mädchens, das sich mit einer Besucherin unterhält, natürlich aus Wachs sind, so sind doch die Kleider, die diese Figuren tragen, echt, das heißt von 1906.

Worüber soll man sich also beklagen? Über den Eindruck von Todesstarre, der über der ganzen Szene liegt? Über die Illusion von Wahrheit und Echtheit, die sie im naiven Betrachter erzeugt? Über die »Verkrippung« der großbürgerlichen Welt? Über die Rezeption auf zwei Ebenen, die das Museum anbietet, einerseits kunsthistorische Erklärungen für jene, die sich auf das Entziffern der Wandtafeln einlassen wollen, andererseits Nivellierung von echt und falsch, antik und modern für die eher zerstreuten Besucher?

Soll man sich über die kitschige Ehrfurcht beklagen, die den Besucher erfaßt, wenn er erschüttert ist von seiner Begegnung mit einem magischen Einst? Oder darüber, daß er, wenn er aus den Slums kommt oder auch aus den Wolkenkratzern, jedenfalls aus einer Schule, der unsere europäische Geschichtsdimension abgeht, hier wenigstens eine vage Idee von Geschichte erhält? Ich habe hier ganze Schulklassen schwarzer Kinder herumlaufen sehen, sehr angeregt und vergnügt, gewiß viel »beteiligter« als eine Gruppe weißer Kinder beim erzwungenen Rundgang durch den Louvre...

Am Ausgang, wo man die üblichen Postkarten und illustrierten Geschichtsbücher kaufen kann, gibt es auch Reproduktionen historischer Dokumente, vom Kaufvertrag über Manhattan bis zur Unabhängigkeitserklärung. Die Leute nehmen sie in die Hand und sagen: *»It looks old and feels old«*, denn das Faksimile weckt nicht nur beim Berühren die Illusion von Alter, sondern es riecht auch irgendwie alt. Fast echt. Nur ist dummerweise der Kaufvertrag über Manhattan zwar in pseudoantiken Schnörkelbuchstaben geschrieben, aber englisch, während das Original natürlich holländisch war. Es handelt sich also nicht um ein Faksimile, sondern – wenn der Neologismus erlaubt ist – um ein »Fak-diverso«. Wie in einer Novelle von Heinlein oder von Asimov: Man hat irgendwie das Gefühl, aus der Zeit auszutreten und in einen raumzeitlichen Nebel einzutauchen, in dem die Jahrhunderte sich vermischen. Dasselbe wird uns in einem Wachsfigurenkabinett an der kalifornischen Küste passieren, wenn wir in einem Café à la Strandpromenade von Brighton an ein und demselben Tisch Mozart und Caruso sitzen sehen, dahinter stehend Hemingway, während am Nebentisch Shakespeare mit Beethoven plaudert, in der Hand eine Mokkatasse.

Auf der anderen Seite bemühen sich Öko-Archäologen in Old Bethpage Village auf Long Island, einen Bauernhof aus dem frühen 19. Jahrhundert so zu rekonstruieren, wie er damals gewesen war. Aber so, wie er damals gewesen war, heißt auch mit dem Vieh, wie es damals gewesen war, und nun trifft es sich, daß die Schafe seit jener Zeit dank raffinierter Zuchtverfahren eine interessante Evolution durchgemacht haben, denn damals hatten sie schwarze Köpfe ohne Wolle, und heute haben sie weiße mit Wolle und sind natürlich ergiebiger. Und nun arbeiten die besagten Öko-Archäologen an einem neuen Zuchtverfahren, um eine *»evolution retrogression«* der Schafe zu erzielen. Indessen erhebt der nationale Züchterverband massiven Protest gegen diese Beleidigung des biotechnischen Fortschritts, und so kommt es zu einem Streitfall: die Verfechter des »Immer voran!« gegen die Verfechter des »Vorwärts zurück!« – wobei man nicht weiß, wer die utopischeren Phanta-Szientisten sind und wer die wahren Fälscher der Natur. Doch was Kämpfe um *the real thing* angeht, ist unsere Reise gewiß noch nicht hier zu Ende: *more to come!*

# Die Krippen Satans

Fisherman's Wharf in San Francisco ist ein Schlemmerland voller Freßlokale, Andenkenläden mit touristischem Krimskrams und prächtigen Muscheln, Straßenstände, an denen man fangfrische Krabben und Riesengarnelen direkt aus dem Kessel, Austern und knuspriges Stangenbrot essen kann. Auf den Trottoirs Musikanten, Schwarze und Hippies, die ganze Konzerte improvisieren, im Hintergrund Segelboote, ein Wald von Masten, eine der schönsten Buchten der Welt und die Insel Alcatraz. In Fisherman's Wharf gibt es aufgereiht nebeneinander vier Wachsfigurenkabinette. Bei uns in Europa gibt es je eins in London, eins in Paris, eins in Amsterdam, eins in Mailand, und es sind unauffällige, leicht übersehbare Bauten, abgelegen in Seitenstraßen. Hier liegen sie an der Hauptstraße. Auch in Los Angeles liegt das beste direkt am Hollywood Boulevard, wenige Schritte neben dem berühmten Chinese Theatre, und ganz Amerika ist übersät mit »Wachsmuseen«, für die in allen Hotels geworben wird wie für bedeutende Attraktionen. Im Großraum Los Angeles gibt es das Movieland Wax Museum und den Palace of Living Arts, in New Orleans das Musée Conti, in Florida gibt es das Miami Wax Museum, das Potter's Wax Museum in St. Augustine, die Stars Hall of Fame in Orlando, das Tussaud Wax Museum in St. Petersburg, andere gibt es in Gatlinburg/Tennessee, Atlantic City/New Jersey, Estes Park/Colorado, Chicago etc.

Was man in einem europäischen Wachsfigurenkabinett findet, ist bekannt: berühmte Gestalten von Julius Caesar bis Papst Johannes XXIII., mehr oder weniger eingebettet in kleine Szenen, »lebendig und sprechend«. Die meisten sind schäbige Etablissements, in jedem Falle verschämt und verhalten. Ihre amerikanischen Gegenstücke sind lärmend und aggressiv, sie überfallen einen mit riesigen Werbeplakaten schon Meilen vorher auf der Autobahn, sie kündigen sich von weitem mit Leuchtschriften, kreisenden Türmen und grellbunten Lichtern an. Gleich am Eingang verkünden sie einem, man werde nun eine der aufregendsten

Erfahrungen seines Lebens machen, sie kommentieren die einzelnen Szenen jeweils mit langen reißerisch formulierten Beischriften, sie verquicken unterschiedslos historische Evokation, religiöse Feier und Glorifizierung von Personen des Kinos, der Märchen und Sagen, der bekanntesten Abenteuer, sie insistieren auf dem Entsetzlichen und Blutrünstigen, sie treiben das Bemühen um Wirklichkeitsnähe bis zur neurotisch-detailbesessenen Pingeligkeit. Im Movieland Wax Museum von Buena Park, Los Angeles, hat Jean Harlow, die auf einem Kanapee liegt, auf dem Tischchen neben sich Exemplare von zeitgenössischen Illustrierten, und an den Wänden eines von Charlie the Tramp bewohnten Zimmers hängen Plakate vom Beginn des Jahrhunderts. Die Szenen fügen sich zu Sequenzen, umgeben von tiefster Finsternis, es gibt keine Leerräume zwischen den von Wachsfiguren bewohnten Nischen, sondern verbindende Ausstaffierungen, die den sensationellen Eindruck noch steigern. Gewöhnlich sind es Spiegel, so daß man rechts etwa Dracula sehen kann, der gerade einen Sargdeckel öffnet, und links das eigene Gesicht neben Draculas Spiegelbild, während dahinter schemenhaft die Gestalten von Jack the Ripper oder von Jesus erscheinen, reflektiert über ausgetüftelte Brechungswinkel, Bögen und Perspektiven, so daß man schwer zu entscheiden vermag, was Realität und was Illusion ist. Man nähert sich einer besonders verlockenden Szene, aus dem Schatten vor dem Hintergrund eines altes Friedhofes löst sich eine Gestalt, und plötzlich entdeckt man, daß die Gestalt das eigene Spiegelbild ist, und der Friedhof entpuppt sich als die Spiegelung einer nächsten Szene, in welcher das Rühr- und Schauerdrama der Grabräuber dargestellt wird, die zu Paris vor hundert Jahren ihr Unwesen trieben.

Im selben Museum gelangt man in eine verschneite Steppe, in welcher gerade der Doktor Schiwago, gefolgt von Lara, aus einem Schlitten steigt, doch um hinzugelangen, muß man durch die verfallene Bauernkate, in welcher die beiden Liebenden hausen werden, und durch die geborstene Decke ist ein Haufen Schnee auf den Boden gefallen. Man spürt eine unwillkürliche Rührung, ein starkes Mitgefühl für Schiwago, man fragt sich, ob es an der Lebendigkeit liegt, mit der die Gesichter der beiden gestaltet sind, an der Natürlichkeit ihrer Haltungen, an dem einschmeichelnd-süß erklingenden Lara-Thema, und plötzlich meint man, daß es tatsächlich kälter geworden ist, geradezu eiskalt, denn alles muß wie in Wirklichkeit sein. Die »Wirklichkeit« ist ein Film, doch ein weiteres Kennzeichen dieser Wachsmuseen ist, daß die Vorstellung von historischer Wirklichkeit in ihnen sehr »demokratisch« erscheint: Das Boudoir der Marie Antoinette ist mit größter Detailgenauigkeit nachgebaut, aber ebenso akkurat ist die Szene der Begegnung von Alice im Wunderland mit dem verrückten Hutmacher.

Wenn man zuerst Mozart und dann Tom Sawyer begegnet, oder wenn man die Höhle des Planeten der Affen betritt, nachdem man soeben der Bergpredigt beigewohnt hat, zu Füßen Jesu und seiner Jünger, dann ist das logische Unterscheidungsvermögen zwischen Wirklicher Welt und Möglichen Welten definitiv zersprungen. Selbst wenn ein gutes Museum, das im Durchschnitt sechzig bis siebzig Szenen mit einer Gesamtzahl von zwei- bis dreihundert Figuren aufreiht, seine Zonen irgendwie unterteilt, indem es die Welt des Kinos von der religiösen und von der historischen Welt unterscheidet, sind die Sinne am Ende der Reise so hoffnungslos überlastet, daß ihnen alles zu einem breiigen Einerlei verschmilzt: Lincoln und Doktor Faustus erscheinen gleichermaßen rekonstruiert im Stil des chinesisch-sozialistischen Realismus, Kasperle und Fidel Castro gehören definitiv zur gleichen ontologischen Kategorie.

Diese anatomische Präzision, diese halluzinierte Kälte, diese Exaktheit auch und gerade in den schaurigsten Einzelheiten (dank welcher ein gevierteilter Körper die Eingeweide in schönster Ordnung vorzeigt, wie ein medizinisches Lehrmodell) erinnern an einige Vorbilder. Zum einen an die neoklassischen Wachsfiguren des Museo della Specola in Florenz, in denen sich Ambitionen à la Canova mit Horrorvisionen à la de Sade vermählen, oder an die abgehäuteten, Muskel für Muskel entblößenden Bartholomäus-Figuren, die gewisse anatomische Hörsäle zieren, oder auch an den hyperrealistischen Eifer der neapolitanischen Krippe. Doch jenseits dieser Erinnerungen, die im Mittelmeerraum immer nur an mindere Kunst denken lassen, evozieren sie auch illustre Werke wie die bemalten Holzschnitzereien in deutschen Rathäusern oder Kirchen und die Grabfiguren des flämisch-burgundischen Mittelalters. Was kein Zufall ist, denn der extreme amerikanische Realismus spiegelt vielleicht den Geschmack der mitteleuropäischen Einwanderer. Auch denkt man unvermeidlich an das Deutsche Museum in München, das im Bestreben, die Geschichte der Technik mit absoluter wissenschaftlicher Präzision darzustellen, nicht nur Dioramen von der Art des Museums der Stadt New York erfindet, sondern auch keine Hemmungen hat, ein ganzes Bergwerk aus dem 19. Jahrhundert tief unter der Erde nachzubauen, mit Bergleuten, die zusammengekrümmt in den Stollen liegen, und Grubenpferden, die an Winden und Seilen in den Schacht hinuntergelassen werden. Das amerikanische Wachsmuseum ist nur bedenkenloser, es zeigt Brigitte Bardot im knappen Lendenschurz, es jubelt über das Leben Christi mit Tschaikowski und Mahler, es rekonstruiert das Wagenrennen Ben Hurs in einem gekrümmten Raum, um den Panorama-Effekt der Vistavision zu erzeugen, denn alles muß wie in Wirklichkeit sein, auch wenn diese Wirklichkeit reinste Erfindung ist.

Daß schließlich die Philosophie des Hyperrealismus all diese Rekonstruktionen beherrscht, suggeriert die Betonung der *»most realistic statue of the world«* in Ripley's ›Believe It Or Not‹ Museum. Ripley hatte vierzig Jahre lang für amerikanische Blätter Vignetten gezeichnet, in denen er die Wunder darstellte, die er auf seinen Reisen durch die Welt entdeckte. Vom einbalsamierten Schrumpfkopf der Wilden auf Borneo bis zur ganz aus Streichhölzern fabrizierten Geige, vom Kalb mit zwei Köpfen bis zur 1842 aufgetauchten angeblichen Sirene entging ihm nichts in der Welt des Verblüffenden, der Mißbildungen und des Unglaublichen. Als er genug beisammen hatte, errichtete er eine Kette von Museen, die all jene »echten« Objekte zeigen, von denen er gesprochen hatte, so daß wir sie nun in eigens gefertigten Schreinen besichtigen können: die Sirene von 1842 (präsentiert als »die größte Fälschung der Welt«), eine Gitarre aus einem französischen Bidet des 18. Jahrhunderts, eine Sammlung kurioser Grabsteine, die Jungfrau von Nürnberg, die Figur eines Fakirs, der in Ketten gelebt hat, oder die eines Chinesen mit Doppelpupillen und – Wunder über Wunder – die besagte realistischste Statue der Welt, »die lebensgroße Holzfigur eines Mannes, geschnitzt von dem japanischen Künstler Hanamuna Masakichi und von Kunstkennern als das perfekteste je geschaffene Abbild des Menschen bezeichnet«. Die Figur ist ein normales Beispiel für anatomischen Realismus, mit gut gezeichneten Rippen usw., aber nicht dies ist das Verwirrende, sondern daß weder sie noch das Kalb mit den zwei Köpfen noch die Geige aus Streichhölzern die *authentischen* Fundstücke sind, denn Ripley's Museum gibt es in etlichen Exemplaren, die alle einander gleichen, und die Geige wird als geduldiges Werk eines ganzen Lebens präsentiert. Jedes Objekt ist also eine perfekte (aber mit anderen Materialien realisierte) Kopie eines noch viel geduldigeren Originals. Es kommt jedoch nicht auf die Echtheit des Stückes an, sondern auf die Erstaunlichkeit der offensichtlich von ihm überbrachten Kunde. Als exemplarische Wunderkammer teilt Ripley's Museum mit den barocken und mittelalterlichen Mirakelsammlungen das Prinzip der unterschiedslosen Anhäufung aller Merkwürdigkeiten, neu ist bei ihm nur die absolute Irrelevanz des Einzelstückes oder, genauer, die ungenierte Eskamottierung des Echtheitsproblems. Die reklamierte und angepriesene Echtheit ist nicht historisch, sie ist zu *sehen*. Alles *sieht aus* wie echt und *ist* daher echt – jedenfalls ist echt unbestreitbar, daß es wie echt aussieht und daß es wie etwas aussieht, was seinerseits unbestreitbar als echt und real existierend genommen wird, auch wenn es, wie Alice im Wunderland, nie existiert hat. Die Ungeniertheit geht so weit, daß die Inschriften auf den Grabsteinen aus aller Welt durchweg immer englisch sind, was aber keinen Besucher hier stört (gibt es einen Ort auf der Welt, wo nicht englisch gesprochen wird?).

Wenn andererseits das Museum of Magic and Witchcraft in San Francisco die Rekonstruktion einer original-mittelalterlichen Hexenküche präsentiert, mit staubbedeckten und von Spinnweben überzogenen Möbeln, Kommodenschränken, die in allerlei Fächer und Schubladen unterteilt sind, aus denen Kröten herauslugen, giftige Kräuter, Krüge mit seltsamen Wurzelknollen, Phiolen mit grünlichen Säften, Destillierkolben, Amulette, kleine Puppen, die von Nadeln durchstochen sind, Knochenhände, Blumen mit mysteriösen Namen, Adlerschnäbel, Gebeine von Neugeborenen – dazu im Hintergrund herzzerreißende Schreie von jungen Hexen, die zum Scheiterhaufen geschleppt werden, und aus der Ecke des dunklen Ganges flackernde Flammen der Autodafés –, dann überwiegt angesichts dieser perfekten audiovisuellen Show, die eine Louise Nevelson oder den frühen Del Pezzo vor Neid erblassen ließe, der theatralische Eindruck. Für den Gebildeten die frappante Gekonntheit der Inszenierung, für den Naiven die bestürzende Eindringlichkeit der Information – für jeden etwas, also worüber klagen? Tatsache ist, daß die historische Information sich als Sensationsstory präsentiert, Wahres vermischt sich mit Legendärem, die Hexe Eusapia Palladino erscheint (in Wachs) nach Roger Bacon und Doktor Faustus, der Gesamteindruck ist absolut phantastisch, ein wirrer Traum...

Zu den Meisterwerken der Rekonstruktionsbemühung (und des Bestrebens, »mehr« zu bieten, also »besser« zu sein) gelangt man indessen erst, wenn diese Industrie der totalen Ikonizität das Problem der Kunst angeht.

Auf der Reise von San Francisco nach Los Angeles hatte ich das Glück, sieben wächserne Reproduktionen des Abendmahls von Leonardo zu sehen. Einige sind primitiv und unbewußt karikierend, andere sorgfältiger, wenn auch nicht weniger schlimm verunglückt in ihrer grellen Wiedergabe der Farben und ihrer gefrorenen Mimikry dessen, was Leonardos Vibrato war. Alle präsentieren sich neben Vergleichsmustern des »originalen« Vorbilds, und naiverweise erwartet man nun vielleicht, bedenkt man die Entwicklung der photomechanischen Reproduktionstechnik, daß diese Vergleichsmuster erstklassige Farbkopien des originalen Freskos sind. Irrtum, denn mit dem Original verglichen könnte die dreidimensionale Kopie ja abfallen. Also stellen sich zum Vergleich mit der wächsernen Nachbildung mal eine Minireproduktion in Holzschnitzerei, mal eine Gravur aus dem 19. Jahrhundert, mal ein moderner Wandteppich, mal eine Bronze. Begleitet von einer Kommentarstimme, die insistierend auf die enorme Ähnlichkeit der Wachsfigur hinweist, und angesichts derart kümmerlicher Modelle ist die Wachsfigur zweifellos überlegen. Auch entbehrt die Lüge nicht einer gewissen Rechtfertigung, denn das Kriterium der Ähnlichkeit, das lang und breit dargelegt und analysiert wird, bezieht sich nie auf die formale Ausführung, sondern immer nur auf das Sujet: »Beachten Sie, wie exakt Judas dieselbe Haltung einnimmt, wie Sankt Matthäus . . .« usw.

Gewöhnlich erfolgt die Epiphanie des Abendmahls im letzten Saal, mit symphonischer Backgroundmusik in einer Atmosphäre von *Son et Lumière*. Nicht selten tritt man in einen Raum, und das wächserne Abendmahl ist hinter einem Vorhang, der sich langsam öffnet, indes eine Tonbandstimme feierlich tief und ergreifend verkündet, man werde nun eine der außergewöhnlichsten spirituellen Erfahrungen seines Lebens machen, von der man hernach allen Freunden und Bekannten erzählen müsse. Alsdann folgen Informationen über Christi Erlösermission und die Außerordentlichkeit des dargestellten Ereignisses, zusammengefaßt mit Bibelzitaten. Schließlich Hinweise auf Leonardo, das Ganze durchdrungen von tiefer Ergriffenheit angesichts des Mysteriums der Kunst. In Santa Cruz präsentiert sich das Abendmahl sogar allein, als einzige Attraktion, in einer Art Kapelle, gestiftet von einem Bürgerkomitee zum doppelten Zwecke der spirituellen Erhebung und der Feier des Ruhmes der Kunst. Hier gibt es insgesamt sechs Reproduktionen zum Vergleich mit der Wachsnachbildung: einen Stich, einen Kupferguß, eine Farbkopie, eine geschnitzte Nachbildung »aus einem einzigen Holzblock«, einen Wandteppich und einen Reprodruck einer Reproduktion auf Glas. Sakrale Musik, ergriffene Stimme, ein altes Weiblein mit Brille nimmt des Besuchers Spende entgegen, Verkauf von gedruckten Reproduktionen der wächsernen Reproduktion nach Reproduktionen in Holz, Metall und auf Glas. Dann treten wir in die Sonne hinaus, an den Strand des Pazifischen Ozeans, die Natur hat uns wieder, Coca Cola lädt ein, die Autobahn wartet mit ihren fünf Spuren, im Radio trällert Olivia Newton John *Please mister, please*... Doch wir sind vom Schauer der Hehren Kunst gestreift worden, wir haben die erregendste spirituelle Erfahrung unseres Lebens gemacht, wir haben das kunstvollste

Kunstwerk der Welt gesehen! Es befindet sich fern von hier, drüben in Mailand, was so was Ähnliches ist wie Florenz, alles Renaissance, vielleicht werden wir niemals hinfahren, aber wozu auch, die Stimme hat uns verkündet, daß jenes ferne Fresko schon ganz verblichen ist, kaum noch zu sehen, gewiß nicht imstande, uns die erhabene Emotion zu vermitteln, die wir von diesem dreidimensionalen Wachsbild empfangen haben, das eben *realer* ist und *mehr* bietet.

Doch was erhabene Emotionen betrifft, ist keine so stark wie jene, die uns der »Palace of Living Arts« in Buena Park, Los Angeles bietet. Er liegt gleich neben dem Movieland Wax Museum und hat die Form einer chinesischen Pagode. Vor dem Movieland Wax Museum steht ein goldener Rolls Royce, vor dem Palace of Living Arts steht der David von Michelangelo, in Marmor. Er höchstpersönlich. Oder fast. Nämlich seine authentische, echte Kopie. Was uns eigentlich nicht überraschen sollte, denn auf unserer Reise hatten wir das Glück, mindestens zehn solche Davids zu sehen, nebst einigen Exemplaren der Pietà und einem kompletten Set der Medici-Kapelle. Aber der Palace of Living Arts tut mehr, denn er begnügt sich nicht damit (außer bei ein paar Skulpturen), uns einen guten und halbwegs getreuen Abguß zu präsentieren. Der Palace of Living Arts reproduziert in Wachs, dreidimensional, in natürlicher Größe und selbstverständlich in Farbe, die großen Meisterwerke der Malerei aller Zeiten. Hier sehen wir Leonardo, wie er eine vor ihm sitzende Dame porträtiert: Es ist die Gioconda, die Mona Lisa höchstpersönlich, komplett mit Stuhl und Beinen und Hinterpartie. Leonardo hat neben sich eine Staffelei, und auf dieser Staffelei steht eine zweidimensionale Kopie der Mona Lisa, was will man mehr? Hier sehen wir auch den Aristoteles von Rembrandt, wie er die Büste Homers betrachtet, dort den Kardinal de Guevara von El Greco, dort den Kardinal Richelieu von Philippe de Champaigne, die Salome von Guido Reni, die Große Odaliske von Ingres und die süße Pinkie von Thomas Lawrence (die nicht nur dreidimensional dasteht, ihr seidenes Kleid bewegt sich auch leise im Lufthauch eines verborgenen Ventilators, denn sie steht, wie man weiß, vor dem

Hintergrund einer Landschaft, über der sich Gewitterwolken zusammenziehen).

Neben jeder Wachsfigur hängt das »originale« Gemälde. Auch hier ist es keine photographische Reproduktion, sondern eine Kopie in Öl, sehr primitiv, in Madonnenmalertechnik, und wieder erscheint die Kopie überzeugender als das Modell, und der Besucher überzeugt sich »mit eigenen Augen«, daß der Palace of Living Arts die National Gallery oder den Prado nicht bloß ersetzt, sondern verbessert.

Die Philosophie des Palace heißt nicht »wir geben euch die Reproduktion, damit ihr Lust auf das Original bekommt«, sondern »wir geben euch die Reproduktion, damit ihr kein Verlangen mehr nach dem Original habt«. Damit aber nach der Reproduktion verlangt wird, muß das Original so idolisiert werden, daß es unerreichbar erscheint. Daher das Kitschige der vergötternden Beischriften und der raunenden Stimmen, die uns immerzu an die Größe der Kunst vergangener Zeiten erinnern: Im letzten Saal präsentiert sich eine vatikanische Pietà von Michelangelo, diesmal eine gute Marmorkopie, hergestellt (wie immer genau vermerkt wird) von einem florentinischen Spezialisten, und als Dreingabe tut uns die Stimme kund, daß der Marmorfußboden unter dem Werk aus Steinen vom Heiligen Grab in Jerusalem ist (mithin wird hier mehr geboten als in Sankt Peter, und das Ganze ist echter).

Da wir fünf Dollar bezahlt und somit das Recht haben, nicht getäuscht zu werden, hängt an der Wand eine Fotokopie der Urkunde, in der die Verwaltung der Kirche des Heiligen Grabes bestätigt, daß sie dem Palace erlaubt hat, zwanzig Steinplatten zu entnehmen (woher wird nicht ganz klar). In der Erregung des Augenblicks, während scharfe Lichtstrahlen durch das Dunkel schneiden, um die erwähnten Details zu beleuchten, merkt der Besucher nicht gleich, daß der Boden aus wesentlich mehr als zwanzig Platten besteht und daß überdies besagte Platten auch ein Faksimile von jerusalemischer Mauer im Nebenraum bilden müßten, woraus erhellt, daß die archäologischen Originale stark ergänzt worden sind. Aber das macht nichts, was zählt, ist die Gewißheit über den kommerziellen Wert des Ganzen: Die Pietà hat, so wie sie dasteht, eine Riesensumme gekostet, da man ja extra nach Italien fahren mußte, um eine wirklich authentische Nachbildung zu bekommen. Andererseits vermerkt eine Beischrift neben dem Blue Boy von Gainsborough, daß sich das Original jetzt in der Huntington Art Gallery in San Marino, California, befindet, die dafür siebenhundertfünfzigtausend Dollar bezahlt hat. Also ist es Kunst. Aber es ist auch Leben, denn die Beischrift fügt eher sinnverwirrend hinzu: »Das Alter des Blue Boy bleibt ein Geheimnis.«

Den Gipfel des Palace erreicht man in zwei Räumen. In dem einen sieht man van Gogh. Nicht etwa die Reproduktion eines bestimmten Bildes, sondern ihn selber. Der arme Vincent hockt da auf einem der Stühle, die er so oft gemalt hat, im Hintergrund ein zerwühltes Bett, wie er es ebenfalls dargestellt hat, und rings an den Wänden kleine van Goghs. Am eindrucksvollsten ist aber das Gesicht des großen Irren: aus Wachs natürlich, aber bemüht, des Künstlers hektischen und gequälten Pinselstrich wiederzugeben, und so erscheint es zerfressen von einem eklen Ekzem, der Bart ist fühlbar zerfleddert und grindig, die Haut blättert ab – ein Skorbut, eine Herpes zoster, eine Mykose.

Die zweite Spitzenleistung bietet ein Raum mit drei Skulpturen, reproduziert in Wachs und folglich echter, weil farbig, während die Originale aus Marmor waren und daher ganz weiß und leblos. Es sind ein Gefangener und ein David von Michelangelo, der Gefangene ist ein Muskelprotz mit auf der Brust hochgerolltem Unterhemd und Lendenschurz Marke prüdes Nudistencamp, der David ein *ragazzo di vita* mit schwarzem Kraushaar, gefährlicher Zwille und grünem Feigenblatt auf dem rosa Bäuchlein. Die Beischrift erklärt uns, daß die Wachsfigur das Modell so darstellt, wie es gewesen sein muß, als Michelangelo es kopierte. Unweit davon steht die Venus von Milo, an eine jonische Säule gestützt, vor einer Wand mit rotfiguriger Vasenmalerei. Ich sage »gestützt«, denn die knallig fleischfarbene Figur hat tatsächlich Arme. Die Beischrift präzisiert: »Venus de Milo« (man beachte das Sprachengemisch) »zum Leben erweckt, wie sie war, als sie einst in Griechenland, ungefähr um 200 vor Christus, für den unbekannten Bildhauer Modell stand.«

Der Palace of Living Arts hat sich unter das Zeichen des Don Quijote gestellt (den es hier ebenfalls gibt, obwohl er kein Bild ist), denn »er repräsentiert die idealistische und realistische Natur des Menschen, und als solcher wurde er zum Symbol des Ortes gewählt«. Ich nehme an, mit »idealistisch« ist der unvergängliche Wert der Kunst gemeint und mit »realistisch« die Tatsache, daß man sich hier einen uralten Wunsch erfüllen kann, nämlich einmal über den Rand des Bildes hinauszuschauen, einen Blick dahinter zu werfen, von einer als Büste porträtierten Figur auch die Füße zu sehen. Was heute die höchstentwickelte Reproduktionstechnik auf der Basis von Laserstrahlen, die Holographie, mit eigens realisierten Objekten erreicht, das schafft der Palace of Living Arts mit den Werken der Alten Meister.

Frappierend ist nur, daß in der perfekten Reproduktion des van Eyckschen Ehepaars Arnolfini alles dreidimensional realisiert worden ist, ausgenommen der einzige Gegenstand, den der Maler in überraschend illusionistischer Technik gemalt hat und den die Nachbildungsspezialisten des Palace mühelos hätten einfügen können – nämlich der konvexe Spiegel im Hintergrund, der die Rückseite der gemalten Szene zeigt, wie durch ein Weitwinkelobjektiv gesehen. Hier, im Reich der dreidimensionalen Wachsfiguren, ist der Spiegel nur gemalt. Es gibt dafür keine klaren Gründe, höchstens solche symbolischer Art: Angesichts eines Falles, in welchem die Kunst bewußt mit der Illusion gespielt hat, um sich durch das Bild eines Bildes mit der Vanitas aller Bilder zu messen, hat die Industrie des Absolut Falschen eine Nachbildung nicht gewagt, vermutlich aus Angst vor dem Risiko einer Offenbarung der eigenen Lüge.

# Die verzauberten Schlösser

An der gewundenen Küstenstraße von San Francisco nach Süden, wenn man die Bucht von Monterey und Tortilla Flat und den Los Padres National Forest hinter sich hat, nach einer Kurvenfahrt über Klippen, die an Amalfi und Capri erinnern, erhebt sich, wo der Pacific Highway ins Tal hinunter nach Santa Barbara führt, auf dem sanften mediterranen Hügel von San Simeón das Schloß des William Randolph Hearst. Des Reisenden Herz schlägt höher, denn dies ist das »Xanadu« Citizen Kanes, wo Orson Welles seinen Helden leben und sterben ließ, den er explizit nach dem großen Zeitungsmagnaten gestaltet hatte, dem Ahnherrn der unseligen Symbionesin Patricia.

Auf den Gipfel der Macht und des Reichtums gelangt, erbaute sich Hearst hier oben seine private Festung der Einsamkeit, »eine Kombination aus Palast und Museum, wie man sie seit den Tagen der Medici nicht mehr gesehen hat«, nannte sie später ein Biograph. Wie in einem Film von René Clair (doch die Wirklichkeit übertrifft hier bei weitem jede Fiktion) erwarb er stückweise oder im ganzen europäische Schlösser, Abteien und Klöster, ließ sie demontieren und Stein für Stein numerieren, über den Ozean expedieren und hier auf dem Zauberhügel wieder zusammenbauen, inmitten freilebender wilder Tiere. Da er kein Museum haben wollte, sondern einen Renaissance-Palast, ließ er die echten Stücke mit kühnen Imitationen vervollständigen, ohne sich um die Unterscheidung von Original und moderner Kopie zu kümmern. Unbändige Sammlerwut, der schlechte Geschmack des Neureichen und Prestigesucht trieben ihn zu einer Nivellierung der Vergangenheit auf das zu lebende Heute, das ihm jedoch als lebenswert nur erschien, wenn es garantiert »wie früher« war.

Zwischen echten römischen Sarkophagen und exotischen Pflanzen, über nachgebaute barocke Treppen, kommt man zunächst in »Neptune's Piscina«, einen griechisch-römischen Phantasietempel voller Statuen im antiken Stil, darunter (wie der Führer mit unerschrockener Treuherzigkeit vermerkt) die berühmte Venus, schaumgeboren dem Wasser entsteigend, skulpiert um 1930 von einem italienischen Bildhauer namens Cassou. Alsdann gelangt man zur »Casa Grande«. Die Casa Grande ist eine Kathedrale im spanisch-mexikanischen Stil mit zwei Türmen (bestückt mit sechsunddreißig Glocken als Carillon). Ihr Portal umfaßt ein schmiedeeisernes Gitter aus einem spanischen Kloster des 16. Jahrhunderts, darüber erhebt sich ein Tympanon mit Madonna und Kind. Den Boden der Vorhalle ziert ein pompejanisches Mosaik, an den Wänden ringsum hängen Gobelins, die Tür zum Versammlungssaal ist von Sansovino, der Saal ist nachgebildete Renaissance, präsentiert als »italo-französisch«. Eine Reihe von Chorstühlen kommt aus einem italienischen Kloster (Hearsts Abgesandte haben die verstreuten Teile in diversen europäischen Antiquitätenläden zusammengekauft), die Tapisserien sind flämisches Hochbarock, die Objekte – echt oder falsch – sind aus diversen Epochen, vier Medaillons stammen von Thorvaldsen. Der Speisesaal hat eine italienische Decke »von vor vierhundert Jahren«, an den Wänden hängen Fahnen »einer alten Familie aus Siena«. Im Schlafzimmer steht das echte Bett Richelieus, der Billardsaal hat eine gotische Tapisserie, der Kinosaal (in dem Hearst seine Gäste nötigte, jeden Abend die von ihm produzierten Filme zu sehen, während er selbst in der ersten Reihe saß, neben sich ein Telefon, das ihn mit der ganzen Welt verband) ist von oben bis unten altägyptisch mit einem Schuß Empire, die Bibliothek hat eine weitere italienische Decke, das Arbeitszimmer kopiert eine gotische Krypta, gotisch sind auch (diesmal echt) die Kamine in den verschiedenen Sälen, und der überdachte Swimmingpool realisiert eine Mischung aus Alhambra, Pariser Metro und Pissoir eines Kalifen, nur noch majestätischer.

Das Frappierende an diesem Sammelsurium ist jedoch nicht die Vielzahl der in halb Europa zusammengerafften Antiquitäten, auch nicht die Sorglosigkeit, in welcher das artifizielle Gefüge die Fälschung übergangslos mit dem Echten verbindet, sondern der Eindruck von Fülle, der besessene Wille, nirgendwo einen Fleck zu lassen, der nicht an irgend etwas erinnert, und folglich das Meisterwerk einer vom Horror vacui besessenen Bastelei, die Unwohnlichkeit, die aus der überdrehten Abundanz resultiert –

wie die Ungenießbarkeit jener Gerichte, die viele der »feineren« amerikanischen Restaurants (in schummriges Dunkel gehüllt und holzgetäfelt, von weichen roten Lichtern punktiert und von unaufhörlicher Barmusik durchdrungen) dem Kunden anbieten, um sowohl seine wie ihre *affluence* zu dokumentieren: Beefsteaks, vier Finger hoch, mit Langusten und baked potatoes (und Creme und zerlassener Butter und gekochten Tomaten und Meerrettichsoße), denn so hat der Kunde *more and more* und nichts mehr zu wünschen.

Als unvergleichliche Sammlung auch authentischer Stücke erreicht das Schloß des Citizen Kane eine psychedelische Wirkung und ein Kitsch-Resultat. Aber nicht weil es keinen Unterschied zwischen Vergangenheit und Gegenwart macht (denn so verfuhren im Grunde auch schon die Feudalherren alter Zeiten beim Anhäufen ihrer seltenen Stücke, und das gleiche Stilgemisch herrscht in vielen romanischen Kirchen mit barockisiertem Altar und womöglich einem Glockenturm aus dem 18. Jahrhundert). Das Abstoßende ist vielmehr die wahllose Raffgier, mit der es sich alles einverleibt hat, was es kriegen konnte, und das Beklemmende ist die eigene Angst, womöglich der Faszination dieses Dschungels von venerablen Schönheiten zu erliegen, denn zweifellos hat er einen eigenen wilden Geschmack, eine eigene pathetische Wehmut und barbarische Größe und sinnliche Perversität, und mit der Ansteckung atmet er auch den Geist der Lästerung, der Schwarzen Messe – wie wenn man in einem Beichtstuhl bumst, mit einer Nutte im Priesterkleid, auf den Lippen Verse von Baudelaire, während zehn elektrische Orgeln das Wohltemperierte Klavier verströmen, gespielt von Skrjabin.

Aber Hearst Castle ist kein Unikum, es fügt sich aufs kohärenteste in die Touristenlandschaft Kaliforniens, zwischen die wächsernen Abendmahle und Disneyland. Verlassen wir also das Schloß und begeben uns nur ein paar Dutzend Meilen weiter nach San Luis Obispo. Dort, zu Füßen des Mount San Luis, den sich ein Mister Madonna komplett erworben hat, um darauf eine Reihe Motels von entwaffnender Pop-Vulgarität zu errichten, dort erhebt sich Madonna Inn.

Die dürftigen Worte der menschlichen Sprache reichen nicht aus, um Madonna Inn zu beschreiben. Um den Anblick der Bauten wiederzugeben, die man erreicht, wenn man eine in dolomitischen Fels gehauene Tankstelle hinter sich hat, um das Restaurant, die Bar, die Cafeteria zu schildern, kann man nur einige tastende, ungefähre Vergleiche wagen. Sagen wir, Albert Speer oder Piacentini[1] hätten beim Blättern in einem Buch über Gaudi eine zu starke Dosis LSD geschluckt und sich plötzlich vorgenommen, eine Hochzeitsgrotte für Liza Minelli zu bauen. Aber das trifft es noch nicht. Sagen wir, Arcimboldi ersinnt für Heino eine Sagrada Familia. Oder Carmen Miranda entwirft für McDonald's ein Lokal à laTiffany. Oder auch: D'Annunzios Vittoriale am Gardasee (oder Ludwigs des »Kini« Neuschwanstein im Allgäu), imaginiert von Louis de Funès, Calvinos »Unsichtbare Städte«, beschrieben von Sandra Paretti und realisiert von Leonor Fini[2] für das Oktoberfest, Chopins b-Moll-Sonate, gesungen von Karel Gott nach einem Arrangement von Liberace und gespielt von der Feuerwehrkapelle zu Hintertupfingen... Aber das trifft es noch immer nicht ganz. Versuchen wir, die Toiletten zu schildern. Eine riesige unterirdische Höhle, halb Altamira, halb Adelsberg, mit byzantinischen Säulchen, auf denen barocke Gipsputten stehen. Die Waschbecken große Perlmuschelschalen, das Pissoir ein in den Fels gehauener Kamin, doch wenn der Urinstrahl (Entschuldigung, aber man muß das erklären) den Boden berührt, entquillt den Wänden der Rauchkappe Wasser und schießt in Kaskaden hernieder, als wär's die Spülung in den Höhlen des Affenplaneten Mongo. Im Erdgeschoß dann, vor einem Panorama aus Tiroler Berghütten und Renaissance-Schlößchen, eine Flut von Lüstern in Form von Blumenkörben, Misteltrauben, aus denen opalisierende, veilchenblaue und mattgelbe Glaskugeln wachsen, umschaukelt von viktorianischen Püppchen. Die Wände durchbrochen von Jugendstilfenstern in Chartres-Farben, dazwischen Regency-Tapisserien im Stil des sozialistischen Realismus der frühen Jahre. Die runden Sofas

1 Marcello Piacentini, führender italienischer Architekt zur Zeit Mussolinis.

2 Symbolistische Malerin, die auch Bühnenbilder entworfen hat, u. a. für den Choreographen Balanchine an der Pariser Oper.

golden und pink, die Tische aus Gold und Glas, das Ganze eine verwegene Mischung aus farbenprächtiger Eisbombe, Pralinéschachtel, Sahnetorte und Knusperland für Hänsel und Gretel.

Alsdann die Zimmer, etwa zweihundert an der Zahl, jedes mit einem anderen Charakter. Zu einem mäßigen Preis (und mit einem Riesenbett – King's oder Queen's Bed – für Hochzeitsreisende) erhält man das Prähistorische Zimmer (ganz Tropfsteinhöhle), den Safari Room (ganz in Zebra tapeziert, mit einem Bett in Form eines Bantu-Götzen), das Hawaii-Zimmer, die California Poppy, den Old Fashioned Honeymoon, den Irischen Hügel, den Stürmischen Gipfel, den William Tell, den Tall and Short Room (für Eheleute von unterschiedlicher Größe, mit einem unregelmäßig polygonen Bett), den Wasserfall an der Felsenwand, den Imperial Room, die Alte Holländische Mühle oder das Schlafzimmer mit Karussell-Effekt.

Madonna Inn ist das Hearst Castle der kleinen Leute, es hat keine künstlerischen oder philologischen Ambitionen, es appelliert an den wilden Geschmack am Verblüffenden, am Vollgestopften und absolut Prächtigen zu geringem Preis. Es verheißt den Besuchern: »Auch ihr könnt das Unglaubliche haben, genau wie die Millionäre!«

Dieses Verlangen nach Opulenz, das im Millionär genauso lebendig ist wie im Mittelklasse-Touristen, erscheint uns fraglos als Markenzeichen des American Way of Life, doch an der Ostküste ist es weniger stark verbreitet, und sicher nicht, weil es dort weniger Millionäre gäbe. Sagen wir, der Ostküsten-Millionär hat weniger Schwierigkeiten, sich durch die Mittel der essentiellen Modernität auszudrücken, durch Bauten in Glas und Beton oder durch Renovierung der alten Neuenglandhäuser. Freilich nur, weil diese Häuser schon da sind. Mit anderen Worten, die Ostküste ist nicht so gierig auf architektonische Prunksammelsurien à la D'Annunzio, weil sie eine eigene Architektur besitzt, die historische der Kolonialzeit und die moderne der Geschäftsviertel. Barocke Emphase, eklektischer Taumel und Bedürfnis nach Imitation überwiegen dort, wo die posturbane Zivilisation entsteht, repräsentiert durch Los Angeles, eine Metropole aus sechsundsechzig verschiedenen Städten, in der die Gassen fünfspurige

Autobahnen sind und die Menschen den rechten Fuß als Glied zur Bedienung des Gaspedals ansehen und den linken als toten Wurmfortsatz, weil die Autos keine Kupplung mehr haben – und die Augen als eine Art Zoom-Vorrichtung zum Fokussieren von visuell-technischen Zeichen und Wundern, Straßenschildern, Ampeln und Bauten, die sich dem motorisierten Geist in Sekundenschnelle einprägen müssen. Tatsächlich finden wir ebendenselben Geschmack an dannunzianischen Vittorialen auch im Zwillingsstaat Kaliforniens, in Florida, das sich gleichfalls als eine artifizielle Region präsentiert, als ein ununterbrochenes Ineinander von städtischen Zentren, verschlungenen Rampen zu Autobahnen, die sich über weite Buchten schwingen, und künstlichen Amüsierstädten (die zwei Disneylands, die es gibt, liegen in Kalifornien und in Florida, aber das in Florida, hundertfünfzigmal größer, ist noch zukunftsgläubiger und pharaonischer).

In Florida, südlich von Saint Petersburg, über eine Sequenz von Hängebrücken, die ganze Meeresarme überspannen, und auf einer Autobahn, die knapp über dem Wasserspiegel zwei Städte miteinander verbindet, quer über eine Bucht, die ebenso herrlich wie unpraktisch ist für Menschen ohne fahrbaren Untersatz, ohne Boot und private Bucht, gelangt man nach Sarasota. Hier hat die Ringling-Dynastie (Zirkusmagnaten vom Format eines Barnum) weitläufige Monumente ihrer selbst hinterlassen. Ein Zirkusmuseum, eine Gemälde- und Skulpturensammlung mit angeschlossener Renaissance-Villa samt Theater aus Asolo und schließlich die *Ca' d'Zan*. Der Name bedeutet, wie der Führer erklärt, »House of John in Venetian dialect«, und tatsächlich ist die Ca' d'Zan ein Palazzo oder genauer ein Stück Fassade vom Canal Grande. Davor ein hinreißend schöner botanischer Garten, in dem zum Beispiel ein echter Banyan steht (jawohl, ein bengalesischer Feigenbaum wie bei Salgari[3]), dessen wild verschlungene Luftwurzeln eine Art Söller bilden, auf dem sich eine Bronzefigur erhebt. Hinten gelangt man über eine Terrasse von mäßig venezianischem Zuschnitt, vorbei an weiteren Bronzen

3 Emilio Salgari, 1863-1911, Verfasser von über hundert populären Abenteuerromanen, gilt als der »Karl May Italiens«.

(hier ein Cellini, dort ein Giambologna, beide falsch, aber mit echtem Grünspan, der das Metall an den richtigen Stellen zerfrißt), zu einer der Buchten Floridas, einst Paradies der ersten Erkunder oder gesegnetes Land des kleinen Jody, als er schluchzend den unsterblichen Flag verfolgte, den *Yearling*.[4]

Ca' d'Zan ist ein venezianischer Palast wie aus einem Abituraufsatz mit dem Thema: »Beschreiben Sie einen Palast in Venedig, Symbol der Prachtentfaltung und des historischen Schicksals der Dogen, Ort der Begegnung von lateinischer Zivilisation und maurischer Barbarei.« Es versteht sich, daß der auf eine Eins erpichte Schüler vor allem die Lebhaftigkeit der Farben und die orientalischen Einflüsse unterstreicht und ein Ergebnis liefert, das mehr Othello als Marco Polo gefällt. Was die Innenausstattung betrifft, so gibt es kein Zögern: Wir sind im Hotel Danieli. Der Architekt Dwight James Baum ist es wert (im Sinne von »verdient es«, wie Eichmann), in die Geschichte einzugehen. Auch weil er, unzufrieden mit dem Danieli, noch übertrieben hat. Er hat einen unbekannten Dekorateur aus Ungarn beauftragt, eine Kassettendecke im Stil einer Corpsstudentenfrotzelei auszumalen, er hat verschwenderisch Terrakotten verstreut, Gondeln auf der Lagune, Gläser à la Murano in Blau und Rosa und Amethyst, doch sicherheitshalber hat er das Ganze noch ausstaffiert mit flämischen und englischen Tapisserien, französischen Pfeilerspiegeln, Jugendstil-Nippes, Empire-Stühlen, Louis-Quinze-Betten, Marmorfiguren aus echtem Carrara (mit Gütesiegel), angefertigt wie üblich von extra aus Venedig herbeigeholten Skulpteuren, und obendrein hat er größte Sorgfalt darauf verwandt, daß die Bar eine gläserne Wandtäfelung aus Scheiben mit richtiger Bleifassung hat, die eigens importiert wurde – man beachte die archäologische Raffinesse – aus dem Cicardi Winter Palace in Saint Louis, was nun wahrhaft, seien wir ehrlich, der Gipfel des guten Willens ist. Auch hier gibt es zahlreiche echte Stücke, die Sotheby zur Ehre gereichen würden, aber was überwiegt, ist das mit dreister Phantasie imitierte Verbindungsgefüge, obwohl erklä-

4 Roman von Marjorie Kinnan Rawlings, deutsch bei Rowohlt unter dem Titel »Frühling des Lebens« erschienen.

rende Beischriften sich bemühen, das Echte als echt zu etikettieren, was bis zur frommen Bürokrateneinfalt gehen kann, etwa wenn eine holländische Porzellanuhr in Form einer mittelalterlichen Burg mit einem Schildchen versehen ist, das da lautet: »Dutch, circa 1900?«

Über allem thronen, in Öl gemalt, die ehrwürdigen Besitzer John und Marble Ringling, glücklich verstorben und der Geschichte anvertraut. Denn der primäre Zweck dieser Wilden Vittorialen (wie aller Vittorialen) ist nicht so sehr, daß in ihnen gelebt werden kann, sondern daß sie den Nachkommen deutlich machen, wie außergewöhnlich jene gewesen sein müssen, die einst darin lebten – und offen gesagt bedarf es außergewöhnlicher Gaben, starker Nerven und einer großen Liebe sowohl zur Vergangenheit als auch zur Zukunft, um in solchen Räumen zu leben, Liebe zu machen, aufs Klo zu gehen, einen Hamburger zu verzehren, Zeitung zu lesen und sich den Hosenstall zuzuknöpfen. Beherrschend in diesen eklektischen Rekonstruktionen ist ein ausgeprägt schlechtes Gewissen ihrer Erbauer über die Anhäufung ihres Reichtums mit Methoden, die weniger nobel sind als die Architektur, die ihn krönt, ein starker Wille zum Sühneopfer, ein Streben nach Absolution in den Augen der Nachwelt.

Andererseits fällt es schwer, über diese pathetischen Loskaufversuche mit scharfrichterlicher Ironie herzufallen, denn schließlich hat es andere Potentaten gegeben, die sich durch das Nürnberger Reichsparteitagsgelände oder das Foro Mussolini verewigen wollten, und es liegt etwas Rührendes in diesem hilflosen Streben nach Ruhm durch Bekundung einer nicht erwiderten Liebe zur europäischen Vergangenheit. Man ist versucht, den armen geschichtslosen Millionär zu bedauern, der da in seinem Bemühen, Europa in gottverlassenen Sumpfwäldern und Savannen nachzubauen, diese als authentische Sumpfwälder und Savannen zerstört, um sie zu nichtexistenten Lagunen zu machen. Dennoch ist klar, daß dieses Sichanschmiegen an die Geschichte, mag es auch noch so pathetisch sein, nicht zu rechtfertigen ist, denn Geschichte läßt sich nicht imitieren, sondern nur machen, und das architektonisch bessere Amerika zeigt, daß es möglich ist.

Die Gegend um Wall Street in New York besteht aus Wolkenkratzern, neugotischen Kathedralen, antikisierenden Tempeln und Grundstrukturen in Würfelform. Ihre Erbauer waren nicht weniger kühn als die Ringlings und Hearsts, man findet hier sogar einen Palazzo Strozzi, Sitz der Reserve Bank of New York, komplett mit Bossenquadern und allem. Errichtet 1924 aus »Indian limestone and Ohio sandstone«, beginnt er unten wie in Florenz, beendet die Renaissance-Imitation korrekt nach der zweiten Etage, geht weiter mit acht Phantasie-Etagen, krönt sie mit einem welfischen Zinnenkranz und beginnt dann erneut als Wolkenkratzer. Dennoch wirkt das Ganze nicht störend, denn die Südspitze von Manhattan ist ein Meisterwerk an lebendiger Architektur, bizarr wie das untere Zahngehege der Cowboy-Kathy, Wolkenkratzer und gotische Kathedralen bilden hier miteinander, was man »die größte steinerne Jam Session in der Geschichte der Menschheit« genannt hat. Auf der anderen Seite erscheinen hier auch das Gotische und das Neoklassische nicht als gesuchte Effekte, sondern als originärer Ausdruck des Revival-Bewußtseins der Zeit, in der sie errichtet wurden – und somit sind sie nicht falsch, jedenfalls nicht falscher als die Madeleine in Paris, und nicht unglaubwürdiger als die Mole Antonelliana in Turin. Alles ist hier in eine längst homogen gewordene Stadtlandschaft integriert, denn die wahren Städte sind jene, die auch das architektonisch Häßliche urbanistisch erlösen. Vielleicht wäre in New York sogar die Ca' d'Zan akzeptabel, so akzeptabel wie ihre zahlreichen Vorbilder am Canal Grande.

Tatsächlich lehrt uns ein guter urbaner Kontext, mit der Geschichte, die er repräsentiert, auch den Kitsch humorvoll zu sehen (und ihn somit zu bannen). Auf halbem Weg zwischen San Simeón und Sarasota gönnte ich mir einen Aufenthalt in New Orleans. Ich kam aus dem in Disneyland nachgebauten New Orleans und wollte nun meine Eindrücke an dem echten New Orleans überprüfen. Das echte New Orleans repräsentiert eine noch intakte Vergangenheit, denn das französische Vieux Carré ist einer der wenigen Orte, an denen die amerikanische Zivilisation noch nicht alles imitiert, nivelliert und rekonstruiert hat. Die Substanz der alten kreolischen Stadt ist erhalten geblieben, das

Zentrum steht noch mit seinen niedrigen Häusern, seinen Veranden und Lauben aus Gußeisen, angerostet und abgegriffen, wie sich's gehört, seinen windschiefen Bauten, die sich gegenseitig stützen, wie man es noch gelegentlich in Paris oder Amsterdam sehen kann, allenfalls neugestrichen, aber auch das nicht zu sehr. Gewiß, es ist nicht mehr Storyville, es ist nicht mehr Basin Street, es gibt nicht mehr die Bordelle mit roten Lampen, aber es gibt noch zahlreiche Stripteaselokale mit offener Tür zur Straße, umgeben von lärmend durcheinanderspielenden Bands, vorbeiströmenden Touristen und flanierenden Müßiggängern. Das Vieux Carré entspricht in keiner Weise dem typischen Amüsierviertel einer amerikanischen Stadt, es ist eher ein direkter Ableger von Montmartre. In diesem subtropischen Zipfel Europas gibt es noch Restaurants mit Leuten, die aussehen wie in *Vom Winde verweht*, wo Kellner im Frack mit den Gästen über Variationsmöglichkeiten der lokalen Gewürze durch Sauce béarnaise diskutieren, oder auch solche, die auf verblüffende Weise einer echt mailändischen *Brasera* ähneln und sogar etwas von den Mysterien des *Bollito col bagnetto verde* verstehen (das sie dreist als kreolische Küche anbieten).

Auf dem Mississippi kann man noch eine Flußfahrt machen, sechs Stunden lang auf einem Raddampfer, der natürlich falsch ist, erbaut nach modernen technischen Kriterien, doch er bringt uns, vorbei an wilden Ufern, wo Alligatoren leben, bis nach Barataria, wo sich einst Jean Lafitte mit seinen Piraten verbarg, bevor er zu General Jackson stieß, um mit ihm gegen die Briten zu kämpfen. Infolgedessen gibt es in New Orleans noch Geschichte, unter dem Portiko des Presbytère liegt sogar, als vergessenes archäologisches Fundstück, eins der ersten U-Boote der Welt, mit dem die Truppen der Konföderierten im Sezessionskrieg Angriffe auf die Nachschubkähne der Yankees fuhren. New Orleans hat – wie New York – seine eigenen Fälschungen, die es kennt und historisiert; so gibt es zum Beispiel in manchen Patrizierhäusern Kopien des »Napoleon auf dem Thron« von Ingres, denn im 19. Jahrhundert kamen viele französische Maler nach Louisiana, gaben sich als Schüler des großen Meisters aus und produzierten mehr oder minder verkleinerte, mehr oder minder gelungene

Kopien; aber das war zu einer Zeit, als die Kopie in Öl die einzige Möglichkeit war, das Original bekannt zu machen, und die lokale Historiographie feiert diese Kopien als Dokumente der eigenen »Kolonialität«. Die Fälschung wird als »historisch« anerkannt und als solche bereits mit einer Aura von Echtheit umgeben.

Nun existiert in New Orleans auch ein Wachsmuseum, das der Geschichte Louisianas gewidmet ist. Gut gemachte Figuren, Kostüme und Ausstaffierungen von einer ehrlichen Präzision. Aber das Klima ist anders als sonst, es fehlt hier die Atmosphäre von Zirkus und magischer Suggestion. Die erklärenden Beischriften sind durchdrungen von Skepsis und Sinn für Humor, wenn eine Episode legendär ist, wird sie als solche bezeichnet, allenfalls mit dem Eingeständnis, daß es amüsanter war, die Legende zu rekonstruieren statt der Geschichte. Der Sinn für Geschichte erlaubt den Verzicht auf Hyperrealität: Napoleon, der in der Badewanne sitzend den Verkauf Louisianas erörtert, müßte nach den Berichten der zeitgenössischen Chroniken aufgeregt aus dem Wasser springen und die Umstehenden bespritzen, doch das Museum erklärt dem Betrachter, da die Kostüme sehr teuer gewesen seien, habe man auf totale Wirklichkeitsnähe verzichten müssen, und bittet dafür um Entschuldigung. Die Wachsfiguren spielen auf eine Legende an, die ihre Spuren in den Straßen ringsum hinterlassen hat: die Kolonialzeit, die Aristokraten, die schönen Kreolinnen, die Prostituierten, die Messerstecher, die Piraten, die Glücksspieler auf den Flußdampfern, die Entstehung des Jazz... und die Kanadier, die Spanier, die Franzosen, die Engländer. New Orleans leidet nicht an der Neurose einer negierten Vergangenheit, es verschenkt Erinnerungen mit der Leichtfertigkeit eines großen Herrn und hat es nicht nötig, dem *real thing* nachzujagen.

Der krampfhafte Wunsch nach dem Quasi-Echten entsteht immer nur als neurotische Reaktion auf Erinnerungsleere. Das absolut Falsche ist ein Kind des unglücklichen Bewußtseins einer Gegenwart ohne Substanz.

# Die Klöster des Heils

Das Mäzenatentum in Kalifornien und in Florida hat gezeigt, daß man, um D'Annunzio zu sein (und ihn zu schlagen), keinen Dichterkranz braucht, es genügen ein Haufen Geld und ein ehrlich gläubiger allesfressender Synkretismus. Bleibt zu fragen, ob Amerika, wenn es sich der Vergangenheit in mäzenatischer Weise nähert, immer unter dem Zeichen der Raffgier und des zusammenstoppelnden Bastelns vorgeht. Also sind weitere Stichproben nötig, doch da unsere Reise der Suche nach dem Absolut Falschen gilt, bleiben die philologisch korrekten Sammlungen, in denen berühmte Kunstwerke ohne jedwede Zutat einfach nur aneinandergereiht werden, außer Betracht. Was wir suchen, sind Grenzfälle, Nahtstellen zwischen Archäologie und Fälschung. Und in dieser Hinsicht ist Kalifornien wirklich noch immer das Goldland.

Die Augen (und Nerven) gesättigt von all den Wachsmuseen, vom Schloß des Citizen Kane und vom Madonna Inn, nähern wir uns dem Paul Getty Museum in Malibu, an der kalifornischen Küste gleich hinter Santa Monica, voller Mißtrauen. Die schöne und sensible Kunsthistorikerin (Frau eines Kollegen an der Universität von Los Angeles), die mich in die Geheimnisse des Museums einführt und mir dadurch die Benutzung des Walkmans erspart, der den Besuchern zur Verfügung gestellt wird, ist voller Scham. Sie weiß, warum ich gekommen bin, was ich hinter mir habe, sie fürchtet meinen Spott, sie zeigt mir die Säle voller Kostbarkeiten, von Raffael, Tizian, Paolo Uccello und Veronese über Magnasco, Georges de La Tour und Poussin bis zu Alma-Tadema, sie wundert sich über die gelangweilte Art, in der ich – nach Tagen voll wächserner Abendmahle und praller Modelle der Venus von Milo – zerstreute Blicke auf diese bläßlich-authentischen Bilder werfe. Sie führt mich durch die erlesene Sammlung antiker Skulpturen, sie zeigt mir die Restauratorenwerkstatt, wo man den Neuerwerbungen mit wissenschaftlicher Akribie und philologischer Unerbittlichkeit die in der Barockzeit angefügten

Nasen wegoperiert, denn die Philosophie des Museums ist streng, gelehrt, auf grimmige Weise deutsch, und Paul Getty hat sich effektiv als ein gebildeter, kunstsinniger Mäzen erwiesen, der dem kalifornischen Publikum ausschließlich Werke von unbestrittenem Wert und garantierter Echtheit zeigen wollte. Doch meine Beatrice ist schüchtern und entschuldigt sich, weil wir, um zu den inneren Sälen zu gelangen, durch zwei große Gärten und ein luftiges Peristyl gehen mußten. Wir sind durch die Papyrus-Villa von Herculaneum gegangen, die vollständig rekonstruiert worden ist, mit ihren Kolonnaden, den pompejanischen Wandmalereien, unbeschädigt und leuchtend, dem strahlenden Weiß der Marmorfiguren, den Statuen draußen im Garten, der nur Pflanzen enthält, die am Golf von Neapel wachsen. Wir sind durch etwas gegangen, das mehr ist als die Papyrus-Villa, denn die Papyrus-Villa ist unvollständig, halb verschüttet, eine Vorspiegelung von römischer Villa, während diese hier ganz ist, die Archäologen Paul Gettys haben Pläne und Modelle anderer römischer Villen studiert, sie haben gelehrte Konjekturen vorgenommen, archäologische Syllogismen aufgestellt und haben die Villa so rekonstruiert, wie sie vermutlich gewesen war oder zumindest hätte gewesen sein müssen. Meine Führerin ist verlegen, denn sie weiß, daß die modernen Auffassungen der Museumsdidaktik einen modernen, aseptischen Rahmen verlangen, Leitmodell ist das Guggenheim Museum von Frank Lloyd Wright. Sie fürchtet, daß die Besucher, verwirrt zwischen der hyperrealen Nachbildung und dem Echten, womöglich die Orientierung verlieren und am Ende den äußeren Rahmen für echt halten und das Innere für eine große Ansammlung von modernen Kopien. In der Abteilung Dekorative Künste enthalten die Räume à la Versailles lauter echte und kostbare Stücke, aber auch hier ist die Rekonstruktion beherrschend, mag der gedruckte Führer auch jeweils präzise angeben, was authentische Antiquität und was moderne Nachbildung ist; der »Régence Period Room« hat eine Täfelung aus dem Hôtel Herlaut, aber die Stuckdecke samt Rosette ist rekonstruiert, und das Parkett, obwohl aus dem 18. Jahrhundert, gehörte nicht zum originalen Ambiente; die Kommoden sind aus der Epoche, aber aus anderen

Residenzen, außerdem sind es zu viele, und so weiter. Gewiß, in dieser Rekonstruktion erhält der Besucher eine viel bessere Vorstellung von der Architektur französischer Innenräume zur Zeit des Rokoko, als wenn er die Objekte aufgereiht in separaten Vitrinen sähe, aber die Konservatoren des Getty Museum sind europäisch erzogen und fürchten, daß auf ihre Arbeit ein Schimmer des Verdachts und der Verwirrung fällt, die von Experimenten wie dem Hearst Castle ausgehen.

Andererseits sind die Erklärungen von Paul Getty, die man im Führer nachlesen kann, sehr wohlüberlegt und schlüssig. Wenn es sich um einen Irrtum handelt, dann um einen luziden, geboren nicht aus unbedachter Improvisation oder Naivität, sondern aus einer präzisen Philosophie der Möglichkeit des Nacherlebens von europäischer (Kunst-)Geschichte an den Küsten eines Kalifornien, das zwischen Andenken an die Pioniere und Disneyland schwankt, also in einem Land mit viel Zukunft, aber so gut wie keiner historischen Reminiszenz.

Wie kann ein reicher Mann mit Liebe zur Kunst die hehren Gefühle vermitteln, die ihn eines Tages in Herculaneum oder Versailles bewegten? Wie kann er seinen Mitbürgern klarmachen, was Europa war? Ganz einfach: Er stellt seine Kunstschätze mit erklärenden Beischriften in einer möglichst neutralen Umgebung zur Schau. In Europa heißt die neutrale Umgebung Louvre, Uffizien, Castello Sforza oder Tate Gallery gleich neben der Westminster Abbey. Es ist leicht, ein neutrales Ambiente zu schaffen für Besucher, die den Atem der Geschichte gleich nebenan verspüren, die das neutrale Ambiente betreten, nachdem sie erhebende Gänge zwischen ehrwürdigem Gemäuer hinter sich haben. Aber in Kalifornien, zwischen dem Pazifik auf der einen Seite und Los Angeles auf der anderen, umgeben von Restaurants in Melonen- und Hamburgerform, nach Anfahrten über vierstöckige, unendlich verschlungene Autobahnen? Was tut er hier? Er rekonstruiert die Papyrus-Villa. Er verläßt sich auf deutsche Archäologen, die nicht übertreiben, die seine Büsten aus Herculaneum in ein Bauwerk stellen, das einen kleinen römischen Tempel reproduziert, und wenn er genügend Geld hat, läßt er den Marmor aus dem Herkunftsort des Modells kommen und die Facharbeiter allesamt aus Neapel, Carrara oder Venedig, und das schreibt er dann auch. Kitsch? Vielleicht. Aber im Sinne des Hearst Castle? Nicht unbedingt. Im Sinne des Palace of Living Arts oder der Magic Rooms of Madonna Inn? Im Sinne der Venus von Milo mit Armen? Sicher nicht.

Der Palace of Living Arts oder das Madonna Inn sind Werke gerissener Ausbeuter des Prestiges der Kunst. Das Lyndon B. Johnson Memorial ist das Werk eines arrivierten Texaners, der jede seiner Gesten für geschichtswürdig hält und noch der Rechnung seiner Wäscherin ein Kenotaph errichtet. Das Hearst Castle ist das Werk eines allzu reich gewordenen Reichen mit Heißhunger nicht auf die Kunst, sondern auf das Prestige, das die Kunst zu geben vermag – und nur sein Geld und seine eklektische Neigung haben ihn daran gehindert, eine totale Fälschung herzustellen (die in diesem Sinne dann »echter« gewesen wäre, wie etwa Neuschwanstein, das zur Gänze aus spätromantisch nachempfundener Gotik besteht).

Das Getty Museum ist demgegenüber das Werk eines Mannes und seiner Mitarbeiter, die auf ihre Weise versuchen, eine zuverlässige und »objektive« Vergangenheit zu rekonstruieren. Wenn die griechischen Statuen hier nicht griechisch sind, sind sie doch wenigstens gute römische Kopien und werden als solche gezeigt; wenn die Tapisserien, vor denen die echten Raffaels hängen, heute gemacht worden sind, sind sie doch immerhin so gemacht, daß sie die Gemälde in eine Umgebung plazieren, die derjenigen nicht unähnlich ist, für die sie bestimmt waren. Die Kybele aus der Sammlung Mattei in Rom steht in einem nachgebauten Kybele-Tempel, an dem uns die Makellosigkeit stört, die Frische des »soeben fertiggestellten« Neubaus – uns, die wir an halbzerfallene und verwitterte Tempel gewöhnt sind; aber Paul Gettys Archäologen haben ihn ganz bewußt so gestaltet, daß er aussieht, wie ein frisch errichteter römischer Tempel ausgesehen haben muß, und auf der anderen Seite wissen wir nur zu gut, daß viele antike Statuen, die uns heute durch ihr strahlendes Weiß faszinieren, ursprünglich bunt bemalt waren, auch die heute so blinden Augen hatten aufgemalte Pupillen. Das Getty Museum läßt die Statuen weiß (und erliegt allenfalls in diesem Sinne dem archäologischen Fetischismus der Europäer), aber die Wände des Tempels bestückt es mit bunten Marmorplatten und präsentiert ihn dann als hypothetisches Modell. Man möchte fast meinen, daß Getty der Vergangenheit näherkommt, wenn er den Tempel rekonstruiert, als wenn er die Statue in die eisige Unvollständigkeit und unnatürliche Isolierung der »korrekten« Restauration versetzt.

Mit anderen Worten, das Getty Museum stellt uns, nach der ersten spöttischen oder verblüfften Reaktion, vor eine Reihe von Fragen: Wer hat recht? Wie nähert man sich der Vergangenheit? Der archäologische Respekt ist nur eine der möglichen Formen, andere Epochen haben das Problem auf andere Weise gelöst. Ist die Getty-Lösung typisch für unsere Epoche? Überlegen wir einmal, wie ein römischer Patrizier in der Kaiserzeit lebte und was er sich dachte, wenn er in seinem Bedürfnis, die Herrlichkeiten der griechischen Kunst in seiner Heimat zu reproduzieren, sich eine der Villen erbauen ließ, die das Getty Museum nachgebaut hat. Er schwärmte vom unerreichbaren Parthenon und bestellte sich bei hellenistischen Künstlern Kopien der großen Skulpturen aus der Perikles-Zeit. Der römische Patrizier war ein gieriger Hai: Erst tat er alles, um die griechische Kultur in die Krise zu stürzen, dann sicherte er ihr Überleben in Form von Kopien. Zwischen dem römischen Patrizier und dem Griechenland des fünften Jahrhunderts lagen, sagen wir, fünf- oder sechshundert Jahre. Zwischen Getty und dem nachgebildeten Römertum liegen etwa zweitausend. Den zeitlichen Abstand überbrückt das archäologische Wissen, wir können Gettys Spezialisten vertrauen, ihre Nachbildung kommt Herculaneum näher als die Nachbildung in Herculaneum ihren griechischen Vorbildern. Unsere Reise ins Absolut Falsche, begonnen im Zeichen der Ironie und des hochnäsigen Degouts, stellt uns auf einmal dramatische Fragen.

Verlassen wir das Getty Museum, machen wir einen Sprung von mehreren tausend Kilometern und begeben uns nach Florida in das Ringling Museum of Art. Die Ringlings waren keine Ölmagnaten, sondern Zirkuskönige. Als sie sich einen Palast erbauten, erbauten sie einen falsch-venezianischen, der alles in allem weniger kostete als das Hearst Castle und noch praller von offenkundigen Fälschungen strotzt. Doch gleich daneben, im Park an der Bucht von Sarasota, errichteten sie ein Kunstmuseum, das der Sammlung Getty, was echte Werke betrifft, in nichts nachsteht: Caravaggio, Gaudenzio Ferrari, Piero di Cosimo, Rubens, El Greco, Cranach, Rembrandt, Hals, Veronese... Es ist kleiner als der Louvre, aber größer als das Museo Poldi-Pezzoli in Mailand. Leute, die Geld hatten und es gut anzulegen verstanden.

Doch was für ein baulicher Rahmen umgibt diese Schätze? Eine weitläufige Renaissance-Villa, etwas wirr in den Proportionen, beherrscht von einem Michelangelo-David, die Kolonnade voll von etruskischen Statuen (vermutlich echten, erbeutet in Zeiten, als die Etruskergräber noch nicht so gut geschützt waren wie heute), ringsum ein angenehmer italienischer Park. Der Park ist mit Statuen angefüllt, man kommt sich vor wie auf einem Empfang mit lauter alten Bekannten: sieh da, der Diskuswerfer, dort drüben Laokoon, grüß dich, Apollo von Belvedere, wie geht's? Mein Gott, immer dieselben Leute.

Natürlich sind, im Gegensatz zu den Kunstwerken drinnen, diese hier draußen allesamt falsch. Und das steht auch klar auf den Bronzeplaketten zu Füßen jeder Figur. Aber was heißt »falsch« bei einer Gipskopie oder einem Bronzeguß? Lesen wir eine beliebige Beischrift: »Tänzerin. Moderner Bronzeabguß einer römischen Kopie aus dem ersten Jahrhundert nach Christus eines griechischen Originals aus dem fünften Jahrhundert vor Christus. Das Original [das heißt die römische Kopie] befindet sich im Nationalmuseum von Neapel.« Also was nun? Das europäische Museum hat eine römische Kopie. Das amerikanische Museum hat eine Kopie der römischen Kopie. Aber schließlich sind es Kopien von Skulpturen, bei denen, wenn man gewisse technische Standards einhält, nichts verlorengeht. In welchem Geiste protestieren wir also? Und protestieren wir darüber, daß hier der Giambologna nicht weit vom Laokoon steht, wenn ziemlich genau dasselbe in unseren Museen passiert? Oder daß sich die einigermaßen akzeptable Imitation der Renaissance-Loggia unweit des eher grotesk imitierten Palazzo vom Canal Grande erhebt? Aber wie erginge es wohl dem Besucher, der diese

Souvenirs in tausend Jahren betrachtet, ohne Kenntnis von einem Europa, das dann womöglich schon lange verschwunden ist? Vielleicht so ähnlich wie dem Touristen im heutigen Rom, der den Weg vom Palazzo delle Assicurazioni an der Piazza Venezia, vorbei am Viktor-Emanuel-Denkmal, durch die Via dei Fori Imperiali zum Kolosseum geht und schließlich vor den Resten der Servianischen Mauer in der Fassade des Bahnhofs Termini landet.

Bedingung ist allerdings, daß dieses Amalgam von Echtem und Falschem durch eine historische Katastrophe erzeugt worden ist – durch dieselbe, die schon dafür gesorgt hat, daß uns die erhabene Akropolis von Athen genauso verehrungswürdig erscheint wie Pompeji, ein Städtchen aus kleinen Häusern und Bäckerläden. Womit wir zum Thema der *Ultima Spiaggia* kommen, des »Letzten Ufers« als Ausdruck jener apokalyptischen Philosophie, die mehr oder weniger explizit diese Rekonstruktionen beherrscht: Europa versinkt in der Barbarei, es gilt, soviel wie möglich davon zu retten. Die gleiche Vorstellung hatte auch schon, wenn nicht der römische Patrizier, so doch der mittelalterliche Mäzen, der völlig unterschiedslos antike Erinnerungsstücke sammelte und – siehe Gerbert von Aurillac, besser bekannt als Papst Sylvester II. – eine Handschrift von Statius gegen eine Armillarsphäre tauschte (aber er hätte auch umgekehrt vorgehen können, laut Huizinga reagierte der mittelalterliche Mensch auf das Kunstwerk so wie heute ein staunender Bourgeois). Wir haben auch keinen Anlaß, uns über die »Pietas« lustig zu machen, die, vermischt mit dem Sammlertrieb, die Ringlings dazu bewogen hat, das komplette Theater von Asolo zu erwerben (samt hölzernen Aufbauten, Bühne, Parkett und Galerie), das sich seit 1798 im Park der Caterina Cornaro befand (und später die Duse beherbergen sollte), bis es 1930 abgerissen und an einen Antiquitätenhändler verkauft wurde, um Platz zu machen für einen »modernen« Saal. Heute steht es unweit des falsch-venezianischen Palastes und beherbergt künstlerische Ereignisse von beachtlicher Reputation.

Doch um das Thema des Letzten Ufers zu verstehen, kehren wir nach Kalifornien zurück, diesmal zum Friedhof Forest Lawn in Glendale. Die Idee seines Gründers war, daß Forest Lawn in seinen diversen Ausgaben nicht ein Ort der Trauer sein sollte, sondern einer der Heiterkeit – und da sich dieses Gefühl durch nichts so gut vermitteln läßt wie durch die Natur und die Kunst, bevölkerte Mr. Eaton, der Erfinder dieser neuen Friedhofsphilosophie, seine Forest Lawns mit Kopien der großen Meisterwerke der Vergangenheit, von Michelangelos David bis zu seinem Moses, von Donatellos Sankt Georg bis zur Marmorreproduktion der Sixtinischen Madonna Raffaels, nicht ohne das Ganze mit beglaubigten Erklärungen der italienischen Aufsichtsbehörde für Altertumswesen und Schöne Künste zu versehen, in welchen amtlich bestätigt wird, daß die Gründer von Forest Lawn effektiv in allen Museen Italiens gewesen sind, um sich die Meisterwerke der Renaissance anzusehen und »echte« Kopien davon zu bestellen.

Um Leonardos Abendmahl hier zu sehen, nach Einlaß zu festen Zeiten wie bei einer Theateraufführung, muß man vor einem geschlossenen Vorhang Platz nehmen, links die Vatikanische Pietà, rechts die Skulpturen der Medici-Kapelle. Ehe der Vorhang aufgeht, muß man sich eine lange Rede anhören, in welcher eine sonore Tonbandstimme ausführlich erklärt, daß diese Krypta nichts anderes ist als die Neue Westminster Abbey, die Grabstätte von Persönlichkeiten wie Gutzon Borglum, Jan Styka, Carrie Jacobs-Bond und Robert Andrews Millikan. Abgesehen davon, daß letzterer ein Nobelpreisträger für Physik war, will ich hier gar nicht versuchen, die anderen vorzustellen (die Bond zum Beispiel war die Autorin von *I love you truly*). Ohne die Westminster Abbey wären so manche Persönlichkeiten, die uns heute historisch erscheinen, unbekannte Dutzend-Barone geblieben; um sich ewigen Ruhm zu erringen, braucht man vor allem kosmische Dreistigkeit. Wer bitte schön wäre heute, gäbe es nicht das Grab gleichen Names, Caecilia Metella?

Gut. Ehe nun also den staunenden Blicken des Publikums die gläserne Reproduktion des Abendmahls sich enthüllt, erzählt uns Die Stimme, was Mr. Eaton einst widerfuhr, als er zu Mailand in Santa Maria delle Grazie vor dem verwitterten Fresko stand und sich inneward, daß Leonardos Meisterwerk durch das vereinte Wirken der Zeit und der menschlichen Ruchlosigkeit (es war vor dem Zweiten Weltkrieg) eines Tages zerstört sein würde. Ergriffen von heiligem Konservatorenfieber kontaktierte er die Signora Rosa Caselli-Moretti, Sproß einer alten Handwerkerdynastie aus Perugia, und bestellte bei ihr eine Reproduktion des berühmten Wandgemäldes *auf Glas*. Nicht wie es heute in Santa Maria delle Grazie zu sehen ist, sondern wie es vermutlich ausgesehen haben dürfte, als Leonardo es malte, beziehungsweise – noch besser – wie Leonardo es gemalt haben würde, wäre er nicht so träge gewesen, drei Jahre damit zu vertrödeln, ohne es fertigzubringen. An dieser Stelle hebt sich der Vorhang. Und ich muß sagen, verglichen mit den in ganz Kalifornien verstreuten wächsernen Reproduktionen ist diese gläserne der Caselli-Moretti solide Handwerksarbeit und würde sich in einer neugotisch-europäischen Kirche nicht übel ausnehmen. Die Autorin hatte sogar die Umsicht, das Antlitz Christi im vagen zu lassen, durchdrungen von der gleichen Scheu wie Leonardo vor der Ikone des Göttlichen – woraufhin nun die Touristenorganisation dafür sorgt, daß bewegliche Punktstrahler hinter der Scheibe die feinen Nuancen des Sonnenlichts (am Morgen, am Mittag, am Abend) so wiedergeben, daß sie die Mobilität der Züge Jesu im Spiel der atmosphärischen Variationen zeigen.

Diese ganze Maschinerie zur Reproduktion der Vergangenheit ist in Forest Lawn auf Profitzwecke ausgerichtet. Eine große gräzisierende Stelle am Eingang der Leonardo-Kapelle trägt eingraviert die schicksalsschwangeren Worte: »Warum meinen Sie, ein Begräbnis in Forest Lawn sei zu teuer? Rechnen Sie erst einmal nach. Bedenken Sie, daß wir zwanzig Familien pro Tag bedienen, statt nur eine oder zwei wie die anderen Friedhöfe. Damit verringern sich die Gemeinkosten...« Es folgen weitere Angaben, stets mit der Aufforderung, erst einmal nachzurechnen, bevor man übereilte Behauptungen aufstellt. Dennoch verkündet Forest Lawn dieselbe Ideologie wie das Getty Museum, das dem Publikum kostenlos zur Verfügung steht. Nämlich daß die Neue Welt jenes kostbare Erbe zu wahren habe, das die Alte Welt aus Nachlässigkeit und Desinteresse verkommen zu lassen droht. Natürlich soll diese Ideologie etwas verbergen: das Profitstreben im Falle des Friedhofs und im Falle von Getty den Umstand, daß es gerade der unternehmerische Imperialismus der Neuen Welt ist (zu dem auch Paul Gettys Ölimperium gehört), der die Alte Welt immer mehr schwächt. Also genau die Krokodilstränen des römischen Patriziers, der die Pracht und Herrlichkeit jenes Hellas reproduzierte, das sein Land zuvor auf die Stufe einer Kolonie hinabgedrückt hatte. Infolgedessen gründet die Ideologie des Letzten Ufers ihren Drang nach Erhaltung der Kunst auf eine imperialistische Effizienz, ist aber gleichzeitig auch deren schlechtes Gewissen, so wie die Kulturanthropologie das schlechte Gewissen des Weißen Mannes ist, der seine Schuld gegenüber den zuvor von ihm selbst zugrunde gerichteten Primitiven abtragen will.

Dies festgestellt, wäre es gleichwohl ungerecht und überheblich, wollten wir diese amerikanische Realität nicht zum Anlaß für eine Gewissensprüfung des europäischen Kunstgeschmacks nehmen. Sind wir sicher, daß die Pilgerfahrt des europäischen Touristen zur Pietà in Sankt Peter weniger fetischismusanfällig ist als die Pilgerfahrt des amerikanischen Touristen zur Pietà in Forest Lawn (die er aus größerer Nähe betrachten und sogar anfassen kann)? Im Grunde perfektionieren all diese Museen nur die Idee der »Vervielfältigung«. Das Goethe-Institut hat kürzlich in Köln das »Bügeleisen mit Stacheln« und das »Metronom mit Auge« von Man Ray nachgebaut, desgleichen das »Fahrrad-Rad auf Küchenhocker« von Marcel Duchamp, das nur noch als Photographie existierte. Und in der Tat, sobald man einmal den fetischistischen Wunsch nach dem Original überwunden hat, sind diese Kopien perfekt. Wer tritt, so besehen, die Rechte der Kunst mit Füßen? Ist es nicht eher der Steinschneider, der seine Tafel zerbricht, damit die Anzahl der numerierten Abzüge niedrig bleibt?

Hier wird nicht versucht, die Kult- und Weihestätten des Falschen freizusprechen, hier geht es um die Mittäterschaft der europäischen Kult- und Weihestätten des Echten.

# Die Stadt der Automaten

Wenn sich in Europa jemand amüsieren will, geht er dazu in ein »Haus«, das Vergnügungen bietet (sei es ein Lichtspielhaus oder ein Schauspielhaus oder ein Spielkasino); manchmal wird vorübergehend ein »Park« aufgebaut, der eine »Stadt« evozieren kann, aber nur im metaphorischen Sinne (wie eine »Zeltstadt« auf einer Festwiese). In Amerika gibt es hingegen, wie jeder weiß, regelrechte Vergnügungs-*Städte*: Las Vegas zum Beispiel, eine ganz und gar künstliche Stadt, in der sich alles um Spiel und Spektakel dreht und die von dem Architekten Robert Venturi als völlig neues Stadtphänomen untersucht worden ist, als »Message-Town«, die ganz aus Zeichen besteht, nicht eine Stadt wie die anderen, die kommunizieren, um funktionieren zu können, sondern eine, die funktioniert, um zu kommunizieren. Aber Las Vegas ist noch eine »richtige« Stadt, und wie Giovanni Brino kürzlich in einem Aufsatz gezeigt hat, verwandelt sie sich aus einer ursprünglichen Spielerstadt immer mehr in eine Wohn-, Geschäfts-, Industrie- und Kongreßstadt. Thema unserer Reise ist jedoch das Absolut Falsche, und daher interessieren uns hier nur die absolut falschen Städte. Disneyland (Kalifornien) und Disney World (Florida) sind gewiß die Paradebeispiele, doch wenn sie allein auf weiter Flur stünden, wären sie lediglich Randphänomene. Tatsache ist aber, daß die Vereinigten Staaten voll sind von Städten, die eine Stadt imitieren, so wie die Wachsmuseen die Malerei imitieren und die venezianischen Paläste oder pompejanischen Villen die Architektur. Vor allem gibt es die »Ghost Towns«, die Städte des Alten Westens von vor hundert Jahren. Manche davon sind halbwegs authentisch, das heißt der Rekonstruktion oder Konservierung liegt eine »archäologische« Stadtanlage zugrunde. Interessanter sind aber diejenigen, die aus dem Nichts entstanden sind, durch bloßen Willen zur Imitation. Sie sind das *real thing*.

Man hat nur die Qual der Wahl: Es gibt Stadtlandschaften, wie am Stone Mountain bei Atlanta, mit Reisen in alten Eisenbahnzügen aus der Gründerzeit, Indianerüberfällen und rettend eingreifenden Sheriffs, vor dem Hintergrund eines falschen Mount Rushmore, aus dessen Felswänden die Gesichter der großen US-Präsidenten blicken; es gibt das Six Guns Territory in Silver Springs, mit Zug und Sheriffs und Schießerei in den Straßen und French Cancan im Saloon; es gibt eine Reihe von Ranchos und mexikanischen Missionen in Arizona, Tombstone mit dem O.K. Corral, Old Tucson, Legend City bei Phoenix, die Old South Bar-b-Q Ranch in Clewiston/Florida, und so weiter. Wenn wir den Western-Mythos verlassen wollen, können wir auch noch andere Stadtformen haben, etwa den Magic Mountain in Valencia/Kalifornien, das Santa Claus Village, polynesische Gärten, Pirateninseln, Astroworlds wie in Kirby/Texas, und schließlich die »wilden« Gebiete der diversen Marinelands, ökologische Städte, mit denen wir uns im nächsten Kapitel befassen werden.

Es gibt auch Nachbildungen historischer Schiffe. Zwischen Tampa und Saint Petersburg in Florida kann man zum Beispiel an Bord der »Bounty« gehen, die auf der Reede vor einem tahitianischen Dorf liegt, getreulich rekonstruiert nach Zeichnungen aus den Beständen der Londoner Royal Society, aber mit Seitenblicken auf den berühmten Hollywoodfilm mit Charles Laughton und Clark Gable. Viele der nautischen Instrumente sind aus der Epoche, ein paar Matrosen sind Wachsfiguren, die Schuhe eines Offiziers sind dieselben, die der Schauspieler trug, als er ihn spielte, die historischen Angaben auf den diversen Erklärungstafeln sind glaubhaft, die Stimmen, die durch die Räume klingen, kommen vom Soundtrack des Films. Doch beschränken wir uns auf den Western-Mythos und wählen als exemplarische Ghost Town die Knott's Berry Farm in Buena Park, Los Angeles.

Dem Anschein nach wird hier mit offenen Karten gespielt, die umgebende Stadtlandschaft und der eiserne Gitterzaun um die Anlage (und natürlich die Eintrittskarte) weisen klar darauf hin, daß man keine richtige Stadt betritt, sondern eine Spielzeugstadt. Doch sobald man beginnt, durch die ersten Straßen zu gehen, nimmt die Illusion überhand. Vor allem frappiert der Realismus des Ganzen, die staubigen Ställe, die schäbigen Läden, das Sheriff's Office mit Telegraphenstation, das Gefängnis und der Saloon sind detailgetreu rekonstruiert und natürlich im Maßstab eins zu eins, die alten Planwagen sind mit Staub bedeckt, die chinesische Wäscherei ist trübe erleuchtet, alle Lokale sind mehr oder minder betretbar, die Läden sind offen, denn Knott's Berry Farm vereinigt – genau wie Disneyland – die Realität des Handels mit dem Spiel der Fiktion, und wenn der Drugstore falsche Gründerzeit ist und die Verkäuferin kostümiert wie eine Heldin John Fords, so sind die kandierten Früchte, die Erdnüsse und die pseudoindianischen Handarbeiten dafür um so echter, so echt wie die Dollars, die dafür verlangt werden; echt sind auch die Getränke, für die auf vergilbten alten Plakaten geworben wird, und der Kunde sieht sich ganz eingetaucht in Phantasie dank seiner eigenen Echtheit als Konsument – mit anderen Worten, er ist in der Lage des Cowboys oder Goldsuchers, der aus den Bergen in die Stadt kommt und sich alles abnehmen läßt, was er draußen angespart hat.

Zudem sind die Illusionsebenen vielfältig, was die halluzinierende Wirkung noch steigert: Der Chinese in der Wäscherei und der Gefangene im Gefängnis sind Wachsfiguren, die in realistischer Pose ein ebenso realistisch gebautes Ambiente bewohnen, in das man faktisch nicht eintreten kann. Aber man merkt nicht, daß der betreffende Raum nur ein Schaukasten ist, denn er wirkt so, als könnte man jederzeit durch die Tür hineinspazieren oder durchs Fenster eindringen. Zumal der angrenzende Raum – beispielsweise ein Drugstore, der auch als Büro des Friedensrichters fungiert – zwar wie ein Schaukasten wirkt, aber seinerseits nun real betretbar ist, und der Friedensrichter in seinem schwarzen Gehrock und mit seinen Colts am Gürtel ist ein realer Händler, der dort seine Waren verkauft. Hinzu kommt, daß in den Straßen Komparsen umhergehen, die im rechten Moment eine wilde Schießerei inszenieren, und da der amerikanische Durchschnittstourist heutzutage Blue Jeans trägt, die denen der Cowboys weitgehend gleichen, vermischt sich ein großer Teil der Besucher mit den Komparsen und erhöht damit noch das Theaterhafte des Ganzen. In der Dorfschule etwa, die mit geradezu hyperrealistischer Treue rekonstruiert ist, steht am Pult eine Lehrerin mit Häubchen und weitem kariertem Rock, doch auf den Bänken vor ihr sitzen Kinder, die in Wirklichkeit kleine Besucher sind, und ich habe gehört, wie ein Tourist seine Frau leise fragte, ob die Kinder echt oder falsch seien (und man hörte, daß er innerlich schon bereit war, sie wahlweise für Komparsen oder für Puppen zu halten, oder für elektronisch gesteuerte Automaten wie jene, die wir in Disneyland sehen werden).

Dem Anschein nach gehören die Ghost Towns in eine andere Kategorie als die Wachsmuseen oder die Kunstmuseen voller Kopien. In den Wachsmuseen erwartet niemand, daß der Napoleon in seiner Nische für echt gehalten wird, aber das Trugbild entsteht durch die Nivellierung der verschiedenen Geschichtsepochen und durch die fehlende Unterscheidung zwischen historischer Realität und Phantasie; im Falle der Kunstmuseen à la Palace of Living Arts ist trügerisch auf kultureller Ebene, wenn nicht auf psychologischer, die Vermengung von Kopie und Original sowie die Fetischisierung der Kunst als Abfolge von berühmten Sujets. In den Ghost Towns hingegen, wo das Theatralische explizit ist, liegt das Spukhafte in der Verwandlung des Besuchers zu einem Mitwirkenden an der Inszenierung und folglich zu einem Teilnehmer an jener kommerziellen Verkaufsmesse, die scheinbar noch zur Fiktion gehört, aber faktisch den substantiellen Endzweck der ganzen Imitationsmaschine ausmacht.

In einem sehr schönen Essay über Disneyland als »degenerierte Utopie« (»eine degenerierte Utopie ist eine in Mythenform realisierte Ideologie«) hat Louis Marin die Struktur jener Straße einer Old Frontier Town analysiert, die den Besucher gleich am Eingang empfängt und zu den verschiedenen Teilen der Zauberstadt führt. Die »Main Street« in Disneyland ist scheinbar der erste Akt der Fiktion, in Wahrheit jedoch eine höchst gelungene kommerzielle Realität, nämlich eine bestens kaschierte Einkaufsstraße. Sie präsentiert sich – wie übrigens die ganze Stadt – als vollkommen realistisch und zugleich vollkommen phantastisch, und hierin liegt Disneylands Überlegenheit (im Sinne der künstlerischen Gestaltung) über die anderen Spielzeugstädte: Seine Häuser sind »lebensgroß» im Maßstab eins zu eins, so weit das Erdgeschoß reicht, und verkleinert im Maßstab zwei zu drei ab dem Oberstock, so daß sie den Eindruck erwecken, sowohl bewohnbar zu sein, was sie tatsächlich sind, als auch einem phantastischen Annodazumal anzugehören, das wir mit der Phantasie beherrschen können. Die Fassaden der »Main Street« präsentieren sich als Kulissen und locken uns spielerisch einzutreten, doch innen sind sie dann stets ein verkleideter Supermarkt, in dem wir einkaufen wie die Besessenen in der Meinung, es sei noch immer ein Spiel.

In diesem Sinne ist Disneyland hyperrealistischer als die Wachsmuseen, gerade weil diese uns ja noch weiszumachen versuchen, ihre Objekte seien getreue Reproduktionen der Realität, während Disneyland unmißverständlich klarstellt, daß es in seinem magischen Bannkreis nichts anderes reproduziert als die Phantasie. Das Museum der dreidimensionalen Kunst verkauft seine Venus von Milo als »quasi echt«, während Disneyland sich erlauben kann, seine Reproduktionen als Meisterwerke der Fälscherkunst zu verkaufen, denn was es tatsächlich verkauft, nämlich seine Waren, sind keine Reproduktionen, sondern authentische Waren. Was gefälscht wird, ist unsere Kauflust, und in diesem Sinne ist Disneyland wirklich die Quintessenz der Konsumideologie.

Hat man indessen erst einmal zugegeben, daß »alles falsch« ist, so muß es, um genießbar zu sein, ganz echt aussehen. Darum hat das polynesische Restaurant, abgesehen von einer recht glaubhaften Speisekarte, tahitianische Kellnerinnen in passender Kostümierung, echte Südsee-Vegetation, richtige Felswände mit kleinen Wasserfällen etc., und sobald der Gast es betreten hat, darf nichts mehr in ihm den Verdacht erregen, daß draußen noch etwas anderes sein könnte als Polynesien. Wenn zwischen zwei Bäumen ein Stückchen von einem Fluß zu sehen ist, der zu einer anderen Abteilung gehört, etwa zu »Adventureland«, dann wird der Abschnitt so hergerichtet, daß es dem Gast nicht unwahrscheinlich vorkommt, in Tahiti hinter der Gartenhecke solch einen Fluß zu sehen. Und während das Wachs in den Wachsmuseen nicht Fleisch ist, bekommt man in Disneyland, wenn es um Felsen geht, richtigen Felsen serviert, und wenn von Wasser die Rede ist, richtiges Wasser, und ein Baobab ist ein Baobab. Und wenn uns Disneyland »Fälschungen« präsentiert, künstliche Flußpferde,

Dinosaurier, Seeschlangen, dann nicht so sehr, weil die echten Äquivalente unmöglich zu beschaffen wären, als vielmehr, weil wir die Perfektion der Fälschung und ihr programmgemäß-pünktliches Funktionieren bewundern sollen. In diesem Sinne produziert Disneyland nicht nur Illusion, sondern weckt auch – ohne es zu verleugnen – den Wunsch nach ihr: Echte Krokodile findet man auch im Zoo, und gewöhnlich dösen sie vor sich hin und verstecken sich. Disneyland aber sagt uns, daß die gefälschte Natur viel besser unseren Wachtraumwünschen entspricht. Wer in vierundzwanzig Stunden (wie es mir durch gute Programmierung gelungen ist) vom falschen New Orleans in Disneyland zum echten in Louisiana kommt und vom Wildfluß in Adventureland zu einer Raddampferfahrt auf dem Mississippi, wo der Kapitän erklärt, man könne am Flußufer Krokodile sehen, aber man sieht dann keine – der ist versucht, jenem Disneyland nachzutrauern, in dem sich die wilden Tiere nicht lange bitten lassen. Disneyland sagt uns, daß die Technik mehr Wirklichkeit geben kann als die Natur.

In diesem Sinne ist, wie ich meine, das typischste Phänomen dieses Universums nicht das berühmtere »Fantasyland«, ein unterhaltsames Spiel mit phantastischen Reisen, die den Besucher in die Welt von Schneewittchen und Peter Pan entführen (eine Wundermaschine, deren Reiz und Legitimität als Spiel verleugnen zu wollen töricht wäre), sondern das Piratenspektakel und das Spukschloß. Das Piratenspektakel dauert bloß eine Viertelstunde (doch man verliert das Zeitgefühl, es könnten genausogut zehn oder dreißig Minuten sein), man fährt auf flachen Booten dicht über dem Wasserspiegel durch unterirdische Höhlen, als erstes sieht man verlassene Schatztruhen, das Skelett eines Kapitäns in einem Prunkbett mit Brokathimmel, mottenzerfressen und mit Spinnweben überzogen, sowie die Leichen Gehenkter, zerrissen von Raben, denen der Kapitän mit erhobener Knochenhand droht. Dann überquert man eine Art Meeresarm, fährt mitten durchs Kreuzfeuer der Geschütze einer Galeone und eines Forts und hört den Korsarenhäuptling wüste Hohnworte zu den Belagerten schreien. Anschließend kommt man auf einem Fluß an einer eroberten Stadt vorbei, die gerade geplündert wird, man sieht Vergewaltigungen der Frauen, Razzien nach Juwelen und Folterungen des Bürgermeisters; die Stadt brennt wie Zunder, betrunkene Piraten liegen auf Fässern und grölen obszöne Lieder, einige schon total bezechte schießen auf die Besucher; die Szene entartet, alles versinkt in Flammen, die letzten fernen Gesänge verklingen, man fährt hinaus in die Sonne. Alles war lebensgroß und lebendig gewesen, die Höhle wölbte sich hoch wie der Himmel, die Grenzen dieser schaurigen Unterwelt schienen die Grenzen des Universums zu sein, und es war kein Ende zu sehen. Die Piraten bewegten sich, tanzten, schliefen, rollten die Augen, grinsten und tranken echt. Man reibt sich die Augen und macht sich klar, daß es Automaten waren, aber man ist noch immer verblüfft über ihre Wirklichkeitsnähe. Und effektiv war die »audioanimatronische« Technik eine der stolzesten Leistungen von Walt Disney, dem es mit ihrer Hilfe schließlich gelang, seinen Traum zu verwirklichen und eine Phantasiewelt wirklicher als in Wirklichkeit nachzubauen, die Trennwand zur dritten Dimension zu durchstoßen und nicht mehr bloß Filme zu machen, was ja nur Vortäuschung von Realität ist, sondern totales Theater, und nicht mehr bloß mit vermenschlichten Tieren, sondern mit »richtigen« Menschen. Tatsächlich sind Disneys Automaten Meisterwerke der Elektronik, jeder ist einzeln entwickelt worden, für jeden hat man zunächst die Mimik eines echten Schauspielers analysiert, dann hat man kleine Modelle gebaut, dann Skelette von absoluter Präzision, regelrechte Computer in Menschengestalt, dann hat man sie schließlich mit »Fleisch« und »Haut« überzogen, realisiert von einem Team unglaublich perfekter Imitationsspezialisten. Jeder Automat befolgt ein Programm, das ihn befähigt, die Lippen- und Augenbewegungen aufs genaueste mit den Worten und Lauten der Tonspur zu synchronisieren, jeder spielt unaufhörlich den ganzen Tag lang seine vorgeschriebene kleine Rolle (einen Satz, ein paar Gesten), und der Besucher, frappiert von der raschen Szenenfolge, gezwungen, mehrere Szenen gleichzeitig zu betrachten, rechts eine, links eine, vorn, hat nie genug Zeit zurückzublicken und zu bemerken, daß der eben gesehene Automat bereits seinen ewigen Part wiederholt.

Die audioanimatronische Technik wird auch in anderen Abteilungen Disneylands angewandt, sie belebt sogar eine Versammlung von Präsidenten der Vereinigten Staaten, aber so überzeugend wie in der Piratenhöhle zeigt sie sich, scheint mir, nirgends in ihrer ganzen erstaunlichen Effizienz. Lebendige Menschen könnten die Sache nicht besser machen, doch entscheidend ist gerade, daß es keine lebendigen Menschen sind und daß man es weiß. Die Lust an der Imitation – das wußten bereits die alten Griechen – ist eine der am tiefsten im menschlichen Geist verwurzelten Regungen, aber hier genießt man nicht nur die perfekte Imitation, sondern auch die Überzeugung, daß die Imitation ihren höchsten Gipfel erreicht hat und daß ihr die Realität von nun an stets unterlegen sein wird.

Nach Kriterien ähnlicher Art vollzieht sich die Reise durch die Gespensterwelt des »Haunted Mansion«. Es präsentiert sich von außen im Stil eines friedlichen Landhauses, halbwegs zwischen Edgar Allan Poe und den Cartoons von Chas Adams, doch innen enthält es die kompletteste Sammlung von Spukgestalten, die der Besucher sich wünschen kann: Man geht über einen verlassenen Friedhof, wo Knochenhände aus dem Innern der Gräber die Grabsteine heben, man überquert einen Hügel, auf dem ein kompletter Hexensabbat gefeiert wird, mit allen möglichen Kobolden, Irrlichtern und so weiter, man schwebt durch einen Saal mit gedeckter Tafel, umtanzt von transparenten Phantomen in Gewändern aus alter Zeit, während hauchzarte Tafelgäste, stellenweise in Luft aufgelöst, am Bankett eines barbarischen Herrschers teilnehmen, man wird von Spinnweben sacht gestreichelt, man spiegelt sich in Kristallen und sieht hinter sich eine grünlichblasse Gestalt, man begegnet schwebenden Kandelabern... Nie sind es billige Tricks nach Art unserer Geisterbahnen, die Einbeziehung des Zuschauers (klug temperiert durch die Komik der Einfälle) ist total. Wie in den neuesten Horrorfilmen aus Hollywood: Es gibt kein Abschalten, keine Distanz, man erlebt nicht den Schrecken anderer, man ist selber mitten im Schrecken durch totale Synästhesie, und wenn die Erde bebt, muß auch der Kinosaal zittern.

Ich würde sagen, die beiden geschilderten Attraktionen resümieren die Philosophie von Disneyland besser als die gewiß perfekten Modelle des Piratenschiffs, des Raddampfers und der Karavelle »Columbia« (die selbstverständlich alle begehbar sind). Besser auch als die Abteilung »Future« mit den Science-fiction-Gefühlen, die sie hervorzurufen vermag (etwa durch einen Flug zum Mars, den man in einem Raumschiff erleben kann, mit allen Dezelerationseffekten, Verlust der Schwerkraft, schwindelerregende Entfernung von der Erde etc.). Besser auch als die Modelle von Interkontinentalraketen und Atom-U-Booten, zu denen Louis Marin scharfsinnig notiert hat, daß sie – während die falsche Westernstadt, das falsche New Orleans oder der falsche Urwald lebensgroße Doubles organischer, aber vergangener oder fiktiver Ereignisse liefern – sich nun ihrerseits als verkleinerte Modelle technischer Realitäten der Gegenwart präsentieren, so daß mithin dort, wo die Sache als solche nicht glaubhaft ist, die Nachbildung in voller Größe einspringt, und wo sie von hoher Wahrscheinlichkeit ist, die Verkleinerung interveniert, um sie zu verharmlosen und zur bloßen Fiktion zu verniedlichen... Die Piraten und die Gespenster indessen resümieren ganz Disneyland, da sie die ganze Stadt in einen riesigen Automaten verwandeln – Traum jener Konstrukteure in der Barockzeit, die den Schreiber von Neuchâtel ersannen und den schachspielenden Türken des Barons von Kempelen.

Die Präzision und Logik von Disneyland wird in gewisser Hinsicht getrübt durch die maßlosen Ambitionen von Disney World in Florida. Später erbaut, ist Disney World hundertfünfzigmal größer als Disneyland und hat den Ehrgeiz, nicht als Spielzeugstadt zu erscheinen, sondern als Modell einer Riesenmetropole der Zukunft. Was in Kalifornien Disneyland war, ist hier nur ein Randphänomen der immensen Flächenbebauung, die sich über ein Areal von der doppelten Größe Manhattans erstreckt. Die stromlinienförmige Einschienenbahn, die den Besucher vom Eingang zum »Magic Kingdom« bringt (dem eigentlichen Disneyland), fährt über künstliche Buchten und Lagunen, passiert ein Schweizerdorf und ein Südseedorf, gleitet an Golf- und Tennisplätzen vorbei, an einem enormen Hotelkomplex – kurzum: durch eine futuristische Freizeitlandschaft für organisierte Ferien. Erreicht man schließlich das Magic Kingdom, ist man bereits so erschlagen von all diesen Science-fiction-Bildern, daß die hochaufragende gotische Ritterburg (die noch viel gotischer ist als ihr Gegenstück im kalifornischen Disneyland, sozusagen eine Kathedrale von Straßburg gegen eine Basilika wie San Miniato al Monte) die Phantasie nicht mehr überrascht. Das Morgen mit seiner Gewalt hat die Geschichten von gestern farblos gemacht. Disneyland in Kalifornien ist hierin viel gewitzter, es will betreten werden, ohne daß den Besucher noch irgend etwas an die Zukunft ringsum erinnert: Um hinzugelangen, hat Louis Marin notiert, muß man das Auto auf einem riesigen Parkplatz lassen und die Grenzen der Traumstadt in einer eigens zu diesem Zweck eingerichteten Kleinbahn erreichen – und das Auto zurücklassen heißt für den Kalifornier die eigene Menschennatur zurücklassen, um sich einer anderen Macht auszuliefern und jeder eigenen Aktivität zu entsagen.

Denn als Allegorie der Konsumgesellschaft und Ort der absoluten Ikonizität ist Disneyland schließlich auch Ort der totalen Passivität. Seine Besucher müssen bereit sein, dort wie seine Automaten zu leben; der Zugang zu jeder einzelnen Attraktion ist streng geregelt durch Absperrgitter, Metallrohrgeländer und labyrinthisch verschlungene Gänge, die jeden Ansatz zu eigener Initiative im Keim ersticken. Die Menge der Besucher erzwingt überall den Rhythmus des Schlangestehens, die Funktionäre des Traums, korrekt gekleidet in ihre jeweils dem besonderen Ort entsprechenden Uniformen, führen den Besucher nicht bloß an die Schwelle der im voraus gewählten Abteilung, sonder regulieren auch weiterhin jeden einzelnen Schritt (»Jetzt warten Sie bitte hier, jetzt steigen Sie bitte ein, jetzt nehmen Sie bitte Platz, jetzt bleiben Sie bitte noch einen Augenblick sitzen« – immer höflich, unpersönlich, unerbittlich, übers Mikrophon). Wenn der Besucher bereit ist, diesen Preis zu entrichten, bekommt er als Gegenleistung nicht nur »das Wahre«, *the real thing*, sondern die Fülle und Überfülle der rekonstruierten Wahrheit. Auch Disneyland hat – wie das Hearst Castle – keine leeren Flächen, auf denen nichts los ist, es gibt immer etwas zu sehen, die großen Leerräume der modernen Architektur und Urbanistik sind ihm unbekannt. Wenn Amerika das ist, was Museen wie das Guggenheim und die neuen Wolkenkratzer Manhattans repräsentieren, dann ist Disneyland lediglich eine skurrile Ausnahme und die amerikanischen Intellektuellen tun recht daran, es nicht zur Kenntnis zu nehmen. Wenn Amerika aber das ist, was wir auf unserer Reise gesehen haben, dann ist Disneyland seine Sixtinische Kapelle und die Hyperrealisten der Kunstgalerien sind nur die schüchternen Voyeure eines immensen und dauerhaften *Objet trouvé*.

# Orwellsche Ökologie und fleischgewordenes Coca Cola

Spongeorama, Sea World, Scripps Aquarium, Wild Animal Park, Jungle Gardens, Alligator Farm, Marineland – die Küsten Kaliforniens und Floridas sind reich an Aquarienstädten und künstlichen Dschungeln, in denen man Tiere besichtigen kann – wildlebende Tiere in Freigehegen, dressierte Delphine, radelnde Papageien, wasserballspielende Robben, die zwischendurch einen Martini samt der Olive trinken und eine Dusche nehmen, Kamele und Elefanten, die auf dem Rücken kleine Besucher unter den Palmen umhertragen. Gegenstand der hyperrealistischen Reproduktion ist nicht nur die Kunst und die Geschichte, sondern auch die Natur.

Vor allem der Zoo. Im Zoo von San Diego ist jedes Gehege die mehr oder minder lebensgroße Rekonstruktion einer originalen Umwelt. Beherrschendes Thema der Anlage ist die Erhaltung aussterbender Arten, und in dieser Hinsicht handelt es sich um eine grandiose Leistung. Der Besucher muß stundenlang wandern, denn sogar Bisons und große Vögel sollen sich stets in Räumen bewegen, die so weit wie irgend möglich nach ihren Maßen angelegt sind. Von allen bestehenden Zooanlagen bezeugt ohne Frage die in San Diego den größten Respekt vor dem Tier. Fraglich ist nur, ob dieser Respekt das Tier überzeugen soll oder den Menschen. Der Mensch nimmt jedes Opfer in Kauf, sogar den Verzicht auf den Anblick der Tiere, wenn er nur weiß, daß sie in einer garantiert authentischen Umwelt leben. Wie bei dem höchst seltenen australischen Beutelbär oder Koala, Symbol des Zoos, der nur in einem Eukalyptuswald leben kann, doch kaum hat er seinen Wald, versteckt er sich glücklich zwischen den Blättern, indes die Besucher verzweifelt mit Feldstechern nach ihm suchen. Der unsichtbare Beutelbär suggeriert eine Freiheit, die man leicht auf sichtbarere und beengter lebende Großtiere überträgt. Da die Temperatur im Packeis künstlich unter Null gehalten wird, erweckt der Eisbär den gleichen Eindruck, und da die Felsen braun sind und das Planschwasser ziemlich schmutzig aussieht, scheint auch der Grizzly sich wohl zu fühlen. Aber sein Wohlbefinden läßt sich nur durch Geselligkeit demonstrieren, und so wartet der Grizzly, der auf den Namen Chester hört, daß alle drei Minuten ein Kleinbus voller Touristen vorbeikommt und die Hostess ihm zuruft, er solle die Ladys und Gentlemen freundlich begrüßen. Dann richtet Chester sich auf, hebt ein Pfötchen (das eine furchterregende Pranke ist) und macht Winkewinke. Die Hostess wirft ihm einen Zwieback hin, die Gruppe fährt weiter, und Chester wartet auf den nächsten Kleinbus.

Soviel Fügsamkeit weckt Verdacht. Wo liegt die Wahrheit der Ökologie? Wir könnten zwar sagen, es sei ein ungerechter Verdacht, denn von allen möglichen Zoos ist der in San Diego sicherlich der humanste, oder besser gesagt der animalischste. Aber *in nuce* enthält auch der Zoo in San Diego bereits die Philosophie, die in den ökologischen Reservaten jener »Welten der Wildnis« zum Ausbruch kommt, für die wir als Beispiel die »Marine World Africa-USA« in Redwood City bei San Francisco wählen. Hier können wir legitimer von einer Industrie der Fälschung sprechen, denn hier gelangen wir in ein Disneyland für Tiere, ein Stückchen Afrika, bestehend aus Inselchen, Strohhütten, Palmen, Flüssen mit Kähnen und Kuttern à la »African Queen«, auf denen wir Zebras und Nashörner »in freier Wildbahn« am anderen Ufer bewundern können, und mit einem Zentrum voller Freilichttheater, Aquarien, unterseeischen Höhlen mit Haien, Terrarien mit extrem gefährlichen Giftschlangen und so weiter. Symbolischer Mittelpunkt dieser Marine World ist das »Ecology Theater«, ein bequemes Amphitheater, in dem man sitzend (denn setzen muß man sich, sonst wird man von liebenswürdigen, aber gnadenlosen Hostessen dazu gedrängt, da alles sich hier im Zeichen des Wohlbefindens und der Ordnung abspielen muß, und man darf sich auch nicht einfach hinsetzen, wo man will, sondern möglichst nur neben die Zuletztgekommenen, so daß die Schlange sich ordentlich auflöst und jeder gleich Platz nimmt, ohne erst lange zu suchen) eine als »Wildnis« hergerichtete Bühne betrachtet. Auf ihr agieren drei blonde Mädchen mit langen Haaren und Hippie-Look; die eine singt zuckersüß-zarte Folksongs zur Gitarre, die beiden anderen führen nacheinander ein Löwenjunges, ein Leopardenkätzchen und einen kaum sechs Monate alten bengalischen Tiger herein. Die Tierchen haben Halsbänder um und werden an Leinen geführt, aber auch wenn sie frei wären, würden sie nicht sehr gefährlich wirken, da sie, sei's wegen ihres zarten Alters, sei's wegen ein paar Mohnsamen in ihrem Müsli, ziemlich schläfrig sind. Eins der Mädchen erklärt, daß die Biester, obwohl gewöhnlich ungemein wild, sehr gutmütig seien, wenn sie eine sanfte und freundliche Umwelt fänden, und lädt die Kinder ein, auf die Bühne zu kommen und sie zu streicheln. Das Gefühl, einen bengalischen Tiger zu streicheln, hat man nicht alle Tage, und das Publikum atmet ökologische Friedfertigkeit durch alle Poren ein. In pädagogischer Hinsicht hat das Ganze, jedenfalls was die Kinder betrifft, sicherlich eine Wirkung, sicher lehrt es sie, keine wilden Tiere zu töten, falls sie jemals im Leben einem begegnen. Aber die Realisierung dieses »natürlichen Friedens« (als indirekte Allegorie des sozialen Friedens) hat ziemlich viel Aufwand und Mühe gekostet: Abrichtung der Tiere, Aufbau einer künstlichen Umwelt, die natürlich erscheint, Hostessen, die das Publikum drillen. Und so ist der Wesenskern dieses Lehrstückes über die Friedfertigkeit der Natur am Ende die Universale Dressur.

Das Schwanken zwischen Verheißung einer unberührten Natur und Versicherung einer gekauften Ruhe ist permanent: Im Freilichttheater der großen Aquarienshow, wo die dressierten Wale ihr Können zeigen, werden sie uns als »Killer Whales« vorgestellt, und wir wollen gern glauben, daß sie lebensgefährlich sind, wenn sie Hunger haben. Einmal von ihrer Gefährlichkeit überzeugt, sehen wir sie voller Freude so brav und fügsam auf Kommando tauchen, um die Wette schwimmen, Luftsprünge machen, um sich Fische zwischen den Zähnen ihres Dompteurs zu schnappen, und mit fast sprechenden Seufzern auf die Fragen antworten, die ihnen gestellt werden. Das gleiche geschieht in einem anderen Freilichttheater mit Elefanten und Menschenaffen, und wenn das zum normalen Repertoire eines Zirkus gehört, muß ich sagen, ich habe noch nie so gehorsame und intelligente Elefanten gesehen.

Nimmt man alles zusammen, die zahmen Raubwale, die Delphine, die schnurrenden Tiger, die Elefanten, die sich vorsichtig auf den Magen ihrer Dompteuse setzen, ohne ihr weh zu tun, so präsentiert sich diese Marine World als ein Miniaturmodell jenes Goldenen Zeitalters, in dem es keinerlei Konkurrenz und keinerlei »Kampf ums Dasein« mehr gibt, sondern Menschen und Tiere konfliktlos in schönster Eintracht zusammenleben. Nur daß es zur Realisierung dieses Goldenen Zeitalters nötig ist, daß die Tiere sich einem Vertrag unterwerfen: Solange sie brav sind, bekommen sie Nahrung, was sie der Jagd nach Beute enthebt, und die Menschen lieben sie und schützen sie vor der Zivilisation. Es scheint, als wollte uns diese Marine World sagen, wenn Nahrung für alle da ist, bedürfe es keiner wilden Revolution, doch Nahrung bekomme nur, wer die vom Eroberer angebotene »Pax« akzeptiert. Was genau besehen nur eine soundsovielte Variation des Themas von der »Bürde des weißen Mannes« ist. Wie in den Afrikageschichten von Edgar Wallace: Immer ist es der Kommissar Sanders, der den Frieden auf dem großen Strom sichert, solange Bozambo nicht daran denkt, mit den anderen Häuptlingen ein unerlaubtes »Palaver« zu organisieren – andernfalls wird er abgesetzt und gehängt.

Merkwürdigerweise sieht sich der Zuschauer in diesem Ökologietheater nicht auf seiten der Dompteure, sondern auf seiten der Tiere: Wie sie muß er festgelegte Programme befolgen, vorgezeichnete Wege gehen, sich im richtigen Augenblick setzen, Strohhüte kaufen, Lollipops kaufen, Dias kaufen, die das Schauspiel der wilden und harmlosen Freiheit verherrlichen. Die Tiere erlangen das Glück durch Vermenschlichung, die Zuschauer durch Vertierung.

Was die Vermenschlichung der Tiere betrifft, so enthält sie eine der strapazierfähigsten Ressourcen der Industrie des Absolut Falschen, und darum muß man die Marinelands mit jenen Wachsmuseen vergleichen, die den letzten Tag der Marie Antoinette rekonstruieren. In ihnen ist alles Zeichen, aber bestrebt, als Wirklichkeit zu erscheinen. In den Marinelands ist alles Wirklichkeit, aber bestrebt, als Zeichen zu erscheinen. Wenn die Killerwale den *square dance* tanzen und auf die Fragen ihrer Dompteure antworten, so tun sie das nicht, weil sie sprachliche Fähigkeiten erlangt hätten, sondern weil sie durch konditionierte Reflexe dazu gedrillt worden sind, doch wir interpretieren das Reiz-Reaktions-Verhältnis fälschlich als ein Bedeutungsverhältnis. Wie in der Unterhaltungsindustrie: Wenn Zeichen da sind, verkennen wir sie, und wenn keine da sind, glauben wir welche zu sehen. Bedingung des Vergnügens ist, daß etwas gefälscht worden sein muß. Und die Marinelands sind noch beunruhigender als andere Vergnügungsorte, da man in ihnen sozusagen schon die Natur erreicht – doch eine Natur, die sich in der Künstlichkeit annulliert, um gerade dadurch als unberührte Natur zu erscheinen.

Dies festgestellt, wäre es freilich Moralismus à la Frankfurter Schule aus zweiter Hand, hier noch weiter zu kritisieren. Diese Orte *sind* unterhaltsam, und gäbe es sie in unserer Vogeljägergesellschaft, so wären sie lobenswerte Erziehungsstätten. Die Liebe zur Natur ist eine Konstante des höchstindustrialisierten Volkes der Welt, fast ein Ausdruck von schlechtem Gewissen, so wie seine Liebe zur europäischen Kunst eine ewig ungestillte Leidenschaft ist. Ich würde sagen, die erste und unmittelbarste Kommunikationsebene dieser Welten der Wildnis ist positiv; beunruhigend ist die allegorische Botschaft, die sich der wörtlichen überlagert: die implizite Verheißung eines auf tierischer Stufe bereits verwirklichten »Orwell-Staates«. Was da beunruhigt, ist kein teuflischer Plan, den es nicht gibt. Es ist eine symbolische Drohung. Zu wissen, daß der Gute Wilde, wenn er in den tropischen Wäldern noch existiert, die Krokodile und Flußpferde tötet, und daß die Krokodile und Flußpferde, um zu überleben, sich der Fälschungsindustrie unterwerfen müssen, läßt einen verstört. Und ratlos.

Unsere Reise durch die Welten der Wildnis hat subtile Zusammenhänge zwischen dem Kult der Natur und dem Kult der Kunst sowie der Geschichte zutage gefördert. Wir haben gesehen, daß man in diesem Amerika, um die Vergangenheit zu begreifen, auch die eigene, etwas vor Augen haben muß, das so genau wie möglich dem originalen Vorbild gleicht. Aber das gilt auch für die Gegenwart. Man kann nicht vom Weißen Haus oder von Cape Kennedy sprechen, ohne die Rekonstruktion des Weißen Hauses oder ein Miniaturmodell der Raketen von Cape Kennedy sichtbar vor Augen zu haben. Erkenntnis bildet sich nur ikonisch, durch konkrete Anschauung, und die Anschaulichkeit (Ikonizität) muß absolut sein. Dasselbe gilt für die Natur. Nicht nur das ferne Afrika, auch der »eigene« Mississippi muß greifbar-anschaulich neu erlebt werden: in Disneyland, als Rekonstruktion des Mississippi. Man stelle sich vor, es gäbe in Rom einen Park, der in verkleinertem Maßstab die toskanischen Chianti-Hügel reproduzierte. Doch der Vergleich ist ungerecht. Denn die Entfernung zwischen Los Angeles und New Orleans ist so groß wie die von Rom nach Khartum, und es ist der räumliche Abstand, nicht nur der zeitliche, der dieses Riesenland dazu drängt, nicht nur Imitationen der Vergangenheit und der exotischen Länder zu produzieren, sondern auch Imitationen seiner selbst.

Das Problem ist hier aber noch ein anderes. Wie realisiert der Durchschnittsamerikaner, wenn er gewohnt ist, sich das Ferne (in Raum und Zeit) durch fast schon »fleischliche« Reproduktion zu vergegenwärtigen, sein Verhältnis zum Übernatürlichen?

Sieht man im Fernsehen die religiösen Sendungen am Sonntagvormittag, so wird einem klar, daß Gott hier nicht anders erlebt werden kann denn als Natur, als Fleisch, Energie, berührbares Bild. Und da es kein Prediger wagt, uns Gott in Gestalt einer bärtigen Puppe zu zeigen, auch nicht in Gestalt eines Automaten aus Disneyland, bleibt nur die Hoffnung, ihn in Gestalt von Naturkräften wiederzufinden, als Freude, Genesung, Jugend, Gesundheit – oder als ökonomisches Wachstum (das bekanntlich, siehe Max Weber, zugleich das Wesen der protestantischen Ethik und den Geist des Kapitalismus ausdrückt).

Oral Roberts ist ein Prophet mit Boxervisage, der sich im Zentrum von Oklahoma die »Oral Roberts University« aufgebaut hat, eine Science-fiction-Stadt aus vollcomputerisierten Lehrapparaten, in der ein »Gebetsturm« gleich einem Fernsehturm die zahlreichen Bitten um göttliche Hilfe ins All hinausstrahlt, die täglich aus aller Welt dort eintreffen, begleitet von Geldspenden und über Telex wie in den großen Hotels. Oral Roberts hat die robuste Statur eines retirierten Boxers, der immer noch gern jeden Morgen ein Viertelstündchen trainiert und dann eine heiße Dusche nimmt und sich einen guten Scotch genehmigt. Seine Sendung präsentiert sich als eine Art sakrale Music Hall (ein Broadway im Himmlischen Jerusalem) mit schwarzen und weißen Sängern, die den Ruhm des Herrn singen und dabei im Tiptap-Rhythmus eine Treppe hinuntersteigen, abwechselnd eine Hand vorgestreckt und eine nach hinten, mit »Ba-ba-dup« nach der Melodie von *Jericho, Jericho* oder mit Hymnen wie *The Lord Is My Comfort.* Oral Roberts setzt sich auf die Stufen der Treppe (Anspielung auf Wanda Osiris, nicht auf Odessa) und plaudert mit seiner Lady über die Briefe von Gläubigen, die sich in Schwierigkeiten befinden. Die Schwierigkeiten betreffen nicht etwa Gewissenskrisen (wie Scheidungen, Diebstahl der Lohngelder oder aufmüpfige Angestellte), sondern Leberkrisen oder unheilbare Krankheiten. Oral Roberts ist nämlich berühmt für seine »healing power«: Was er berührt, wird gesund. Übers Fernsehen kann er zwar nichts berühren, aber dafür suggeriert er um so heftiger pausenlos Vitalität und Potenz. Gott muß physisch empfunden werden, als Gesundheit und Optimismus. Oral Roberts sieht das Paradies nicht als Mystische Rose, sondern als ein Marineland. Gott ist ein gutes Urviech. Ein Nashorn, das sein Armageddon kämpft. Satan, verzieh dich, sonst tritt dir Gott in den Hintern!

Schalten wir auf einen anderen Kanal. Das Wort hat jetzt Kathryn Kuhlmann mit ihrer Sendung *I believe in miracles*, ich glaube an Wunder. An Wunder zu glauben, heißt für gewöhnlich, an einen Krebs zu glauben, der plötzlich verschwindet, wenn die Ärzte schon alle Hoffnung verloren haben. Das Wunder ist keine Transsubstantiation, sondern das Verschwinden einer natürlichen, aber bösartigen Erscheinung. Die Kuhlmann, eine gräßlich geschminkte alte Hexe mit einem Lächeln wie die Gattin eines CIA-Direktors zu Besuch bei Pinochet, sitzt in einem Garten voll blühender Rosen und interviewt vier Ärzte mit lauter sehr überzeugenden Titeln, die sich verzweifelt bemühen, ihre Standesehre zu wahren. »Sagen Sie, Doktor Gzrgnibtz, ich bin ja nicht hier, um Gott zu verteidigen, der meine Hilfe nicht braucht, aber ist Ihnen nie passiert, daß Sie einen Patienten hatten, der schon so gut wie verloren schien, und plötzlich wurde er wieder gesund?« Der Doktor weicht aus: »Ach wissen Sie, Madam, die Medizin kann nicht alles erklären, manchmal gibt es da psychosomatische Ursachen, sicher habe ich Leute gesehen, die einen Tumor hatten, der war schon sooo groß, und nach zwei Monaten war er wie weggeblasen, was soll ich Ihnen sagen?« Darauf die Kuhlmann: »Uap uap (fettes Lachen), da haben wir's, das ist die ›remission‹, die Vergebung der Sünden, jawohl, und die kommt von Gott!« Der Doktor macht einen letzten Versuch, den common sense zu verteidigen: »Well, Madam, sehen Sie, die Wissenschaft kann nicht alles erklären, wir können nicht alles wissen...« Der Kuhlmann entfährt ein tierisches *Wow!*, ein richtiger Lustschrei: »Was hab ich gesagt! That's the Truth! Oh, wie recht Sie da haben, Doktor! Wir können nicht alles wissen! Genau das ist der Beweis für die Supernatural Power of God! Die Supernatural Power of God braucht keine Verteidigung! Ich weiß es, ich weiß es! Danke, dear friends, genug für heute, bis nächsten Sonntag...« Die Kuhlmann hat sich nicht einmal ansatzweise gefragt (wie ein katholischer Bischof es täte), ob der Geheilte gebetet hatte, sie fragt sich auch nicht, warum Gott seine Supernatural Power nur auf diesen einen angewandt hat und nicht auch auf seinen unglücklichen Bettnachbarn in der Klinik. Im farbigen Rosengarten hat sich etwas ereignet, das wie ein Wunder »aussieht«, so wie eine Wachsfigur das physische Aussehen einer Figur der Geschichte hat. Durch ein Spiel mit Spiegeln und Klängen im Hintergrund erscheint auch hier noch einmal das Falsche echt. Der Doktor hat die gleiche Funktion wie das Zertifikat der italienischen Kunstbehörde in den Kopienmuseen: Die Kopie ist authentisch.

Doch wenn das Übernatürliche nur die Formen der physischen Greifbarkeit annehmen kann, entrinnt auch das Weiterleben der Seele nicht diesem Schicksal. Das ist es, was uns die kalifornischen Friedhöfe sagen. Forest Lawn ist eine Konzentration von historischen Denkmälern, Michelangelo-Reproduktionen, Wunderkammern, in denen man die Imitation der britischen Kronjuwelen bestaunen kann, die Bronzetüren des Baptisteriums von Florenz (in voller Größe), den Denker von Rodin, den Fuß vom Pasquino und allerlei andere Bijouterien, das Ganze grundiert mit Klängen von Strauß (Johann). Die Forest-Lawn-Friedhöfe meiden das individuelle Grabmonument, die Meisterwerke der

Kunst aller Zeiten sind Teil des gemeinsamen Erbes, im Hollywood Forest Lawn sind die Gräber unter bescheidenen Bronzeplatten im Rasen verborgen, im Glendale Forest Lawn in sehr nüchternen Krypten mit konstanter Musikberieselung und Kopien von klassizistischen Statuen nackter Mädchen à la Canova – hier eine Hebe, da eine Venus, dort eine Vergine Disarmata, mal eine Paolina Borghese, mal auch ein Sacro Cuore. Die Philosophie dieser Friedhöfe findet sich, dargelegt von ihrem Begründer Eaton, in Stein geschnitten auf großen Stelen jeweils am Eingang. Das Konzept ist sehr einfach: Der Tod ist ein neues Leben, die Friedhöfe sollen kein Ort der Traurigkeit sein, auch keine ungeordnete Ansammlung biederer Grabfiguren. Sie sollen Reproduktionen der schönsten Kunstwerke aller Zeiten enthalten, dazu Denkmäler der Geschichte (große Mosaikbilder der Geschichte Amerikas, Erinnerungsstücke – falsche – aus dem Unabhängigkeitskrieg), sie sollen lauschige Orte mit Bäumen und heiteren Kirchlein sein, wo Liebespaare händchenhaltend spazierengehen (und bei Gott, sie tun es), wo Brautpaare ihre Hochzeit feiern (wofür eine große Tafel am Eingang in Glendale Reklame macht) und wo die frommen Seelen beruhigt über das Weiterleben nach dem Tod meditieren können... Aus all diesen Gründen sind diese kalifornischen Friedhöfe (die fraglos angenehmer sind als die italienischen), immense Imitationen eines natürlichen und ästhetischen Lebens, das den Tod überdauert. Die Ewigkeit wird garantiert durch die Anwesenheit (in Kopien) von Michelangelo und Donatello. Die Unsterblichkeit der Kunst macht sich zur Metapher der unsterblichen Seele, die Vitalität der Pflanzen und Blumen zur Metonymie der Vitalität des Körpers, der glorreich unter der Erde verwest, um dem Leben neue Säfte zu geben. Durch das Spiel der Imitationen und Kopien gelingt es der Industrie des Absolut Falschen, dem Mythos von der Unsterblichkeit einen Anschein von Wahrheit zu geben, sie realisiert die Präsenz des Göttlichen als Präsenz des Natürlichen – doch das Natürliche ist »kultiviert« wie in den Marinelands.

Unmittelbar vor den Toren dieser lauschigen Orte nimmt die Unterhaltungsindustrie ein neues Thema in Angriff: das Jenseits als Horror, als teuflische Gegenwart, und die Natur als Feind.

Während die Friedhöfe und die Wachsmuseen den ewigen Ruhm des Kunstschönen singen und die Marinelands der Gutartigkeit des Wilden Tieres ein Denkmal errichten, zeigen die neuen Hollywoodfilme auf der Erfolgsschiene des *Exorzisten* eine Welt des Übernatürlichen voller Grausamkeit und Dämonie. Der erfolgreichste dieser Filme, *Jaws* (»Der weiße Hai«), handelt von einer blutrünstigen, unersättlichen Bestie, die Männer, Frauen und Kinder verschlingt, nicht ohne sie vorher zerfleischt und zerkaut zu haben, wie Gott es befiehlt. Der Hai in *Jaws* ist ein hyperrealistisches Plastikmodell, »echt« und steuerbar wie die audioanimatronischen Automaten in Disneyland. Gleichwohl ist er ein Geistesverwandter der Killer Whales in Marineland. Und die Teufel in Filmen wie *The Exorcist* oder seiner neuesten Imitation *Behind the door* sind böse Vettern der heilenden Gottheit von Oral Roberts (und sie manifestieren sich physisch: als grünlicher Sabber und krächzende Stimmen). Und die Erdbeben oder Flutwellen in den sogenannten »Disaster Movies« sind Geschwister jener Natur, die in den kalifornischen Friedhöfen lauschig erscheint, in Gestalt von Ligusterhecken, gepflegten Rasen und Pinien, durch deren Zweige ein sanfter Wind säuselt. Doch wie die Gute Natur auch physisch in Form von Streicherklängen gespürt werden muß, so muß die Böse Natur auch als körperliche Erschütterung spürbar sein, und das erreicht man durch die synästhetische Mitwirkung jenes »sensourrounding«, das die Zuschauer in den Kinosesseln erzittern läßt. Alles muß »zum Anfassen« körperlich sein für dieses diffuse und sekundäre Amerika, das keine Ahnung hat vom Museum of Modern Art und von der Rebellion eines Edward Kienholz, der die Wachsmuseen nachbaut, aber dann seinen Figuren irritierende Köpfe in Form von Uhren oder surrealistischen Taucherhelmen aufsetzt. Es ist das Amerika der *Peanuts*: das Amerika eines Linus, für den das Glück die Gestalt des Kuschelhündchens oder der Schmusedecke annehmen muß, das Amerika eines Schroeder, dem Beethoven nicht so sehr durch die winzigen Noten auf dem Spielzeugklavier lebendig wird als durch die realistische Marmorbüste, die darauf steht (und vielleicht aus Plastik ist). Ein Amerika, wo das Gute und Schöne, die Kunst, das Märchen und die Geschichte, wenn sie denn schon nicht Fleisch werden können, wenigstens Plastik werden.

Nach der Ideologie dieses »anderen« Amerika soll die Imitation beruhigend wirken. Doch der Profit bezwingt die Ideologie, denn die Konsumenten wollen sich nicht nur an der Gewißheit des Guten laben, sondern auch am Schauder des Bösen. Darum müssen in Disneyland neben den Mickymäusen und Teddybären auch das Metaphysische Böse (die Spukgespenster) und das Historische Böse (die Piraten) zu greifbarer Evidenz gerinnen, und darum finden wir in den Wachsmuseen neben der Venus von Milo die Grabräuber, Dracula, Frankenstein, Jack the Ripper, den Wolfsmenschen und das Phantom der Oper. Neben dem Guten Wal erhebt sich die Plastikgestalt des Bösen Haies. Beide im gleichen Maße glaubwürdig, beide im gleichen Maße falsch. Und so bleibt der Besucher, wenn er seine Kathedralen der ikonischen Tröstung betritt, weiter im ungewissen, ob sein Los am Ende die Hölle oder das Paradies sein wird, und konsumiert weiter Verheißungen.

(1975)

# III

# Die unterirdischen Götter

# Das Heilige ist keine Mode

Im Jahre 1938 erschien in der Stadt Metropolis, aus dem strahlenden Smallville kommend, ein gewisser Clark Kent alias Superman, heute überall wohlbekannt. Doch in jenen fernen Zeiten des neotechnischen Kapitalismus, als man in Chicago die Enzyklopädie der vereinigten Wissenschaft plante und die Thesen der metaphysischen Philosophen für puren Blödsinn hielt, war an Superman nichts Mysteriöses. Daß dieser junge Mann wie ein Flugzeug fliegen und große Schiffe wie Strohhalme hochheben konnte, ließ sich wissenschaftlich erklären. Er kam vom Planeten Krypton, wo die Schwerkraft bekanntlich anders ist, und so war es normal, daß er überirdische Kräfte besaß. Auch sein enormes Gedächtnis kam eher daher, daß er besser als andere jene *Quickreading*-Fertigkeiten entwickelt hatte, die im übrigen damals schon an den Universitäten gelehrt wurden.

Der historische Superman hatte nichts Mystisches.

Anders der Kino-Superman an der Schwelle der achtziger Jahre. Erstens hat er nicht zufällig einen so bildfüllend-dominanten Vater wie Marlon Brando, dessen Geschichte fast die Hälfte des Films einnimmt, und zweitens vermittelt dieser Vater dem Kind vor der Abfahrt zur Erde ein Wissen, von dem wir noch nie gehört haben, und er konkretisiert sich in diamantenen Stalagmiten, einem symbolträchtigen Material wie kein anderes. Er gibt dem Filius eine reichlich trinitarische Wegzehrung mit auf die Reise, er setzt ihn in ein Raumschiffchen, das die Form einer Wiege hat und durch den Weltraum gleitet wie der Komet der drei Weisen aus dem Morgenland. Und als Superman schließlich erwachsen ist und bedrängende Stimmen hört wie eine Jeanne d'Arc im Schürzenrock, hat er Probleme à la Gethsemane und Visionen wie auf dem Berge Tabor. Er ist der Menschensohn.

Clark Kent erschiene mithin auf der Erde, um die Hoffnungen einer Generation zu erfüllen, die sich an Tolkiens *Silmarillion* ergötzt und eine Theogonie entziffert, die ihr abverlangt, sich die Kinder von Illuvatar einzuprägen und die Quandis und die Atanis und die blühenden Auen von Valinor und die Wunden von Melkor. Lauter Dinge, die, wären sie ihr in der Schule vorgesetzt worden, dieselbe Generation dazu getrieben hätten, aus Protest gegen autoritäre Faktenhuberei und verzopftes Bücherwissen den Unterricht zu blockieren.

Die Reinkarnation von Superman erwiese sich demnach als Pop-Version einer Reihe von tieferen und komplexeren Phänomenen, die alle scheinbar ein und dieselbe Tendenz bezeugen: die Rückkehr des religiösen Denkens. Die ganze islamische Welt kehrt zurück zu einer theokratischen Vorstellung des sozialen und politischen Lebens, Massen von amerikanischen Lemmingen stürzen sich im Namen eines überirdischen Glücks in den Tod, neochiliastische Endzeit- und glossolalische Pfingst-Bewegungen strömen in die Provinzen Europas, die »Azione Cattolica« tritt wieder auf, der Heilige Stuhl gewinnt erneut an Prestige. Und neben all diesen Erscheinungsformen einer »positiven« Religiosität manifestiert sich die neue Religiosität der Ex-Atheisten, der enttäuschten Revolutionäre, die sich nun eifrig darauf verlegen, die Klassiker der Tradition zu lesen, die Astrologen, Mystiker, Makrobiotiker, visionären Dichter, das Neophantastische (nicht mehr die sozialkritische Science-fiction, sondern die Fantasy neuer Artusrunden), und schließlich auch nicht mehr die Texte von Marx oder Lenin, sondern die dunklen Werke großer Inaktueller, nach Möglichkeit enttäuschter »Mitteleuropäer« (aus Kakanien), auf jeden Fall entschlossener Selbstmörder, die niemals im Leben etwas veröffentlicht haben, die nur ein einziges Manuskript geschrieben und auch das nicht vollendet haben, die lange Zeit unverstanden waren, weil sie in einer minoritären Sprache schrieben, aber stets in Hautnähe mit dem Mysterium des Todes und des Bösen und voller Verachtung für das menschliche Treiben auf Erden und für die moderne Welt.

Auf all diesen Elementen, auf all diesen unleugbaren Tendenzen errichten die Massenmedien nun jedoch ein Szenario, das genau besehen Feuerbachs Theorie der Entstehung von Religionen wiederholt: Der Mensch fühlt sich in gewisser Weise unvollendet, das heißt, er ist unbeschränkt fähig zu *wollen*, er kann sozusagen »alles« wollen. Doch er merkt, daß er nicht alles verwirklichen kann, was er will, und so muß er sich ein höheres Wesen ersinnen (das in höchstem Maße besitzt, was er sich an Besserem wünscht) und ihm die Aufgabe übertragen, die Kluft zwischen seinem Wollen und seinem Können zu füllen.

Mit anderen Worten, die Massenmedien signalisieren einerseits die Symptome einer Krise der optimistischen Fortschrittsideologien: sowohl der technologisch-positivistischen, die eine bessere Welt mit Hilfe der Wissenschaft aufbauen wollte, als auch der historisch-materialistischen, die eine perfekte Gesellschaft durch revolutionären Eingriff zu schaffen gedachte. Andererseits neigen sie zu einer mythenförmigen Wiedergabe der Tatsache, daß diese beiden Krisen (die in mancher Hinsicht ein und dieselbe sind) sich in sozioökonomisch-politischen Termini ausdrücken, nämlich als Rückkehr zur Ordnung oder als konservative Erstarrung (siehe Fellinis Parabel vom Orchesterdirigenten). Die Massenmedien zeigen durch andere Allegorien dasselbe Problem und akzentuieren die Phänomene der Rückkehr zur Religiosität. Insofern gehören sie, während sie scheinbar nur als Thermometer einen Temperaturanstieg registrieren, in Wirklichkeit selbst zu den Kräften, die das Feuer unter dem Kessel schüren.

Tatsächlich ist es eher naiv, von einer Wiederkehr oder »Revanche« der institutionellen religiösen Formen zu sprechen. Sie waren durchaus nicht verschwunden, man denke nur an gewisse katholische Jugendverbände; es war bloß angesichts einer öffentlichen Meinung, die von totaler »Marxistifizierung« der Jugend sprach, für die Nichtmarxisten schwerer, sich als organisierte Kraft mit einer gewissen Attraktion zu behaupten. Desgleichen hat der Erfolg des Vaterbildes, das der neue Papst ausstrahlt, wohl mehr mit dem spontanen Prozeß einer Rekonsolidierung von Autoritätsbildern im Moment einer Krise der Institutionen zu tun als mit dem Phänomen einer neuen Religiosität. Unterm Strich hat sich kaum viel geändert: Wer gläubig war, ist es immer noch, und wer nicht gläubig ist, paßt sich an, spielt den Christen, wenn er sich von den Christdemokraten einen Posten in der Kommune erhofft, und flirtet mit dem historischen Kompromiß, wenn er meint, die Kommunisten könnten ihm einen Posten in der Regionalverwaltung sichern.

Allerdings muß man bei diesen Phänomenen zwischen institutioneller Religiosität und Sinn für das Heilige unterscheiden. Ein vor kurzem bei Liguori erschienener Sammelband von Franco Ferrarotti, *Forme del sacro in un'epoca di crisi* (»Formen des Heiligen in einer Krisenzeit«), bringt diese wichtige Unterscheidung wieder ins Spiel: Die Tatsache, daß die Teilnahme an den Sakramenten in die Krise geraten war, hat nie geheißen, daß der Sinn fürs Sakrale in die Krise geraten wäre. Die Formen der persönlichen Religiosität, die sich in den nachkonziliaren Bewegungen manifestierten, haben sich über das ganze Jahrzehnt gehalten, in dem uns die Zeitungen weismachen wollten, die Gesellschaft hätte sich nunmehr gänzlich säkularisiert. Die neochiliastischen Endzeitbewegungen sind in den beiden Amerika ständig gewachsen und erscheinen jetzt unübersehbar auch in Europa aus Gründen, die mit dem Zusammenprall von avancierter Industriegesellschaft und marginalisiertem Subproletariat zu tun haben. Und zu diesem Komplex des Heiligen gehört schließlich auch der atheistische Neochiliasmus, das heißt der politische Terrorismus, der in gewalttätigen Formen ein von der Mystik geprägtes Szenario wiederholt: das Verlangen nach leidvoller Zeugenschaft, Martyrium und reinigendem Blutbad. Mit einem Wort, all diese Phänomene sind zwar durchaus real, aber sie gehören nicht in das modische Bild der geistigen »Wende«. Sie verstellen höchstens, wenn sie so pittoresk ausgemalt werden, den Blick auf die wirklich neuen Fakten, die eher politische Wendemanöver betreffen.

Interessant erscheint mir dagegen das Thema der Rückkehr zum Heiligen bei einer gewissen atheistischen Sakralität, die sich nicht als Antwort des traditionell-religiösen Denkens auf die Enttäuschung der Linken darstellt, sondern gerade als autonomes Produkt eines in die Krise geratenen *weltlichen* Denkens. Auch dies ist freilich kein Phänomen, das erst in den letzten Jahren entstanden wäre, seine Wurzeln reichen viel weiter zurück. Interessant ist jedoch, daß es heute in atheistischen Formen bestimmte Modalitäten durchläuft, die bisher für das religiöse Denken charakteristisch waren.

Der springende Punkt ist, daß die Gottesvorstellungen, die sich durch die Geschichte der Menschheit ziehen, von zweierlei Art sind. Einerseits haben wir einen persönlichen Gott, der die Fülle des Seins verkörpert (»Ich bin, der ich bin« = »Ich bin, der da ist«) und der folglich alle Tugenden in sich vereint, die der Mensch nicht hat. Er ist der Gott der Omnipotenz und des Sieges, der Herr der Heerscharen. Doch ebendieser Gott manifestiert sich häufig auf entgegengesetzte Weise, nämlich als der, der da *nicht* ist. Er ist nicht, weil er nicht benannt werden kann, er ist nicht, weil er sich mit keiner der Kategorien beschreiben läßt, die wir zur Bezeichnung der existierenden Dinge gebrauchen. Dieser Gott, der nicht ist, zieht sich durch die ganze Geschichte des Christentums: Er verbirgt sich, ist unaussprechlich, ist faßbar nur kraft einer negativen Theologie, als Summe all dessen, was über ihn nicht gesagt werden kann, man spricht von ihm nur, indem man das menschliche Unwissen feiert, und man benennt ihn höchstens als Strudel, Abgrund, Wüste, Einsamkeit, Schweigen, Absenz.

An diesem Gott nährt sich der Sinn für das Heilige, der die institutionalisierten Kirchen ignoriert, wie ihn vor mehr als fünfzig Jahren Rudolf Otto in seinem berühmten Buch *Das Heilige* beschrieben hat. Das Heilige erscheint uns als »Numen«, als »Tremendum«, es ist die Ahnung, daß etwas nicht vom Menschen Gemachtes existiert, von dem die Kreatur sich gleichzeitig angezogen und abgestoßen fühlt. Es erzeugt ein Gefühl von Erschrecken, eine unwiderstehliche Faszination, ein Inferioritätsgefühl sowie ein Verlangen nach Sühne und Leiden. In den historischen Religionen hat dieses konfuse Gefühl die Form von mehr oder minder schrecklichen Gottheiten angenommen. In der nichtreligiösen Welt tritt es seit mindestens hundert Jahren in anderen Formen auf. Das Erschreckende und das Faszinierende haben darauf verzichtet, sich in die anthropomorphe Gestalt eines höchstvollendeten Wesens zu kleiden, um statt dessen die eines Nichts anzunehmen, vor dem all unser Streben zum Scheitern verurteilt ist.

Eine Religiosität des Unbewußten, des Abgrunds, des Fehlens der Mitte, der Differenz, des Absolut Anderen, der Zerrissenheit durchzieht das moderne Denken als unterirdischer Kontrapunkt zu den Ungewißheiten der Fortschrittsideologien des 19. Jahrhunderts und dem Spiel der zyklischen Wirtschaftskrisen. Dieser verweltlichte und unendlich abwesende Gott begleitet das zeitgenössische Denken unter verschiedenen Namen und explodiert heute in der Renaissance der Psychoanalyse, in der Wiederentdeckung Nietzsches und Heideggers, in den neuen Anti-Metaphysiken der Abwesenheit und der Differenz. Während der Phase des politischen Optimismus war es zu einem klaren Bruch zwischen den zwei Denkungsarten des Heiligen gekommen – hier das Unerforschliche, dort die Ideologien der politischen Omnipotenz. Mit der Krise des marxistischen und des liberalen Optimismus hat die Religiosität des Nichts, von dem wir durchdrungen sind, nun auch das Denken der sogenannten Linken erfaßt.

Wenn dem aber so ist, dann kam die Rückkehr des Heiligen lange *vor* jenem Syndrom des Verwaistseins, das die Enttäuschten befiel, als sie auf einmal voller Entsetzen entdeckten, daß die Chinesen weder unfehlbar noch vollkommen waren. Der »Verrat« der Chinesen war allenfalls der letzte (sehr äußerliche) Schlag für jene, die seit geraumer Zeit schon in dem Gefühl lebten, daß unter dem Boden der rationalen Wahrheiten, die von den Wissenschaften verkündet wurden (von der kapitalistischen wie der proletarischen), tiefe Risse und schwarze Löcher klafften. Ohne daß sie die Kraft aufbrachten, besagte Wissenschaften einer skeptischen, luziden Kritik zu unterziehen, mit Sinn für Humor und geringem Respekt vor der Autorität.

Es wird sich lohnen, über diese neuen negativen Theologien, über die daraus resultierenden Liturgien und ihren Einfluß auf das revolutionäre Denken in den nächsten Jahren ausgiebig nachzudenken. Zu prüfen, inwieweit auch sie für die Feuerbachsche Kritik (um nur eine zu nennen) empfänglich bleiben. Oder ob sich in diesen kulturellen Phänomenen womöglich ein neues Mittelalter abzeichnet, ein Mittelalter mit weltlichen Mystikern, die mehr zu mönchischem Rückzug neigen als zur Anteilnahme am kommunalen Leben. Wir werden zu prüfen haben, welches Gewicht – sei's als Gegengift, sei's als Kontrapunkt – die alten Techniken der Vernunft noch haben, die Künste des Triviums, die Logik, die Dialektik und die Rhetorik. Auf die Gefahr hin, daß, wer sie hartnäckig weiter betreibt, der Gottlosigkeit geziehen wird.

(1979)

# Die Selbstmörder vom Tempel des Volkes

Das Merkwürdigste an der Geschichte der Selbstmörder vom »Tempel des Volkes« ist die Reaktion der Medien, der amerikanischen wie der europäischen. »Ein unfaßbares Ereignis«, rufen sie im Chor, »eine unbegreifliche Sache!« Es erscheint ihnen unbegreiflich, daß einer, der jahrelang als gutartig galt wie der Sektengründer Jim Jones (alle, die in den letzten Jahren mit ihm zu tun gehabt hatten, egal ob sie seine caritativen Aktivitäten unterstützten oder ihn als Stimmenfänger bei Wahlen benutzten, sagten übereinstimmend, daß er ein selbstloser Prediger war, eine faszinierende Persönlichkeit, ein überzeugter Integrationsanhänger und ein guter Demokrat, wie man bei uns ein »guter Antifaschist« sagen würde) – daß so einer plötzlich überschnappen und sich in einen blutrünstigen Autokraten verwandeln kann, in eine Art Bokassa, der seinen Anhängern die Ersparnisse abnimmt, der sich dem Drogenkonsum verschreibt, der sich der hemmungslosesten Sexualität ergibt, ob Hetero- oder Homo-, und der die Ärmsten, die seiner Herrschaft dann zu entfliehen versuchen, massakrieren läßt. Es erscheint unbegreiflich, daß so viele gutgläubige Menschen ihm so blindlings folgten, bis in den Tod durch eigene Hand. Unfaßbar, daß eine neochristliche Sekte, inspiriert von einem sanften mystischen Kommunismus, am Ende zu einer Killerbande wird, deren Abtrünnige sich gezwungen sehen, Polizeischutz anzufordern, um nicht ermordet zu werden. Unglaublich, daß brave Rentner und Studenten, Weiße und integrationsbeflissene Schwarze, aus freien Stücken das strahlende Kalifornien verlassen, ein einziges Paradies voller Gärten und linder Frühlingslüfte, um sich in den Dschungel Guayanas zu stürzen, eine einzige Hölle voller Giftschlangen und Piranhas. Unerhört, daß es den Familien der verführten Kinder nicht gelingt, die Regierung zu einer energischen Intervention zu bewegen, und erst am Ende macht der arme Ryan sich auf, die Bescherung zu untersuchen und mit seinem Leben dafür zu bezahlen. Kurzum, alles unglaublich, total verrückt, nicht zu fassen, in was für einer Welt leben wir eigentlich, wo wird das alles noch enden?

Man kann sich tatsächlich wundern, nicht über Jim Jones, sondern über das gute Gewissen der »Normalen«. Die Normalen versuchen krampfhaft, eine Realität zu verdrängen, die sie seit mindestens zweitausend Jahren vor Augen haben. Denn die Geschichte vom »Tempel des Volkes« ist eine alte Geschichte voller Hin und Her und ewiger Wiederkehr. Sie verdrängen zu wollen und vor diesen Dingen die Augen zu schließen, führt dazu, in den Aktionen der Terroristen die CIA oder den KGB am Werk zu sehen. Ach ja, es wäre so schön, wenn das Böse nur immer von jenseits der Grenzen käme! Das Dumme ist, daß es nicht aus horizontalen Distanzen kommt, sondern aus vertikalen. Anders gesagt, um gewisse Antworten zu bekommen, muß man Freud und Lacan fragen, nicht die Geheimdienste.

Dabei hätten die amerikanischen Politiker und Journalisten gar nicht einmal die heiligen Texte zur Geschichte der chiliastischen Sekten oder die Klassiker der Psychoanalyse zu lesen brauchen. Es hätte genügt, die gängigen Thriller im Auge zu behalten. Zum Beispiel findet sich die Geschichte vom Tempel des Volkes in einem der letzten Bücher des großen Schlitzohrs Harold Robbins (Schlitzohr, weil er es immer versteht, seine Romane mit Teilen von Wirklichkeit anzureichern, mal nimmt er die Geschichte von Hefner, mal die von Porfirio Rubirosa, mal einen arabischen Ölmagnaten). Das fragliche Buch heißt *Träume* und erzählt von einem gewissen Reverend Sam (der unter anderem stark an den Reverend Moon erinnert). Er hat ein Laboratorium gegründet und läßt sich die Ersparnisse seiner jungen Adepten bringen, um sie in undurchsichtige Finanzspekulationen zu investieren. Er predigt Frieden und Harmonie, initiiert seine Zöglinge in die totale Promiskuität, gründet ein mystisches Camp im Dschungel, wo er strengste Disziplin erzwingt, unter anderem durch Initiationsriten mit Hilfe von Drogen, Foltern und Verfolgungen derer, die zu fliehen versuchen, und schließlich verschwimmen die Grenzen zwischen Kult, Gangsterismus und Ritualen à la Manson Family bis zur Unkenntlichkeit. Soweit der Roman von Robbins. Doch Robbins erfindet nichts, nicht einmal auf der Ebene der romanhaften Kolportage wirklicher Episoden.

Ein paar Jahrzehnte vor ihm schrieb der große Dashiell Hammett seine Stories, zum Beispiel *Der Fluch des Hauses Dain*, worin es um einen Propheten geht, der einen Gralskult inszeniert, natürlich in Kalifornien, »wie es alle tun«. Es beginnt mit der Anwerbung reicher Leute, deren Besitz eingezogen wird. Der Kult ist durchaus nicht gewalttätig, obwohl die Initiationen (auch hier) mit Hilfe von Drogen und illusionistischen Vorspiegelungen erfolgen (die Inszenierung erinnert unter anderem an die Mysterien von Eleusis). Der Prophet »war eine eindrucksvolle Persönlichkeit... Wenn er einen ansah, fühlte man sich total aus den Angeln gehoben.« Am Ende wird er verrückt und »glaubte, er könnte jetzt alles erreichen... Er träumte davon, die ganze Welt von seiner Göttlichkeit zu überzeugen... Er war ein Verrückter, der seine Macht für grenzenlos hielt.«

Es klingt wie die Aussagen über Jim Jones, die man dieser Tage in der *New York Times* lesen konnte: »Er war ein außergewöhnlich nobler und sanfter Mensch, eine magnetische Persönlichkeit, er vermittelte uns ein Gemeinschaftsgefühl.« Und der Anwalt Mark Lane versucht zu erklären, wie Jones paranoisch wurde »aus Gier nach absoluter Macht«. Und lesen wir jetzt noch das Buch von Ed Sanders über *The Family*, die Geschichte von Charles Manson und seiner Strand-Buggy-Streitmacht[1], so haben wir das Röntgenbild eines kalifornischen Kultes und seiner fatalen Degeneration vor Augen. Ein Bild, das jedem aufmerksamen Politiker zeigen würde, wo es mit der Moon-Sekte enden könnte und mit den Scientologists und sogar mit den Hare Krishnas.

Wie kommt es nun aber, daß solche Dinge passieren, und warum ausgerechnet in Kalifornien? Der zweite Teil der Frage ist ziemlich naiv. Es gibt gewiß Gründe, warum Kalifornien ein besonders günstiges Klima für Kulte hat, aber das Grundmuster ist viel älter. In wenigen Worten, der Kult von Jones und seiner Kirche des Tempels hatte alle Merkmale der chiliastischen oder millenaristischen Endzeitbewegungen, die sich von der Spät-

1 Deutsch bei Rowohlt, dnb 14, Reinbek 1972.

antike bis heute durch die Geschichte des Christentums ziehen (und ich spreche hier nur von dieser, denn es würde viel Zeit erfordern, vom jüdischen Messianismus zu sprechen, von den analogen orientalischen Kulten, von den diversen Korybantismen der Antike und von den vergleichbaren Kulten in Afrika, die sich heute ganz ähnlich auch in Brasilien finden[2]).

Die Reihe beginnt wahrscheinlich im dritten Jahrhundert nach Christus mit dem extremen Flügel der Donatisten, den sogenannten Circumcellionen in Nordafrika. Sie zogen in Horden mit Knüppeln bewaffnet durchs Land, attackierten die Truppen des Reiches, ermordeten die der Römischen Kirche ergebenen »Feinde des Glaubens« und blendeten ihre theologischen Gegner mit einer Mischung aus Kalk und Essig; in ihrem Durst nach Martyrium überfielen sie Reisende und bedrohten sie mit dem Tode, um sich von ihnen martern zu lassen, sie veranstalteten orgiastische Totengelage und begingen anschließend Selbstmord, indem sie sich von den Klippen stürzten. Im Gefolge der verschiedenen Auslegungen der Apokalypse, die das Millennium als das nahe Weltengericht prophezeiten, bildeten sich die verschiedenen mittelalterlichen Endzeitbewegungen: die Fratizellen und die Apostler des Gherardo Segarelli, aus denen die Revolte des Fra Dolcino hervorging, die Brüder vom Freien Geiste und die des Satanismus verdächtigten Turlupiner, die verschiedenen Katharergruppen, die sich mitunter dem Suizid durch Fasten bis zum Verhungern verschrieben (der »Endura«). Im zwölften Jahrhundert läßt sich der Wanderprediger Tanchelm, ein Mann von imposantem Charisma, sämtliche Reichtümer seiner Anhänger geben und überzieht die Niederlande mit Schrecken, Eudes de l'Etoile verschleppt seine Anhänger in die bretonischen Wälder, bis alle auf dem Scheiterhaufen verenden, die Horden von Tafurs, wüste Gesellen mit struppigem Haar und starrend von Schmutz, verlegen sich während der Kreuzzüge allerorten auf Plünderungen, Kannibalismus und Massaker unter den Juden, ungezügelt im Kampf und gefürchtet von den Sarazenen, im dreizehnten Jahrhundert verbreiten sich die Flagellantenbewegungen (Geiß-

2 Vgl. hierzu den folgenden Aufsatz, S. 116 ff.

ler, Kreuzträger, Brüder des Kreuzes), die von Dorf zu Dorf ziehen und sich mit Peitschen blutig schlagen, später im Elsaß verschreibt sich der »Oberrheinische Revolutionär« mit rabiater Wut dem Massaker an Klerikern. Die Reformationszeit erlebt den mystischen Kommunismus in Münster, wo die Anhänger Thomas Münzers unter Johann von Leiden einen theokratischen Stadtstaat gründen, der auf Gewalt und Verfolgung beruht, die Gläubigen müssen auf alle irdischen Güter verzichten und werden zur sexuellen Promiskuität gezwungen, während der Anführer immer mehr göttliche und kaiserliche Attribute annimmt, die Widerspenstigen werden tage- und nächtelang in der Kirche eingeschlossen, bis alle am Boden liegen und dem Propheten zu Willen sind, und schließlich purifiziert sich das Ganze in einem grauenvollen Gemetzel, in dem alle Gläubigen umkommen.

Man könnte hier einwenden, daß der Selbstmord nicht in allen diesen Bewegungen obligatorisch war, doch obligatorisch war mit Sicherheit der gewaltsame Tod, das Blutbad, die Vernichtung im Feuer des Scheiterhaufens. Und es ist leicht zu begreifen, warum das Motiv des Selbstmords (das übrigens auch schon bei den Circumcellionen präsent war) scheinbar erst heute auftaucht: Das Verlangen nach Martyrium, nach Tod und Purifikation im Feuer wurde für die Bewegungen der Vergangenheit von der herrschenden Macht erfüllt. Und man braucht nur ein Meisterwerk unserer mittelalterlichen Literatur zu lesen, nämlich die Geschichte des Minoriten Fra Michele, um zu erkennen, welche erregende, unausweichliche Faszination die Verheißung des Feuertodes für den Märtyrer hatte, zumal er diesen Tod, auf den er so brennend versessen war, auch noch anderen zuschreiben konnte. Natürlich muß im heutigen Kalifornien, wo selbst ein Massenmörder wie Charles Manson ungestört im Gefängnis leben und Freigang beantragen kann, wo also die herrschende Macht sich weigert, den Tod zu verabreichen, das Verlangen nach Märtyrertum aktivere Formen annehmen – kurz gesagt: *Do it yourself.*

Man könnte die historischen Parallelen noch fortsetzen, etwa mit den Kamisarden zu Anfang des 18. Jahrhunderts, den Propheten der Cevennen im 17. Jahrhundert, den Veitstänzern oder Konvulsionären des Sankt Medardus usw., bis zu den diversen

Pfingstbewegungen der Tremulanten und Zungenredner, die heute auch Italien überfluten und vielerorts von der katholischen Kirche absorbiert werden. Es genügt jedoch, die charakteristischen Merkmale des von Jones gegründeten Kultes mit einem abstrakten Modell der diversen millenaristischen Kulte zu vergleichen (ohne die feineren Unterschiede zu berücksichtigen), um ein paar durchgängige Elemente zu finden. Der Kult entsteht im Moment einer Krise (spiritueller, sozialer, ökonomischer Art), indem er, als Attraktion einerseits für die wirklich Armen und andererseits für »Reiche« mit schlechtem Gewissen und starkem Verlangen nach Selbstbestrafung, den baldigen Weltuntergang und das Kommen des Antichrist prophezeit (Jones erwartete einen faschistischen Staatsstreich und den nuklearen Holocaust). Er beginnt mit einer Kampagne für Gütergemeinschaft und redet den Gläubigen ein, sie seien die Auserwählten. Als solche gewinnen sie bald Vertrauen zum eigenen Körper und gehen, nach einer Phase strenger Keuschheit, zu Praktiken äußerster sexueller Freiheit über. Der charismatisch begabte Anführer unterwirft die Gläubigen seiner psychologischen Herrschaft und macht sich, zum Wohle des Ganzen, sowohl ihre materiellen Güter zunutze wie ihre Bereitschaft, sich mystisch besitzen zu lassen. Nicht selten werden Drogen und/oder Praktiken der Selbstsuggestion verwendet, um den inneren Zusammenhalt der Gruppe zu gewährleisten. Der Anführer durchläuft verschiedene Phasen zunehmender Vergöttlichung. Die Gruppe geht von der Selbstkasteiung zur Gewalt gegen Andersdenkende über und dann, aus Verlangen nach Martyrium, zur Gewalt gegen sich selbst. Auf der einen Seite kommt es zu einem Verfolgungswahn, auf der anderen löst das Sonderverhalten der Gruppe in der Gesellschaft eine reale Verfolgung aus, und der Gruppe werden auch Untaten zugeschrieben, die sie gar nicht begangen hat.

Im Falle von Jones hat die liberale Einstellung der amerikanischen Öffentlichkeit den Sektengründer dazu getrieben, das Komplott, das er brauchte, selber zu konstruieren (die Geschichte mit dem Kongreßabgeordneten, der die Gruppe angeblich zerstören wollte) und damit die Gelegenheit zur Selbstzerstörung. Wie man sieht, ist also auch das Motiv der Flucht in die Wälder präsent. Mit anderen Worten, Jones' »Kirche vom Tempel des Volkes« ist nichts anderes als eines der vielen Beispiele für ein Wiederaufleben jener millenaristischen Kulte, in denen am Ende (nach einem Beginn, der gerechtfertigt war durch soziale Krisen, Pauperismus, Ungerechtigkeit, Protest gegen die herrschende Macht und die herrschende Unmoral) die Auserwählten einer Versuchung erliegen, die letztlich gnostischen Ursprungs ist – nämlich der Vorstellung, daß man, um sich zu befreien von der Herrschaft der Engel, der Herren des Kosmos, alle Formen der Perversion durchmachen und den Sumpf des Bösen durchqueren müsse.

Doch warum das alles nun heute, warum so oft in den USA und warum gerade in Kalifornien? Wenn der Millenarismus aus sozialer Unsicherheit entsteht und in Zeiten historischer Krisen ausbricht, kann er sich anderswo immerhin noch in gesellschaftlich »positiven« Formen verkörpern: in Revolutionen, in Kreuz- und Eroberungszügen, in Kämpfen gegen Tyrannen, sogar in gewaltlosem Streben nach Märtyrertum wie bei den ersten Christen, und in all diesen Fällen beruht er auf einer sehr tragfähigen Theorie, die ihm eine gesellschaftliche Rechtfertigung des eigenen Opfers erlaubt; oder er kann die historisch positiven Formen imitieren, ohne sich um gesellschaftliche Rechtfertigungen zu kümmern (wie es die Roten Brigaden tun). Jedoch in einer Gesellschaft wie der amerikanischen, wo heute kein Thema mehr existiert, an dem man sich abarbeiten kann wie noch zur Zeit des Vietnamkrieges, wo die Sozialämter auch den Ausgestoßenen oder Ausgestiegenen noch eine Unterstützung gewähren, wo aber die Vereinsamung und die Mechanisierung des Lebens so groß sind, daß immer mehr Menschen sich in Drogen flüchten oder allein am Straßeneck Reden halten, dort wird die Suche nach Ersatzkulten hektisch. Kalifornien ist ein von der restlichen Welt abgeschnittenes Paradies, wo alles erlaubt ist und wo sich alles an einem zwanghaften Idealbild von »Glück« inspiriert (es gibt dort nicht einmal mehr den Schmutz von New York oder von Detroit, man ist verurteilt, glücklich zu sein). Jede Verheißung eines Gemeinschaftslebens, jeder beliebige »Neue Bund«, der eine Regeneration verspricht, ist also willkommen. Man kann sich ebensogut ins Jogging stürzen wie in satanische Riten oder in neue Formen des Christentums. Die Drohung der »Spalte«, des großen Bebens im San-Andreas-Graben, das Kalifornien eines Tages vom Kontinent »abbrechen« und ins Meer wegdriften lassen wird, drückt mythisch auf das ohnehin schon durch die artifizielle Lebensweise geschwächte Bewußtsein. Warum also dann nicht auch Jones und der schöne Tod, den er verspricht?

In Wahrheit bestehen, so betrachtet, kaum Unterschiede zwischen den destruktiven Horden der Roten Khmer, die Kambodschas Städte entvölkern, um eine mystische Republik von todessüchtigen Revolutionären zu schaffen, und jenen destruktiven Sektiererhorden, die hunderttausend Dollar für ihren Propheten aufbringen. Amerika urteilt negativ über den chinesischen Rigorismus, die kubanische Dauermobilisierung und den rasenden Radikalismus der Kambodschaner. Wenn es nun feststellen muß, daß sich die gleiche Sehnsucht nach millenaristischer Renovatio in seinem eigenen Innern erhebt, und wenn es sie gar entstellt in der asozialen Form des Massenselbstmordes sieht, kann es nicht begreifen, daß die Verheißung, eines Tages auf dem Saturn zu landen, nicht genügt. Und sagt, etwas »Unbegreifliches« sei geschehen.

(Dezember 1978)

# Mit wem halten es die Orixà?

Abends fahre ich mit ein paar Freunden, die mich herumführen, an den äußersten Stadtrand von São Paulo, in die Gegend des internationalen Flughafens. Eine Fahrt von knapp einer Autostunde zu den afro-brasilianischen Riten. Wir gelangen zu einem großen Gebäude, ein bißchen erhöht über einem Gewirr von armseligen Behausungen, gerade noch keine Favela, die Favela liegt weiter draußen, man sieht ihre trüben Lichter von fern. Das Gebäude macht einen soliden Eindruck, es scheint ein Bethaus zu sein. Es ist ein *Terreiro*, ein Tempel des Candomblé. Ausländische Touristen, aber auch Brasilianer, die ihn noch nie besucht haben (und das sind sehr viele, die meisten, jedenfalls von der mittleren Bourgeoisie an aufwärts), würden erregt von Macumba sprechen.

Wir stellen uns vor. Ein alter Neger reinigt uns mit Weihrauch. Ich mache mich auf eine Lokalität von der Art gewisser Umbanda-Zelte gefaßt, die ich früher gesehen habe, Triumphstätten des religiösen Kitsches, verstärkt durch synkretistische Toleranz: Altäre voller Kruzifixe und Madonnenfiguren, indischen Göttern und roten Teufelchen wie in den Schauspielen von Lindsay Kemp. Statt dessen ist der Saal fast schmucklos und von einer geradezu protestantischen Strenge. Im hinteren Teil die Bänke für die Nicht-Initiierten, an der Seite neben dem Parkett der Trommler die Polstersitze für die Ogà. Die Ogà sind Leute aus den besseren Kreisen, oft Intellektuelle, nicht unbedingt gläubige, aber den Kult respektierende Bürger, die zu ehrenamtlichen Gemeinderäten und Garanten des Tempels gewählt worden sind, und zwar auf Anweisung einer höheren Gottheit. Der große Romancier Jorge Amado bekleidet das Amt in einem Terreiro von Bahia, auserwählt von Iansà, der nigerianischen Göttin des Krieges und der Winde. Der französische Ethnologe Roger Bastide, der diese Kulte studiert hatte, war durch ein Dekret von Oxossi, dem Yoruba-Gott der Jäger, dazu auserwählt worden. Gegenüber sind die Plätze der Gäste, auf die uns der *Pai-de-santo* komplimentiert: der *Babalorixà* oder, wenn man so will, der Pfarrer in dieser Kirche. Ein imposanter Mischling, kahl und würdevoll. Er weiß, wer seine Gäste sind, er macht ein paar scherzhafte Bemerkungen über die Gefahr, daß wir rationalistischen Intellektuellen uns der Ungläubigkeit versündigen.

Doch in dieser Kirche, die mit so großer Liberalität die afrikanischen Gottheiten und das christliche Pantheon aufzunehmen vermag, ist Toleranz die Norm, ja geradezu die Essenz des Synkretismus. Tatsächlich sehe ich an der hinteren Wand zwei Bilder, die mich verblüffen: die bunte Figur eines nackten Indios mit Federkrone und die eines alten weißgekleideten Negersklaven, der sitzend die Pfeife raucht. Ich erkenne sie, es sind ein *Caboclo* und ein *Preto velho*, Geister Verstorbener, die eine wichtige Rolle im Umbanda-Kult spielen, aber nicht im Candomblé, der nur Beziehungen zu den höheren Gottheiten unterhält, zu den Orixà der afrikanischen Mythologie. Was tun sie dort, rechts und links neben einem großen Kruzifix? Der Pai-de-santo erklärt mir, es handle sich um eine Art Hommage: Der Candomblé »benutze« sie nicht, aber er denke gar nicht daran, ihre Präsenz und ihre Macht zu leugnen.

Dasselbe geschieht mit Exù. Im Umbanda-Kult wird er meist als ein Teufel gesehen (man findet dort kleine Metallfiguren mit Hörnern und extrem langem Schwanz und Dreizack, oder auch große grellbunt bemalte Holz- oder Tonfiguren von abstoßendem Kitsch, Typ lasziver Nightclub-Teufel in Horrorfilmen à la »Mondo di notte«). Für den Candomblé ist er kein Teufel, sondern eine Art mittlerer Geist, ein degenerierter Merkur, Bote der höheren Geister, im Guten wie im Bösen. Er wird nicht verehrt, es wird nicht erwartet, daß er kommt, doch zu Beginn des Ritus beeilt sich der Pai-de-santo, mit einer enormen Zigarre (die er wie ein Räucherfaß schwenkt) die Lokalität zu reinigen, um den Exù höflich zu bitten, sich fernzuhalten und die Verrichtungen nicht zu stören. Als wollte er sagen: Jesus und Satan haben mit uns nichts zu tun, aber es empfiehlt sich, gute Nachbarschaftsbeziehungen zu unterhalten.

Wer wird im Candomblé verehrt? Die Orixà, die höheren Götter der afrikanischen Religionen, der sudanesischen Nago-

Yoruba oder der angolanischen und der kongolesischen Bantu, die mit den ersten Sklaven nach Brasilien kamen und sie seither nie wieder verlassen haben. Der große Ologun, Vater aller Götter, den man nicht darstellen kann, und Oxalà, den der synkretistische Volksglaube mit Jesus Christus gleichsetzt, besonders mit dem in Bahia verehrten *Nosso Senhor de Bonfim*. Und andere, die noch zu nennen sein werden.

Da ich das Glück habe, mit einem sichtlich sehr gebildeten Pai-de-santo zu sprechen, stelle ich ihm sofort ein paar heikle Fragen, nicht ohne ihm zu versichern, daß meine Neugier lediglich theologischer und philosophischer Art sei. Diese Orixà, frage ich, sind das Personen oder Kräfte? Naturkräfte, präzisiert der Priester, kosmische Schwingungen, Wasser, Wind, Laub, Regenbogen. Aber wie kommt es dann, frage ich weiter, daß man von ihnen hier überall diese Figuren sieht und daß sie mit katholischen Heiligen gleichgesetzt werden, mit Sankt Georg oder mit Sankt Sebastian? Der Babalorixà lächelt und geht dazu über, von den tiefen Wurzeln des Kultes zu sprechen, Wurzeln auch in der jüdischen Religion und in noch wesentlich älteren, er sagt mir, daß der Candomblé das mosaische Gesetz akzeptiert. Er lächelt erneut, als ich ihn auf die Riten der schwarzen Magie verweise, auf die berüchtigte Macumba, die bösartige Variante des Candomblé, die im Umbanda-Kult zum Quimbanda wird, in welchem Exù und seine Gefährtin, die laszive Pomba-Gira, sich der in Trance versetzten menschlichen Körper bemächtigen – also genau jene Riten, die man in Brasilien oft auch vor Fußballspielen praktiziert, indem man Hähne tötet, damit die Spieler der gegnerischen Mannschaft sterben oder krank werden. Er lächelt wie ein Theologe der Gregorianischen Universität, der gebeten wird, sich über das Wunder von San Gennaro oder die weinenden Madonnenbilder zu äußern. Nie wird er etwas gegen den Volksglauben sagen, aber auch nie etwas zu seinen Gunsten. Er lächelt, man weiß doch, wie die einfachen Leute sind. Gegen den Umbanda allerdings, nun ja, da ist manches zu sagen: ein junger Kult, in den dreißiger Jahren entstanden, ein Gemisch aus afrikanischen Religionen, Katholizismus, Okkultismus und kardezistischem Spiritismus, ein Produkt des französischen Positivismus. Leute, die an die Wiedergeburt glauben, bei denen die Initiierten in Trance von Geistern Verstorbener ergriffen werden (und von *Pretos velhos* und *Caboclos*), um sich dann auf Wahrsagerei zu verlegen und den Gläubigen Ratschläge zu erteilen. Der Umbanda ist die konservative und spiritistische Variante der afrikanischen Kulte, und er hat klar gezeigt, daß er die bestehende Ordnung gehorsam und unterwürfig hinnimmt. Der Candomblé hingegen (dies sagt mir der Pai-de-santo nicht, aber ich weiß es) ist unter den Negersklaven als Suche nach der eigenen kulturellen Identität entstanden, er ist Ausdruck einer Revolte oder jedenfalls einer bewußten und stolzen religiös-kulturellen Selbst-Ghettoisierung – weshalb er auch lange verfolgt wurde, in Pernambuco erzählt man sich von einem Polizeichef, der noch in den dreißiger Jahren die Ohren und Hände sammelte, die er diesen gottverdammten Fetischisten, wenn er sie verhaftete, abschneiden ließ.

Die Geschichte der diversen Kulte ist sehr verworren (die einschlägige Literatur umfaßt mehrere hundert Titel), ich will hier nicht versuchen, ein dunkles Kapitel brasilianischer Ethnologie zu erhellen, ich zähle nur ein paar Anhaltspunkte auf. 1888 wird die Sklaverei durch das Gesetz Rui Barbosa (das sogenannte »goldene«) abgeschafft, aber die ehemaligen Sklaven erhalten keinen »regenierten« sozialen Status. Im Gegenteil, 1890 wird im Zuge eines schwachen Versuchs, die Sklaverei als Stigma abzuschaffen, die Verbrennung aller Archive des Sklavenhandels befohlen. Eine scheinheilige Idee, denn nun haben die Sklaven keinerlei Möglichkeit mehr, ihre Geschichte zu rekonstruieren und ihre Ursprünge zu erforschen, sie werden formal freie Bürger, aber Bürger ohne Vergangenheit. Kein Wunder also, daß gegen Ende des Jahrhunderts die Kulte sich festigen, sich formalisieren und offen hervortreten, da die Schwarzen mangels familiärer »Wurzeln« ihre kulturelle Identität nun auf religiösem Wege zu rekonstruieren versuchen. Bemerkenswert ist allerdings, daß ausgerechnet zur Zeit des Positivismus, entflammt von spiritistischen Theorien aus Europa, weiße Intellektuelle die Kulte der Schwarzen beeinflussen und sie schrittweise dazu bringen, die Prinzipien des idealistischen Spiritualismus à la Kardec zu übernehmen. Ähnliche Phänomene haben sich auch in der europäischen Geschichte zugetragen: Wann immer Formen von revolutionärem Millenarismus aufkamen, waren die offiziellen Kirchen bestrebt, sie in gemäßigte und kultiviertere Formen von Millenarismus umzuwandeln, in solche, die sich auf Hoffnung gründen und nicht auf Gewalt. Es ließe sich also denken, daß die Riten des Candomblé sozusagen als Kerne von »hartem« Millenarismus inmitten der eher verwässerten und entschärften Umbanda-Riten überleben. Doch darüber kann ich mit dem Pai-de-santo nicht sprechen. Ich erhalte eine (zweideutige) Antwort, als wir in den Garten hinausgehen, um die Häuser der Orixà zu besuchen.

Während ein Schwarm junger Mädchen, meist Schwarze, rituell als Bahianerinnen gekleidet, fröhlich lachend die letzten Vorbereitungen trifft, empfängt uns ein älterer Herr, ganz in Weiß von der Mütze bis zu den Schuhen (denn es ist der Monat des Oxalà, der durch diese Farbe symbolisiert wird), und führt uns im Garten umher. Er stammt aus Italien, aber sein Italienisch ist nicht mehr sehr gut, er ist nach dem Krieg herübergekommen (ich bin immer mißtrauisch gegenüber Landsleuten, die kurz nach dem Krieg hierher emigriert sind – und tatsächlich spricht er von Abenteuern in Ostafrika und von Marschall Graziani). Er hat viel durchgemacht, er hat alle Religionen ausprobiert, jetzt hat er Frieden gefunden: »Wenn man mir sagen würde, daß die Welt genau hier auseinanderbricht (er zeigt mit dem Finger vor sich auf den Boden), würde ich bloß ein bißchen da rübergehen.«

Die Häuser der Orixà, die sich in dem weitläufigen Garten verteilen wie bei uns die Kapellen auf einem Sacro Monte, tragen außen das Bild des katholischen Heiligen, der mit dem jeweiligen Bewohner synkretistisch gleichgesetzt wird. Innen sind sie eine Symphonie von grellbunten Farben, Ergebnis der Blumenpracht, der bemalten Figuren und sogar der frisch zubereiteten Speisen, die den Göttern dargebracht werden: weiß für Oxalà, blau und rosa für Yemanjà, rot und weiß für Xangò, goldgelb für Ogùn usw. Eintreten darf man nur, wenn man ein Initiierter ist; man kniet nieder und küßt die Schwelle, faßt sich mit einer Hand an die Stirn und hinter das rechte Ohr... Na schön, aber wie jetzt, frage ich, Yemanjà, die Göttin des Wassers und der Fortpflanzung, ist sie nun oder ist sie nicht *Nossa Senhora da Conceiçao*, Unsere Liebe Frau der Empfängnis? Und Xangò, ist er nun oder ist er nicht Sankt Hieronymus? Und Ogùn, warum habe ich ihn in Bahia als Sankt Antonius synkretisiert gesehen und in Rio als Sankt Georg, während es hier das Haus von Oxossi ist, in dem der heilige Georg erscheint, glänzend im blaugrünen Mantel und bereit, den Drachen mit seinem Speer zu durchbohren? Ich glaube, die Antwort bereits zu kennen, vor Jahren sagte mir ein katholischer Sakristan in Bahia: Man weiß doch, wie naiv die Armen sind, um sie dazu zu bringen, daß sie zum heiligen Georg beten, muß man ihnen sagen, er sei genau wie Oxossi. Doch mein Begleiter gibt mir die umgekehrte Antwort: Man weiß doch, wie das Volk ist, um es dazu zu bringen, die Realität und die Kraft von Oxossi anzuerkennen, muß man es glauben lassen, er sei der heilige Georg. Kein Zweifel, Candomblé ist eine sehr alte und weise Religion.

Aber jetzt fängt der Ritus an. Der Pai-de-santo entzündet die Räucherstäbchen, die Trommler beginnen ihr hypnotisierendes Trommeln, während ein Sänger die *Pontos* anstimmt, rituelle Strophen, die im Chor von den Initiierten gesungen werden. Die Initiierten sind großenteils Frauen, und das vorbereitete Medium, das während des Tanzes von einem Orixà besucht werden wird, ist eine *Filha-de-santo*. Es gibt zwar seit langem auch männliche Initiierte, aber die mediale Gabe ist anscheinend noch immer ein Privileg der Frauen. In Bahia besuche ich zwei Wochen später einen vierhundert Jahre alten Terreiro und werde von einer *Mae-de-santo* oder *Ialorixà* empfangen, einer Dame von der Gesetztheit und Würde einer Äbtissin. Frauen dieser Art waren prägend für das kulturelle und soziale Leben in Salvador, der Hauptstadt Bahias, und Schriftsteller wie Jorge Amado sprechen von ihnen mit liebevollem Respekt. Hier in São Paulo sind unter den Frauen auch einige Weiße. Man zeigt mir eine Blondine, sie ist eine deutsche Psychologin: Sie tanzt in hektischem Rhythmus, den Blick ins Leere gerichtet, allmählich gerät sie ins Schwitzen, verzweifelt bemüht, in Trance zu fallen. Es gelingt ihr nicht, bis zum Ende, sie ist noch nicht reif für die Umarmung der Götter. Als die anderen *Filhas-de-santo* schon in Ekstase sind, sehe ich sie noch im Hintergrund tanzen, fast weinend, aufgelöst, krampfhaft bemüht, die Kontrolle über sich zu verlieren im Rhythmus der *Atabaques*, der heiligen Trommler mit der Macht, die Orixà herbeizurufen. Unterdessen vollziehen viele der Initiierten, eine nach der anderen, ihren physisch-mystischen Sprung: Man sieht sie plötzlich erstarren, ihr Blick wird stumpf, sie bewegen sich automatisch. Je nachdem, welcher Orixà sie besucht, zelebrieren ihre Bewegungen seine spezielle Natur und Macht: weich und fließend, die Hände mit den Flächen nach unten seitwärts rudernd wie beim Schwimmen, wenn Yemanjà sich ihrer bemächtigt, gebückt und langsam, wenn es Oxalà ist, und so weiter (im Umbanda bewegt man sich, wenn Exù kommt, mit nervösen und hektischen Zuckungen). Diejenigen, die Oxalà empfangen haben, werden hinterher in besondere Schleier gehüllt, denn besonders groß war ihr Glück.

In unserer Gruppe ist eine Fünfzehnjährige aus Europa, mit ihren Eltern. Sie hatten ihr gesagt, wenn sie mitkommen wolle, müsse sie aufmerksam alles verfolgen, mit Neugier und Respekt, aber auch mit Distanz, indem sie mit den anderen darüber rede, ohne sich allzusehr fesseln zu lassen. Denn wenn Pythagoras recht hatte, kann die Musik mit uns machen, was sie will, ich habe andere Male erlebt, wie ungläubige, aber für Suggestionen besonders empfängliche Zuschauer reihenweise in Trance fielen. Dem Mädchen tritt der Schweiß auf die Stirn, ihm wird übel, es möchte raus. Der weißgekleidete Italiener ist sofort zur Stelle, spricht mit den Eltern und sagt, sie sollten die Kleine ein paar Wochen dalassen: Sie habe eindeutig mediale Fähigkeiten, sie habe positiv auf Ogùn reagiert, man müsse das pflegen. Die Kleine will weg, die Eltern sind entsetzt. Sie hat das Mysterium der Beziehungen zwischen Körper, Naturkräften und Betörungstechniken gestreift. Jetzt schämt sie sich und glaubt, einer Täuschung zum Opfer gefallen zu sein. In der Schule wird sie später von dionysischen Riten hören, aber vielleicht wird sie nie begreifen, daß sie einen Moment lang selber eine Mänade war.

Der Ritus ist beendet, wir verabschieden uns von dem Pai-de-santo. Ich frage ihn, wessen Orixà Kind ich sei. Er schaut mir in die Augen, prüft meine Handlinien und sagt schließlich: »Oxalà.«

Ich scherze mit einem meiner Freunde, der bloß ein Filho de Xangò ist.

Zwei Tage später, in Rio, führen mich andere Freunde zu einem anderen Terreiro de Candomblé. Die Gegend ist noch ärmer, der Volksglaube noch naiver, und wenn der Tempel in São Paulo wie eine protestantische Kirche erschien, gleicht dieser hier einem mediterranen Wallfahrtsort. Die Kostüme sind afrikanischer, die von Oxalà besuchten Glücklichen bekommen am Ende prächtige Masken, wie ich sie bisher nur in den Alben von Cino und Franco gesehen habe: große Gebilde aus Stroh, die den ganzen Körper bedecken. Sie reihen sich zu einer Prozession von Pflanzengeistern, von den Feiernden an der Hand geführt wie Blinde, blind umhertappend in ihren katatonischen Zuckungen nach dem Diktat des Gottes.

Die *Comida dos santos*, das rituelle Mahl, das den Orixà dargebracht wird, ist beste bahianische Küche, die Speisen werden im Freien auf großen Blättern ausgebreitet, sozusagen enorme Präsentkörbe voller Stammesspezialitäten, und am Ende des Ritus dürfen auch wir davon kosten. Der Pai-de-santo ist ein kurioser Typ, gekleidet wie Orson Welles als Cagliostro, das junge Gesicht von einer etwas weichen Schönheit (er ist ein blonder Weißer), priesterlich-gütig lächelnd, wenn seine Gläubigen ihm die Hände küssen. Mit knappen Bewegungen, eine Art John Travolta der Vorstadt, dirigiert er die verschiedenen Phasen des Tanzes, später legt er die Paramente ab und erscheint in Jeans, um die Trommler zu einem schärferen Rhythmus anzutreiben, einem Tempo, das sich mehr auf diejenigen unter den Tanzenden einstellt, die gerade in Trance zu fallen beginnen. Er läßt uns nur zu Beginn und am Ende zuschauen, offenbar will er nicht, daß wir dabei sind, wenn die Initiierten in Trance fallen, was immer der heikelste Augenblick ist. Aus Rücksicht auf uns oder auf seine Gläubigen? Anschließend führt er uns in seine Wohnung und offeriert uns ein Essen auf der Grundlage von *Fejoada*.

An den Wänden hängen eigenartige grellbunte Bilder, halb indianisch und halb chinesisch, surreale Figuren, wie man sie in amerikanischen Underground-Magazinen »orientalisierender« Gruppen sieht. Sie stammen von ihm, er malt. Wir plaudern über

Ethik und Theologie. Er hat nichts von der theologischen Strenge des Pai-de-santo in São Paulo, seine Religiosität ist nachsichtiger, pragmatischer. Er meint, es gebe kein Gut und Böse, alles sei gut. Ich deute auf einen Freund und sage: »Aber wenn der mich nun umbringen will und zu Ihnen kommt, um sich einen Rat zu holen, dann müssen Sie ihm doch sagen, daß es böse ist, mich zu töten!« »Ich weiß nicht«, antwortet er mit einem vagen Lächeln, »vielleicht ist es für ihn etwas Gutes, ich weiß nicht, ich würde ihm nur erklären, daß es besser wäre, Sie nicht zu töten. Aber seien Sie unbesorgt, er wird Sie nicht töten, wenn er zu mir kommt.« Wir probieren noch ein paar Argumentationen über Gut und Böse. Er bleibt dabei: »Seien Sie ganz beruhigt, ich sorge dafür, er wird Sie nicht töten.« Er zeigt einen sanften Stolz auf sein Charisma. Er spricht von der Liebe, die er zu seinen Leuten empfindet, von der ruhigen Heiterkeit, die aus dem Kontakt mit den Orixà erwächst. Er äußert sich nicht über ihre kosmische Natur, auch nicht über ihr Verhältnis zu den Heiligen. Da gebe es keine Unterschiede, es genüge, heiter zu sein. Der Candomblé wechselt die Theologie von Terreiro zu Terreiro. Ich frage ihn, welcher Orixà der meinige ist. Erneut weicht er aus, das sei schwer zu sagen, das könne je nach den Umständen wechseln, er glaube nicht an die Möglichkeit, das zu beurteilen. Aber wenn ich's unbedingt wissen wolle, nun ja, so wie ich aussähe, müßte ich wohl ein Sohn von Oxalà sein. Ich sage ihm nicht, daß ich dasselbe schon vor zwei Tagen gehört habe. Ich möchte ihn immer noch gern ertappen.

Mein Freund, der mich hätte umbringen sollen, spielt jetzt den engagierten Brasilianer. Er hält ihm die Widersprüche des Landes vor, die sozialen Ungerechtigkeiten, er fragt ihn, ob seine Religion die Menschen auch zur Revolte antreiben könnte. Der Babalorixà weicht aus, das seien Probleme, zu denen er sich nicht äußern wolle, dann lächelt er wieder übertrieben sanft wie vorhin, als er mir versicherte, daß ich bestimmt nicht umgebracht werden würde, und murmelt etwas wie: »Aber wenn es nötig wäre, könnte man...«

Was hat er sagen wollen? Daß es vorerst nicht nötig sei? Daß der Candomblé immerhin die Religion der Unterdrückten sei und bereit wäre, sie zur Revolte zu befähigen? Traut er uns nicht? Er verabschiedet uns um vier Uhr morgens, während die Trance allmählich aus den erstarrten Gliedern der Söhne und Töchter des Heiligen weicht. Es dämmert. Er schenkt uns einige seiner Gemälde. Er wirkt wie der Chef eines Tanzlokals in der Vorstadt. Er hat nichts von uns verlangt, er hat uns nur Geschenke gemacht und ein Essen angeboten.

Eine Frage ist offengeblieben, die ich weder ihm noch seinem Kollegen in São Paulo gestellt habe. Mir ist aufgefallen, nicht nur in diesen zwei Fällen, daß der Candomblé – vom Umbanda gar nicht zu sprechen – immer mehr Weiße anzieht. Ich habe einen Arzt gefunden, einen Anwalt, eine beträchtliche Anzahl Proletarier und Subproletarier. Ursprünglich ein Verlangen nach rassischer Autonomie, Abgrenzung eines für die Religionen der Europäer unzugänglichen Raumes der Schwarzen, verwandeln sich diese Kulte immer mehr zu einem für alle gültigen Angebot an Hoffnung, Trost und Gemeinschaftsleben: gefährlich nahe den Praktiken des Karnevals und des Fußballs, wenn auch den alten Traditionen treuer, nicht so konsumistisch und besser fähig, die Persönlichkeit der Adepten zu durchdringen – ich möchte fast sagen: weiser, wahrer, mehr mit den elementaren Trieben, den Mysterien des Körpers und der Natur verbunden –, gleichwohl immer noch eine der vielen Arten, die entrechteten Massen in einer Art Indianerreservat zu halten. Während die herrschenden Generäle das Land auf Kosten seiner Bewohner industrialisieren, indem sie es dem auswärtigen Kapital zum Fraß vorwerfen. Was ich die beiden Pai-de-santo nicht gefragt habe: Mit wem halten es die Orixà?

Hätte ich als Sohn des Oxalà das Recht gehabt, diese Frage zu stellen?

(1979)

# Den Staat im Herzen treffen?

Das quälende Warten auf ein neues Kommuniqué der Roten Brigaden über das Los Aldo Moros[1] und die hitzigen Diskussionen der Frage, wie man sich verhalten solle, falls es käme (ob man es abdrucken solle oder nicht), haben die italienische Presse zu widersprüchlichen Reaktionen getrieben. Einige Zeitungen haben das Kommuniqué, als es schließlich kam, nicht abgedruckt, aber sich nicht enthalten können, ihm mit Riesenschlagzeilen Publizität zu verschaffen. Andere haben es abgedruckt, aber in so winziger Schrift, daß es nur für Leser mit Sehschärfe 1 zu entziffern war (unannehmbare Diskriminierung). Was den Inhalt betrifft, so war die Reaktion ebenfalls allgemeine Verlegenheit, denn unbewußt hatten alle einen Text voll teutonisch klingender Einsprengsel oder unaussprechlicher Wörter mit fünf Konsonanten hintereinander erwartet, an denen sofort die Hand des deutschen Terroristen oder des KGB-Agenten erkennbar sein würde. Statt dessen sah man sich vor einer langen politischen Argumentation.

Daß es eine Argumentation war, ist keinem Kommentator entgangen, und die scharfsinnigsten haben sogar bemerkt, daß es eine war, die sich weniger an den »Feind« richtete als an die potentiellen Freunde und Sympathisanten, um ihnen darzulegen, daß die Roten Brigaden kein Häufchen blind zuschlagender Desperados sind, sondern als Avantgarde einer Bewegung gesehen sein wollen, die sich auf nichts geringeres als eine Analyse der internationalen Lage beruft.

Wenn dem aber so ist, dann genügt es nicht zu versichern, das fragliche Kommuniqué sei »hirnrissiges Gefasel, delirant, nebulös und total verrückt«. Es muß nüchtern und aufmerksam analysiert werden. Nur so läßt sich klären, wo der Text, der von recht

1 Vorsitzender der Christdemokratischen Partei Italiens, fünfmal italienischer Regierungschef, von den Roten Brigaden in Rom am 16. März 1978 entführt und knapp zwei Monate später, am 9. Mai, ermordet (vgl. Werner Raith, *In höherem Auftrag. Der kalkulierte Mord an Aldo Moro*, Wagenbach, WAT 111, Berlin 1984).

luziden Prämissen ausgeht, die fatale theoretische und praktische Schwäche der Roten Brigaden aufdeckt.

Wir müssen den Mut haben, offen zu sagen, daß diese »paranoide« Erklärung eine sehr akzeptable Prämisse enthält und, wenn auch auf eine etwas grobschlächtige Art, eine These darlegt, die in der ganzen europäischen und amerikanischen Linken, von den Studenten der 68er-Bewegung und den Theoretikern der *Monthly Review* bis zu den sozialistisch orientierten Parteien, seit langem vertreten wird. Daß also, wenn eine »Paranoia« vorliegt, diese nicht in den Prämissen steckt, sondern in den praktischen Schlußfolgerungen, die aus ihnen gezogen werden.

Es scheint mir kein Anlaß gegeben, über das »Gefasel« vom »Imperialistischen Superstaat der Multis« zu lächeln. Vielleicht ist die Art, wie er dargestellt wird, ein bißchen folkloristisch, aber niemand kann sich verhehlen, daß die internationale Weltpolitik heute nicht mehr von einzelnen nationalen Regierungen bestimmt wird, sondern genau von einem internationalen Netz produktionsorientierter Interessen (nennen wir es ruhig das Netz der Multis), das über die lokale Politik sowie über Krieg und Frieden entscheidet und die Verhältnisse zwischen kapitalistischer Welt, Sowjetblock, China und Dritter Welt etabliert.

Interessant ist allenfalls, daß die Roten Brigaden ihre Mythologie à la Walt Disney aufgegeben haben, derzufolge es auf der einen Seite einen fiesen individuellen Kapitalisten gab, der Dagobert Duck hieß und immer im Geld schwamm, und auf der anderen die Panzerknackerbande, wüste Gesellen zwar, aber doch irgendwie sympathieträchtig, weil sie dem kapitalistischen und egoistischen Geizkragen seine Moneten nach der Melodie der proletarischen Expropriation abnahmen.

Das Spiel der Panzerknackerbande hatten die uruguayischen Tupamaros gespielt, überzeugt, daß die brasilianischen und argentinischen Dagoberts sauer werden und Uruguay in ein zweites Vietnam verwandeln würden, während die braven Bürger zunehmend mit den Panzerknackern sympathisieren und sich in ebensoviele Vietcong verwandeln würden. Das Spiel hat nicht geklappt: Brasilien rührte sich nicht, und die Multis, die in jener Weltgegend ungestört produzieren und verkaufen wollten, ließen

Peron nach Argentinien zurückkommen, spalteten dadurch die revolutionären Kräfte oder Guerillabewegungen, ließen den Peronismus mit seiner Nachkommenschaft dann am gestreckten Arm verhungern, bis er hoffnungslos in der Tinte saß, woraufhin die cleversten Montoneros sich nach Spanien absetzten, während die idealistischsten ihre Haut riskierten und draufgingen.

Gerade *weil* die Supermacht der Multis existiert (haben wir Chile vergessen?), ist die Idee der Revolution à la Che Guevara unmöglich geworden. Die russische Revolution wurde gemacht, als alle europäischen Staaten in einen Weltkrieg verwickelt waren; der lange Marsch in China wurde organisiert, als die ganze übrige Welt mit anderen Dingen beschäftigt war. Heute dagegen, in einer Welt, in der ein supranationales System von Produktionsinteressen sich des atomaren Gleichgewichts bedient, um einen Frieden zu erzwingen, der allen gelegen kommt, und Satelliten in den Himmel schickt, die sich gegenseitig überwachen, heute ist eine nationale Revolution nicht mehr machbar, weil alles woanders entschieden wird.

Der »historische Kompromiß« auf der einen Seite und der politische Terrorismus auf der anderen stellen zwei (offensichtlich konträre) Antworten auf diese Lage dar. Die konfuse Idee, die den Terrorismus antreibt, ist ein sehr moderner und sehr kapitalistischer Grundsatz der Systemtheorie (dem der klassische Marxismus unvorbereitet gegenübersteht): Die großen Systeme haben keine Protagonisten, keinen Kopf, und sie beruhen auch nicht mehr auf dem Egoismus des einzelnen. Daher schlägt man sie nicht, indem man ihren vermeintlichen Häuptling tötet, sondern indem man sie durch Sabotageakte, die sich ihrer eigenen Logik bedienen, destabilisiert. Eine völlig durchautomatisierte Fabrik würde, wenn es sie gäbe, nicht durch den Tod ihres Chefs aus dem Takt gebracht, sondern durch Einschleusung einer Reihe von irreführenden Informationen, die den Computern, die sie steuern, die Arbeit erschweren.

Der moderne Terrorismus gibt vor (oder glaubt), über Marx nachgedacht zu haben. In Wirklichkeit hat er, teils auch auf Umwegen, einerseits über Norbert Wiener und andererseits über die Science-fiction-Literatur nachgedacht. Allerdings hat er nicht genügend über sie nachgedacht und hat nicht genug Kybernetik studiert. Beweis dafür ist, daß die Roten Brigaden in ihrer ganzen bisherigen Propaganda immer noch davon sprachen, sie wollten »den Staat im Herzen treffen« – womit sie einerseits noch den idealistischen Staatsbegriff des 19. Jahrhunderts hegten und andererseits die Idee, daß der Gegner ein Herz oder einen Kopf hätte – wie in den Schlachten von einst, als das feindliche Heer geschlagen war, wenn es gelang, den an der Spitze seiner Truppen reitenden König zu treffen.

Im neuesten Flugblatt der Roten Brigaden steht nun nichts mehr vom Herzen, vom Staat, vom bösen Kapitalisten und vom Minister als »Henker«. Jetzt ist der Feind das System der multinationalen Konzerne, und Moro ist bloß sein Angestellter, allenfalls ein besonderer Informationsträger.

Worin liegt dann der Denkfehler (in Theorie und Praxis), den die Roten Brigaden jetzt noch begehen, besonders wenn sie sich gegen die Multinationale des Kapitals auf die Multinationale des Terrorismus berufen?

Erste Naivität: Nachdem das Prinzip der großen Systeme im Ansatz erfaßt worden ist, werden sie von neuem mythologisiert, wenn man behauptet, sie hätten »geheime Pläne«, in deren Besitz unter anderem Aldo Moro sei. In Wirklichkeit haben die großen Systeme keine Geheimnisse, und man weiß sehr gut, wie sie funktionieren. Wenn das multinationale Gleichgewicht der Konzerne die Bildung einer Regierung der Linken in Italien nicht ratsam erscheinen läßt, ist es kindisch zu glauben, daß Moro eine Instruktion erhält, in der steht, wie man die Arbeiterklasse in die Knie zwingt. Man braucht »nur« einen Zwischenfall in Südafrika zu provozieren, um den Diamantenmarkt in Amsterdam durcheinanderzubringen, oder den Dollarkurs zu beeinflussen, und schon tritt die Lira in eine Krise.

Zweite Naivität: Der Terrorismus ist nicht der Widersacher der großen Systeme. Im Gegenteil, er ist ihr natürliches Gegenstück, akzeptiert und einkalkuliert.

Das System der multinationalen Konzerne kann nicht in einer Weltkriegswirtschaft leben (noch dazu in einer atomaren), aber es weiß, daß es die natürlichen Schübe der biologischen Aggressivität oder das sporadische Aufbegehren von Völkern und Gruppen nicht ganz unterdrücken kann. Darum akzeptiert es einerseits »kleine« lokale Kriege, die von Mal zu Mal diszipliniert und durch gezielte internationale Eingriffe klein gehalten werden müssen, und andererseits eben den Terrorismus. Da und dort ein Betrieb sabotiert, aber das System bleibt intakt. Ab und zu eine Flugzeugentführung, aber dafür gewinnt man das Fernsehen und die Presse. Außerdem ist der Terrorismus nützlich, um die Polizeiapparate und Armeen zu beschäftigen, die sonst womöglich verlangen würden, sich in einem größeren Konflikt zu bewähren. Und schließlich dient der Terrorismus zur Rechtfertigung von disziplinierenden Eingriffen, wenn ein Exzeß an Demokratie die Situation unregierbar zu machen droht.

Der »nationale« Kapitalist à la Onkel Dagobert fürchtet Räuber, Revolten und Revolutionen, die ihm die Produktionsmittel wegnehmen wollen. Der internationale Kapitalismus unserer Tage, das System der Multis, die in verschiedenen Ländern investieren, hat immer genügend Spielraum, um den Angriff der Terroristen an zwei, drei, vier isolierten Stellen zu überstehen.

Da es kopflos und herzlos ist, hat das System eine ungeheure Regenerationsfähigkeit. Jeder Schlag trifft es immer nur an der Peripherie. Wenn einmal jemand wie der deutsche Arbeitgeberpräsident auf der Strecke bleibt, ist das ein Unfall, den man hinnimmt wie die Sterblichkeitsrate auf der Autobahn. Im übrigen schreitet man (und das wurde schon vor Jahren beschrieben) zu einer Medievalisierung des Territoriums, indem man befestigte Burgen errichtet, große Wohnmaschinen mit elektronischen Überwachungsanlagen und Privatpolizei.

Der einzige ernste Unfall wäre ein terroristischer Aufstand in allen Teilen der kapitalistischen Welt, ein Terrorismus der Massen (wie ihn die Roten Brigaden offenbar anstreben). Doch das System der Multis »weiß« (soweit ein System etwas »wissen« kann), daß diese Hypothese auszuschließen ist: Der moderne Kapitalismus schickt keine Kinder mehr in die Minen. Die Terroristen sind es, die nichts zu verlieren haben als ihre Ketten, aber das System sorgt dafür, daß alle anderen (außer den unvermeidlichen Abgedrängten) in einer Situation verallgemeinerten Terrors etwas zu verlieren hätten. Es »weiß«, daß wenn der Terrorismus beginnen würde, über ein paar pittoreske Aktionen hinaus das Alltagsleben der Massen ernsthaft zu beunruhigen, die Massen dem Terror Einhalt gebieten würden.

Was sieht das System der Multis dagegen ungern, wie sich in diesen Jahren gezeigt hat? Daß plötzlich – zum Beispiel in Spanien, Italien oder Frankreich – Parteien ans Ruder kommen, die große Arbeiterorganisationen hinter sich haben. So »korrumpierbar« diese Parteien auch sein mögen: Wenn die Massenorganisationen anfangen, ihre Nase in das internationale Management des Kapitals zu stecken, könnte es zu Störungen kommen. Nicht daß die Multis zugrunde gingen, wenn in Frankreich Marchais an die Stelle von Giscard träte, aber es würde alles viel schwieriger werden.

Die Sorge, daß die Kommunisten, wenn sie an die Macht kämen, die Geheimnisse der NATO erfahren würden (offene Geheimnisse), ist nur ein Vorwand. Die wirkliche Sorge des Systems der multinationalen Konzerne ist (und das sage ich hier sehr kühl, ohne die geringste Sympathie für den historischen Kompromiß, wie er uns heute von seiten der KPI propagiert wird), daß Kontrolle durch die Parteien des Volkes eine Verwaltung der Macht behindert, die sich keine Ausfallzeiten für Nachprüfungen an der Basis leisten kann.

Der Terrorismus dagegen macht dem System sehr viel weniger Sorgen, er ist nur eine Art biologische Konsequenz der Multis, so wie ein Tag Fieber der vernünftige Preis für eine wirksame Schutzimpfung ist.

Wenn die Roten Brigaden recht haben mit ihrer Analyse einer Weltregierung der Multis, dann müssen sie zugeben, daß sie selber nichts anderes sind als deren natürliches und einkalkuliertes Gegenstück. Sie müssen zugeben, daß sie ein Stück spielen, dessen Text ihnen ihre vermeintlichen Gegner geschrieben haben. Statt dessen, nachdem sie wie grob auch immer ein Grundprinzip der Systemlogik aufgedeckt haben, antworten sie mit einem kitschig-romantischen Groschenroman voll finsterer Ränkeschmiede und tapferer Rächer der Enterbten, edel und effizient wie der Graf von Monte Cristo. Man könnte darüber lachen, wenn dieser Roman nicht mit Blut geschrieben wäre.

Der Kampf wird zwischen großen Mächten ausgetragen, nicht zwischen Dämonen und Helden. Unglücklich das Volk, in dessen Mitte sich »Helden« regen, besonders wenn diese auch noch in religiösen Begriffen denken und das Volk mit hineinreißen in ihren blutigen Aufstieg zu einem verödeten Paradies.

(*La Repubblica*, 23. März 1978)

# Warum lachen sie in ihren Käfigen?

Vor gut drei Jahren schickte ich der *Repubblica* einen Artikel, der eigentlich kein Artikel war, sondern eine kurze Geschichte im Stil einer »Uchronie«, das heißt einer rückwärtsgewandten Utopie oder Science-fiction, ein Gedankenspiel nach dem Muster »Was wäre geschehen, wenn Caesar nicht ermordet worden wäre«. Da es Fiktion und nicht politische Reflexion war, landete das kleine Opus im Feuilleton. Jeder Autor ist von den Sachen, die er schreibt, mehr oder weniger angetan, und manche gefallen ihm besser als andere; ich war auf die kurze Geschichte sehr stolz. Doch anders als bei so vielen Sachen, die ich mit weniger Engagement geschrieben habe, kam diesmal keine einzige interessante Reaktion. Vermutlich weil bei uns außer den Fans der Gattung nur wenige Leser der Meinung sind, daß Uchronien (wie Utopien) eine sehr ernsthafte Form von Reflexion über die Gegenwart darstellen.

Worum ging es in der Geschichte? Ich hatte mir vorgestellt, die Dinge in Italien und in der Welt seien nach Yalta und dem Ende des Zweiten Weltkriegs anders gelaufen und Italien befände sich seit 1968 im Krieg mit einem faschistischen Großtürkischen Reich, das bereits den ganzen östlichen Mittelmeerraum und den Vorderen Orient bis nach Persien beherrschte. Ich malte mir die verschiedenen politischen Allianzen aus, die sich daraus ergeben hätten, und sah insbesondere die Rotbrigadisten der ersten Generationen, die »historischen Gründer« Curcio, Gallinari & Co., als Kommandanten von Sondereinheiten der italienischen Armee, hochdekorierte Kriegshelden, und die heroischen Roten Brigaden als engagierte Kämpfer gegen die türkischen Invasoren, im Parlament gefeiert von Großkopfeten der KPI wie Giorgio Amendola, während Papst Paul VI. melancholische Reflexionen darüber anstellte, wieviel ruhiger es in Italien gewesen wäre, wenn wir nach 1945 dreißig Jahre Frieden gehabt hätten.

Was wollte ich damit sagen? Daß unsere demokratische Intelligenz bestimmte Theorien der Verhaltensforschung allzu leichtfertig als reaktionär abgestempelt hat: Theorien, nach denen in der Gattung (in jeder Gattung) ein gewisses Maß an Gewalt existiert, das sich irgendwie äußern muß. Die Kriege, die von den Futuristen nicht zu Unrecht, wenn auch mit infamer Genugtuung, als die »einzige Hygiene der Welt« verherrlicht wurden, sind wichtige Sicherheitsventile zur Abfuhr und Sublimierung dieser Gewalt. Wenn es keine Kriege gibt (und ich persönlich würde es vorziehen, daß es möglichst wenige gäbe), muß man sich mit dem Gedanken abfinden, daß die Gesellschaft das Maß an Gewalt, das sie in sich hat, irgendwie abreagiert.

Doch die Moral der Geschichte war noch eine andere. Nämlich daß die Abreaktion dieser Gewalt, solange sie nur erfolgt, sich ebensogut in Banküberfällen ausdrücken kann wie im Totschlag aus Gründen der Ehre, in Kreuzzügen gegen die Ketzer, in Formen von Satanismus, in kollektiven Selbstmorden wie in Guayana, in nationalistischen Schwärmereien und Heldentaten oder in revolutionären Utopien zur Erlösung des Proletariats. Die Schlußmoral lautete: Wäre den Curcios und Gallinaris ein schöner nationalistischer oder kolonialistischer Mythos geboten worden, womöglich die Vernichtung der Juden, sie hätten sich daran gehalten und nicht an den Traum, den bürgerlich-kapitalistischen Staat im Herzen zu treffen.

Diese Überlegungen werden heute wieder aktuell, wenn man bedenkt, wie einerseits der Prozeß gegen die Entführer und Mörder Aldo Moros zelebriert wird und andererseits der groteske Ritus des britisch-argentinischen Krieges.

Was ist das Erschreckende am Konflikt um die Falklandinseln? Nicht daß General Galtieri einen äußeren Feind gesucht hat, um die inneren Spannungen zu beschwichtigen, denn das ist übliche Diktatorenpraxis, und jeder muß schließlich sein Handwerk verrichten, so schmutzig es sein mag. Auch nicht daß Britannien in einer Weise reagiert, die eher traditionell kolonialistisch als postmodern anmutet, denn *Noblesse oblige*, und jeder ist der Gefangene seiner eigenen Geschichte und seiner eigenen nationalen Mythen.

Erschreckend ist, daß die Montoneros um Firmenich, die revolutionären Peronisten, all jene Freiheitskämpfer, für die sich die demokratische öffentliche Meinung in Europa eingesetzt hatte, als sie in den Gefängnissen der Generäle schmachteten, und die sogar dann noch gerechtfertigt wurden, als sie mit sporadischem Terrorismus begannen (begreiflich, hieß es, sie leben ja schließlich in einer Diktatur), daß all diese antiimperialistischen Full-time-Revolutionäre und geschworenen Feinde des Weltkapitalismus der Multis, sich heute begeistert um die Regierung scharen, entflammt von der nationalistischen Einladung, für die heilige Sache des Vaterlandes zu sterben.

Genau wie in meiner erwähnten Geschichte: Hätten die argentinischen Generäle vor zehn Jahren einen schönen Krieg angezettelt, dann hätten all diese Helden nie einen terroristischen Akt begangen, sondern sich todesmutig in die patriotische Schlacht gestürzt, Messer zwischen den Zähnen, die Hände voller Granaten gegen die englischen Kolonialisten, vielleicht mit dem Kampfschrei *Monpracem!* auf den Lippen als neue Tiger der Pampa.[1]

Chile hält sich raus, denn Pinochet ist ein bedachtsamer Mann und braucht die Unterstützung der USA, aber Cuba ist sofort einverstanden, auch Castro hat offenbar mehr Karl May als Karl Marx gelesen.

Ich sehe sehr viele Analogien zwischen den Rotbrigadisten im Moro-Prozeß, die als Angeklagte in ihren Käfigen feixen und grinsen, und den Montoneros, die jetzt *Viva Galtieri!* schreien. Und ich sehe auch viele Analogien mit dem, was in einem gegen Ideologie so allergischen Land wie den USA geschehen ist, wo die Gewalt, um auszubrechen, andere Vorwände braucht, zum Beispiel den Satanskult.

Ich verstehe die Indignation und den Ekel von Kommentatoren wie Giampaolo Pansa, der gestern in der *Repubblica* nicht zu begreifen vermochte, wie die des Mordes angeklagten Rotbrigadisten es fertigbringen, so fröhlich zu sein, statt unter der Last ihrer Schuld zusammenzubrechen. Aber lesen wir einmal die Reportagen nach, die seinerzeit über den Prozeß gegen Charles Manson und seine »Familie« erschienen sind, nach dem Massaker an Sharon Tate. Das gleiche Szenario, die gleiche Psychologie,

1 Anspielung auf den populären Roman *Le Tigri di Monpracem* von Emilio Salgari, dem »italienischen Karl May«.

der gleiche Mangel an Gewissensbissen, das gleiche Gefühl, etwas getan zu haben, was einem sonst allzu öden und friedlichen Leben Sinn verlieh.

Die gleiche Fröhlichkeit herrschte bei jenen knapp tausend Ärmsten, die Gift schluckten und es den eigenen Kindern gaben, um dem mystischen Selbstmord eines Predigers nachzueifern, der kurz zuvor noch bereit gewesen war, sich für sehr viel akzeptablere Ziele zu opfern.

Das erklärt schließlich auch die plötzliche »Reue« einiger Terroristen. Wie ist es möglich, daß einer nach der Verhaftung auf einmal bereut, und zwar so tief bereut, daß er die eigenen Genossen denunziert, während er keine Gewissensbisse empfand, als sie einen Wehrlosen mit zwei Genickschüssen liquidierten? Ganz einfach: Da war ein Impuls zu töten, und als es getan war, war die Sache vorbei, also warum nicht bereuen? Mit Ideologie hat das nichts zu tun, sie war nur ein Vorwand.

Ich bin mir durchaus darüber im klaren, daß diese Argumentation sehr leicht zu einer reaktionären Schlußfolgerung verleiten kann: Es gibt keine Ideologien, es gibt keine Ideale, es gibt nur dunkle biologische Kräfte, von denen die Menschen dazu getrieben werden, Blut zu vergießen (eigenes und fremdes), es gibt keinen Unterschied zwischen christlichen Märtyrern, patriotischen Freiheitskämpfern, terroristischen Mördern und antifaschistischen Partisanen.

Nur eben: Das Problem ist gerade, *nicht* zu einer solchen Schlußfolgerung zu gelangen. Das Problem ist zu wissen, zu klären und zu begreifen, wann und wo eben *nicht* jedes Opfer und jedes Blutvergießen nur Triebbefriedigung ist. Doch das erfordert eine lange und mühsame Differenzierungsarbeit, die voraussetzt, daß man zunächst einmal stets und überall vom Verdacht einer Blutopfermystik ausgeht. Ich will nicht suggerieren, daß es keinen Unterschied gäbe zwischen denen, die von der Gesellschaft als Helden anerkannt werden, und denen, die sie als blutige Narren sieht, auch wenn der Unterschied sehr viel kleiner ist, als uns die Schulbücher weismachen wollen. Ich will nicht suggerieren, daß alle Ideologien und alle Ideale stets nur Vorwände für die Abreaktion von tief in der Gattung eingefleischten Gewaltpotentialen seien. Vielleicht gibt es ein sehr einfaches Unterscheidungskriterium.

Die wahren Helden, jene, die sich für das Gemeinwohl opfern und von der Gesellschaft als solche anerkannt werden (manchmal erst sehr viel später, während sie im Moment ihrer Tat als verantwortungslose Narren oder Banditen galten), sind immer Leute, die *widerwillig* handeln. Leute, die sterben, aber lieber am Leben blieben, die töten, aber so ungern töten, daß sie hinterher darauf verzichten, sich ihres Tötens in einer Notstandslage zu rühmen.

Die wahren Helden werden immer durch äußere Umstände dazu getrieben, Helden zu werden. Sie wählen nie, denn hätten sie noch eine Wahl, so würden sie vorziehen, keine Helden zu sein. Als Beispiel für alle nenne ich Salvo D'Acquisto[2], oder die vielen antifaschistischen Partisanen, die in die Berge flohen, gefangen wurden, gefoltert wurden und schwiegen, um den Blutzoll zu senken, nicht zu erhöhen.

Der wahre Held ist immer ein Held aus Versehen, sein Traum wäre es, ein ehrlicher Feigling zu sein wie alle. Hätte er nur gekonnt, er hätte die Sache anders gelöst, unblutig. Er rühmt sich nicht seines Todes noch des Todes der anderen. Doch er bereut nicht. Er leidet und schweigt, und wenn jemand Nutzen aus seiner Heldentat zieht, dann höchstens die anderen, die ihn zu einem Mythos machen, während er, der Achtung verdient, bloß ein armer Teufel war, der Würde und Mut bewiesen hatte in einer Geschichte, die größer war als er.

Dagegen wissen wir gleich und ohne zu zögern, daß wir denen mißtrauen müssen, die wie aus der Pistole geschossen (und schießend) lospreschen, befeuert von einem Ideal der Reinigung durch Blut, durch eigenes Blut oder fremdes, öfter durch fremdes. Sie folgen lediglich einem animalischen Trieb, einem von den Ethologen bereits erforschten Verhaltensmuster. Wir sollten uns weder allzusehr darüber wundern noch allzusehr darüber empören. Aber wir sollten auch nicht die Existenz dieser Phänomene verleugnen.

2 Ein Carabiniere von Torre in Pietra, der im Herbst 1943, nach dem Sturz Mussolinis, als deutsche Besatzungstruppen zur Strafe für ein Bombenattentat 22 Bürger der Stadt erschießen wollten, sich – fälschlich – für schuldig erklärte und am 23. September füsiliert wurde.

Wenn man die Fatalität dieser Verhaltensweisen nicht akzeptiert und nicht festen Sinnes anerkennt (indem man Methoden entwickelt, um sie einzugrenzen, vorauszusehen, ihnen andere und weniger grausame Möglichkeiten zur Abreaktion zu bieten), läuft man Gefahr, genauso idealistisch und moralistisch zu werden wie jene, deren blutigen Wahn wir ablehnen. Die Gewalt als biologische Kraft zu erkennen, *das* ist wahrer Materialismus (ob historischer oder dialektischer, spielt dabei kaum eine Rolle), und die Linke hätte besser daran getan, mehr Biologie und Ethologie zu studieren.

(*La Repubblica*, 16. April 1982)

# Dialog über die Todesstrafe

ECO: Du siehst bekümmert aus, o Renzo Tramaglino. Was bedrückt dein nun doch so ruhiges Dasein im Frieden der Ordnung und des Gesetzes? Sollte dein Weib Lucia, angestachelt von jenen neuen Gelüsten, die man die »feministischen« nennt, dir die Freuden des Ehegemaches verwehren, um so ihr Recht auf Empfängnisverhütung durchzusetzen? Oder drückt die gute Mutter Agnese allzu heftige Küsse auf die Wangen deiner Sprößlinge und weckt damit unguterweise das Unbewußte in ihnen, so daß du nun fürchtest, sie würden verzärtelt und »mutterfixiert«? Oder erzählt dir der Doktor Azzeccagarbugli (der Rechtsverdreher, auch Doktor Pfiffikus, Doktor Händelfischer genannt[1]) von »parallelen Konvergenzen« im Streit der Parteien und lähmt damit deine Bereitschaft zum Eingriff ins öffentliche Geschehen? Oder zwingt dich am Ende gar Don Rodrigo, indem er die »Einkommenshäufungsregelung« durchsetzt, zur Zahlung noch höherer Steuern, als sie der Ungenannte entrichtet, der seine Gelder ins Bergamaskische transferiert?

RENZO: Mich bedrückt, o aufmerksamer Besucher, der »Graue«. Er hat jetzt Banden mit seinesgleichen organisiert und raubt, von ehrlosen Fährleuten unterstützt, noch immer junge Mädchen, doch nun auf eigene Rechnung, um fettes Lösegeld zu erpressen, und hat er's bekommen, so scheut er sich nicht, sie barbarisch zu töten. Und wo die Ehrlichen ihre Vermögen lagern, bricht er ein, das Gesicht unter Seidenstrümpfen verhüllt, und raubt und plündert, und nimmt sich weitere Geiseln und terrorisiert unsere Städte, die längst zu Schauplätzen wüster Verbrechen geworden sind, während die braven Bürger vor ihm erzittern und die Häscher machtlos der Ausbreitung des Verbrechens zusehen müssen, ohne ihr etwas entgegensetzen zu können, so daß die Guten und Ehrlichen sich mit Schaudern fragen, wohin das alles noch führen soll.

1 Je nach den verschiedenen Übersetzungen von Manzonis Roman *Die Verlobten* (vgl. die editorische Nachbemerkung unten S. 297 f.).

Und ich, der ich doch so sanftmütig und jovial bin, der ich die Thesen eines der Großen dieses Landes vertreten habe, nämlich des Rechtsgelehrten Beccaria, der so überzeugend dargetan hatte, daß der Staat nicht lehren kann, das Töten zu unterlassen, wenn er selbst die legale Tötung betreibe, auch ich fühle mich verstört. Und ich frage mich, ob es nicht an der Zeit ist, für derart schlimme Verbrechen die Todesstrafe wieder einzuführen, zum Schutze des wehrlosen Bürgers und zur Warnung an alle, die ihm Böses tun wollen.

ECO: Ich verstehe dich, Renzo. Es ist menschlich, daß angesichts grauenvoller Verbrechen, wenn blutjunge Mädchen den geliebten Eltern entrissen werden, spontan der Gedanke an Rache aufkommt und das Bedürfnis nach einer Verteidigung bis zum Äußersten. Auch ich bin Vater und frage mich oft, was ich täte, gesetzt den Fall, mein Sohn wäre von unbekannten Entführern getötet worden und es gelänge mir, den Schuldigen zu fassen, ehe die Häscher ihn fänden.

RENZO: Und was würdest du tun?

ECO: Mein erster Impuls wäre, ihn zu töten. Aber ich würde mich zügeln und mir sagen, daß es sehr viel befriedigender für meinen wilden Schmerz wäre, wenn ich ihn vorher noch einer langen Tortur unterzöge. Ich würde ihn an einen sicheren Ort verbringen und damit beginnen, ihm die Hoden zu malträtieren. Dann die Fingernägel, am besten durch Einführung kleiner Bambusspäne, wie es von grausamen orientalischen Völkern berichtet wird. Dann würde ich ihm die Ohren abreißen und seinen Kopf mit blanken elektrisch geladenen Drähten martern. Und nach diesem Bad in Blut und Grauen hätte ich dann das Gefühl, daß mein Schmerz, wenn schon nicht besänftigt, so doch mit Wildheit gesättigt wäre. Und würde mich meinem Schicksal ergeben, wissend, daß meine Seele nie mehr die frühere Ruhe und Ausgeglichenheit finden würde.

RENZO: Siehst du, also...

ECO: Ja, doch gleich danach würde ich mich den Hütern des Gesetzes stellen, auf daß sie mich in Ketten legten und exemplarisch bestraften, denn schließlich hätte ich ein Verbrechen begangen, nämlich einen Menschen getötet, was man nicht darf. Als mildernd käme mir zwar der Umstand zugute, daß zwischen dem Schmerz eines jäh seines Kindes beraubten Vaters und dem Wahnsinn nicht viel Unterschied ist, und ich würde um besondere Nachsicht bitten. Aber nie könnte ich vom Staat verlangen, an meine Stelle zu treten, auch weil der Staat keine Leidenschaften zu befriedigen hat, sondern nur darauf beharren muß, daß es in jedem Fall böse ist, einen Menschen zu töten. Und folglich kann der Staat keine Menschen töten, um zu lehren, daß es böse ist, Menschen zu töten.

RENZO: Ich kenne diese Argumente. Die Wiedereinführung der Todesstrafe wird von zweifelhaften Leuten gefordert, deren Bestreben die Ordnung als Terror ist, um die Zeit der Gewaltherrschaft wiederherzustellen. Vor einigen Tagen las ich jedoch in einer der einflußreichsten Gazetten unseres Landes einen langen und wohlüberlegten Artikel eines gestrengen Philosophen, der am Ende, nach gebührender Abwägung alles einschlägigen Für und Wider, mit subtilen Paralipsen die Frage aufwirft, ob es nicht an der Zeit sei, angesichts so schwerwiegender Verbrechen mit der Autorität des Staates, zur Beruhigung und zum Schutze der Bürger, auch das Recht zur Verschärfung der Höchststrafen wiederherzustellen. Und in der Tat hat ja die Todesstrafe, scheint mir, wenigstens noch eine Abschreckungswirkung, indem sie anderen Missetätern Angst einjagt, während die heutigen Gefängnisse, Orte milder Umerziehungen und leichter Ausbrüche, keine Mörderhand mehr zu schrecken vermögen.

ECO: Ich hörte von diesen Gedankengängen. Und sie scheinen ja alle zu überzeugen. Doch vielleicht kennst du einen anderen Philosophen nicht, der uns alle sehr viel gelehrt hat, auch jene Denker, die für Wiedereinführung der Todesstrafe plädieren. Es war ein gewisser Kant, der in Erinnerung rief, daß die Menschen stets nur als Zweck und nie als Mittel benutzt werden dürften...

RENZO: Ein edler Gedanke.

ECO: Siehst du, und wenn ich nun Hinz töte, um dadurch Kunz zu warnen, benutze ich dann nicht Hinz als Mittel, um Kunz abzuschrecken und alle anderen vor seinen möglichen Mordgelüsten zu schützen? Und wenn es erlaubt wäre, Hinz als Botschaft für Kunz zu benutzen, warum sollte es dann nicht erlaubt sein, Samuel zur Produktion von Seife für Adolf zu benutzen?

RENZO: Aber da ist doch ein Unterschied. Hinz hat ein Verbrechen begangen, und folglich wird ihm zu Recht eine Strafe von gleicher Art auferlegt, nicht aus Rache, sondern im Sinne der ausgleichenden Gerechtigkeit. Samuel ist unschuldig. Hinz ist es nicht.

ECO: Dann meinst du jetzt aber nicht mehr, daß Hinz getötet werden müsse, um Kunz abzuschrecken, sondern nur noch, daß Hinz genauso viel Leid zugefügt werden müsse, wie er anderen zugefügt hat?

RENZO: Beides zugleich. Ich darf Hinz als Mittel benutzen, da mir, nachdem er das Recht verwirkt hat, als Selbstzweck betrachtet zu werden, sein Tod dazu dient, andere Tode zu verhindern und allen kundzutun, daß jeder stets das erleiden muß, was er anderen angetan. Der Staat garantiert die Sicherheit seiner Bürger durch strenge Anwendung der Gesetze. Und wenn es nützlich erscheint, zur Aufrechterhaltung der Sicherheit die abstrakte, rigorose und ehrwürdige Bestrafung nach dem Talionsprinzip anzuwenden, also die Wiedervergeltung von Gleichem mit Gleichem, so sei sie willkommen, denn sie enthält ein Gran uralter Weisheit. Staatliche Wiedervergeltung ist keine Rache, sondern Geometrie.

ECO: Ich mißachte durchaus nicht die alte Weisheit. Doch sage mir, Renzo, seit du nun eine so strenge und übermenschliche Sicht des Gesetzes hast und staatlich verordneten Tod nicht als Mord betrachtest, sondern als ausgleichende Gerechtigkeit: Angenommen, der Staat würde dich erwählen, sei es durch Los oder turnusmäßigen Wechsel, einen Mörder vom Leben zum Tod zu befördern, würdest du akzeptieren?

RENZO: Ich könnte nicht ablehnen. Und meine Seele bliebe ruhig. Wer für die Todesstrafe eintritt, muß auch bereit sein, sie mit eigener Hand zu vollziehen, wenn die Gemeinschaft es ihm befiehlt.

ECO: Nun sage mir, gibt es nicht auch Verbrechen, die zwar nicht Mord sind, aber ebenso gräßlich und furchtbar? Was würdest du sagen, wenn einer, statt dein Söhnchen zu töten, sich in brutaler Weise sodomitisch an ihm verginge, so daß es für sein ganzes Leben davon gezeichnet bliebe?

RENZO: Das wäre ein ebenso schlimmes Verbrechen, wenn nicht noch schlimmer.

Eco: Doch müßte man so einem nicht, wollte man dem Prinzip der Vergeltung von Gleichem mit Gleichem folgen, in sodomitischer Weise Gewalt antun?

Renzo: Nun ja, wenn du mich so fragst, gewiß.

Eco: Und wenn der Staat dich auffordern würde, sei es durch Los oder turnusmäßigen Wechsel, dem Übeltäter in solcher Weise Gewalt anzutun, würdest du dich dazu bereit finden?

Renzo: Bei Gott! Ich bin doch kein lüsterner Unhold!

Eco: Aber du wärest ein lüsterner Mordbube?

Renzo: Verwirre mich nicht. Ich meine, die zweite Tat würde mich mit Widerwillen und Ekel erfüllen.

Eco: Während die erste dir Vergnügen und sadistische Freude bereiten würde?

Renzo: Leg mir nicht Dinge in den Mund, die ich nicht gesagt habe. Ich meine, durch den Akt des Tötens würde ich mir nicht selbst einen Schaden zufügen, während mir die Ausübung eines Aktes, der mich anwidert, Ekel und Schmerz verursachen würde. Der Staat kann nicht verlangen, daß ich, um einen Übeltäter zu strafen, selber ein Übel erleide.

Eco: Mit anderen Worten, du willst nicht als Mittel benutzt werden.

Renzo: O nein!

Eco: Und doch würdest du einen lebenden Menschen, indem du ihn tötest, als Mittel zur Abschreckung anderer Menschen benutzen.

Renzo: Ja, aber da er gemordet hat, ist er weniger Mensch als die anderen... Oder nicht?

Eco: Nein. Und es beunruhigt mich, daß gerade jene, die bereit sind, einen Mörder als minderen Menschen zu sehen, sich andererseits gegen jede Abtreibungspraxis verwahren, indem sie sagen, ein Mensch sei immer ein Mensch, auch wenn er vorerst nur der Ansatz zu einem Foetus ist. Befinden sich jene nicht in einem Widerspruch?

Renzo: Du bringst mich ganz durcheinander. Und was ist dann mit der Notwehr?

Eco: Notwehr liegt vor, wenn zwei Menschen aneinandergeraten, von denen der eine versucht, den anderen zu seinem Mittel herabzumindern, und der andere dieser Gewalttat ausweichen muß: wenn möglich ohne den Angreifenden zu töten, aber wenn es nicht anders geht, indem er ihn gewaltsam an der Gewalttat hindert. In diesem Fall geht das Recht des Unschuldigen dem des Schuldigen vor.

Doch wenn der Staat den Schuldigen hinrichten läßt, so hindert er ihn nicht mehr am Begehen der Tat, sondern benutzt ihn, ich wiederhole es, nur noch als Mittel. Und hat man erst einmal begonnen, einen Menschen als Mittel zu benutzen in der Meinung, es gebe Menschen, die weniger Menschen seien als andere, so unterhöhlt man das Fundament des Gesellschaftsvertrages, auf dem der Staat sich erhebt. Beim Problem der Abtreibung geht es gar nicht so sehr um die Frage, ob es erlaubt sei, einen Menschen zu töten, sondern mehr darum, ob ein Foetus ein Mensch sei und – auch als formloser Ansatz im Uterus – bereits den Gesetzen des Gesellschaftsvertrages unterliege, oder nicht eher als Eigentum des Mutterleibes zu gelten habe.

Doch ein Mörder, eingefügt in den Gesellschaftsvertrag, ist in jeder Hinsicht ein Mensch. Und wenn du meinst, er sei weniger Mensch als andere, wirst du morgen womöglich auch jene als mindere Menschen betrachten, die sich erkühnen, die Todesstrafe zu fordern, und ihren Tod verlangen, um die anderen von derart schlimmem Gedankengut zu befreien.

RENZO: Aber was soll ich dann tun?

ECO: Frage dich einmal, ob Don Rodrigo in seiner Burg nicht womöglich die Mafia der Fährleute kontrolliert, indem er Dublonen ins Bergamaskische schmuggelt und den »Grauen« ermuntert, durch Menschenraub Lösegeld zu erpressen.

RENZO: Und angenommen, ich hätte das aufgedeckt?

ECO: Dann würdest du begreifen, daß der Tod des »Grauen« auf dem Schafott nicht das Leben deiner Kinder verbürgt, da er Don Rodrigo nicht schrecken würde...

RENZO: Und was würde ihn schrecken?

ECO: Tyrannenmord. Aber das ist ein anderes Thema.

(1975)

# IV
# Nachrichten aus dem Weltdorf

# Für eine semiologische Guerilla*

Es ist noch nicht allzu lange her, da genügte es, wenn man in einem Land die politische Macht erobern wollte, die Armee und die Polizei zu kontrollieren. Heute kommt es nur noch in unterentwickelten Ländern vor, daß die faschistischen Generäle, um einen Staatsstreich zu machen, Panzer einsetzen. Ab einer gewissen Industrialisierungsstufe ändert sich das Panorama total – am Tag nach dem Sturz Chruschtschows wurden die Direktoren der *Prawda*, der *Iswestija* und der Sendeanstalten abgelöst, in der Armee rührte sich nichts. Heute gehört ein Land dem, der die Kommunikation beherrscht.

Wer die Lektion der Realgeschichte noch nicht überzeugend findet, kann auch die Fiktion zu Hilfe nehmen, die ja bekanntlich – wie Aristoteles lehrt – viel wahrscheinlicher ist als die Wirklichkeit. Drei amerikanische Filme der letzten Jahre, *Seven Days in May* von John Frankenheimer, *Dr. Strangelove* von Stanley Kubrick und *Fail Safe* von Sidney Lumet, behandeln die Möglichkeit eines Militärputschs gegen die Regierung der Vereinigten Staaten, und in allen drei Filmen versuchen die Militärs nicht, das Land durch Waffengewalt in die Hand zu bekommen, sondern durch die Kontrolle über Telegraph, Telefon und Sendeanstalten.

Damit sage ich hier nichts Neues. Längst hat nicht nur die Kommunikationswissenschaft, sondern auch die breite Öffentlichkeit wahrzunehmen begonnen, daß wir im Zeitalter der Kommunikation und der Massenmedien leben. Information ist, wie Marshall McLuhan dargelegt hat, nicht mehr ein Mittel zur Produktion ökonomischer Güter, sondern selber zum wichtigsten Gut geworden. Die Kommunikation hat sich in eine Schwerindustrie verwandelt. Wenn die ökonomische Macht aus den Händen der Produktionsmittelinhaber in die Hände der Inhaber jener Informationsmittel übergeht, die bestimmend für die Kontrolle der Produktionsmittel sind, dann bekommt auch das Pro-

* Vortrag auf dem Kongreß *Vision '67* des International Center for Communication, Art and Sciences, New York, Oktober 1967.

blem der Entfremdung eine neue Dimension. Vor dem Schatten eines Kommunikationsnetzes, das sich ausbreitet, um die ganze Welt zu umspannen, wird jeder Bürger der Welt zum Mitglied eines neuen Proletariats. Und kein revolutionäres Manifest könnte diesem Proletariat zurufen: »Proletarier aller Länder, vereinigt euch!« Denn selbst wenn die Kommunikationsmittel in ihrer Eigenschaft als Produktionsmittel den Besitzer wechseln sollten, bliebe die Situation der Entmündigung unverändert. Jedenfalls ist zu befürchten, daß die Kommunikationsmittel entfremdend wären, auch wenn sie der Allgemeinheit gehörten.

Was die Presse gefährlich macht, ist nicht (oder jedenfalls nicht nur) die ökonomische und politische Macht, die hinter ihr steht. Die Presse als Mittel zur Meinungskonditionierung war bereits definiert, als die ersten Zeitungen aufkamen. Wenn einer jeden Tag so viele Nachrichten, wie der verfügbare Raum erlaubt, so abfassen muß, daß sie für ein breites, über ein ganzes Land verstreutes Publikum von unterschiedlicher Klassen-, Interessen- und Bildungslage verständlich sind, ist es um die Freiheit des Schreibenden schon geschehen: Die Inhalte der Nachrichten hängen nicht mehr vom Autor ab, sondern von den technischen und sozialen Determinanten des Mediums.

Das alles haben die strengsten Kritiker der Massenkultur bereits vor langer Zeit wahrgenommen und daraus die These abgeleitet, die Massenmedien transportierten nicht Ideologien, sondern seien selbst eine Ideologie. In dieser Position, die ich in einem meiner Bücher als »apokalyptisch« bezeichnet habe[1], ist unterschwellig ein anderes Argument enthalten, nämlich daß es gleichgültig sei, welche Nachrichten durch die Kanäle der Massenkommunikation übermittelt werden: Wenn den Empfänger eine Vielzahl von Informationen bestürmt, die ihn durch verschiedene Kanäle erreichen, alle zugleich und in einer gegebenen Form, dann hat die Art dieser Informationen kaum noch Gewicht. Was zählt, ist allein das unaufhörliche gleichförmige Bombardement der Medien, in dem die verschiedenen Inhalte sich nivellieren und ihre Unterschiede verlieren.

1 *Apocalittici e integrati*, Mailand 1964, deutsch jetzt *Apokalyptiker und Integrierte. Zur kritischen Kritik der Massenkultur*, aus dem Italienischen von Max Looser, S. Fischer, Frankfurt am Main 1984.

Dieselbe Position vertritt bekanntlich auch Marshall McLuhan in *Understanding Media.* Nur ziehen die »Apokalyptiker« aus dieser Überzeugung eine tragische Konsequenz: Losgelöst von den Inhalten der Kommunikation empfange der Adressat der massenmedialen Botschaften nur noch eine globale ideologische Lektion, den Appell zur narkotisierenden Passivität. Im Sieg der Massenmedien sterbe der Mensch.

Dagegen schließt McLuhan aus denselben Prämissen, im Sieg der Massenmedien sterbe zwar der »homo gutenbergianus«, aber es werde ein anderer Mensch geboren, der es gewohnt sei, die Welt auf andere Weise wahrzunehmen. Wir wüßten nicht, ob dieser andere Mensch besser oder schlechter sein werde, aber auf jeden Fall sei er ein neuer Mensch. Wo die Apokalyptiker das Ende der Geschichte sehen, sieht McLuhan den Anfang einer neuen historischen Phase. Das gleiche geschieht, wenn ein strenger Vegetarier mit einem LSD-Schlucker diskutiert: Der eine sieht in der Droge das Ende der Vernunft, der andere den Anfang einer neuen Sensibilität. Aber beide sind sich einig über die chemische Zusammensetzung der Psychedelika.

Der Kommunikationswissenschaftler hat sich jedoch zu fragen, ob die chemische Zusammensetzung in allen Kommunikationsakten immer dieselbe ist.

Natürlich gibt es Erzieher, die einen schlichteren Optimismus der aufklärerischen Sorte bezeugen: Sie haben ein festes Vertrauen in die Kraft des Inhalts der Botschaft. Sie glauben noch an die Möglichkeit einer Veränderung des Bewußtseins durch Veränderung der TV-Sendungen, des Wahrheitsgehalts in der Werbung und des Genauigkeitsgrades der Meldungen in den Zeitungsspalten.

Ihnen wie den Vertretern der These *The medium is the message* möchte ich ein Bild in Erinnerung rufen, das wir in vielen Cartoons und Comics gefunden haben, ein etwas veraltetes, leicht rassistisches Bild, das aber die Lage bestens verdeutlicht. Es handelt sich um das Bild jenes Kannibalenhäuptlings, der sich als Halskette einen Wecker umgehängt hat.

Ich glaube nicht, daß es noch Kannibalenhäuptlinge gibt, die sich in dieser Weise schmücken, aber jeder kann das Beispiel auf eigene Alltagserfahrungen übertragen. Die Welt der Kommunikation ist voll von Kannibalen, die ein Instrument zur Messung der Zeit in einen Op-Art-Schmuck verwandeln.

Wenn das geschieht, kann man nicht sagen, das Medium sei die Botschaft. Zwar mag die Erfindung der Uhr, indem sie uns daran gewöhnt hat, die Zeit in Form eines gleichmäßig aufgeteilten Raumes zu denken, für einige Menschen auch die Wahrnehmungsweise verändert haben, doch zweifellos gibt es noch einige, für welche die »Botschaft Uhr« etwas anderes bedeutet.

Doch wenn das geschieht, kann auch die Einwirkung auf die Form und den Inhalt der Botschaft nicht das Bewußtsein ihres Empfängers verändern. Denn immerhin hat der Empfänger ja beim Empfang der Botschaft noch einen Rest von Freiheit, nämlich *sie anders zu lesen.*

Ich sage »anders«, nicht »falsch«. Eine knappe Vergegenwärtigung des Grundmodells der Kommunikationskette kann uns helfen, diesen Punkt genauer zu klären.

Die Kommunikationskette setzt eine Quelle voraus, die mittels eines Sendegeräts ein Signal durch einen Kanal sendet. Am Ende des Kanals wird das Signal durch ein Empfangsgerät in eine Botschaft zum Gebrauch des Empfängers verwandelt. Im Kanal können Störgeräusche auftreten, weshalb die Botschaft entsprechend *redundant* sein muß, damit die Information klar durchkommt. Das andere Grundelement dieser normalen Kommunikationskette ist jedoch die Existenz eines für die Quelle und den Empfänger gemeinsamen *Codes.* Ein Code ist ein im voraus festgelegtes System von Wahrscheinlichkeiten, und nur anhand des Codes kann der Empfänger entscheiden, ob die Elemente der Botschaft intentional sind (von der Quelle gewollt) oder Folgen der Störgeräusche. Es scheint mir sehr wichtig, die verschiedenen Glieder dieser Kette im Auge zu behalten, denn wird auch nur eines davon vernachlässigt, ergeben sich Mißverständnisse, die eine genaue Betrachtung des Phänomens verhindern. So ergibt sich zum Beispiel ein großer Teil der Thesen McLuhans über das Wesen der Medien aus der Tatsache, daß er allgemein »Medien« nennt, was sich bald auf einen Kanal, bald auf einen Code und bald auf die Form der Botschaft reduzieren läßt. Das Alphabet reduziert die Möglichkeiten der Stimmorgane nach Kriterien der Ökonomie und liefert damit einen Code zur Kommunikation der Erfahrung; die Straße liefert mir einen Kanal, durch den ich eine beliebige Information auf den Weg bringen kann. Wer sagt, das Alphabet und die Straße seien »Medien«, vermengt einen Code mit einem Kanal. Wer sagt, die euklidische Geometrie und die Kleidung seien Medien, vermengt einen Code (die Elemente Euklids sind eine Art und Weise, die Erfahrung zu formalisieren und kommunizierbar zu machen) mit einer Botschaft (wenn ich einen bestimmten Anzug trage, kommuniziere ich auf der Basis von Kleidercodes – von gesellschaftlich akzeptierten Konventionen – eine Haltung gegenüber meinesgleichen). Wer sagt, das Licht sei ein Medium, macht sich nicht klar, daß es mindestens drei Bedeutungen von »Licht« gibt: Licht kann ein Informationssignal sein (ich benutze die Elektrizität, um Lichtimpulse zu senden, die nach dem Code der Morsezeichen eine bestimmte Botschaft bedeuten), Licht kann eine Botschaft sein (meine Geliebte stellt ein Licht ins Fenster, um mir kundzutun, daß ihr Mann nicht da ist), und Licht kann ein Kanal sein (wenn ich im Zimmer das Licht brennen lasse, kann ich die Botschaft »Buch« lesen). In allen drei Fällen variiert die Relevanz, die ein Phänomen für den sozialen Körper hat, je nach der Rolle, die es in der Kommunikationskette spielt.

Doch um im Beispiel zu bleiben, in allen drei Fällen variiert auch die Botschaft je nach dem Code, mit dem ich sie interpretiere. Die Tatsache, daß mein Licht ein Signal ist, wenn ich den Code der Morsezeichen benutze, um Lichtsignale zu senden (und daß mein Signal eben Licht ist und nichts anderes), ist für den Empfänger viel weniger relevant als die Frage, ob er das Morse-Alphabet kennt. Wenn beispielsweise im zweiten zitierten Fall meine Geliebte das Licht als Signal benutzt, um mir per Morsezeichen die Botschaft zu senden »mein Mann ist zu Hause«, während ich weiter den Code benutze, den wir festgelegt hatten, wonach »Licht im Fenster« eben »Mann nicht da« hieß, so ist das Bestimmende für mein Verhalten (mit allen unangenehmen Folgen, die sich daraus ergeben) weder die Form der Botschaft noch ihr Inhalt nach dem Willen der Quelle, sondern der Code, den ich benutze. Der benutzte Code gibt dem Signal »Licht im Fenster«

einen bestimmten Inhalt. Und der Übergang von der »Gutenberg-Galaxis« zum »Neuen Dorf der Totalen Kommunikation« wird nicht verhindern, daß zwischen mir und meiner Geliebten und ihrem Mann das ewige Drama der Untreue und der Eifersucht ausbricht.

In diesem Sinne wird die oben skizzierte Kommunikationskette folgendermaßen präzisiert werden müssen: Das Empfangsgerät verwandelt das Signal in eine Botschaft, aber diese Botschaft ist noch eine leere Form, die der Empfänger mit verschiedenen Bedeutungen füllen kann, je nachdem, welchen Code er auf sie anwendet.

Wenn ich den Satz *No more* schreibe, werden die meisten ihn im Licht des Codes der englischen Sprache interpretieren und in der Weise verstehen, die ihnen als die nächstliegende erscheint. Dieselbe Wortfolge heißt aber von einem Italiener gelesen, »keine Brombeeren« oder auch »nein, ich ziehe Brombeeren vor«; und mehr noch, würde mein italienischer Leser statt eines botanischen ein juristisches Referenzsystem benutzen, so würde er »kein Aufschub« verstehen, und würde er gar ein erotisches Referenzsystem unterstellen, so erschiene derselbe Satz wie die Antwort »nein, Brünette« auf die Frage, ob Gentlemen wirklich Blondinen vorziehen.

In der normalen zwischenmenschlichen Kommunikation, die sich um Fragen des Alltagslebens dreht, sind solche Mißverständnisse freilich selten, da die Codes im voraus festgelegt werden. Aber es gibt Extremfälle, vor allem den der ästhetischen Kommunikation, das heißt in der Kunst, wenn die Botschaften ganz bewußt mehrdeutig formuliert werden, gerade um den Gebrauch verschiedener Codes bei denen zu stimulieren, die an verschiedenen Orten und zu verschiedenen Zeiten mit dem Kunstwerk in Berührung kommen.

Ist Mehrdeutigkeit in der Alltagskommunikation daher so gut wie ausgeschlossen und in der künstlerischen gewollt, so ist sie in der Massenkommunikation, wenn auch nicht wahrgenommen, allgegenwärtig. In der Massenkommunikation haben wir eine einzige, zentralisierte und industriell organisierte Quelle, als Kanal fungiert ein technisches Mittel, das die Form der Signale beeinflußt, und die Adressaten sind tendenziell die Gesamtheit (oder eine sehr große Zahl) der Menschen in allen Teilen der Welt. Amerikanische Kommunikationswissenschaftler haben sich klar gemacht, was es heißt, wenn ein Liebesfilm in Technicolor, der für die mittelständischen Hausfrauen in den Suburbs gedacht war, in einem Dorf der Dritten Welt gezeigt wird. Doch in einem Land wie Italien, wo die TV-Botschaften von einer zentralen Quelle industriell produziert werden und im gleichen Moment sowohl in eine Industriestadt des Nordens wie in ein entlegenes Dorf des Südens gelangen, also in gesellschaftliche Situationen, die historisch durch Jahrhunderte voneinander getrennt sind, ist dieses Phänomen alltäglich.

Es genügt aber auch, sich einmal vorzustellen, was hier in den Vereinigten Staaten geschehen wäre, wenn damals, als das Magazin *Eros* jene berühmten Fotos brachte, auf denen man eine weiße Frau und einen farbigen Mann, beide nackt, im Kuß vereint sah, eine große TV-Gesellschaft dieselben Fotos landesweit ausgestrahlt hätte: Ich nehme an, der Gouverneur von Alabama hätte ihnen eine ganz andere Bedeutung entnommen als Allen Ginsberg. Ein kalifornischer Hippie oder ein »Radikaler« des Village hätten darin die Verheißung einer neuen Gemeinschaft gesehen, ein Mitglied des Ku-Klux-Klan das Schreckensbild übelster Vergewaltigung.

Die Welt der Massenkommunikation ist voll von solchen gegensätzlichen Interpretationen, ich würde geradezu sagen, die Interpretationsvariabilität ist das Grundgesetz der Massenkommunikation. Ihre Botschaften gehen von einer zentralen Quelle aus und gelangen in sehr verschiedene soziale Situationen mit sehr verschiedenen Codes. Für einen Mailänder Bankangestellten mag die Kühlschrankwerbung im Fernsehen einen Kaufanreiz darstellen, für einen arbeitslosen Landarbeiter in Kalabrien bedeutet dasselbe Bild die Anklage einer Wohlstandswelt, der er nicht angehört und die er sich erobern muß. Deshalb, meine ich, funktioniert die Fernsehwerbung in den unterentwickelt gehaltenen Ländern als revolutionäre Botschaft.

Das Problem der Massenkommunikation ist, daß diese Interpretationsvariabilität bisher immer nur vom Zufall gesteuert wurde. Niemand reguliert den Modus, in dem der Empfänger die Botschaft gebraucht (außer in seltenen Fällen). In dieser Hinsicht haben wir – selbst wenn wir das Problem nun verlagert haben, selbst wenn wir gesagt haben »nicht das Medium ist die Botschaft«, sondern »die Botschaft ist vom Code abhängig« – das Hauptproblem des Kommunikationszeitalters nicht gelöst. Den Apokalyptikern, die da sagen: »Das Medium transportiert keine Ideologien, es ist selber Ideologie; das Fernsehen ist die Kommunikationsform, in der sich die Ideologie der fortgeschrittenen Industriegesellschaft resümiert«, könnten wir jetzt nur erwidern: »Das Medium transportiert jene Ideologien, auf die der Empfänger Bezug nimmt, indem er Codes benutzt, die sich aus der gesellschaftlichen Situation, in der er lebt, aus seiner Erziehung und aus seiner momentanen psychischen Disposition ergeben.« Das Phänomen der Massenkommunikation als solches bliebe davon unberührt. Wir müßten immer noch sagen: Es gibt ein übermächtiges Instrumentarium, das niemand von uns je wird regulieren können; es gibt Kommunikationsmittel, die im Gegensatz zu den Produktionsmitteln nicht kontrollierbar sind, weder vom privaten Willen noch von einem Kollektiv. Vor ihnen sind wir alle, vom Direktor der CBS bis zum Präsidenten der USA, von Martin Heidegger bis zum bescheidensten Niltal-Fellachen, *das Proletariat.*

Und doch, glaube ich, liegt der Fehler dieses Ansatzes gerade darin, daß wir alle versuchen, diese Schlacht – die Schlacht des Menschen im technologischen Universum der Kommunikation – durch den Rekurs auf Strategie zu gewinnen.

Gewöhnlich sind die Politiker, die Erzieher und die Kommunikationswissenschaftler der Meinung, um die Macht der Medien zu kontrollieren, müsse man zwei Momente der Kommunikationskette unter Kontrolle bekommen, nämlich die Quelle und den Kanal. So meint man, die Botschaft kontrollieren zu können – und statt dessen kontrolliert man allenfalls ihre leere Form, die dann der Empfänger jeweils mit den Bedeutungen füllt, die ihm seine anthropologische Situation und sein Kulturmodell suggerieren. Die strategische Lösung resümiert sich in Sätzen wie »Man muß den Posten des obersten Fernsehchefs okkupieren« oder »Man muß den Stuhl des Informationsministers besetzen« oder »Man muß die Position eines Pressezaren erreichen«. Ich will nicht bestreiten, daß dieser strategische Ansatz exzellente Ergebnisse zeitigen kann, wenn man politischen und wirtschaftlichen Erfolg anstrebt, aber ich beginne zu fürchten, daß die Ergebnisse ziemlich mager ausfallen werden, wenn man den Menschen eine gewisse Freiheit gegenüber den Massenmedien wiederzugeben hofft.

Darum werden wir auf den strategischen Ansatz künftig eine Guerillataktik anwenden müssen: Es kommt darauf an, überall in der Welt den ersten Platz vor jedem Fernsehapparat zu besetzen (und natürlich den Platz des Opinionleaders vor jeder Kinoleinwand, vor jedem Transistorgerät und vor jeder Zeitungsseite). Weniger zugespitzt formuliert: Die Schlacht ums Überleben des Menschen als verantwortlichem Wesen im Zeitalter der Massenkommunikation gewinnt man nicht am Ausgangspunkt dieser Kommunikation, sondern an ihrem Ziel. Und wenn ich dabei von einer »Guerilla« spreche, so weil uns ein paradoxes und schwieriges Los erwartet, uns Wissenschaftler und Techniker der Kommunikation. Denn gerade zu einer Zeit, da die Systeme der Massenkommunikation eine einzige Botschaft voraussetzen, die ausgehend von einer einzigen industrialisierten Quelle ein über die ganze Welt verstreutes Publikum erreicht, müssen wir fähig sein, Systeme einer ergänzenden Kommunikation zu ersinnen: einer Kommunikation, die uns erlaubt, jede einzelne Menschengruppe, jedes einzelne Mitglied dieses weltweiten Publikums zu erreichen, um mit ihm über die Botschaft im Augenblick ihrer Ankunft zu diskutieren, im Licht einer Konfrontation der Empfängercodes mit denen des Senders.

Eine politische Partei, die fähig wäre, sämtliche Gruppen und Grüppchen und Individuen vor den Fernsehern zu erreichen, um mit ihnen die Botschaften zu diskutieren, die sie empfangen, könnte den Inhalt verändern, den die Quelle diesen Botschaften zugedacht hatte. Eine erzieherische Organisation, der es gelänge, ein bestimmtes Publikum zu veranlassen, über die empfangene Botschaft zu diskutieren, könnte die Bedeutung dieser Botschaft umdrehen. Oder jedenfalls zeigen, daß sich die Botschaft sehr verschieden interpretieren läßt.

Wohlgemerkt: Ich propagiere hier keineswegs eine neue und noch viel schlimmere Form von Kontrolle der öffentlichen Meinung. Ich propagiere ein Handeln, das die Adressaten der Medien dazu bewegt, die Botschaft und ihre vielfachen Interpretationsmöglichkeiten zu kontrollieren.

Der Gedanke, daß von den Wissenschaftlern und den Erziehern künftig verlangt werden muß, die Fernsehstudios und Zeitungsredaktionen zu verlassen, um eine Guerilla von Haus zu Haus zu führen wie die Provos der Kritischen Rezeption, mag erschrecken und als pure Utopie erscheinen. Aber wenn sich unser Kommunikationszeitalter in der Richtung weiterbewegt, die wir heute als die wahrscheinlichste sehen, wird dies die einzige Rettung für freie Menschen sein. In welchen konkreten Formen diese Guerilla geführt werden kann, wäre zu untersuchen. Vermutlich wird man in der Wechselbeziehung zwischen den verschiedenen Medien das eine Medium zur Kommunikation von Urteilen über das andere benutzen können. Wie es ansatzweise zum Beispiel eine Zeitung tut, wenn sie eine TV-Sendung kritisiert. Aber wer sagt uns, daß der Zeitungsartikel gelesen wird? Und wenn, ob in der von uns gewünschten Weise? Müssen wir noch auf ein anderes Medium zurückgreifen, um die Zeitung bewußt und kritisch lesen zu lehren?

Gewisse Formen von »Massendissens« (Hippies oder Beatniks, »New Bohemia« oder Studentenbewegungen) erscheinen uns heute als negative Antworten auf die Industriegesellschaft: als Absagen an die Gesellschaft der Technologischen Kommunikation, um nach alternativen Formen von Gemeinschaftsleben zu suchen. Doch natürlich realisieren sich diese Formen nur, indem sie die gegebenen Mittel der technologischen Industriegesellschaft verwenden (Fernsehen, Presse, Diskos...), und so kommen sie nicht aus dem Zirkel heraus oder gliedern sich ungewollt wieder ein. Revolutionen verenden oft in noch pittoreskeren Formen von Integration.

Es könnte indessen sein, daß sich aus diesen neuen nichtindustriellen Kommunikationsformen (von den *Love-ins* bis zu den

*Sit-in-Meetings* der Studenten auf dem Campus-Rasen) die Formen einer künftigen Kommunikations-Guerilla entwickeln. Eine komplementäre Manifestation, eher ergänzend als alternativ zu den Manifestationen der Technologischen Kommunikation, eine permanente Korrektur der Perspektiven, eine laufende Überprüfung der Codes, eine ständig erneuerte Interpretation der Massenbotschaften. Die Welt der Technologischen Kommunikation würde dann sozusagen von Kommunikationsguerilleros durchzogen, die eine kritische Dimension in das passive Rezeptionsverhalten einbrächten. Aus der Drohung vom Medium als der Botschaft könnte, angesichts der Medien und ihrer Botschaften, eine Rückkehr zur individuellen Verantwortlichkeit hervorgehen. Gegenüber der anonymen Gottheit der Technologischen Kommunikation könnte unsere Antwort lauten: »Nicht Dein, sondern *unser* Wille geschehe.«

(1967)

# Die Multiplizierung der Medien

Vor einem Monat bot uns das Fernsehen die Gelegenheit, einen Klassiker wiederzusehen, an den wir uns mit Bewunderung und liebevollem Respekt erinnerten: Stanley Kubricks *Odyssee 2001*. Ich habe hinterher viele Freunde befragt, und alle sagten dasselbe: Sie waren enttäuscht.

Dieser Film, der uns seinerzeit so beeindruckt hatte durch seine damals (und das ist noch gar nicht so lange her) unerhört neuen Bilder und technischen Tricks und durch seinen metaphysischen Atem, schien uns jetzt nur noch fade zu wiederholen, was wir schon zigmal gesehen hatten. Gewiß, das Drama vom paranoiden Computer hat noch eine gewisse Spannung, auch wenn es nicht mehr verblüffend erscheint, der Anfang mit den Affen ist noch immer ein schönes Stück Kino, aber diese nicht-aerodynamischen Raumschiffe finden sich längst in der Spielzeugkiste unserer inzwischen herangewachsenen Kinder, aus Plastik (die Raumschiffe meine ich, nicht die Kinder), die Schlußvisionen sind Kitsch (pseudophilosophische Allegorien, in die jeder hineinlegen kann, was ihm gerade paßt), und der Rest ist Diskographie, Musik und Cover.

Dabei erschien Kubrick uns damals wirklich als ein genialer Neuerer. Aber das ist es eben: Die Massenmedien sind genealogisch und haben keine Erinnerung, obwohl diese beiden Eigenschaften eigentlich unvereinbar sein müßten. Sie sind genealogisch, weil jede neue Erfindung in ihnen eine Kette von Imitationen erzeugt, eine Art gemeinsame Sprache. Und sie haben keine Erinnerung, weil am Ende der Kette niemand mehr weiß, wer begonnen hatte, so daß der Stammvater leicht mit dem letzten Enkel verwechselt wird. Außerdem lernen die Massenmedien, und daher sind die Raumschiffe in *Krieg der Sterne*, die sich ungeniert aus denen von Kubrick herleiten, komplexer und glaubwürdiger als ihr Urbild, das neben ihnen wie eine billige Imitation aussieht.

Es wäre interessant, der Frage nachzugehen, warum dasselbe

nicht auch bei den traditionellen Künsten geschieht, warum wir noch manchmal begreifen können, daß Caravaggio besser ist als seine Epigonen und daß die Courths-Mahler nicht mit Balzac zu verwechseln ist. Man könnte sagen, das Dominante in den Massenmedien ist nicht die künstlerische Invention, sondern die technische Realisierung, und die technische Invention ist imitierbar und perfektionierbar. Aber das genügt noch nicht. Ein Film wie zum Beispiel *Hammett* von Wenders ist technisch sehr viel raffinierter als der alte *Malteser Falke* von Huston, und doch sehen wir den einen nur mit Interesse, den anderen aber mit religiöser Andacht. Es kommt also auch ein System oder Horizont von Erwartungen unsererseits mit ins Spiel. Werden wir Wenders, wenn er so alt ist wie Huston, vielleicht mit der gleichen Andacht sehen? Ich fühle mich nicht berufen, so viele und große Fragen zu klären. Aber ich glaube, daß wir im *Malteser Falken* immer eine gewisse Naivität schätzen werden, die wir bei Wenders nicht mehr finden. Denn anders als der Film von Huston bewegt sich der Film von Wenders schon in einer Welt, in der nicht nur das Verhältnis der Massenmedien zueinander verändert ist, sondern auch das Verhältnis der Massenmedien zur sogenannten »hohen« Kunst. Der *Malteser Falke* war noch naiv, weil er einfach drauflosfabulierte, ohne ein direktes und bewußtes Verhältnis zu den bildenden Künsten oder der »hohen« Literatur zu haben, während der Wenderssche *Hammett* sich bereits in einer Welt bewegt, in der diese Verhältnisse so unvermeidlich verquickt sind, daß es zum Beispiel schwer zu sagen ist, ob die Beatles außerhalb der großen Musiktradition des Abendlands stehen. Die Comics gelangen durch die Pop-Art in die Museen, aber die Kunst der Museen gelangt in die Comics durch die nicht-naive Kultur der diversen Crepax, Pratt, Moebius und Drouillet. Die Jugendlichen strömen Abend für Abend in einen Sportpalast, aber am ersten Abend hören sie dort die Bee Gees und am zweiten John Cage oder einen Pianisten, der Satie spielt (und am dritten Abend hörten sie früher auch – was sie leider jetzt nicht mehr können – die Sängerin Cathy Berberian, die Monteverdi und Offenbach und eben die Beatles sang, aber diese in der Manier von Purcell, wobei sie nichts in die Songs hineinlegte, was die Beatles nicht schon zitiert hatten, und zwar nur teilweise unbewußt oder unfreiwillig).

Was sich verändert hat, ist unser Verhältnis zu den Massenprodukten wie unser Verhältnis zu den Werken der »hohen« Kunst. Die Unterschiede sind kleiner geworden oder verschwunden, doch mit den Unterschieden sind auch die Zeitbezüge, die Abstammungslinien, das Vorher und Nachher unkenntlich geworden. Der Philologe erkennt sie noch, der Normalverbraucher nicht. Wir haben bekommen, was die aufgeklärte und aufklärerische Kultur der sechziger Jahre verlangt hatte, nämlich das Ende der traditionellen Zweiteilung in einerseits primitive Produkte für blöde Massen und andererseits diffizile Produkte für das gebildete Publikum mit dem feinen Geschmack. Die Distanzen sind zusammengeschrumpft, die Kritiker sind perplex – man sehe nur, welche (berechtigten) Hemmungen der *Espresso* kürzlich hatte, sich mit dem neuesten Song der Matia Bazar auseinanderzusetzen. Die traditionalistischen Kritiker zetern, daß es den neuen Untersuchungsmethoden am Sinn für den Unterschied zwischen Manzoni und Mickymaus fehle (und lügen schamlos, gegen alle gedruckte Evidenz), ohne sich klarzumachen (weil sie nicht hinsehen), daß es die Entwicklung der Künste selber ist, die heute den Unterschied zu verwischen trachtet. Man halte sich nur vor Augen: Ein Italiener mit wenig Bildung kann heutzutage Manzoni lesen (wieviel er von ihm kapiert, ist eine andere Frage), aber er scheitert an den Comics von *Metal Hurlant* (die manchmal so hermetisch, so prätentiös und langweilig sind, wie es nur die schlechten Experimentierer für die »happy few« in den vergangenen Jahrzehnten sein konnten). Woraus erhellt, daß mit solchen Horizontverschiebungen noch überhaupt nicht gesagt ist, ob die Dinge nun besser oder schlechter laufen; sie haben sich nur verändert, und auch die Werturteile werden sich andere Maßstäbe zulegen müssen.

Das Interessante ist, daß siebzehnjährige Schüler dies alles instinktiv besser begreifen als siebzigjährige Professoren (ich beziehe mich auf das Alter der Arterien, nicht unbedingt auf das der Geburtsurkunde). Die Lehrer und Professoren sind überzeugt, daß die Schüler nicht lernen, weil sie immerzu Asterix oder Fixifox »oder dergleichen« lesen, aber womöglich lernen die

Schüler deswegen nicht, weil sie zusammen mit Fixifox und Moebius (die so weit voneinander entfernt sind wie James Bond und Robbe-Grillet) Hesses *Siddhartha* lesen, aber als wäre es eine Glosse zu Pirsigs Buch über *Zen und die Kunst ein Motorrad zu warten*. Es dürfte klar sein, daß die Schule an diesem Punkt ihre Lehrbücher über das richtige Lesen (sofern sie je welche hatte) revidieren muß. Und ihre Lehrbücher über die Frage, was Dichtung ist und was keine.

Allerdings muß die Schule (und die Gesellschaft, und nicht allein für die Jugendlichen) auch lernen, neue Fertigkeiten im Umgang mit den Massenmedien zu lehren. Alles, was in den sechziger und siebziger Jahren gesagt worden ist, muß revidiert werden. Damals waren wir allesamt Opfer (vielleicht zu Recht) eines Modells der Massenmedien, das jenes der Machtverhältnisse reproduzierte: ein zentraler Sender mit präzisen politischen und pädagogischen Plänen, kontrolliert von »den Herrschenden«, von der ökonomischen und politischen Macht, die Botschaften übermittelt durch erkennbare, technologisch bestimmte Kanäle (Wellen, Drähte, Kabel, identifizierbare Apparate wie Fernseher, Radios, Projektoren, hektographierte Seiten) und die Empfänger als Opfer der ideologischen Indoktrination. Es genügte, diese Empfänger zu lehren, die Botschaften richtig zu »lesen«, sie zu kritisieren, vielleicht wäre man so ins Reich der geistigen Freiheit gelangt, ins Zeitalter des kritischen Bewußtseins... Es war auch der Traum von Achtundsechzig.

Was heute Radio und Fernsehen sind, wissen wir: unkontrollierbare Pluralitäten von Botschaften, die jeder benutzt, um sich auf den Tasten der Fernbedienung ein eigenes »Programm« zusammenzustellen. Die Freiheit des Benutzers ist damit nicht größer geworden, aber gewiß hat sich die Art und Weise verändert, wie man ihm beibringt, frei und bewußt zu sein. Und im übrigen haben sich ganz allmählich zwei neue Phänomene herausgebildet, nämlich die Multiplizierung der Medien und die Medien im Quadrat.

Was ist heute ein Massenmedium? Eine Sendung im Fernsehen? Auch, gewiß. Aber versuchen wir einmal, uns die folgende nicht unvorstellbare Situation vorzustellen: Eine Firma produziert T-Shirts mit einer aufgedruckten Wiesenstelze und macht dafür

Reklame (kein ungewöhnliches Phänomen). Die Jugend fängt an, diese T-Shirts zu tragen. Jeder Träger des T-Shirts macht vermittels der Wiesenstelze auf seiner Brust für das T-Shirt Reklame (so wie jeder Besitzer eines Fiat Panda ein unbezahlter und zahlender Propagandist der Marke Fiat und des Modells Panda ist). Eine Sendung im Fernsehen zeigt, um realistisch zu sein, Jugendliche mit dem Wiesenstelzen-T-Shirt. Die jungen (und alten) Zuschauer sehen die Sendung und kaufen sich neue T-Shirts mit der Wiesenstelze, weil sie »jung macht«.

Wo ist hier das Massenmedium? Ist es die Werbeanzeige in der Zeitung, ist es die Sendung im Fernsehen, ist es das T-Shirt? Wir haben es hier nicht mit einem, sondern mit zwei, drei und vielleicht noch mehr Massenmedien zu tun, die auf diversen Kanälen agieren. Die Medien haben sich multipliziert, aber einige unter ihnen agieren als Medien von Medien und somit als Medien im Quadrat. Wer sendet jetzt die Botschaft? Der Fabrikant, der das T-Shirt herstellt? Der Käufer, der es trägt? Der Regisseur, der es im Fernsehen zeigt? Wer produziert die Ideologie? Denn zweifellos handelt es sich um Ideologie, man braucht nur die Implikationen des Phänomens zu analysieren: das, was der Fabrikant ausdrücken will, der Träger, der Regisseur. Doch je nachdem, welchen Kanal man ins Auge faßt, ändert sich die Bedeutung der Botschaft und vielleicht auch das Gewicht ihrer Ideologie. Nirgendwo ist mehr »die Macht« zu greifen, die eine und allgewaltige Macht (wie war sie doch tröstlich!). Oder wollen wir sie etwa mit der Macht des Designers identifizieren, der die Idee gehabt hatte, das T-Shirt mit einer Wiesenstelze zu schmücken, oder mit der des Fabrikanten (womöglich irgendwo in der Provinz), der sich entschlossen hat, es auf den Markt zu bringen, und zwar in großem Stil, um Geld zu verdienen, wie er es soll, und seine Arbeiter nicht zu entlassen? Oder mit der des Käufers, der sich legitimerweise bereit findet, es zu tragen und damit ein Bild von Jugend und Ungezwungenheit oder von Glück zu propagieren? Oder mit der des TV-Regisseurs, der es seinen Schauspielern anzieht, um eine Generation darzustellen? Oder mit der des Rocksängers, der sich von der Herstellerfirma sponsern läßt, um seine Kosten zu decken? Alle sind drin und alle sind draußen, die

Macht ist nirgendwo greifbar, und niemand weiß mehr, woher das »Projekt« kommt. Denn ein Projekt liegt zweifellos vor, nur ist es nicht mehr intentional, und folglich trifft man es nicht mehr mit der traditionellen Kritik der Intentionen. Sämtliche Ordinarien für Kommunikationstheorie, die sich an den Texten der frühen sechziger Jahre gebildet haben (ich eingeschlossen), müßten sich arbeitslos melden.

Wo sind die Massenmedien? Im Fest, im Umzug, in der vom Kulturreferat organisierten Diskussionsveranstaltung über Immanuel Kant, zu der neuerdings die Jugendlichen in Scharen strömen[1], um dichtgedrängt auf dem Boden sitzend dem strengen Philosophen zu lauschen (der sich die Rüge des Heraklit zu eigen gemacht hatte: »Was zerrt ihr an mir von allen Seiten, ihr Ungebildeten? Nicht für euch habe ich geschrieben, sondern für jene, die mich verstehen«)?

Wo sind die Massenmedien? Was ist privater als ein Telefongespräch? Aber was geschieht, wenn einer die Aufzeichnung eines privaten Gesprächs dem Gericht übergibt, eines Telefongesprächs, das geführt worden ist, um aufgezeichnet zu werden und dann dem Gericht übergeben zu werden, damit ein indiskreter Justizbeamter es der Presse zuspiele und die Presse es bringe und so die laufenden Ermittlungen irregeleitet werden? Wer hat die Botschaft (und ihre Ideologie) produziert? Der Ahnungslose, der am Telefon geschwatzt hat, der Anrufer, der das Band dem Gericht überbracht hat, der indiskrete Beamte, die Zeitung, der Leser, der das Spiel nicht kapiert und den Erfolg der Botschaft von Mund zu Mund noch vergrößert?

Es waren einmal die Massenmedien, sie waren böse, man weiß, und es gab einen Schuldigen. Ferner gab es die Tugendhaften, die ihre Verbrechen anklagten. Und die Kunst (ah, zum Glück), die Alternativen anbot für jene, die nicht Gefangene der Massenmedien sein wollten.

Gut, das alles ist nun vorbei. Wir müssen noch einmal ganz von vorne anfangen, uns zu fragen, was läuft.

(1983)

1 Vgl. hierzu den Aufsatz »Kultur als Spektakel«, S. 179 ff.

# Die Fälschung und der Konsens

Der Student, den ich in der Bibliothek der Universität Yale treffe, kommt aus Kalifornien. Wir greifen beide nach derselben Nummer einer italienischen Zeitung, und so entdecke ich, daß er in meinem Land gelebt hat. Wir gehen in die Cafeteria hinunter, um eine Zigarette zu rauchen, und kommen ein bißchen ins Plaudern. Er erzählt mir von einem italienischen Buch, das ihn sehr beeindruckt hat, kann sich aber weder an den Titel noch an den Autor erinnern. »Warten Sie«, sagt er, »ich frage schnell mal eine Freundin in Rom. Haben Sie zehn Cents?« Ich gebe ihm die zehn Cents, er steckt sie in den Münzapparat an der Wand, wechselt ein paar Worte mit dem Fräulein vom Amt, wartet dreißig Sekunden und bekommt die Verbindung mit Rom. Er schwatzt eine Viertelstunde mit seiner Freundin, kommt zurück und gibt mir die zehn Cents wieder, die ihm der Apparat zurückerstattet hat. Ich denke, er hat ein R-Gespräch geführt, aber er sagt mir, er hätte die Code-Nummer eines multinationalen Konzern benutzt.

Im amerikanischen Telefonsystem (über das sich die Amerikaner ständig beklagen, da sie kein anderes kennen) kann man von jedem beliebigen Apparat aus mit Hongkong, Sydney oder Manila sprechen, indem man die Nummer einer speziellen Kreditkarte angibt. Ein Service für Manager großer Firmen. Die Nummer ist streng geheim, aber zahllose Studenten, besonders solche aus technologischen Departments, kennen sie. Ich frage, ob der multinationale Konzern nicht allmählich merkt, daß seine Nummer von allen benutzt wird, wenn er die Abrechnungen kontrolliert. Sicher merkt er es, aber er zahlt der Telefongesellschaft eine Jahrespauschale, und es würde ihn zuviel Zeit kosten, jeden Anruf einzeln zu kontrollieren. Er kalkuliert ein paar zehntausend Dollar für unbefugte Telefonate mit ein. Aber wenn er nun doch kontrolliert? Kein Problem, man braucht bloß von einem öffentlichen Apparat aus anzurufen. Und wenn er bei der angerufenen Nummer kontrolliert? Na ja, dann schon, sagt der Student, und tatsächlich hätte er selber mal einen komischen Anruf von weither bekommen, aber das sei wohl ein Scherz gewesen (was sogar stimmen kann, viele wählen einfach aus Jux irgendeine Nummer). Es gehe ihm nicht um den persönlichen Vorteil, erklärt er mir, er mache das nicht aus Eigennutz. Es gehe darum, den Multis eins auszuwischen, die Pinochet unterstützten und alle Faschisten seien.

Die Tausende von Studenten, die solche Spielchen treiben, sind nicht das einzige Beispiel für »elektronischen Dissens«. Joseph La Palombara erzählte mir, vor zwei Jahren habe eine subversive Gruppe in Kalifornien die Bürger dazu aufgefordert, ihre Telefonrechnung immer brav zu bezahlen, aber jedesmal einen Cent hinzuzufügen. Niemand kann inkriminiert werden, wenn er bezahlt und sogar noch was drauflegt. Aber wenn es viele machen, gerät das ganze Verwaltungssystem der Telefongesellschaft ins Stocken. Die Computer bleiben bei jeder irregulären Zahlung stehen, registrieren die Differenz, schicken jedem einzelnen Kunden einen Brief und überweisen ihm einen Cent. Wenn die Operation in großem Stil und massenhaft durchgeführt wird, blockiert sie alles. Tatsächlich hatte die Telefongesellschaft ein paar Monate Schwierigkeiten und mußte schließlich durch Appelle im Fernsehen ihre Kunden bitten, den Scherz zu lassen. Die großen Systeme sind äußerst verwundbar, es genügt ein Sandkorn, um sie »in Paranoia« zu versetzen. Genau besehen funktioniert auch die ganze Luftpiraterie nach diesem Prinzip: Eine Trambahn könnte man schwerlich entführen, aber ein Jumbo ist wie ein Kind. Um einen Buchhalter zu korrumpieren, braucht man Zeit und Geld und womöglich schöne Frauen; einen Computer bringt man viel leichter durcheinander, man braucht ihm bloß, womöglich per Telefon, eine »verrückte« Information einzugeben.

So kommt es im Zeitalter der elektronischen Information allmählich zur Ausbreitung einer neuen Form von nicht gewaltsamer (jedenfalls unblutiger) Guerilla: zur Guerilla der Fälschung.

Kürzlich las man bei uns in der Zeitung, wie leicht es ist, mit einem Farbfotokopiergerät Eisenbahnkarten zu fälschen, oder wie man das Ampelsystem einer ganzen Stadt lähmen kann. Manche stiften Verwirrung, indem sie Dutzende von Kopien eines

Briefes in Umlauf zu bringen, dessen Unterschrift von einem anderen Brief abkopiert worden ist.

Der beherrschende Grundgedanke in diesen Fälschungsformen entsteht aus den neuen kritischen Theorien der Macht. Die Macht hat ihren Ursprung nie allein in einer Willkürentscheidung an der Spitze, sondern nährt sich an zahllosen Formen von mikroskopischem oder »molekularem« Konsens an der Basis. Tausende von Vätern, Müttern und Kindern müssen sich mit der Familienstruktur identifizieren, damit eine Macht sich auf die Ethik der Institution Familie stützen kann; zahllose Einzelpersonen müssen eine Rolle als Arzt, als Pfleger, als Aufseher finden, damit eine Macht sich auf die Idee der Absonderung der »Andersartigen« stützen kann.[1]

Nur die Roten Brigaden und ihre Genossen, letzte unheilbare Romantiker gut katholisch-papistischer Provenienz, glauben noch, daß der Staat ein Herz habe und man dieses Herz treffen könne – und scheitern, da ein, zehn, hundert entführte Moros das System nicht schwächen, sondern im Gegenteil den Konsens um das symbolische Trugbild seines angegriffenen und verletzten »Herzens« rekonsolidieren.

Die neuen Formen von subversiver Guerilla zielen dagegen auf eine Schwächung des Systems durch Zersetzung jenes feinmaschigen Konsensgewebes, das auf einigen Grundregeln des Gemeinschaftslebens beruht. Wenn dieses Gewebe zerreißt, so ihre strategische Hypothese, bricht alles zusammen.

Vor etwa zehn Jahren erregten bereits zwei Fälle von literarischer Fälschung einiges Aufsehen: Zuerst schickte jemand dem *Avanti!* ein falsches Gedicht von Pasolini, dann schickte jemand dem *Corriere della sera* einen falschen Artikel von Cassola. Beide wurden gedruckt und verursachten einen Skandal. Der Skandal ließ sich eindämmen, da beide Fälle noch Ausnahmen waren. Wenn sie eines Tages zur Regel würden, könnte keine Zeitung mehr einen Artikel bringen, der nicht vom Autor höchstpersönlich dem Chefredakteur überreicht worden ist. Das gesamte Fernschreibsystem geriete ins Wanken.

1 Vgl. hierzu genauer unten S. 269 ff.

Inzwischen ist schon einiges in dieser Richtung zusammengekommen: politische Manifeste, die eine Gruppe X unter dem Namen einer Gruppe Y verbreitet, ein falscher Briefwechsel von Berlinguer in einer falschen Einaudi-Ausgabe, ein falscher Text von Sartre. Wir merken es noch, weil die Fälschungen primitiv sind, ungeschickt oder allzu paradox. Aber was, wenn sie besser gemacht würden und in schnellerem Rhythmus kämen? Man könnte auf die Fälschungen nur mit anderen Fälschungen reagieren, indem man falsche Nachrichten über alles verbreitet, auch über die Fälschungen – und wer weiß, ob der vorliegende Artikel nicht schon das erste Beispiel dieser neuen Tendenz ist. Aber genau dieser Verdacht zeigt, welches selbstmörderische Potential in den Fälschungstechniken steckt.

Jede Macht beruht auf einem Netz von mikroskopisch feinem Konsens. Aber man muß unterscheiden zwischen jenen Konsensformen, die den Aufbau makroskopischer Kontrollsysteme erlauben, und jenen Konsensformen, die einen gleichsam biologischen Rhythmus befriedigen und weit diesseits der Konstitution von Machtverhältnissen im unmittelbaren Sinne liegen.

Zwei Beispiele. Ein moderner Staat bringt die überwiegende Mehrheit seiner Bürger nicht durch Anwendung äußeren Zwanges dazu, ihm Steuern zu zahlen, sondern durch inneren Konsens. Der Konsens entsteht, wenn und solange die Mitglieder einer Gruppe die Idee akzeptieren, daß gewisse kollektive Ausgaben (zum Beispiel: Wer bezahlt die Brötchen für den Sonntagsausflug?) kollektiv umgelegt werden (jeder zahlt einen Pro-Kopf-Anteil in die Ausflugskasse). Angenommen, dieser habituelle Gruppenkonsens wird in Frage gestellt: Die Brötchen muß derjenige bezahlen, dem der Ausflug am meisten nützt, oder der das meiste Geld hat? Wenn der grundlegende Mikrokonsens zerstört wird, tritt auch die Ideologie in die Krise, auf der das Steuersystem beruht.

Nun das zweite Beispiel. Nehmen wir eine Gruppe, die durch irgendwelche Interessen zusammengehalten wird. In dieser Gruppe gilt wie in jeder Gruppe die Übereinkunft, daß eine Mitteilung, die einer macht, eine wahre Mitteilung sein muß. Wer einmal lügt, wird getadelt (er hat die anderen getäuscht). Wer gewohnheitsmäßig lügt, wird als unglaubwürdig angesehen und verliert das Vertrauen der Gruppe. Im Grenzfall rächt sich die Gruppe und belügt ihn. Aber nehmen wir an, daß die Gewohnheit, den Minimalkonsens der Ehrlichkeit zu mißachten, sich in der Gruppe allmählich verbreitet, so daß schließlich jeder den anderen belügt. Die Gruppe zerfällt, es beginnt ein Krieg aller gegen alle.

An diesem Punkt sind keine Machtverhältnisse zerstört worden. Was zerstört worden ist, sind die Überlebensbedingungen der Gruppe. Jeder wird abwechselnd Unterdrücker und Opfer. Es sei denn, daß die Macht sich nach einer Weile zugunsten einzelner rekonstituiert – und zwar zugunsten dessen oder derer, die sich zusammentun, um eine effektivere Technik auszuarbeiten und die anderen besser zu belügen, geschickter und schneller, so daß sie binnen kurzem die neuen Bosse der Gruppe werden. In einer Welt voller Fälscher wird nicht die Macht zerstört, sondern höchstens ein Machthaber durch einen anderen ersetzt.

In simplen Worten, eine politische Gruppe, die imstande ist, falsche Presseerklärungen unter dem Namen des Fiat-Konzerns zu verbreiten, gewinnt einen Vorteil über Fiat und bringt seine Macht in die Krise. Aber nur solange, bis Fiat einen noch geschickteren Fälscher einstellt, der falsche Presseerklärungen unter dem Namen der Fälschergruppe verbreitet. Wer immer auch diesen Kampf gewinnt, in jedem Fall wird er der neue *Padrone* sein.

Die Wahrheit ist jedoch sehr viel prosaischer. Gewisse Konsensformen sind für das Zusammenleben so essentiell, daß sie sich gegen jeden Angriff behaupten. Sie verhärten sich höchstens und werden fanatisch. In einer Gruppe, in der sich die Technik der zersetzenden Fälschung verbreiten würde, käme es bald zur Wiederherstellung einer geradezu puritanischen Wahrheitsethik, die Mehrheit würde (um die biologischen Grundlagen des Konsens zu verteidigen) zu Wahrheitsfanatikern, die den Lügnern am liebsten die Zunge abschnitten. Die Utopie der befreienden Zersetzung würde die Realität der Reaktion erzeugen.

Schließlich: Hat es Sinn, sich vorzunehmen, das feinmaschige Netz der Mikromächte zu zersetzen (wohlgemerkt: nicht durch

Kritik seiner Voraussetzungen in die Krise zu treiben, sondern zu zersetzen, indem man es durch permanente Schläge unbrauchbar macht), wenn man davon ausgeht, daß es keine Zentralmacht gibt und daß die Mächte sich über die Fäden eines hauchdünnen weitgespannten Spinnengewebes verbreiten? Wenn dieses Gewebe existiert, ist es wie jedes Gewebe auch fähig, seine lokalen Risse und Wunden rasch verheilen zu lassen, eben weil es kein Herz oder Zentrum hat, sondern gleichsam ein Körper ohne Organe ist. Geben wir auch dafür ein Beispiel.

Der Siegeszug der Fotokopierer bringt das Verlagswesen in die Krise. Jeder vermeidet den Kauf eines teuren Buches, wenn er es in Fotokopien billiger haben kann. Die Praxis hat sich indessen längst eingebürgert. Nehmen wir an, ein Buch von 200 Seiten kostet 20 Mark. Wenn ich es in einem Papiergeschäft fotokopiere, wo die Kopie, sagen wir, 20 Pfennige kostet, habe ich keinen Vorteil. Wenn ich mich aber mit anderen zusammentue und das Buch hundertmal kopiere, reduziert sich der Preis um die Hälfte, und schon wird die Sache rentabel. Wenn es ein wissenschaftliches Buch ist, kostet es bei gleicher Seitenzahl 40 Mark, und ich zahle nur noch ein Viertel des Preises. Tausende von Studenten verschaffen sich heutzutage so ihre teuren Bücher. Eine quasilegale Form von »Wiederaneignung«. Oder Enteignung.

Aber die großen holländischen und deutschen Verlage, die wissenschaftliche Bücher auf englisch drucken, haben sich auf diese Lage schon eingestellt. Ein Buch von 200 Seiten kostet bei ihnen 100 Mark. Sie wissen genau, daß sie es nur an Bibliotheken und Forschungsgruppen verkaufen werden, der Rest ist Xerox. Sie werden nur 3000 Exemplare verkaufen. Aber 3000 Exemplare zu 100 Mark ergeben denselben Umsatz wie 30 000 Exemplare zu 10 Mark (nur daß die Herstellungs- und Vertriebskosten niedriger sind). Außerdem zahlen sie sicherheitshalber den Autoren kein Honorar, da es sich ja, wie sie sagen, um wissenschaftliche Werke handelt, die nur an gemeinnützige öffentliche Institutionen gehen.

Das Beispiel taugt, was es taugt, und es gilt nur für unverzichtbare wissenschaftliche Werke. Aber es zeigt, daß die Fähigkeit großer Systeme, ihre Wunden rasch verheilen zu lassen, beträchtlich ist. Und daß große Systeme und subversive Gruppen oft Zwillingsbrüder sind, ja sich gegenseitig hervorbringen.

Mit anderen Worten, wenn der Angriff auf das vermeintliche »Herz« des Systems (im Vertrauen auf die Existenz einer Zentralmacht) zum Scheitern verurteilt ist, bringt auch der periphere Angriff auf Systeme, die weder Zentrum noch Peripherie haben, keinerlei Revolution hervor. Er sichert höchstens das Überleben der am Spiel beteiligten Kräfte. Die großen Verlage sind bereit, die Ausbreitung der Fotokopierer hinzunehmen, so wie die multinationalen Konzerne das Telefonieren auf ihre Kosten verschmerzen können, oder wie ein gutes Verkehrsunternehmen einen gewissen Prozentsatz von Schwarzfahrern oder Benutzern gefälschter Fahrkarten mühelos akzeptieren kann – vorausgesetzt, daß die Fälscher sich mit ihrem unmittelbaren Ertrag begnügen. Das Ganze ist eine subtilere Form von »historischem Kompromiß«, nur ist er nicht politisch, sondern technologisch. Es ist die neue Form, die der Contrat Social im gleichen Maße anzunehmen beginnt, wie sich die Utopie der Revolution in ein Projekt permanenter lokaler Störaktionen verwandelt.

(1978)

# Die Modi der kulturellen Moden

Les femmes nulles suivent la mode, les prétentieuses l'exagèrent, mais les femmes de goût pactisent agréablement avec elle.

*Marquise du Châtelet*

Das Nationalspiel der gebildeten Italiener besteht aus drei Zügen, die Doktor Weiß gegen Doktor Schwarz spielt (genauere Angaben zur Dynamik der »Spiele« finden sich in Eric Berne, *Spiele der Erwachsenen* – man wird gleich verstehen, warum ich mich so beeile, eine Inspirationsquelle zu zitieren: ich liefe sonst Gefahr, dem zweiten Zug des Lesers Weiß als Autor Schwarz zu erliegen).

*Erster Zug:*

SCHWARZ: »Leute wie diese da müßte man umbringen!«

WEISS: »Der übliche italienische Provinzialismus. In England weiß man seit über zehn Jahren, daß Töten nichts hilft. Lesen Sie nur mal...«

*Zweiter Zug:*

SCHWARZ: »Ich hab's mir überlegt. Ich glaube, man sollte nie einen Menschen töten.«

WEISS: »Scheint mir keine sehr originelle Idee. Hat schon Gandhi gesagt.«

*Dritter Zug:*

SCHWARZ: »Na gut, ich finde, Gandhi hatte recht.«

WEISS: »Klar, natürlich, wir haben ja jetzt die Mode des Pazifismus!«

Die Formel ist endlos variierbar. Zum Beispiel: 1) Kinder sollten keine Comics lesen. – Irrtum, lesen Sie nur mal die soziologischen Studien der Amerikaner... 2) Okay, die habe ich auch gelesen und finde, die sind nicht schlecht. – Scheint mir keine sehr originelle Entdeckung, vor vierzig Jahren hat bereits Gilbert Seldes in *Seven Lively Arts*... 3) Na gut, mit Seldes bin ich einverstanden... – Klar, natürlich: Jetzt sind ja bei uns die Comics in Mode!

Oder: 1) Bei Manzoni in den *Promessi sposi* finden sich einige lyrische Aufschwünge, niedergehalten durch die im ganzen unpoetische Struktur. – Irrtum, lesen Sie mal die amerikanischen Studien über narrative Strukturen... 2) Ich hab's mir überlegt, auch die Handlung hat einen poetischen Wert. – Tolle Entdeckung, das wußte schon Aristoteles. 3) Gut, und was meinen Sie wohl, wer recht hatte? – Klar, natürlich, jetzt machen ja alle auf Aristoteliker!

Das vorgeschlagene Spiel ist nicht aus der Luft gegriffen. Wenn etwas den ausländischen Gastredner in einem unserer kulturellen Zirkel frappiert, dann der Einwand, daß alles, was er da sage, schon jemand anders gesagt habe. Gewöhnlich versteht der Ausländer nicht, warum er sich darüber grämen soll. Was er nicht weiß: Kaum hat er ausgeredet und ist gegangen, wird jeder, der sich mit seinen Ansichten einverstanden erklärt, des Konformismus geziehen. Nach drei Versuchen kann sein italienischer Fan ihn nicht mehr zitieren.

Es gibt keinen Ausweg aus diesem Spiel, denn es beruht auf drei unanfechtbaren logisch-anthropologischen Grundprinzipien, nämlich: 1) für jede irgendwo aufgestellte Behauptung findet sich eine früher schon irgendwo anders aufgestellte Gegenbehauptung; 2) für jede irgendwann aufgestellte Behauptung findet sich ein Fragment der Vorsokratiker, das sie antizipiert; 3) jede Einverständniserklärung mit einer These macht, sobald sie von mehr als einer Person bekundet wird, die Ansichten dieser Personen als »ähnlich« oder »konform« definierbar.

Das soeben beschriebene Nationalspiel macht die Italiener besonders empfänglich für jene Gefahr, die man gemeinhin als »kulturelle Mode« bezeichnet. Bestrebt, auf dem laufenden und modern zu sein und streng mit denen, die es nicht ebenso sind, neigen die Italiener dazu, jeden Gedanken parasitär zu finden, der sich aus Modernitätsbestrebungen anderer ergibt, und die (erwünschte) Modernität als Mode zu verdammen. Da ihr Streben nach Modernität sie den Gefahren der Mode aussetzt, fungiert ihre Strenge gegenüber den Modernitätsbestrebungen anderer als Korrektiv und bewirkt, daß die Modernisierungen immer nur kurz und vorübergehend sind, also genau eben »Moden«. Infolgedessen bilden sich kulturelle Strömungen und Bewegungen nur mit Mühe, denn eifersüchtig wachen die Weißen über die Schwarzen und stimulieren sie zu fortwährendem Stellungswechsel, wobei jeder Weiße zum Schwarzen eines anderen wird, der seinerseits vorher ein Schwarzer war. So neutralisiert das Streben nach Modernität im Verein mit der Angst vor Moden die Modernisierung und stärkt eben gerade die Moden.

Dieser Zustand könnte nun eine gewisse äquilibristische Dauerhaftigkeit und eine nicht unschöne Grazie haben, sozusagen als permanentes Ballett der kritischen Intelligenz, wenn nicht die Entwicklung der Massenmedien ein weiteres Element ins Spiel gebracht hätte, nämlich die Präsenz der Italiener, die sich für Fußball interessieren.

Angeregt durch die rasche popularisierende Zirkulation der Zeitungen und Illustrierten erfahren die italienischen Fußballfans von dem Spiel, das in den Oberklassen gespielt wird. Doch sie erfassen von ihm nur einige Elemente, so daß sie den Zyklus Ignoranz–Information–Konsens–Mode–Widerwillen nur halb absolvieren. Sie treten gewissermaßen erst beim dritten Zug in das Spiel ein, wenn der Spieler Schwarz gerade einer herrschenden, von anderen formulierten These zustimmt, und fixieren sich auf die Entdeckung, ohne zu merken, daß derselbe Spieler, von Weiß geschlagen, die These angewidert verwirft und eine neue Partie beginnt. Infolgedessen dauert die Mode in den unteren Klassen länger (in Form von Sprachgebräuchen, Rückgriffen auf stereotype Argumente und Klischees) als in den herrschenden Klassen (wobei die Unterteilungen in herrschende Klassen und Proletariat hier Trennlinien folgen, die nicht unbedingt mit der ökonomischen Realität zu tun haben müssen).

Daher kann es interessant sein, das Aufkommen, Andauern und Zerfallen einer Reihe von kulturellen Moden über ein Jahrzehnt zu verfolgen. Ihre Fortdauer zeigt sich an bestimmten Automatismen, Zitaten, journalistischen Aberrationen verschiedener Art; ihr Zerfall bezeugt die Flüchtigkeit der gebildeten Spieler, eine bei uns verbreitete schmerzliche Unfähigkeit, Anregungen und Ideen, Forschungslinien, Thematiken und Probleme keimen und reifen zu lassen.

Besonders interessant kann es sein, diese Entwicklung über ein Jahrzehnt zu verfolgen, das (nach einer berühmt gewordenen Formel von Arbasino) das Jahrzehnt des »Ausflugs nach Chiasso«[1] genannt worden ist: Eine provinzielle italienische Kultur, die sich während der zwanzig Jahre des Faschismus über die eigene Zaghaftigkeit hinwegtröstete, indem sie der Diktatur vorwarf, sie verwehre ihr die Kenntnis dessen, was jenseits der Grenzen geschah (dabei war es nicht einmal nötig, bis nach Chiasso zu fahren, um zu wissen, was anderswo publiziert wurde: Gramsci brachte es sogar noch im Gefängnis fertig, eine Menge zu lesen), beschränkte sich auch in den ersten Jahren nach der Befreiung darauf, ihr schamhaftes Schattendasein zu pflegen. Als dann die sechziger Jahre kamen, brach die Modernisierung wie eine Flut über sie herein und verschlang ihre Kinder, überschüttete sie aus den Spalten der »Kulturseiten«, mit der Bücherschwemme und in den Kiosken voller Paperbacks. Die Entdeckungen wurden zu Sensationen, die Sensationen zu Sprachgewohnheiten, die Sprachgewohnheiten zu Marotten und die Marotten zu Unfug.

Das traurige Schicksal des Wortes »Entfremdung« zeigt exemplarisch, wie groß der Nachholbedarf war: Ein ehrwürdiger Begriff, eine schreckliche Realität, eine kulturelle Gegebenheit, mit der die Studenten auf ihre Weise ohne Traumata umgingen, wurde plötzlich zur gängigen Münze. Der inflationäre Gebrauch, der die Organe entwickelt, macht die Begriffe stumpf. Den hier ins Auge gefaßten richtete er zugrunde, und es war gut, daß es Leute gab, die den Exzeß anprangerten. Doch die Angst vor dem Exzeß schloß auch jenen den Mund, die noch besonnen und verantwortlich reden konnten. Ich kenne einen Philosophiestu-

1 Nach Chiasso an die Grenze zur Schweiz fuhr in den fünfziger Jahren (und fährt noch heute) der italienische Spießer, um ein bißchen Ausland zu schnuppern.

denten, der jahrelang an einer Dissertation über den Begriff der Entfremdung bei Marx gearbeitet hatte und dann zwischen 1961 und 1962 gezwungen war, den Titel seiner Arbeit zu ändern, um noch ernst genommen zu werden. Andere haben indessen nicht nur den Titel, sondern auch gleich das Thema gewechselt. Eine triste Geschichte.

Ich weiß nicht, ob wir es jemals schaffen werden, uns zu ändern. Hier eine Episode, die mir zustößt, während ich die Fahnen dieses Aufsatzes korrigiere:

Entspanntes Gespräch mit einem Freund, den ich seit langem nicht mehr gesehen habe, er ist jetzt Professor an einer kleinen Provinzuniversität, versunken in Probleme der klassischen Philologie, aber mit wachem Interesse für die kulturellen Strömungen, die gerade »in Mode« sind – distanziert natürlich, mit einem Anflug von Ironie, aber geistig noch immer rege. Ich erzähle ihm, daß ich in Amerika Roman Jakobson getroffen habe. Er lächelt: »Zu spät. Gerade jetzt nehmen sie ihn auseinander...« – »Wer nimmt ihn auseinander?« – »Na, alle. Er ist doch passé, oder nicht?«

So ist das also. Jakobson wird im vorigen Jahrhundert geboren. Er nimmt am Moskauer Zirkel teil, er geht durch die Oktoberrevolution, er kommt nach Prag, erlebt die zwanziger Jahre, überlebt den Nazismus, beginnt das amerikanische Abenteuer, überlebt den Krieg, stellt sich der neuen strukturalistischen Generation und wird als Großmeister akklamiert, überlebt die jüngsten der neuen Generation, erobert die kulturellen Märkte, die ihn bisher ignorierten, wird siebzig, überlebt die neuen Schulen der slawischen, der französischen und der amerikanischen Semiotik, in der er weiterhin führend bleibt, tritt aus jeder Erfahrung ungebrochen hervor, einhellig anerkannt von der internationalen Kultur, macht Fehler, gewiß, überlebt aber noch seine eigenen Fehler... Nur in Italien, wo er 1964 erstmals zitiert, 1965 gelesen und 1966 übersetzt wird, überlebt er ein knappes Jahr später nicht die Erosion der italienischen Intelligenz. *Quod non fecerunt barbari...* Drei Jahre Bekanntheit in Italien, und er ist erledigt, passé. Um noch an die Gültigkeit seiner Lehren zu glauben, muß man sehr jung, sehr naiv, sehr retiriert oder sehr emigriert sein. Inzwischen geht es bereits darum, Noam Chomsky so schnell wie möglich veralten zu lassen, möglichst noch ehe er übersetzt wird (wenn man sich anstrengt, kann man es gerade noch schaffen). Unternehmungen dieser Art kosten Kräfte, gewiß, aber hinterher ist man sehr zufrieden.

Es ist nicht nötig, eine Vestalin des Wissens zu sein, um zu erkennen, daß kulturelle Moden, wenn sie aufkommen und sich verbreiten, Unverständnis, Verwirrung und Mißbräuche stiften. Wir beklagen die kulturellen Moden. Wer je sich ernsthaft mit einem Thema befaßt hat, das dann später modisch geworden ist, kennt das Unbehagen, das einen befällt, wenn man kein Wort mehr gebrauchen kann, ohne fürchten zu müssen, daß es falsch interpretiert, aus dem Kontext gerissen und nur noch als Banner geschwenkt wird, als Etikett und Erkennungszeichen. Heutzutage kann nicht einmal mehr ein Bauforscher von »Strukturen« sprechen, ohne gleich als modischer »Strukturalist« zu gelten, das alles ist leider nur allzu wahr. Und dennoch steckt in der Indignation über Moden auch etwas Hochmütiges und Arrogantes (dritter Zug im vorgeschlagenen Spiel), das nicht weniger Schaden anrichtet als die Moden.

Kulturelle Moden kommen nicht auf, wenn man eine streng in Klassen geteilte oder streng spezialisierte Kultur hat. Eine Klassenkultur erlaubt, daß Themen und Probleme auf einer Ebene zirkulieren, die den Massen unerreichbar ist: Der Geschmack des Duc de Berry erzeugt keine Mode, schon weil er sich nur in einer einzigen Handschrift niederschlägt, und niemandem fällt es ein, die Stundenbilder auf Schals für Minirockträgerinnen zu drucken.

Eine spezialisierte Kultur verteidigt sich durch ihre Unzugänglichkeit. Das Wort »Relativität« hat noch eine gewisse Welle ausgelöst, die Theorie der Maxwellschen Gleichungen nicht.

Das Problem der Moden entsteht immer dann, wenn die kulturelle Gegebenheit aus verschiedenen Gründen von der Spitze zur Basis durchsickert, befördert durch breitere Divulgationstechniken (womit jede Verbreitungstechnik gemeint ist, vom Plakat über die Presse bis zum Fernsehen). Die Verbreitung rekrutiert neue Teilnehmer an der Kultur, um sie in die Spezialisierung einzuführen, doch sie bezahlt diese Rekrutierung mit einem gewissen Maß an Vergeudung und Verschleiß: Die Termini und Begriffe, die sie in Umlauf bringt, gehen durch zu viele Hände, um unbeschädigt wieder an die Spitze der Pyramide zurückzukehren.

Zugleich erzwingt das Übermaß an Spezialisierung einen Ansatz zur Interdisziplinarität. Interdisziplinarität bedeutet Kontakt und Verständnis zwischen Menschen, die in verschiedenen Fächern oder Bereichen der Spezialisierung arbeiten. Der Kontakt erfolgt auf zweierlei Weise: Zunächst muß der Spezialist eines Faches dem Spezialisten eines anderen Faches die Bedeutung seiner Termini und die Grenzen ihres Geltungsbereichs erklären; dann müssen beide versuchen, die jeweils im eigenen Fach- und Sprachbereich geltenden Elemente in Termini zu übersetzen, die sich dem Fach- und Sprachbereich des anderen assimilieren lassen. Bei dieser Arbeit des Umgießens (an der eine ganze Kultur mitarbeitet) geht viel daneben und fließt auf den Boden. Die Übersetzungsversuche erzeugen übereilte Metaphern, Mißverständnisse und forcierte Jagden nach scheinbarer Modernisierung. Wie die vertikale Verbreitung von der Spitze zur Basis produziert auch die horizontale von einem Sektor zum anderen Inflation.

Doch wenn dem so ist, dann sind die kulturellen Moden die unvermeidliche Konsequenz einer Dynamisierung der Kultur. Im gleichen Maße, wie eine Kultur lebendig ist, bemüht um permanente Revision und Kommunikation zwischen ihren verschiedenen Stufen, produziert sie für jeden Aspekt, in dem sie sich exponiert, eine Mode. Und diese Moden entstehen keineswegs nur als Bodensatz, als Abfall- und Randprodukt des authentischen kulturellen Prozesses, sondern sie bilden zugleich seinen Dünger und seinen Nährboden. Denn Übergabe und Übernahme von Wissen erfolgen nicht nach Kriterien der absoluten Reinheit, wer die Lehren anderer übernimmt oder sich in eigene Termini übersetzt, geht häufig erst einmal durch das Vorfeld der kulturellen Moden und nimmt ein Problem zunächst unkorrekt wahr, bevor er es richtig erfaßt. Die kulturellen Moden sind für den Fortschritt einer Kultur so essentiell, daß diese oft nur durch den Anreiz der Mode ihre künftigen Führer rekrutiert.

Daher muß sich eine Kultur angesichts der Moden, die sie erzeugt, nicht so sehr das Problem ihrer Unterdrückung stellen als vielmehr das ihrer Kontrolle. Die Arbeit einer Kultur besteht nicht nur in der Produktion von spezialisiertem Wissen, sondern auch von spontanem und verbreitetem Wissen; und – was die Kritik der Auswüchse des spontanen Wissens betrifft – nicht nur darin, sie zu unterdrücken, sondern auch Verbindungen herzustellen, Gelegenheiten zu fördern und neues Fachwissen daraus hervorzutreiben in einer mehr oder minder geordneten Bewegung, in welcher das Mißverständnis nicht selten zum Glücksfall wird. Eins jedenfalls ist sicher: Eine Kultur, die keine Moden erzeugt, ist eine statische Kultur. Es gab und gibt keine Moden in der Kultur der Hopi oder der Aloresen. Denn es gibt in ihr keinen Fortschritt. Die kulturellen Moden sind die Wachstumsakne des kulturellen Fortschritts. Wenn sie zu heftig unterdrückt werden, bilden sich nur um so schneller neue. Und dann wird die kulturelle Mode als Dauermodell zum sichtbarsten Ausdruck jener Kultur, die sich als Kultur der Rasch Wechselnden Moden darstellt. Dies genau ist heute unser Problem. Wir müssen uns keine Sorgen machen, weil es kulturelle Moden gibt, sondern weil sie zu schnell überwunden werden.

Die französische Kultur, die reifer als die italienische ist, erträgt die strukturalistische Mode seit zehn Jahren bestens, ohne sich ihrer zu schämen, obwohl sie ihre Auswüchse kennt. Was in unserer Kultur besorgniserregend ist, sind nicht die zahllosen Dummköpfe, die bei jeder Gelegenheit vollmundig von »Struktur« reden, auch wenn es am wenigsten paßt, sondern das Bewußtsein, daß man mit diesen Dummköpfen sehr bald allzu radikal aufräumen wird. Die Unterschätzung der Bakterienfunktion (im botanischen Sinne) der Dummköpfe ist ein Zeichen von kultureller Unreife.

Andererseits, wenn eine Kultur, die keine Moden erzeugt, eine statische ist, ist eine Kultur, die ihre Moden unterdrückt, eine reaktionäre. Der erste Zug aller Konservativen besteht immer darin, die Neuheit als Mode abzustempeln: so schon Aristophanes mit dem Sokratismus, so Cicero mit den Cantores Euphorionis, und so immer weiter bis zu den Indignationen unserer heutigen Saubermänner Papinianischen und Giuliottianischen Gedenkens.

Wenn eine Mode lange anhält, stellt sie die Strenge, die sie genommen hat, in anderer Form wieder her. Die Gefahr ist, daß sie zu kurz anhält.

(1967)

# Kultur als Spektakel

Ende der siebziger Jahre, während man sich in Theorien über einige schon leicht betagte Neuerungen erging, erhoben sich erste verblüffte Fragen über andere, wenn man so sagen kann, neuere Neuerungen. Die älteren Neuerungen betrafen eine spürbare Evolution im Begriff des Schauspiels: ein Phänomen der sechziger Jahre. Langsam waren die Zuschauermassen, und nicht nur die jugendlichen, aus dem Gehege der Schauspielhäuser ins Freie hinausgeströmt – zuerst das Theater am Straßeneck Brechtschen Gedenkens und sein jüngerer Bruder, das Straßentheater, und die Happenings, dann die Feste, das Theater als Fest und das Fest als Theater... Alles Themen, über die es inzwischen eine breite theoretische Literatur gibt, und theoretische Literatur pflegt bekanntlich die unerwarteten Neuerungen (die so unerwartet dann nicht mehr sind), wenn nicht totzuschlagen, so doch zumindest »respektabel« zu machen. In einer Zeit, da Feste zum Gegenstand der Kommunalverwaltung geworden sind und eine ganze Stadt in ihren weniger »marginalen« Schichten erfassen (und gerade denen, die sie an den Rändern improvisiert hatten, aus den Händen geglitten sind), werden wir nicht so snobistisch sein zu behaupten, sie hätten nun alle Würze verloren, aber zweifellos sind sie zu einer »Gattung« geworden wie der Kriminalroman, die klassische Tragödie, die Symphonie oder der »Gesellschaftstanz«. Und angesichts der Fülle von neuen ästhetischen, soziologischen und semiotischen Theorien über das Fest gibt es nichts mehr zu sagen.

Das verwirrende Novum trat indes mit dem Aufkommen einer Erscheinung hervor, die mehr oder weniger boshaft »Kultur als Spektakel« genannt worden ist.

Der Ausdruck klingt zweideutig – als wären »spektakuläre« Theaterfestivals oder Konzerte im Freien keine Kultur. Aber da man bei uns auch nach Jahrzehnten ständig verfeinerter und vertiefter Kulturanthropologie (die uns gelehrt hat, daß sogar die Positionen beim Darmentleeren zur materiellen Kultur einer Gemeinschaft gehören) noch immer geneigt ist, von Kultur nur zu sprechen, wenn es um »hohe« Kultur geht (um anspruchsvolle Literatur, Philosophie, klassische Musik, Galerienkunst und Bühnentheater), wollte man mit der Rede von der Kultur als Spektakel etwas durchaus Präzises sagen; und zwar im Licht einer (wie auch immer unpräzisen) Ideologie der Kultur mit dem ganz großen K. Mit anderen Worten, man geht von der Voraussetzung aus, Spektakel sei Show, leicht anrüchige Unterhaltung, Entertainment; ein Vortrag dagegen, eine Beethoven-Symphonie oder eine Diskussion über Philosophie seien für die Zuhörer langweilige (und damit »seriöse«) Erfahrungen. Dem Filius, der mit einem schlechten Zeugnis nach Hause kommt, untersagt der gestrenge Herr Vater den Besuch einer »spektakulären« Darbietung, nicht aber den einer »kulturellen« Veranstaltung (die sogar eher als förderlich gilt).

Ein weiteres Merkmal der »seriösen« Kulturveranstaltung ist: Das Publikum darf nicht mitwirken, es hat stillzusitzen und sich aufs Zuhören oder Zuschauen zu beschränken. In diesem Sinne kann auch ein Spektakel (oder das, was einmal Spektakel im »schlechten« Sinne war) mit der Zeit »seriös« werden, wenn das Publikum nicht mehr aktiv teilnimmt, sondern nur noch passiv dasitzt. Mag sein, daß einst in Athen das Publikum der antiken Komödie johlend und pfeifend Obstkerne auf die Schauspieler spuckte, aber heute, in einem gebührend antikisierten Amphitheater, ist dieselbe Komödie eher Kultur als Spektakel, und die Leute sind still (hoffentlich) und lauschen ergriffen (und langweilen sich).

Neuerdings ist nun aber Beunruhigendes geschehen. Kulturzentren, die seit Jahren Debatten, Vorträge, Podiumsgespräche organisieren, stehen plötzlich vor einer *dritten Phase*. Die erste Phase war die normale bis Achtundsechzig: Jemand redete, das Publikum, in überschaubarer Menge gekommen, hörte zu, anschließend ein paar wohlerzogene Fragen, dann alle nach Hause, das Ganze dauerte höchstens zwei Stunden. Die zweite war die Phase von Achtundsechzig: Jemand versuchte zu reden, ein turbulenter Saal bestritt ihm das Recht auf autoritäre Bevormundung, jemand anderer aus dem Publikum trat an die Stelle des Redners (und redete ebenso autoritär, aber das merkten wir erst allmählich), anschließend Abstimmung über irgendeine Resolution, dann alle nach Hause. Die dritte Phase dagegen läuft so: Jemand redet, das Publikum drängt sich in unwahrscheinlicher Zahl, am Boden hockend und auf den Fensterbrettern, im Vorraum und manchmal noch auf der Treppe, erträgt den Redner geduldig eine, zwei, drei Stunden lang, beteiligt sich anschließend noch zwei weitere Stunden lang an der Diskussion und will überhaupt nicht nach Hause.

Die dritte Phase ließe sich mit exemplarischer Dialektik *à la nouvelle philosophie* liquidieren: Da haben wir sie, die geistige Wende, die kommen mußte; angeödet von der Politik verlangt die junge Generation (aber auch die ältere) heutzutage nach »wahren Worten«, und was hier Triumphe feiert, ist genau die alte Hohe Kultur! Doch man braucht bloß ein wenig konservativer zu sein als ein *nouveau philosophe* (was sogar möglich ist, man braucht bloß Altmarxist oder Späthumanist oder früher Frankfurter Schüler zu sein), um sich bei solcher Argumentation etwas unwohl zu fühlen. Denn gewiß, diese neuen Massen (und ich glaube, hier kann man wirklich von »Massen« sprechen, auch wenn sie nicht das Ausmaß der Massen in Fußballstadien oder Popkonzerten erreichen) gehen in kulturelle Veranstaltungen und hören zu, und das mit reger Aufmerksamkeit, und beteiligen sich, und ihre Beteiligung reicht vom klugen und kenntnisreichen Beitrag bis zum Aufschrei der Seele, aber sie verhalten sich dabei, als wären sie auf einem kollektiven Fest. Nicht daß sie mit Obstkernen spucken oder sich nackt ausziehen, aber sie kommen ganz unverkennbar auch wegen der Kollektivität des Ereignisses – oder, um es mit einem etwas altfränkischen Ausdruck zu sagen, der aber gerade auf diese Erfahrungen wieder zu passen scheint, um *beisammen zu sein.*

Von allen Beispielen, die ich anführen könnte (und sie reichen von Symphoniekonzerten im Freien bis zu Debatten über Epistemologie – lauter Gelegenheiten, bei denen man heutzutage nicht mehr die altgewohnten Gesichter sieht), war das verblüffendste für mich (auch weil ich selber daran beteiligt war) eine im März/April 1980 von der städtischen Bibliothek zu Cattolica organisierte Reihe von Vorlesungs- und Diskussionsabenden mit italienischen Philosophen. Ein in jeder Hinsicht erstaunliches Unternehmen, schon was den Ort und die Zeit betraf. Man stelle sich vor, da organisierte ein Städtchen von wenigen tausend Einwohnern, abseits der großen Zentren des Landes und mitten in der toten Saison, Begegnungsabende mit der Philosophie (jenem alten Gespenst, das heute nicht einmal mehr in der Oberstufe der höheren Schulen noch spuken darf). Erstaunlich war ferner, daß zu einigen dieser Abende bis zu tausend Personen kamen. Noch erstaunlicher dann, daß die Sitzungen bis zu vier Stunden dauerten, und die Fragen aus dem Publikum reichten vom Eingriff dessen, der schon alles wußte und mit dem Redner ein gelehrtes Streitgespräch anfing, bis zum wilden Zwischenruf dessen, der wissen wollte, was der Philosoph von der Droge halte und von der Liebe und vom Glück und vom Tod – so daß manche Redner sich geradezu wehren und daran erinnern mußten, daß ein Philosoph kein Orakel ist und nicht zu sehr »charismatisiert« werden darf (wer hätte das vor zehn Jahren gedacht?). Doch das Staunen mußte noch wachsen, wenn man ein paar quantitative und geographische Überschlagsrechnungen anstellte. Ich spreche von meiner Erfahrung. Es war klar, daß Cattolica für sich allein nicht genügte, um so viele »Kunden« zu liefern. Und tatsächlich kamen sehr viele von außerhalb, aus der Romagna, aus den Marken und von noch weiter her. Ich machte mir klar, daß viele auch aus Bologna kamen, der Stadt, in welcher ich an drei Tagen der Woche Vorlesungen halte. Warum kam jemand aus Bologna nach Cattolica, um zu hören, was ich dort in kaum fünfundvierzig Minuten sagte, obwohl er doch jederzeit während des Studienjahres bloß in die Uni zu kommen brauchte, wo der Eintritt frei ist (und durch die Fahrt von Bologna nach Cattolica, mit Benzingeld und Autobahngebühren und auswärts essen etc., kam ihn das Unternehmen teurer zu stehen als ein Theaterbesuch)? Die Antwort lag auf der Hand: Sie kamen nicht meinetwegen. Sie kamen, um das *Ereignis* mitzuerleben: um auch die anderen Redner zu hören und an einer Kollektivveranstaltung teilzunehmen.

An einem Spektakel? Ich würde ohne zu zögern, ohne Scham oder Bitterkeit sagen: ja. In vielen Epochen der Geschichte waren philosophische oder forensische Diskussionen auch Spektakel:

Im mittelalterlichen Paris ging man zu den Disputationen der *quaestiones quodlibetales* nicht nur, um zu hören, was der eine oder der andere Philosoph zu sagen hatte, sondern auch, um ein Streitgespräch mitzuerleben, ein Kräftemessen, ein wettkämpferisches Ereignis. Und es erzähle mir keiner, im antiken Athen sei man scharenweise in die Amphitheater geströmt, zur Aufführung dreiteiliger Tragödien mit anschließendem Satyrspiel, bloß um dort brav und sittsam auf den Stufen zu hocken, bis alles vorüber war. Man ging hin, um ein Ereignis mitzuerleben, bei dem auch die Anwesenheit der anderen zählte – und die Stände mit den Speisen und Getränken, das Ritual mit dem ganzen Drumherum eines »kulturellen« Festivals. Genauso wie man in New York hinging, um sich *Einstein on the Beach* anzusehen, ein Stück, das über fünf Stunden dauert und dessen Handlung so konzipiert ist, daß die Leute zwischendurch aufstehen, rausgehen, sich was zu trinken holen, mit anderen diskutieren, wieder reinkommen und wieder rausgehen können. Zwischendurch rein- und rausgehen ist nicht unbedingt nötig, ich kann mir vorstellen, daß man in die Arenen geht, um sich eine Beethoven-Symphonie von Anfang bis Ende anzuhören. Was zählt, ist das kollektive Ritual. Als könnte das, was einmal die Hohe Kultur war, wiederaufgenommen und in eine neue Dynamik eingefügt werden, sofern und solange es nur eben *auch* Begegnungen und gemeinschaftliche Erfahrungen zuläßt. Dem Konservativen, der hier einwendet, daß die Kultur mit dem großen K, wenn sie so zerstreut konsumiert werde, einem »nichts gebe«, da es an der nötigen Konzentration fehle, ist entgegenzuhalten (wenn man höflich sein will, es gäbe auch schroffere Alternativen), daß niemand weiß, wieviel der normale Kulturkonsument von einem Vortrag oder Konzert »mitbekam«, in dem er nach fünf Minuten selig entschlummert war, um erst beim Schlußapplaus aufzuschrecken. Der Konservative hätte gewiß nichts einzuwenden gegen jemanden, der sich ein Buch von Platon mit an den Strand nimmt, mag er es dort auch umgeben von Kindergeschrei und keifenden Müttern und Radiogedudel lesen, er wäre des Lobes voll über den guten Willen dieses so bildungsbeflissenen Badenden; doch es mißfällt ihm, wenn derselbe Leser dann abends mit Freunden zu einer Diskussion über

Platon geht statt in die Disko... Aber vielleicht ist dem Konservativen schwer begreiflich zu machen, daß »Spektakularisierung« nicht unbedingt Intensitätsverlust, Unaufmerksamkeit und »flatterhaftes Obenhin« heißen muß. Es handelt sich lediglich um eine andere Lebens- und Umgangsweise mit der kulturellen Debatte.

Ihre ersten Symptome sind neuerdings ein bißchen überall in Italien zum Vorschein gekommen. Vielleicht ist es nur ein vorübergehendes Phänomen. Sollte es anhalten, wird mit der gleichen Unvoreingenommenheit wie bisher zu untersuchen sein, was daraus werden könnte, wenn es ähnliche Grade an institutionalisierter Kulturspektakelhaftigkeit erreicht wie heute in den Vereinigten Staaten.

Dort werden nicht nur Kongresse für Spezialisten und fachlich Interessierte organisiert, sondern häufig auch Tagungen, Symposien, kulturelle Wochen für jedermann über alle möglichen Themen, von der Religion bis zur Literatur und zur Makrobiotik, mit Werbung in Tageszeitungen und gesalzenen Eintrittspreisen. Die Organisation zahlt das Nötige, um sich berühmte Namen zu sichern, und das Ereignis läuft ab wie eine große Show. Uns mag davor grausen. In manchen Fällen *muß* uns davor grausen. Ich erinnere nur an *The Event*, 1978, organisiert von Jerry Rubin, dem einstigen Helden der Revolte von 68 und späteren Hippie-Leader.

*The Event* dauerte von neun Uhr morgens bis ein Uhr nachts und versprach eine »Extravaganz der Selbsterfahrung« mit Ausstellungen, Diskussionen, Vorträgen über Zen-Buddhismus, Makrobiotik, transzendentale Meditation, sexuelle Techniken, Jogging, Entdeckung des in uns verborgenen Genies, Kunst, Politik, diverse Religionen und Popularphilosophie. Unter den »Stars« waren der schwarze Komiker Dick Gregory, die Sexologen Masters und Johnson, der prophetische Architekt Buckminster Fuller, Erweckungs- und Sektenprediger, Prominente von Film und Fernsehen. Eintrittspreise in astronomischer Höhe, Anzeigen in den großen Blättern, Verheißungen höchsten Glückes und tiefster Erkenntnisse für die eigene innere Evolution, Stände mit vegetarischer Kost, Büchern über orientalische Weisheiten und Prothesen für die Geschlechtsorgane. Was zum Grausen war an der

Sache, war ihre Konzeption nach Art einer Music Hall, für ein baff staunendes Publikum. Es gab keine aktiv partizipierende Teilnahme, jedenfalls kamen die Teilnehmer nicht in Kontakt miteinander. Das Kulturspektakel war konzipiert wie eine Bar für alleinstehende Männer und Frauen (dabei trifft man sonst in Amerika gar nicht selten auf Anzeigen höchst seriöser Konzertveranstalter, in denen extra darauf hingewiesen wird, daß die Pause ein idealer Ort sei, um die geistesverwandte Seele zu finden).

Wenn das Kulturspektakel diesen Weg gehen muß, haben wir keinen Anlaß zur Freude. Aber nicht, weil dann die »Kultur« zum Spektakel verkommt, sondern weil es sich dann um »Spektakel« im schlimmsten Sinne des Wortes handelt: falsches Leben, dargestellt auf der Bühne, damit die stummen und sprachlosen Zuschauer glauben, sie lebten durch andere.

Dies sind freilich Degenerationen einer Gesellschaft, die man nicht zufällig die »des Spektakels« genannt hat. Es ist nicht gesagt, daß die Kultur als Spektakel, von der hier die Rede war, das Produkt einer Gesellschaft des Spektakels sein muß. Sie könnte im Gegenteil deren Alternative sein: eine Art und Weise, den organisierten Spektakeln zu entfliehen, um sich andere zu schaffen. In diesem Sinne: starke Nerven. Und weiter hinsehen.

(*La Società-Quaderni*, 2, April–Mai 1980)

# Das Sportgerede

Es gibt etwas, das – selbst wenn sie es für notwendig hielte – keine Studentenbewegung, Stadtrevolte, Fundamentalopposition oder wie immer jemals wird tun können. Nämlich sonntags ein Sportfeld zu stürmen.

Schon der Vorschlag klingt unseriös und absurd, man versuche nur einmal, ihn spaßeshalber zu machen, und man wird ausgelacht; man mache ihn ernsthaft, und man gilt als Provokateur. Und dies nicht nur aus dem evidenten Grund, daß eine Studentenmenge schon mal die Jeeps einer Polizei mit Molotowcocktails angreifen kann, was dann schlimmstenfalls einige vierzig Tote kostet (zur Verteidigung der Gesetze, der nationalen Einheit, der Autorität des Staates), während der Angriff auf ein Sportstadion zweifellos ein Massaker auslösen würde, dem keiner der Angreifenden entkäme, ein wahl- und gnadenloses Gemetzel, angerichtet von biederen Bürgern, in Rage über den ungeheuerlichen Affront, um nichts Größeres zu verteidigen als jenes angetastete Höchste Recht – und daher bereit zur totalen Lynchjustiz.

Denn man kann eine Kathedrale besetzen, und als Ergebnis hat man einen protestierenden Bischof, ein paar verstörte Katholiken, ein Häufchen applaudierender Atheisten, die Linken schütteln milde den Kopf, und die Altliberalen sind (insgeheim) glücklich. Man kann die Zentrale einer Partei besetzen, und die anderen Parteien, ob solidarisch oder nicht, werden finden, daß es ihr recht geschieht. Doch wenn man ein Stadion besetzen würde, wäre, ganz abgesehen von den unmittelbaren Reaktionen, die Distanzierung total: Die Kirche, die Linke, die Rechte, der Staat, die Justiz, die Chinesen, die Liga für Ehescheidung und die Anarcho-Syndikalisten, alle würden die Wahnsinnstat an den Pranger stellen. Es gibt also eine Dunkelzone der kollektiven Gefühle, die niemand antasten darf, ob aus Überzeugung oder aus demagogischem Kalkül. Es gibt eine Tiefenstruktur des Sozialen, deren Zerfall jedes mögliche Assoziationsprinzip in die Krise brächte – und somit die Präsenz des Menschen auf Erden, zumindest wie er in den letzten zigtausend Jahren präsent war. Der Sport ist der Mensch, der Sport ist die Gesellschaft.

Doch wenn eine globale Revision unserer menschlichen Lebensverhältnisse ansteht, dringe sie vor bis zum Sport: An dieser tiefsten Wurzel wird sie die Inkonsistenz des Menschen als soziales Wesen enthüllen. Hier wird zutage treten, was am Verhältnis der Gesellschaftlichkeit nicht menschlich ist. Hier wird sich zeigen, wie mystifizierend der Klassische Humanismus ist, der auf der griechischen Anthropolalie beruht, die ihrerseits nicht auf der Kontemplation beruht, auch nicht auf dem Begriff der Polis oder dem Primat des tätigen Schaffens, sondern auf dem Sport als kalkulierter Verschwendung, als Problembemäntelung, als »Gerede« hoch *n*, potenziert zum Geräusch. Um es kurz zu sagen – wir werden das weiter unten erklären –, der Sport ist die größte Aberration und Verselbständigung der *phatischen* Rede und somit – im Grenzfall – die Negation *jeder* Rede, also der Anfang einer Enthumanisierung des Menschen, beziehungsweise die »humanistische« Erfindung eines im Ansatz mystifizierenden Menschenbildes.

Beherrschend in der sportlichen Aktivität ist die Idee der »Verschwendung«. Im Prinzip ist jede sportliche Handlung eine Verschwendung von Energien: Wenn ich einen Stein werfe, aus purem Vergnügen am Werfen, nicht um irgendein nützliches Ziel zu erreichen, verschwende ich Kalorien, die ich durch Nahrungsaufnahme akkumuliert habe, wozu mich eine geleistete Arbeit befähigt hat.

Nun ist diese Verschwendung – das sollte klar sein – etwas durchaus Gesundes. Sie ist die Verschwendung des Spiels. Und der Mensch hat, wie jedes Tier, ein sowohl physisches wie psychisches Spielbedürfnis. Es gibt also eine spielerische Verschwendung, auf die wir nicht verzichten können: Sie betreiben heißt frei sein, sich befreien von der Tyrannei der unentbehrlichen Arbeit. Wenn, während ich den Stein werfe, ein anderer neben mich tritt, um ihn noch weiter zu werfen, nimmt das Spiel die Form des »Wettkampfes« an. Auch er ist eine Verschwendung, sowohl von physischer Energie wie von Intelligenz, um Regeln für das Spiel aufzustellen, doch diese spielerische Verschwendung mündet in einen Gewinn. Rennen meliorieren die Rassen, Wettbewerbe entwickeln und kontrollieren das Konkurrenzverhalten, lenken die Uraggressivität in ein System und formen die rohe Kraft zur Intelligenz.

Doch bereits in diese Definition hat sich der Wurm eingenistet, der das Spiel an den Wurzeln aushöhlt: Der Wettkampf diszipliniert und neutralisiert die Kräfte der Praxis. Er dämpft zwar übermäßigen Tatendrang, aber faktisch ist er ein Mechanismus zur Neutralisierung des Handelns.

Aus diesem Kern von zwiespältiger Gesundheit (die nur bis zu einer gewissen Grenze »gesund« ist – so wie man am Übermaß jener unverzichtbaren und befreienden Übung sterben kann, die das Lachen ist, und Margutte zerbirst vor übertriebener Gesundheit) reifen die ersten Degenerationen des Wettkampfs – wie beispielsweise die Züchtung von menschlichen Wesen zu Wettkampfzwecken. Der Athlet ist bereits ein Wesen, das ein einziges Organ hypertroph entwickelt hat, das seinen Körper zum exklusiven Sitz und Quell eines Dauerspiels macht. Der Athlet ist ein Monstrum, er ist der Lachende Mann[1], die Geisha mit den verstümmelten Füßen, zurechtgestutzt zur totalen Instrumentalisierung.

Doch der Athlet als Monstrum entsteht, wenn der Sport ins Quadrat gehoben wird, das heißt wenn er aus dem persönlich und selber gespielten Spiel, das er war, zu einer Art Rede oder Diskurs über das Spiel wird, beziehungsweise zu einem Schauspiel für andere und damit zu einem Spiel, das andere spielen und dem ich als Zuschauer beiwohne. Der Sport hoch zwei ist das Sportspektakel.

Wenn der betriebene Sport gesund ist, so gesund wie die Nahrungsaufnahme, dann ist der *gesehene* Sport die Mystifizierung dieser Gesundheit. Wenn ich zusehe, wie andere spielen, tue ich nichts Gesundes und vergnüge mich lediglich vage an der Gesundheit anderer (was bereits ein schaler Voyeurismus ist, als sähe ich zu, wie andere sich lieben); denn faktisch ziehe ich dann das größte Vergnügen aus den Unfällen derer, die da Gesundheits-

1 In dem Film *L'Uomo che ride* von Sergio Corbucci, 1965, nach Victor Hugos Roman *L'Homme qui rit.*

übungen treiben, und somit aus der Krankheit, die diese praktizierte Gesundheit untergräbt (als sähe ich zu, wie nicht zwei Menschen sich lieben, sondern zwei Bienen, in der Erwartung, den Tod der Drohne zu sehen).

Gewiß, wer zusieht, wie andere Sport treiben, regt sich beim Zusehen auf und schreit und zappelt und betreibt somit eine physisch-psychische Übung und baut Aggressionen ab und diszipliniert Konkurrenzverhalten. Doch dieser Abbau wird nicht wie im praktizierten Sport durch einen Zuwachs an Energie und einen Erwerb von Selbstkontrolle und Selbstbeherrschung belohnt, denn während die Athleten immerhin noch im Spiel wetteifern, wetteifern die Voyeure im Ernst (und fallen dann wütend übereinander her oder sterben an Herzinfarkten).

Das Element der Disziplinierung des Konkurrenzverhaltens, das im betriebenen Sport noch die zwei Gesichter der Zunahme und des Verlusts von Menschlichkeit hatte, behält im Sportvoyeurismus nur noch das eine, das negative. Der Sport präsentiert sich hier wieder als das, was er immer schon war: *instrumentum regni*, Herrschaftsinstrument. Man weiß es und kennt es seit langem: Circenses halten die unkontrollierbaren Energien der Massen im Zaum.

Doch dieser Sport hoch zwei (auf den bereits Spekulationen und Märkte, Börsen und Transaktionen, Verkaufsstrategien und Konsumzwänge einwirken) generiert einen Sport hoch drei, nämlich das Reden über den Sport als Spektakel. Dieses Reden ist in erster Instanz die Rede der Sportpresse, aber es generiert seinerseits ein Reden *über* die Sportpresse, also einen Sport hoch *n*. Das Reden über die Rede der Sportpresse ist das Gerede über ein Reden über das Sehen des Sporttreibens anderer als einer Rede.

Der heutige Sport ist im wesentlichen das Reden über die Sportpresse (und die »Sportschau«, *A.d.Ü.*). Irgendwo hinter drei Trennscheiben gibt es noch den real betriebenen Sport, aber im Grenzfall bräuchte er gar nicht mehr zu existieren. Angenommen, die Olympischen Spiele in Mexiko hätten, infolge teuflischer Machenschaften der Regierung und des Senators Brundage, im Bündnis mit allen Fernsehanstalten der Welt, in Wirklichkeit gar nicht stattgefunden, sondern wären nur Tag für Tag und Stunde für Stunde mit fiktiven Bildern fingiert worden, es hätte nichts am internationalen Sportsystem geändert und auch die Sportdiskutierer würden sich nicht getäuscht fühlen. So gesehen gibt es den Sport als Praxis gar nicht mehr, oder es gibt ihn nur noch aus ökonomischen Gründen (weil es billiger ist, echte Athleten laufen zu lassen, als einen Film zu drehen mit Schauspielern, die Athleten spielen). Es gibt nur noch das Gerede über das Gerede über den Sport. Das Gerede über das Gerede der Sportpresse ist ein genau geregeltes Spiel, man höre nur einmal jene Sonntagvormittags-Radiosendungen, in denen so getan wird, als redeten ein paar Bürger über Sport, während sie beim Friseur sitzen (womit der Sport in die Potenz $n^n$ gehoben wird). Oder man gehe hin und höre sich die Reden dort an, wo sie geführt werden.

Man wird entdecken, was im übrigen jeder schon weiß, daß die Bewertungen, die Abwägungen, die Argumente, die polemischen Spitzen, die Verleumdungen und die Triumphe einem verbalen Ritual folgen, das zwar komplexe Formen, aber einfache und präzise Regeln hat. In diesem Ritual entladen und neutralisieren sich die intellektuellen Energien – die physischen Energien sind nicht mehr im Spiel. Infolgedessen verlagert sich der Wettkampf auf die rein »politische« Ebene. Tatsächlich hat das Gerede über das Sportgerede alle Merkmale des politischen Redens (zumal des Stammtischpalavers): Man beredet, was die Regierenden hätten tun sollen, was sie getan haben, was man wünscht, daß sie täten, was geschehen ist und was geschehen wird – nur ist der Gegenstand nicht das Gemeinwesen (und die Korridore im Regierungspalast), sondern eben das Stadion mit seinen Kulissen. So ist dieses Gerede scheinbar die Parodie der politischen Diskussion, doch da sich in dieser Parodie alle Kräfte entladen und erschöpfen, die dem Bürger für die politische Diskussion zur Verfügung stehen, ist das Gerede in Wirklichkeit der *Ersatz*[2] der politischen Diskussion, ja, es wird selbst zur politischen Diskussion, da es ihren Platz so vollständig besetzt, daß ihr danach kein Raum mehr bleibt. Und da sich, wer über Sport diskutiert, wenn er nicht wenigstens das täte, möglicherweise bewußt würde, daß er ein

2 Im Original deutsch.

gewisses Maß an brachliegender Urteilskraft, verbaler Aggressivität und politischer Streitlust hat, die er irgendwie nutzen sollte, überzeugt ihn das Sportgerede davon, daß er diese Energien zu einem bestimmten Zweck eingesetzt und verausgabt hat. Der Zweifel legt sich, der Sport erfüllt wieder seine Rolle als falsches Bewußtsein.

Da zudem das Gerede über den Sport beim Redenden die Illusion erzeugt, er sei am Sport interessiert, vermischt sich der Begriff des *Betreibens* von Sport mit dem des *Beredens* von Sport: Der Redende hält sich für sportlich und merkt überhaupt nicht mehr, daß er gar keinen Sport betreibt. Sowenig wie er noch merkt, daß er es gar nicht mehr könnte, da ihn die Arbeit, die er tut, wenn er nicht über Sport redet, viel zu sehr auslaugt, als daß er noch Kraft und Zeit zum Sporttreiben hätte.

Das Gerede, um das es hier geht, ist somit eben jenes, dessen Funktion Heidegger in *Sein und Zeit* behandelt hatte: »Das Gerede ist die Möglichkeit, alles zu verstehen ohne vorgängige Zueignung der Sache. Das Gerede behütet schon vor der Gefahr, bei einer solchen Zueignung zu scheitern. Das Gerede, das jeder aufraffen kann, entbindet nicht nur von der Aufgabe echten Verstehens, sondern bildet eine indifferente Verständlichkeit aus, der nichts mehr verschlossen ist ... Hierzu bedarf es nicht einer Absicht auf Täuschung. Das Gerede hat nicht die Seinsart des *bewußten Ausgebens* von etwas als etwas ... Das Gerede ist sonach von Hause aus, gemäß der ihm eigenen *Unterlassung* des Rückgangs auf den Boden des Beredeten, ein Verschließen.«[3]

Gewiß, Heidegger dachte nicht an eine totale Negativität des Geredes: Das Gerede ist die alltägliche Weise, in der wir von der präexistenten Sprache gesprochen werden, statt sie uns zu Zwecken des Verstehens und Entdeckens herzurichten. Und es ist ein normales Verhalten. Doch dem Geredeten »liegt daran, daß es geredet wird«, und hier sind wir bei jener Funktion der Sprache, die für Jakobson die »phatische« oder Kontaktfunktion ist. Am Telefon (wenn wir mit »ja, nein, sicher, gut« antworten) oder auf der Straße (wenn wir jemanden mit »wie geht's« begrüßen, dessen

3 Martin Heidegger, *Sein und Zeit*, 15. Aufl., Tübingen 1984, S. 169.

Wohlergehen uns nicht interessiert, was er auch weiß, weshalb er nur knapp »gut, danke« erwidert) führen wir phatische Reden, die unentbehrlich sind, um eine Verbindung zwischen den Sprechenden herzustellen. Doch diese phatischen Reden sind eben deswegen unentbehrlich, weil sie uns die Möglichkeit zu weitergehender Kommunikation offenhalten, also zum Austausch anderer und substantiellerer Mitteilungen. Wenn ihre Funktion sich verselbständigt, haben wir einen Dauerkontakt ohne jede Botschaft – wie ein Radio, das angeschaltet, aber nicht eingestellt ist, so daß nur ein Grundrauschen und ein paar Krächzer ertönen, die uns zwar anzeigen, daß wir in einer gewissen Kommunikation mit irgendwas sind, aber aus denen wir nichts erfahren.

Das Gerede wäre somit die zum Selbstzweck gewordene phatische Rede. Aber das Sportgerede ist noch etwas mehr, nämlich eine phatische Dauerrede, die sich trügerisch als eine Rede über das Gemeinwesen und seine Ziele ausgibt.

Entstanden als Erhebung in die n-te Potenz jener anfänglichen (und vernünftigen) Energieverschwendung, die das sportliche Spiel einmal war, ist das Sportgerede nun die Verherrlichung der Verschwendung an sich und folglich der Gipfel des verselbständigten Konsums. Mit ihm und in ihm konsumiert der Mensch der Konsumgesellschaft sich selbst (und zugleich jede Möglichkeit einer Thematisierung und Beurteilung des Konsumzwangs, der ihm aufgedrängt und dem er unterworfen wird).

Als Ort der totalen Ignoranz konstituiert das Sportgerede den Bürger derart tiefgreifend, daß er in Grenzfällen (und die sind zahlreich) sich weigert, diese seine alltägliche Dauerbereitschaft zur leeren Diskussion zu diskutieren. Daher wäre kein politischer Aufruf imstande, Eindruck auf eine Praxis zu machen, die nichts anderes ist als die totale Verfälschung jeder politischen Disponibilität. Und darum hätte kein Revolutionär je den Mut, die Bereitschaft zum Sportgerede zu revolutionieren: Der Bürger würde den kritischen Einspruch entweder integrieren, indem er seine polemischen Spitzen in polemische Spitzen des Sportgeredes verwandelt, oder ihn rundweg ablehnen, voller verzweifeltem Mißtrauen gegen den Einbruch der Vernunft in seine ach so vernünftige Anwendung höchst vernünftiger Rederegeln.

Darum sind die Studenten in Mexico City umsonst gestorben, als sie gegen die Olympischen Spiele protestierten. Und darum erschien es vernünftig, als ein italienischer Sportler nobel erklärte: »Wenn sie noch mehr umbringen, springe ich nicht.« Doch wie viele sie noch hätten umbringen müssen, um ihn am Springen zu hindern, ist nicht festgelegt worden. Daß, wenn er dann nicht gesprungen wäre, es den anderen genügt hätte, zu bereden, was passiert wäre, wenn er gesprungen wäre.

(1969)

# Die Fußball-WM und ihr Staat*

Viele mißtrauische und boshafte Leser werden, wenn sie mich hier so distanziert und naserümpfend und (sagen wir's ruhig) angewidert über das edle Spiel des Fußballs herziehen sehen, den platten Verdacht haben, daß ich den Fußball nicht liebe, weil der Fußball nie mich geliebt hat, mich als einen, der schon im zarten Kindesalter zu jener Sorte von Stieseln gehörte, die, kaum daß sie den Ball berühren – vorausgesetzt, sie gelangen soweit –, ihn stante pede ins eigene Tor expedieren oder im günstigsten Falle dem Gegner zuspielen, wenn sie ihn nicht mit zäher Beharrlichkeit über Hecken und Zäune hinaus ins Gelände schießen, wo er in Kellerlöchern verschwindet, in Bächen davonschwimmt oder zwischen den klebrigen Köstlichkeiten des Eisverkäufers versinkt – so daß die Kameraden sie wegschicken und nicht einmal in den leichtesten Kämpfen mitspielen lassen. Nie ist ein Verdacht der Wahrheit näher gekommen.

Ich bekenne noch mehr. Bemüht, mich so wie die anderen zu fühlen (vergleichbar einem kleinen terrorisierten Homosexuellen, der sich immerzu einredet, daß ihm die Mädchen gefallen »müssen«), bat ich des öfteren meinen Vater, einen gemäßigten, aber beständigen Fußballfan, mich ins Stadion mitzunehmen. Und eines Tages, dieweil ich verwundert die unsinnigen Bewegungen auf dem Spielfeld verfolgte, ward mir auf einmal ganz sonderbar ums Gemüt und mir schien, als tauchte die hohe Mittagssonne Menschen und Dinge jäh in ein gleißendes Licht, das alles erstarren ließ, dergestalt, daß sich vor meinen Augen ein sinnloses Welttheater entspann. Es war dasselbe Gefühl, das ich später, als ich Ottiero Ottieri las, als das Gefühl der »alltäglichen Irrealität« entdecken sollte, doch damals war ich erst dreizehn und interpretierte es mir auf meine Weise: Zum erstenmal zwei-

* Dieser Artikel wurde für die Fußball-WM 1978 geschrieben. Mit einigen Variationen und ein paar Trikoloren mehr gilt er auch für die WM 1982 (und vermutlich auch für die nächste). Das Schöne am Fußball ist, daß er sich nie verändert.

felte ich an der Existenz Gottes und hielt die Welt für eine Fiktion ohne Zweck und Ziel.

Verstört begab ich mich, kaum aus dem Stadion getreten, zur Beichte bei einem wissenden Kapuziner, der mir kopfschüttelnd zu verstehen gab, daß meine Idee recht sonderbar sei, denn an Gott hätten, ohne zu schwanken, immerhin so vertrauenswürdige Leute wie Dante, Newton, Manzoni, Gioberti und Fantappié geglaubt. Verwirrt durch solchen Konsens der Großen verschob ich meine Glaubenskrise um rund ein Jahrzehnt – doch seither, ich kann es nicht leugnen, hat sich Fußball für mich stets mit der Abwesenheit von Zweck und Ziel verbunden, mit der Vanitas allen Strebens und mit dem Gedanken, daß Gott nichts anderes sein (oder nichtsein) kann als ein Nichts. Und darum habe ich (wohl als einziger unter den Lebenden) Fußball stets mit den negativen Philosophien assoziiert.

Dies festgestellt, bliebe zu fragen, warum dann gerade ich hier über die Fußball-Weltmeisterschaft schreibe. Ganz einfach: weil die Redaktionsleitung des *Espresso* in einem Anfall von metaphysischem Taumel darauf bestand, daß über dieses Ereignis aus einer absolut sachfremden, ganz und gar äußerlichen Perspektive geschrieben werde. Und so verfiel sie auf mich. Nie gab es eine bessere und überlegtere Wahl.

Nun muß ich jedoch betonen, daß ich keineswegs gegen die Fußball-Leidenschaft bin. Im Gegenteil, ich begrüße sie und halte sie für einen Segen. Jene verzückten Massen, die sich allwöchentlich brüllend im Stadion drängen, übereinander herfallen oder vom Schlag getroffen zusammenbrechen, jene wackeren Schiedsrichter, die sich für einen Sonntag Berühmtheit wüsten Beschimpfungen aussetzen, jene von weither angereisten und zu Recht so genannten Schlachtenbummler, die blutend aus ihren Bussen quellen, verletzt von zerschlagenen Schaufensterscheiben und Schlägereien, jene grölenden Fans, die abends sieges- und biertrunken durch die Straßen karriolen, ihre Clubfahnen aus den Fenstern des überladenen Fiat 500 schwenkend, bis sie an einem Lastzug zerschellen, jene hochgezüchteten Recken, seelisch zerrüttet durch peinvolle sexuelle Abstinenzen, jene zerstörten Familien, wirtschaftlich ruiniert durch Kartenkäufe zu irrsinnig überzogenen Schwarzmarktpreisen, jene Enthusiasten, die sich mit ihren eigenen Knallfröschen blenden, sie alle erfüllen mein Herz mit Freude. Ich bin für die Fußball-Leidenschaft, wie ich für Autorennen bin, für Mopedrennen am Rande von Abgründen, für das fanatische Fallschirmspringen, den mystischen Alpinismus, die Überquerung der Ozeane auf Gummibooten, das russische Roulette und die Droge. Rennen meliorieren die Rassen, und all diese Spiele führen glücklicherweise zum Tod der Besten, so daß die Menschheit hernach in Ruhe weiter ihren Geschicken nachgehen kann mit normalen, durchschnittlich entwickelten Protagonisten. In gewissem Sinne würde ich jenen Futuristen zustimmen, die einst den Krieg als die einzige wahre Hygiene der Welt bezeichneten – lediglich mit einer kleinen Korrektur: Er wäre es, wenn er sich nur mit Freiwilligen führen ließe. Unglücklicherweise zieht er jedoch auch die Widerstrebenden mit hinein, und deshalb ist er den Sportspektakeln moralisch unterlegen.

Wohlgemerkt, ich spreche von Sportspektakeln und nicht vom Sport. Der Sport, verstanden als eine Tätigkeit, in der einer ohne Gewinnstreben und durch unmittelbaren Einsatz des eigenen Körpers physische Exerzitien betreibt, die seine Muskeln üben, sein Blut zirkulieren und seine Lungen voll durchatmen lassen, der Sport, sage ich, ist eine sehr schöne Sache, zumindest so schön wie der Sex, die philosophische Reflexion und das Glücksspiel mit Erbsen als Einsatz.

Doch der als Spektakel organisierte Fußball hat nichts mit einem so verstandenen Sport zu tun. Nicht für die Spieler, die als Profis einem Leistungsdruck unterliegen, der kaum geringer ist als der eines Fließbandarbeiters (abgesehen von ein paar kleinen Einkommensunterschieden), nicht für die Zuschauer – also die große Mehrheit –, die sich exakt so verhalten wie Horden geiler Voyeure, die regelmäßig zugucken gehen (nicht bloß einmal im Leben in Amsterdam, sondern jedes Wochenende, und anstatt zu), wie Paare sich paaren oder so tun als ob (oder wie jene ärmsten Kinder in meiner Jugend, denen man versprach, sie sonntagnachmittags mitzunehmen zum Zugucken, wie die Reichen Eis löffeln).

Nach diesen Prämissen wird man verstehen, wieso ich mich zur

Zeit so entspannt fühle. Neurotisiert wie jeder von uns durch die schlimmen Ereignisse der vergangenen Monate, nach einem dramatischen Halbjahr, in dem man viele Zeitungen lesen und dauernd am Fernseher hocken mußte im Warten auf das neueste Kommuniqué der Roten Brigaden oder die Verheißung einer weiteren Eskalation des Terrors, kann ich in diesen Wochen, seit »König Fußball regiert«, getrost aufs Zeitunglesen und Fernsehgucken verzichten, es genügt ein rasches Überfliegen der achten Seite nach Meldungen über den Prozeß in Turin, die Lockheed-Affäre und das Referendum, der Rest ist voll von jenen Dingen, über die ich nichts wissen will – und die Terroristen, die den Sinn für die Massenmedien hochentwickelt haben, wissen das ganz genau und versuchen gar nicht erst, irgendwas Interessantes zu unternehmen, es würde doch nur zwischen »Vermischtem« und »Ratschlägen für die Küche« landen.

Man braucht sich auch nicht zu fragen, warum die WM in so krankhafter Weise das Interesse des Publikums und die Andacht der Massenmedien auf sich zieht: Von der bekannten Geschichte der Komödie des Terentius, der die Zuschauer wegliefen, weil es das Schauspiel mit den Bären gab, über die scharfsinnigen Betrachtungen römischer Imperatoren zur Nützlichkeit der Circenses bis hin zum gezielten Gebrauch, den seit jeher die Diktaturen (einschließlich der argentinischen) von den großen Wettkampfereignissen machen, ist es dermaßen klar und offenkundig, daß die Mehrheit sich lieber mit Fußball und Radrennen als mit der Abtreibungsfrage befaßt und lieber mit Bartali als mit Togliatti, daß es die Mühe nicht lohnt, sich darüber noch groß Gedanken zu machen. Doch da ich nun einmal durch äußeren Anstoß dazu gebracht worden bin, ein bißchen darüber nachzudenken, sei ein Gedanke denn hier geäußert: Nie hat die öffentliche Meinung, besonders in Italien, eine schöne Weltmeisterschaft so dringend gebraucht wie gerade jetzt.

Tatsächlich ist ja, wie ich vor Jahren schon einmal zu bemerken Gelegenheit hatte, die Sportdiskussion (ich meine das Sportspektakel, das Reden über das Sportspektakel, das Reden über die Journalisten, die über das Sportspektakel reden) der bequemste Ersatz für die politische Diskussion. Anstatt sich ein Urteil über die Operation des Finanzministers zu bilden (wozu man etwas von Wirtschaft und anderem mehr verstehen müßte), diskutiert man über die Operation des Trainers; anstatt die Operation des Abgeordneten Soundso zu kritisieren, kritisiert man die Operation des Spielers Soundso; anstatt sich zu fragen (eine schwierige und obskure Frage), ob Minister X obskure Pakte mit der Macht Y unterschrieben hat, fragt man sich, ob das WM-Finale durch Zufall oder durch spielerisches Können oder durch diplomatische Alchimien zustandekommt. Das Reden über den Fußball verlangt eine sicher nicht vage, aber alles in allem begrenzte, genau umrissene Kompetenz; es erlaubt Stellungnahmen, Meinungsäußerungen, Lösungsvorschläge, ohne daß man sich der Verhaftung, dem Radikalenerlaß[1] oder jedenfalls dem Verdacht aussetzt. Es verlangt nicht, daß man sich überlegt, wie man persönlich eingreift, da man ja über etwas spricht, das weit außerhalb des eigenen Machtbereichs abläuft. Mit einem Wort, es erlaubt, Politik zu spielen: Politik als Führung der Causa Publica ohne all die Beschwernisse, all die Pflichten, all die schwierigen Fragen der politischen Diskussion. Es ist für erwachsene Männer so etwas wie das Hausfrau-Spielen für kleine Mädchen: ein pädagogisches Spiel, das lehrt, den eigenen Platz in der Gesellschaft zu finden.

Betrachten wir uns doch einmal selber, wir als kritische Italiener in einem Moment wie diesem, in dem die Beschäftigung mit der Causa Publica (der wahren) so traumatisch ist? Angesichts einer Entscheidung wie der »zwischen Italien und Argentinien« sind wir allesamt Argentinier, nicht wahr, und jene paar nervtötenden Argentinier, die uns immer noch daran erinnern, daß dort unten alle naselang jemand verschwindet, sollen bitte schön endlich aufhören, uns die Freude an dieser hehren Darbietung zu vermiesen. Wir haben ihnen vorher zugehört, und das höflich, also was verlangen sie noch? Mit einem Wort, diese ganze Fußball-WM ist für uns wie der Parmesan auf den Makkaroni. Endlich mal was, das nichts mit den Roten Brigaden zu tun hat!

Apropos welcher bekanntlich, wie der nicht gänzlich zerstreute Leser weiß, zwei Hypothesen in Umlauf sind (wobei ich nur die

1 Im Original deutsch.

extremen erwähne, die Wirklichkeit ist immer ein wenig komplexer). Nach der ersten sind sie eine Gruppe, die von der Macht ferngesteuert wird, womöglich aus dem Ausland. Nach der zweiten sind sie »Genossen, die falsch liegen«, die sich in höchst verwerflicher Weise aufführen, aber alles in allem aus noblen Motiven (Kampf für eine bessere Welt). Wenn nun die erste Hypothese stimmt, gehören die Roten Brigaden und die Organisatoren der Fußball-WM zur selben Artikulation der Macht: Die einen destabilisieren im geeigneten Augenblick, die anderen restabilisieren zur rechten Zeit. Das Publikum ist gehalten, dem Spiel Italien–Argentinien zu folgen, als wär's das Match zwischen Curcio und Andreotti[2], womöglich mit Totowetten auf die nächsten Attentate. Wenn dagegen die zweite Hypothese stimmt, sind die Roten Brigaden Genossen, die wirklich *sehr* falsch liegen. Denn sie bemühen sich mit soviel gutem Willen, Politiker zu ermorden und Montagebänder zu sprengen, und dabei ist die Macht leider gar nicht so sehr in den Chefetagen zu finden, sie steckt vielmehr in der Fähigkeit der Gesellschaft, Spannungen immer gleich wieder auf andere Pole umzuleiten, die der Seele der Massen viel näher sind. Ist der bewaffnete Kampf am Sonntag des Endspiels möglich?

Vielleicht müßte man weniger allgemeine politische Diskussionen führen und statt dessen mehr Soziologie der Circenses betreiben. Auch weil es Circenses gibt, die nicht auf den ersten Blick als solche erscheinen: zum Beispiel gewisse Zusammenstöße zwischen Polizei und »gegensätzlichen Extremisten«, die in manchen Zeiten immer nur samstags stattfinden, nachmittags zwischen fünf und sieben. Sollte Videla etwa Agenten in die italienische Gesellschaft eingeschleust haben?

(19. Juni 1978)

2 Renato Curcio: Gründer der Roten Brigaden, Giulio Andreotti: zur Zeit der Abfassung dieses Artikels Regierungschef.

# V

# Beim Lesen der Dinge

# Zwei Familien von Gegenständen

Die Absicht, eine Kolumne über Zeichen und Mythen zu schreiben (nicht in regelmäßiger Folge, eher als Reaktion auf die Reize, die von allen Seiten her kommen, und wenn sie kommen), schien mir ein guter Anlaß für eine fromme Pilgerfahrt zu einem der Heiligtümer unserer industriellen Massenkommunikation, nämlich zur Mailänder Messe. Im Bewußtsein, sie als ein bestimmter Besuchertyp zu begehen. Denn es ist eines, sie als Geschäftsmann zu besuchen: Dem Industrie- und Handelsvertreter macht die Industrie- und Handelsmesse nichts vor, ihm bietet sie die Chance zu finden, was er sucht, es zu berühren und zu erwerben. Für ihn ist sie ein klares Spiel ohne doppelten Boden, ehrlich zumindest insoweit, als ökonomische Konkurrenz in einer Marktwirtschaft ehrlich sein kann. Etwas anderes ist es, sie als Schaulustiger zu besuchen (wie es die meisten Besucher tun): Für den Schaulustigen ist die Messe ein großer Jahrmarkt der triumphierenden Waren, eine Art jüngere Schwester der großen internationalen Universalausstellungen. Und wenn Marx recht hatte, als er sagte: »Der Reichtum der Gesellschaften, in welchen kapitalistische Produktionsweise herrscht, erscheint als eine ungeheure Warensammlung«, dann ist eine Universalausstellung der Tempel, in dem die Waren jeden realen Kontakt zum Gebrauchswert und einen Großteil ihrer Kontakte zum Tauschwert verlieren, um reine konnotative Zeichen von hohem Gefühlswert zu werden. Sie verlieren gleichsam ihre konkrete Individualität, um lauter Schlagworte eines Lobgesangs auf den Fortschritt zu werden, eines Hymnus auf den Überfluß und das Glück des Konsums und der Produktion.

Doch eine Mustermesse ist nur zur Hälfte eine Universalausstellung. Denn die Waren sind ja auch da, um verkauft zu werden. Sie sind Zeichen eines unbestimmten Verlangens, aber auch Gegenstände eines bestimmten und präzisen Wunsches. Die immense Ansammlung von Objekten, die hier zu bestaunen ist, verweist uns auf jene »Soziologie der Objekte«, die sich zur Zeit in Frankreich entwickelt und von der wir ein andermal sprechen wollen. Eine Soziologie (oder Semiologie) der Objekte verlangt jedoch, daß diese im konkreten System der Gesellschaft gesehen werden, die sie erzeugt und aufnimmt, daß sie also wie eine Sprache verstanden werden, eine Sprache, der man zuhört, während sie gesprochen wird, und deren Regelsystem man zu identifizieren versucht. Hier dagegen erscheinen die Gegenstände aufgereiht nebeneinander wie in einem Wörterbuch oder in einer Grammatik, Verben bei Verben, Adjektive bei Adjektiven, Lampen bei Lampen, Traktoren bei Traktoren. Wäre daraus nicht zu schließen, daß diese Versammlung von Waren, als die eine Mustermesse sich darstellt, dem Besucher faktisch die Freiheit beläßt, da sie ihm keine Logik des Akkumulierens von Wertgegenständen aufdrängt, sondern einen kühlen Blick erlaubt, eine Wahl? Durchaus nicht, aber die ideologische Botschaft einer Messe tritt erst bei einem zweiten Blick zutage, wenn man schon fast den Reizen ihrer Verführung erlegen ist.

Die Gegenstände, die sich hier finden, sind von zweierlei Art. Die einen sind »schön«, begehrenswert und alles in allem erschwinglich: Sessel, Lampen, Schlackwürste, Spirituosen, Motorboote, Swimmingpools und so weiter. Der Besucher mag sie und möchte sie haben. Vielleicht kann er sich kein Motorboot kaufen, aber er kann an die ferne Möglichkeit denken, eines Tages, wer weiß, sich auch diesen Luxus zu leisten. Nur eines begehrt er nicht: lauter Dinge der gleichen Art zu akkumulieren. Er kann einen Aschenbecher haben wollen, aber nicht hundert Aschenbecher, ein Schlauchboot, aber nicht tausend. Insofern ist sein Verlangen zielgerichtet und nicht hysterisch, es läßt sich aufschieben, doch seine Schwererfüllbarkeit stiftet niemals das Drama der Unmöglichkeit. Genau besehen sind diese »schönen« Dinge alle Konsumgegenstände.

Daneben gibt es die anderen. Sie sind »häßlich«, denn es sind Kräne, Zementmischer, Drehbänke, Bagger, Planierraupen und hydraulische Pressen. Da sie häßlich und sperrig sind (in Wirklichkeit sind sie sehr schön, schöner als die anderen, aber das weiß der Besucher nicht), sind sie nicht begehrenswert, auch weil sie merkwürdig entfunktionalisiert erscheinen mit ihren Rädern, die sich im Leeren drehen, ihren Schaufeln und Greifarmen, die in der Luft herumfuchteln, ohne etwas zu bewegen. Sie sind unerschwinglich, doch der Besucher ist darob nicht bekümmert. Er weiß, daß ihm eine Werkzeugmaschine nichts nützen würde, selbst wenn er sich eine kaufen könnte. Denn im Unterschied zu den anderen funktionieren diese Objekte nur, wenn sie *kumulierbar* sind: Tausend Aschenbecher sind unnütz, tausend Werkzeugmaschinen sind eine Fabrik.

Am Ende seines Rundgangs glaubt der gewöhnliche Messebesucher, er habe gewählt: Er wünscht sich die schönen Dinge, die nicht kumulierbar, aber erschwinglich sind, und er verwirft die häßlichen und kumulierbaren, aber unerschwinglichen. In Wirklichkeit hat er durchaus nicht gewählt: Er hat nur hingenommen und akzeptiert, daß er ein Konsument von Konsumgütern ist, da er kein Besitzer von Produktionsmitteln sein kann. Aber er ist zufrieden. Morgen wird er noch fleißiger arbeiten, um sich eines Tages die schönen Sessel und Kühltruhen kaufen zu können. Er wird an der Drehbank arbeiten, die nicht seine ist, weil er (die Messe hat's ihm gesagt) sie nicht will.

(1970)

# Lady Barbara

Immer öfter kommt mir unwillkürlich irgendein Schlagerrefrain in den Sinn. Jeder kennt das, aber seit ein paar Jahren höre ich den Refrain begleitet von einem Brausen, einem massenhaften Gemurmel, einem Aufbranden von Applaus mit einer ganz besonderen Dynamik. Es ist nicht der Refrain als solcher, wie man ihn auf der Platte hören oder aus den Noten ersehen kann: Es ist ein Refrain, der gewaltsam hervorbricht, aufbrandet wie aus einem tellurischen Beben, ja geradezu ausbricht wie ein Vulkan. Vorher war nichts, oder nur der lange wunschlose Schlaf tektonischer Trägheiten; dann auf einmal ein dumpfes Grollen, ein Aufbrausen in spiralförmiger Bewegung, ein rasch herannahendes Hornissengebrumm, das sich steigert bis zum Raketengetöse – und dann das Schlagermotiv. Es ist mehr als nur ein Refrain, es ist ein erlösender Ausbruch, ein Orgasmus. Bzz, bzz, vrrr, vrrr – und plötzlich der große sonore Erguß: *Lady Barbara, sei tu...* (ich sage Lady Barbara, weil es das erste ist, was mir gerade einfällt; das Beispiel gilt für fast alle italienischen Festivalschlager, Sommer-LPs und so weiter).

Mit anderen Worten, der Stil unserer Hitparaden- und Wettbewerbsschlager ist von einer Fernsehgewohnheit beeinflußt worden: Die Ankunft des Höhepunkts – der Pointe im Witz wie der Klimax im Lied – muß durch einen Applaus betont werden. Doch dieser Applaus kommt nicht *nach* der Klimax oder Pointe (wie es früher üblich war), sondern *vorher*. Er muß ihr vorausgehen, sie ankündigen und begleiten. Der Applaus ist ein Bestandteil der Komposition, er fungiert nicht mehr als Bewertungs- oder Erfolgskriterium für das Spektakel, sondern als eines der Mittel, deren sich das Spektakel bedient, um eine mitreißende Wirkung zu erzielen und ein begeistertes Urteil hervorzurufen.

Der Applaus dient also nicht mehr als Beweis für ein zufriedenes Publikum, sondern als Befehl an das Publikum: »Ihr müßt zufrieden sein, ihr müßt begeistert sein! Paßt auf, was jetzt gleich geschieht!« Im Grunde ein alter Trick, den bereits Poe am populären Roman von Eugène Sue tadelte, als er sagte, es fehle ihm an der *ars celandi artem*, der Kunst des Verhüllens von Kunst, ja, er brilliere in der Technik, dem Leser anzukündigen: »Paß auf, gleich kommt etwas Wunderbares, das dir den Atem rauben wird!«

Wie erzielt man nun einen vorgreifenden Applaus? Es gibt zwei Methoden. Die billigste und primitivste ist: Man läßt einfach über der Bühne eine Schrift aufleuchten, die dem Publikum »Applaus« befiehlt. So macht man es im Fernsehen, allerdings nur bei Shows vor geladenem Publikum. Das Publikum wird höflich gebeten, mitzuarbeiten, um sich die Einladung zu verdienen. Doch das System, das sich als recht produktiv erwiesen hat, mußte nun auch mit feineren Mitteln auf andere Shows übertragen werden, auf Großveranstaltungen vor zahlendem Publikum wie zum Beispiel das Schlagerfestival von San Remo. Der Applaus-Befehl mußte also mit immanenten Mitteln gegeben werden, mit Signalen aus dem Innern des Schlagers selbst. Es galt, eine Situation zu erzeugen, in der das Publikum sich aus eigenem Antrieb zu applaudieren gedrängt sah, um die romantische Eruption des Sängers zu unterstützen, freudig und im Gefühl, aus freien Stücken zu handeln.

Wie aber erzeugt man nun ein Gefühl von Befreiung oder freudiger Überraschung? Indem man zunächst eine angespannte Situation voller Langeweile, endlosen Wiederholungen und auf die Spitze getriebener Redundanz erzeugt, ein unerträgliches Einerlei, um dann ein Signal zu geben, das durch Verheißung neuer und spannender Abenteuer das Ende der Langeweile ankündigt. Es genügt, das Verfahren ein paarmal anzuwenden und das Befreiungssignal mit ein paar unschwer wiedererkennbaren Merkmalen auszustatten, und schon gleicht das Verhalten des Publikums dem der Pawlowschen Hunde: Glocke, Speichel. Daher beginnen die Festivalschlager heute fast alle mit einem langsamen und in die Länge gezogenen Vorgeplänkel (»Strophe« genannt), musikalisch überaus dürftig, ohne Reime, mit einer unbestimmten Melodie, die sich monoton in den Schwanz beißt oder sich dezidiert häßlich und abstoßend gibt. Damit dann, wenn der Moment des »Refrains« gekommen ist, nur noch die Lautstärke oder der Rhythmus erhöht und/oder das Signal einer halbwegs erkennbaren Melodie gegeben zu werden braucht, um das Publikum in eine leidenschaftliche Ovation ausbrechen zu lassen, die noch anschwillt, wenn sich der Klangkelch öffnet in einem Anschwellen des Orchesters und der hingerissenen Herzen.

Man denke nur an Schlager wie den von Endrigo beim letzten Festival in San Remo: ein undankbarer Anfang mit gewollt hochgestochenen und mechanischen Bildern (Kerosin, tote Pferde), eine Melodie in liturgischem Duktus, ein entscheidenes Fehlen von Metrik und Reim; dann plötzlich, angekündigt durch ein Lächeln, ein langsames Armeausbreiten und ein entsprechendes Anschwellen des Orchesters, die Worte *»partirà, la nave partirà...«*, und auf geht's, auf einmal ist alles da, die Melodie, der Rhythmus, der Reim – alles, um dem Publikum zu beweisen, daß die Musik, die bisher nur als negierte vorhanden war, endlich gekommen ist.

Nur daß sich der Adressat des Schlagers, wenn Stil eine Logik hat und Erfindungen eine Manier haben, in einer schwierigen Richtung auf die Reise begibt. Denn um weiter so mitreißend und »informativ« (im kybernetischen Sinne) bleiben zu können, müßte (und muß in Zukunft immer dringlicher) der Moment des Ausbruchs einzigartig und punktförmig sein, isoliert im Zentrum der Komposition; und diese wird künftig, um mitreißend zu bleiben, das Warten auf jenen Moment immer mehr verlängern und die einleitende Frustration immer mehr betonen müssen. Infolgedessen ist es das Schicksal eines guten Schlagers, ganz und gar häßlich zu sein – bis auf einen kleinen, winzigen, wunderbaren Moment in der Mitte, der augenblicklich vorbei sein muß, damit er, wenn er dann wiederkehrt, von der gewaltigsten Ovation begrüßt wird, die je gehört worden ist. Erst wenn der Schlager ganz widerlich ist, wird sich das Publikum endlich glücklich fühlen.

(1972)

# Casablanca oder die Wiedergeburt der Götter

Vor zwei Wochen saßen hier alle Vierzigjährigen vor dem Fernseher, um wieder mal *Casablanca* zu sehen. Einen Kultfilm, gewiß, aber dies ist kein Fall von gewöhnlicher Nostalgie. Wenn *Casablanca* in amerikanischen Studentenkinos gezeigt wird, begleiten dort auch die Zwanzigjährigen jeden großen Moment und jeden kanonischen Spruch (»Arrest the usual suspects« oder »Was that cannon fire or is it my heart pounding?«, oder auch alle Stellen, wo Bogey »Kid« sagt) mit Ovationen, wie sie normalerweise für Treffer beim Baseball reserviert sind. Dasselbe habe ich auch in einer von Jugendlichen besuchten italienischen Kinemathek erlebt. Was also ist das Faszinierende an *Casablanca*?

Die Frage ist berechtigt, denn ästhetisch betrachtet, aus der Sicht einer anspruchsvollen Kritik, ist *Casablanca* ein sehr mäßiger Film. Ein Comic strip in Bewegung, ein Schinken, in dem die psychologische Wahrscheinlichkeit sehr gering ist und die Theatercoups sich ohne vernünftigen Grund aneinanderreihen. Und man weiß auch, warum: Es gab kein Script, die Geschichte entstand erst beim Drehen, und bis zum letzten Moment wußten weder der Regisseur noch die Drehbuchschreiber, ob nun Ilsa mit Victor oder mit Rick abfliegen würde. Die scheinbar so wohlkalkulierten Regieeinfälle, die immer wieder spontanen Applaus erhalten ob ihrer hanebüchenen Unverfrorenheit, waren in Wirklichkeit lauter Ad-hoc-Entscheidungen in verzweifelter Zeitnot. Ja, was? Wie konnte dann aus einer solchen Kette von Zufälligkeiten ein Film entstehen, der noch heute, wenn man ihn zum zweiten, zum dritten, zum vierten Mal sieht, Applaus hervorruft wie ein Bravourstück, das man am liebsten gleich noch einmal sähe, oder Begeisterung wie ein eben entdecktes Meisterwerk? Was wird da so Großartiges geboten? Eine phantastische Starbesetzung, gewiß, aber das allein kann es nicht sein.

Da sind er und sie, er bitter, sie zärtlich, ein romantisches Paar, aber das hat man schon besser gesehen. *Casablanca* ist nicht *Stagecouch*, ein anderer zyklisch wiederkehrender Kultfilm: *Stagecouch* ist in jeder Hinsicht ein Meisterwerk, alles stimmt, jedes Stück sitzt an der richtigen Stelle, die Charaktere sind in jedem Moment gerechtfertigt, und die Handlung (auch das zählt) stammt, jedenfalls für den ersten Teil, von Maupassant. Also was? Also ist man versucht, *Casablanca* zu lesen, wie Eliot *Hamlet* gelesen hat. Dessen Faszinosum er nicht auf seine Gelungenheit zurückführte, im Gegenteil, er zählte das Stück eher zu den weniger gelungenen Werken Shakespeares, sondern gerade auf seine Mängel: *Hamlet* sei das Ergebnis einer etwas verunglückten Mischung aus mehreren früheren Fassungen, einer mit dem Thema der Rache (und dem Wahnsinn als bloßer Kriegslist), und einer mit dem Thema der Gewissenskrise über die Schuld der Mutter. Daher die Disproportion zwischen Hamlets gespannter Erregung und der Undeutlichkeit oder Inkonsistenz des Verbrechens der Mutter. So daß nun alle Welt das Stück schön, weil interessant fände, im Glauben, es sei interessant, weil schön.

Mit *Casablanca* ist, in kleineren Proportionen, das gleiche geschehen: Unter dem Zwang, eine Handlung aus dem Stand zu erfinden, haben die Autoren kurzerhand alles hineingetan. Und um alles hineinzutun, haben sie ins Repertoire des bereits Erprobten gegriffen. Wenn man aus dem Repertoire des bereits Erprobten eine beschränkte Auswahl trifft, gelangt man zum Genrefilm, zum Serienfilm oder gar zum Kitsch. Wenn man jedoch mit vollen Händen hineingreift und wirklich *alles* nimmt, gelangt man zu einer Architektur wie der von Gaudis Sagrada Familia. Man gerät ins Taumeln, man streift die Genialität.

Aber vergessen wir jetzt, wie der Film gemacht worden ist, und sehen wir uns an, was er zeigt. Er beginnt mit einem magischen Ort *per se*: Marokko, Exotik, es erklingt eine Art arabische Melodie, die in die Marseillaise übergeht. Beim Eintritt in Ricks Lokal hört man Gershwin. Afrika, Frankreich, Amerika. Sofort bricht ein Knäuel von Ewigen Archetypen herein: Grundsituationen aller Geschichten aus allen Zeiten. Normalerweise reicht *eine* archetypische Situation für eine Geschichte. Und die entwickelt sich dann. Zum Beispiel die Unglückliche Liebe. Oder die Flucht.

*Casablanca* gibt sich damit nicht zufrieden: Alles muß rein. Die Stadt ist der Ort eines Durchgangs, Transitstation auf dem Weg ins Gelobte Land (oder, wenn man so will, nach Nordwesten). Um ins Gelobte Land zu gelangen, muß man jedoch eine Prüfung bestehen: das Warten (»und sie warten und warten und warten«, sagt die Sprecherstimme am Anfang). Um aus dem Warteraum in das Gelobte Land zu gelangen, braucht man einen Magischen Schlüssel: das Transitvisum. Im Kampf um die Eroberung dieses Schlüssels entzünden sich Leidenschaften. Das Mittel, ihn in die Hand zu bekommen, scheint eine Zeitlang das Große Geld zu sein (das ein paarmal auftritt, vorwiegend in Gestalt des Tödlichen Spiels oder des Roulettes); doch am Ende entdeckt man, daß der Schlüssel nur durch ein Großes Geschenk zu bekommen ist: das Geschenk des Visums, aber auch das Geschenk, das Rick mit seinem Liebeswunsch macht, indem er ihn und sich opfert. Denn dies ist auch die Geschichte eines Reigens begehrlicher Wünsche, von denen am Ende nur zwei in Erfüllung gehen: der von Victor Laszlo, dem Reinen Helden, und der des jungen bulgarischen Ehepaars. Alle anderen, die unreine Leidenschaften haben, scheitern.

So triumphiert als weiterer Archetypus die Reinheit. Die Unreinen gelangen nicht ins Gelobte Land, sie verschwinden vorher. Aber sie gelangen zur Reinheit, indem sie sich opfern: dies die Erlösung. Durch Aufopferung erlöst sich Rick, durch Aufopferung erlöst sich der Polizeipräfekt. Und langsam merken wir, daß es insgeheim zwei Gelobte Länder gibt: Das eine ist Amerika, aber für viele ist es ein falsches Ziel; das andere ist die Résistance oder der Heilige Krieg. Victor kommt daher, Rick und Renault gehen hin, sie verbünden sich mit De Gaulle. Und wenn das mehrfach auftretende Symbol des Flugzeugs immer wieder die Flucht nach Amerika zu betonen scheint, verweist das Lothringer Kreuz, das nur einmal auftaucht, auf die symbolische Geste am Ende, wenn der Polizeipräfekt die Flasche Vichy-Wasser in den Papierkorb wirft (während das Flugzeug startet). Andererseits durchzieht der Opfer-Mythos den ganzen Film: das Opfer Ilsas, die in Paris den Geliebten verläßt, um zu ihrem verwundeten Helden zurückzukehren, das Opfer der jungen Bulgarin, die sich aus Liebe zu ihrem Mann hingeben will, das Opfer Victors, der bereit wäre, Ilsa an Rick abzutreten, um sie in Sicherheit zu wissen.

In diese Orgie von Archetypen der Aufopferung (begleitet vom Thema Herr–Diener in Ricks Verhältnis zu Sam) fügt sich das Thema der Unglücklichen Liebe ein: unglücklich für Rick, der Ilsa liebt und sie nicht haben kann, unglücklich für Ilsa, die Rick liebt und nicht mit ihm weggehen kann, unglücklich für Victor, dem klar wird, daß er Ilsa nicht wirklich halten kann. Das Wechselspiel der unglücklichen Lieben erzeugt raffinierte Überschneidungen: Zu Anfang ist Rick unglücklich, weil er nicht begreift, warum Ilsa ihn meidet; dann ist Victor unglücklich, weil er nicht begreift, warum Ilsa sich zu Rick hingezogen fühlt; und schließlich ist Ilsa unglücklich, weil sie nicht begreift, warum Rick sie mit Victor abfliegen läßt. Die drei unglücklichen (oder unmöglichen) Lieben fügen sich zu einem Dreieck. Aber im archetypischen Liebesdreieck gibt es einen Verratenen Ehemann und einen Siegreichen Geliebten. Hier dagegen sind beide Männer Verratene und Verlierer; doch in der Niederlage (und auf dem Wege zu ihr) kommt noch ein weiteres Element ins Spiel, ein so subtiles, daß es unterhalb der Bewußtseinsebene bleibt. Nämlich ein (höchst sublimierter) Hauch von Platonischer Männerliebe: Rick bewundert Victor, und Victor fühlt sich in ambivalenter Weise von Rick angezogen, und es scheint fast, als lieferten sich die beiden an einem bestimmten Punkt das Duell der Aufopferung, um einander zu gefallen. Jedenfalls stellt sich dann, wie in Rousseaus *Bekenntnissen*, die Frau als Mittlerin zwischen die beiden Männer. Die Frau vermittelt nur, sie ist nicht Trägerin positiver Werte, das sind nur die Männer.

Vor dem Hintergrund dieser Ambivalenzverkettung agieren die Charaktere der traditionellen Komödie: eindeutig gut oder eindeutig böse. Victor spielt eine Doppelrolle, Agent der Ambivalenz im erotischen Rahmen, Agent der Klarheit im politischen: Er ist der Edle gegen die Nazi-Bestie, *la Belle contre la Bête*. Das Thema Zivilisation contra Barbarei verknäuelt sich mit den anderen, zur Melancholie der Odysseischen Heimkehr fügt sich das blanke Reckentum eines offenen Kampfes um Troja.

Rings um diesen Reigen Ewiger Mythen haben wir die Historischen Mythen, das heißt die Mythen des Kinos in repräsentativer Versammlung. Bogart verkörpert mindestens drei davon: den Zweideutigen Abenteurer, mal zynisch, mal generös, den Asketen aus Enttäuschter Liebe und zugleich den Erlösten Alkoholiker (und damit er sich wirklich erlösen kann, muß er sich noch einmal richtig besaufen, während er schon der Enttäuschte Asket war). Ingrid Bergman ist die Rätselhafte Frau oder Femme Fatale. Ferner haben wir: Liebling Hörst Du Unser Lied, den Letzten Tag In Paris, den Amerika-Mythos, den Afrika-Mythos, den Mythos von Lissabon als dem Tor Zur Freiheit, die Grenzstation oder das Letzte Fort Am Rande Der Wüste, die Fremdenlegion (jede Person hat eine andere Nationalität und eine andere Geschichte) und schließlich das Grandhotel voller Leute Die Kommen Und Leute Die Gehen. Ricks Lokal ist ein magischer Ort, wo alles geschehen kann (und geschieht): Liebe, Tod, Verfolgung, Spionage, Glücksspiel, Verführung, Musik und Patriotismus (dank der Bühnenvorlage und des kargen Etats ist es zu dieser bewundernswerten Konzentration des Geschehens auf einen einzigen Ort gekommen). Dieser Ort ist Hongkong, Glücksspielhölle Macao, Präfiguration des Spionage-Paradieses Lissabon und Raddampfer auf dem Mississippi.

Doch gerade weil die Archetypen hier alle versammelt sind, gerade weil *Casablanca* tausend andere Filme zitiert und jeder Schauspieler eine bereits woanders gespielte Rolle spielt, hört der Zuschauer unwillkürlich das Echo der Intertextualität. *Casablanca* zieht wie eine Duftwolke andere Situationen hinter sich her, die der Zuschauer in den Film hineinsieht, indem er sie unbewußt aus anderen Filmen nimmt, auch aus späteren wie *To Have And Have Not*, wo Bogart den Hemingwayschen Helden verkörpert; doch Bogart zieht die Hemingwayschen Konnotationen schon dadurch magnetisch auf sich, daß sein Rick, wie man erfährt, in Spanien gegen die Faschisten gekämpft hat (und in Äthiopien und vielleicht auch wie Malraux in China). Peter Lorre bringt Erinnerungen an Fritz Lang mit ein, Conrad Veidt gibt seinem Major Strasser eine Duftnote aus dem Kabinett des Doktor Caligari, er ist kein gefühlloser technologischer Nazi, sondern ein nächtlich-dämonischer Caesar.

So ist *Casablanca* nicht ein, sondern viele Filme, eine Anthologie. Fast aus Zufall entstanden, ist er vermutlich von selbst entstanden, wenn nicht gegen den Willen seiner Autoren, so doch weit darüber. Und deswegen funktioniert er, entgegen allen ästhetischen und cineastischen Theorien. Denn in ihm entfalten sich mit gleichsam tellurischer Kraft die Potenzen des Narrativen im Rohzustand, ohne den disziplinierenden Eingriff der Kunst. Und so können wir es akzeptieren, daß die Personen von einem Moment auf den anderen die Stimmung, die Moral und die Psychologie wechseln, daß die Verschwörer hüsteln, um sich zu unterbrechen, wenn ein Lauscher naht, und daß die munteren Flittchen weinen, wenn sie die Marseillaise hören. Wenn alle Archetypen schamlos hereinbrechen, erreicht man homerische Tiefen. Zwei Klischees sind lächerlich, hundert Klischees sind ergreifend. Denn irgendwie geht einem plötzlich auf, daß die Klischees miteinander sprechen und ein Fest des Wiedersehens feiern. Wie höchster Schmerz an die Wollust grenzt und tiefste Perversion an die mystische Energie, gewährt äußerste Banalität einen Blick aufs Erhabene. Etwas spricht anstelle des Regisseurs. Das Phänomen ist, wenn nicht noch mehr, zumindest verehrungswürdig.

(1975)

# Ein Foto

Vielleicht erinnern sich manche noch an die letzten Minuten von »Radio Alice«[1], als die Polizei den umstellten Sender in der Nacht stürmte und die Hörer zu Ohrenzeugen des Sturms werden konnten. Eins hat damals sicherlich viele gewundert: Während draußen die Polizei an die Tür schlug und drinnen die Sprecher mit erregter Stimme berichteten, was geschah, verglich einer von ihnen die Situation, um sie den Hörern möglichst plastisch zu schildern, mit einer Filmszene. Das war zweifellos einmalig: Da erlebte jemand eine traumatische Situation, als ob er im Kino wäre.

Interpretieren ließ sich das nur auf zweierlei Weise. Einerseits auf die traditionelle: Das Leben wird als ein Kunstwerk erlebt. Andererseits mit einer These, die uns zu einigen weitergehenden Überlegungen zwingt: Das bildliche Werk (der Kinofilm, die TV-Reportage, das Wandplakat, der Comic strip, das Foto) ist heute bereits ein integraler Bestandteil unseres Gedächtnisses. Was etwas ganz anderes ist und eine fortgeschrittene Hypothese zu bestätigen scheint, nämlich daß die neuen Generationen sich, als Bestandteile ihres Verhaltens, eine Reihe von Bildern einverleibt haben, die durch den Filter der Massenmedien gegangen sind (und von denen einige aus den entlegensten Zonen der experimentellen Kunst unseres Jahrhunderts kommen). In Wahrheit braucht man nicht einmal von neuen Generationen zu sprechen: Es genügt, zur mittleren Generation zu gehören, um erfahren zu haben, wie sehr das gelebte Leben (Liebe, Angst oder Hoffnung) durch »schon gesehene« Bilder gefiltert wird. Überlassen wir es den Moralisten, diese Lebensweise »aus zweiter Hand« (oder durch »intermediäre Kommunikation«) zu mißbilligen. Be-

1 Freie Radiostation in Bologna, im Frühjahr 1976 von Anhängern der »autonomen« Bewegung gegründet, am 12. März 1977 wegen »Anstiftung zu kriminellen Handlungen und Aufruf zur Gewalttätigkeit« verboten und in derselben Nacht durch ein großes Polizeiaufgebot gestürmt, geräumt und geschlossen (eine Aufzeichnung der »letzten Minuten« erschien im *Espresso*).

denken wir, daß die Menschheit nie anders gelebt hat, daß sie vor Nadar und den Gebrüdern Lumière nur andere Bilder benutzt hat, solche aus den Reliefs der heidnischen Tempel oder aus den Miniaturen der Apokalypse.

Nun wird sich ein anderer Einwand erheben, diesmal nicht von seiten der Traditionspfleger: Ist es nicht ein besonders krasser Fall von wissenschaftlicher Neutralitätsideologie, wenn man sich angesichts neuer Verhaltensweisen und dramatischer, brandaktueller Ereignisse immer noch und bloß immer wieder darauf beschränkt, sie zu analysieren, zu definieren, zu interpretieren und zu sezieren? Kann man definieren, was sich per definitionem jeder Definition entzieht? Nun denn, man soll mutig bekennen, was man glaubt: Nie war die politische Aktualität so stark wie heute durchdrungen und motiviert und überreichlich alimentiert vom Symbolischen. Sich die Mechanismen des Symbolischen, durch das wir uns bewegen, klarzumachen, heißt Politik zu machen. Sie nicht zu erkennen, führt zu falscher Politik. Sicher wäre es falsch, die politischen und ökonomischen Fakten auf die symbolischen Mechanismen zu reduzieren. Aber es wäre ebenso falsch, diese Dimension zu ignorieren.

Zweifellos gab es viele schwerwiegende Gründe für den unguten Ausgang des Auftritts von Lama an der Universität Rom[2], aber einer darf nicht vernachlässigt werden: der Gegensatz zwischen zwei Theater- oder Raumkonzeptionen. Lama präsentierte sich auf einem (wie immer auch improvisierten) Podium, also gemäß den Regeln einer frontalen Kommunikation, wie sie für die Raumorganisation der Gewerkschaften und der Arbeitermassen typisch ist, vor einer Studentenmasse, die andere Aggregations- und Interaktionsformen entwickelt hat: dezentrale, mobile, scheinbar desorganisierte. Die Studenten haben den Raum in anderer Weise organisiert, und so kam es an jenem Tag in der

2 Luciano Lama, Chef der kommunistisch geführten CGIL, der größten italienischen Gewerkschaft, trat am Morgen des 17. Februar 1977 in der (seit Wochen besetzten) Universität Rom vor die Studenten, um eine politische Rede zu halten, wurde ausgepfiffen und »rausgejagt«, es kam zu schweren Zusammenstößen und Schlägereien, besonders zwischen militanten Anhängern der »Autonomen« und kommunistischen Arbeitern vom Ordnungsdienst der KPI, Tumulte bis spät in die Nacht, viele Verletzte, die Universität durch Polizei geräumt und vom Rektor geschlossen.

Universität *auch* zu einem Zusammenstoß zwischen zwei Konzeptionen der Perspektive – sagen wir: einer nach Brunelleschi und einer kubistischen. Sicher wäre im Unrecht, wer die ganze Geschichte auf diese Faktoren reduzieren wollte, aber im Unrecht ist auch, wer diese Interpretation als Intellektuellenflause abtut. Die katholische Kirche, die Französische Revolution, die Nazis, die Leninisten und Maoisten, aber auch die Rolling Stones und die Fußballvereine haben immer sehr gut gewußt, in welchem Maße die Raumaufteilung Religion, Politik und Ideologie ist. Geben wir also dem Räumlichen und dem Visuellen wieder den Platz, der ihnen in der Geschichte der politischen und sozialen Verhältnisse zusteht.

Und kommen wir nun zu einem anderen brandaktuellen Phänomen unserer politischen Gegenwart. In den letzten Monaten sind im Innern jenes bunten und wimmelnden Treibens, das »die Bewegung« genannt wird (anderswo sagt man: »die Alternativscene«, *A.d.Ü.*), Pistoleros aufgetaucht: Typen mit der P 38, daher auch *»pitrentottisti«* genannt. Von verschiedener Seite wurde gefordert, daß die Bewegung sie als Fremdkörper ausscheiden solle, eine Forderung, die sowohl von innen wie auch von außen kam. Doch es schien, daß die Bewegung sich schwer damit tat, wobei verschiedene Elemente mitspielten. Sagen wir zusammenfassend: Viele in der Bewegung fühlten sich nicht bereit, Kräfte als fremd zu betrachten, die, so inakzeptabel und selbstmörderisch sie sich auch äußerten, immerhin doch eine »Marginalisierungsrealität« auszudrücken schienen, die man nicht verleugnen wollte. Ich resümiere hier Diskussionen, von denen wir alle gehört haben. Kurz gefaßt hieß es: Sie liegen falsch, aber sie gehören zur Massenbewegung. Es war eine harte und zähe Debatte.

Doch auf einmal, seit letzter Woche, konstatieren wir nun so etwas wie eine plötzliche Klärung all jener Diskussionselemente, die bisher im ungewissen geblieben waren. Mit einem Schlag, im Verlauf eines einzigen Tages, kam es zu entschiedenen Distanzierungen, und plötzlich sind die Pistolenmänner ganz isoliert. Warum gerade jetzt? Warum nicht früher? Gewiß, die Schießereien in Mailand haben vielen zu denken gegeben, aber die Schießereien in Rom waren auch nicht von Pappe.[3] Was ist auf einmal so Neues und Anderes passiert? Versuchen wir, eine Hypothese zu formulieren, nicht ohne noch einmal zu betonen, daß keine Erklärung je alles erklärt, sondern sich bestenfalls in ein Wechselverhältnis von Erklärungen einfügt. Es ist ein Foto erschienen.

Fotos sind viele erschienen, aber eins ist durch alle Zeitungen und Magazine gegangen, nachdem es zuerst vom *Corriere d'Informazione* publiziert worden war. Es ist das Foto jenes Vermummten, der allein, mitten auf der Straße, zur Seite gedreht, die Beine gespreizt, die Arme gestreckt, mit beiden Händen eine Pistole hält, schußbereit. Im Hintergrund sieht man noch andere Gestalten, aber die Struktur des Fotos ist von einer klassischen Einfachheit: Die Zentralfigur dominiert solo.

Wenn es erlaubt ist, dergleichen Fälle ästhetisch zu kommentieren (und ich meine, es ist geboten): Dies ist eins jener Fotos, die in

3 Am 22. April 1977 war die Universität Rom (nach einer neofaschistischen Provokation) erneut von Studenten besetzt und sofort von der Polizei geräumt worden; während der anschließenden Tumulte wurde ein Polizist erschossen. Demonstrationsverbot in ganz Rom, wochenlang fast täglich schwere Zusammenstöße zwischen Polizei und Demonstranten (mit Schußwaffeneinsatz auf beiden Seiten), am 13. Mai ein 19jähriges Mädchen erschossen. Erregung in ganz Italien, in Mailand wurde am 15. Mai, bei einer Schießerei am Rande einer Studentendemonstration, ein junger Polizist durch Kopfschuß getötet.

die Geschichte eingehen werden und die man in zahllosen Büchern abdrucken wird. Die Wechselfälle unseres Jahrhunderts finden ihr Resümee in wenigen exemplarischen Fotos, die Epoche gemacht haben: die ungeordnete Menge, die auf den Platz hinausströmt, am ersten der »zehn Tage, die die Welt erschütterten«; der getötete Milizionär von Robert Capa; die Marines, die das Sternenbanner auf der Pazifikinsel hissen; der vietnamesische Gefangene, dem ein Revolver an die Schläfe gedrückt wird; Che Guevara zerschossen auf einem rohen Kasernentisch. Jedes dieser Bilder ist zu einem Mythos geworden und hat eine Serie von Diskursen exemplarisch verdichtet. Es hat den Einzelfall überstiegen, es spricht nicht mehr von diesem oder jenem Individuum, sondern es drückt Begriffe aus. Es ist singulär, aber es verweist zugleich auf andere Bilder, die ihm vorausgegangen oder gefolgt sind und es nachgeahmt haben. Jedes dieser Fotos kommt uns vor wie ein ganzer Film, den wir gesehen haben und der wiederum auf andere Filme verweist, die es zitieren. Manchmal ist es dann auch kein Foto mehr, sondern ein Gemälde oder ein Plakat.

Was hat nun das Foto des Mailänder Schützen »gesagt«? Ich glaube, es hat mit einem Schlag, ohne lange diskursive Umwege zu benötigen, etwas aufgedeckt, was in vielen Diskursen unausgesprochen umging, aber durch Worte nicht ausdrückbar war. Das Foto glich keinem der Bilder, in denen sich seit mindestens vier Generationen die Idee der Revolution versinnbildlicht hatte. Es fehlte das kollektive Moment: Was hier in traumatischer Weise wiederkehrte, war die Figur des heroischen Einzelkämpfers, des Helden. Und dieser einzelne Held war nicht die Heldenfigur der revolutionären Ikonographie, die den einzelnen Menschen, wenn sie ihn ins Bild brachte, immer als Leidenden dargestellt hat, als Opfer – eben als sterbenden Milizionär oder toten Che. Hier hatte der einzelne Held die Pose und die erschreckende Isoliertheit des einsamen Helden in amerikanischen Polizeifilmen (die Magnum des Inspektors Callaghan) oder des Revolverhelden im Western (der nicht mehr das Idol einer Generation ist, die sich als Indianer versteht).

Nein, dieses Bild evozierte andere Welten, andere Erzähl- und Darstellungstraditionen, die nichts mit der proletarischen Tradition zu tun haben, mit der Idee des Volksaufstandes und des Kampfes der Massen. Es erzeugte mit einem Schlag ein Abwehr- und Abkehrsyndrom. Die Moral, die es sinnfällig auf den Begriff brachte, hieß: Die Revolution ist woanders, und sollte sie jemals kommen, dann nicht durch »individuelle« Gesten wie diese.

Für eine Kultur, die längst gewöhnt ist, in Bildern zu denken, war dieses Foto nicht die Beschreibung eines Einzelfalles (denn es geht nicht darum, wer der Schießende war, und das Foto trägt auch nichts zu seiner Identifizierung bei): Es war ein schlagendes Argument. Und es saß.

Gleichgültig, ob es gestellt war (und somit eine Fälschung ist) oder authentisches Zeugnis einer bewußten Verwegenheit, ob von einem Profi gemacht, der den richtigen Zeitpunkt, das Licht und den Ausschnitt kalkuliert hat, oder gleichsam von selbst entstanden, als gelungener Schnappschuß eines Amateurs: Im Augenblick seines Erscheinens hat sein Lauf durch die Kommunikationsprozesse begonnen. Und wieder einmal sind das Politische und das Private von den Wirkfäden des Symbolischen durchdrungen worden, das sich, wie immer, als Wirklichkeitsproduzent erwiesen hat.

(29. Mai 1977)

# Das Lendendenken

Kürzlich erschien hierselbst an dieser Stelle ein schöner Aufsatz von Luca Goldoni über die Mißhelligkeiten derer, die sich aus modischen Gründen in Blue Jeans zwängen und dann nicht mehr wissen, wie sie sich hinsetzen sollen und wie den äußeren Reproduktionsapparat verteilen. Mir scheint, das von Goldoni angeschnittene Problem ist reich an philosophischen Reflexionen, die ich hier meinerseits mit der größten Ernsthaftigkeit ein Stück weiterverfolgen möchte – denn keine Alltagserfahrung ist zu niedrig für einen denkenden Menschen, und es wird Zeit, die Philosophie nicht nur vom Kopf auf die Füße zu stellen, sondern auch auf die Lenden.

Ich habe schon Jeans getragen, als das noch sehr wenige taten und jedenfalls nur in den Ferien. Ich fand und finde sie sehr bequem, vor allem auf Reisen, da es bei ihnen keine Probleme mit Bügelfalten, Flecken und Rissen gibt. Heutzutage werden sie auch um der Schönheit willen getragen, aber in erster Linie sind sie praktisch. Seit einigen Jahren hatte ich allerdings leider auf sie verzichten müssen, weil ich zu füllig geworden war. Gewiß, wenn man richtig sucht, findet man sie auch in Sondergrößen (bei Macy's in New York gibt es sogar welche für Oliver Hardy), aber die sind nicht nur in der Taille, sondern auch an den Beinen *extra large*; man kann sie schon tragen, aber es ist kein schöner Anblick.

Neuerdings, nach Reduzierung der Alkoholika, habe ich nun die nötige Kilozahl abgespeckt, um es wieder mit *fast* normalen Jeans zu versuchen. Ich habe den Leidensweg durchgemacht, den Goldoni beschreibt (mit der Verkäuferin, die mich ermunterte: »Drücken Sie, drücken Sie nur, Sie werden sehen, die passen dann schon«), und bin losgezogen, ohne den Bauch einziehen zu müssen (zu solchen Kompromissen lasse ich mich nicht herab). Immerhin hatte ich nun nach langer Zeit wieder das schöne Gefühl, eine Hose zu tragen, die sich, statt die Taille einzuschnüren, an die Hüften schmiegt – denn es ist das Proprium der Blue Jeans, daß sie die lumbal-sakrale Region unter Druck setzen und sich nicht durch Suspension, sondern durch Adhäsion halten.

Das Gefühl war mir, nach der langen Zeit, neu. Nicht daß sie schmerzten, aber sie waren *zu spüren*. So elastisch sie waren, ich spürte um meinen Unterleib eine Art Rüstung. Ich konnte den Bauch nicht *in* der Hose bewegen, sondern nur *mit* der Hose. Ein Umstand, der den eigenen Körper sozusagen in zwei voneinander unabhängige Hälften teilt, eine von der Gürtellinie aufwärts, befreit von der Kleidung, und die andere, vom Gürtel abwärts bis zu den Knöcheln, organisch mit der Kleidung verwachsen. Ich entdeckte, daß meine Bewegungen, die Art, wie ich ging, mich drehte, mich setzte, den Schritt beschleunigte, *anders* geworden waren. Nicht schwieriger oder leichter, aber entschieden anders.

Infolgedessen lebte ich nun im Bewußtsein, Jeans anzuhaben (während man ja gewöhnlich lebt, ohne dauernd daran zu denken, daß man Hosen anhat). Ich lebte für meine Jeans und benahm mich infolgedessen wie einer, der Jeans anhat. Will sagen, ich nahm eine *Haltung* an. Seltsam, daß es ausgerechnet das traditionell zwangloseste und antikonformistischste Kleidungsstück war, das mir eine Förmlichkeit aufzwang, ein Benehmen. Normalerweise benehme ich mich recht ungehobelt, setze mich hin, wie's gerade kommt, lasse mich fallen, wo's mir gefällt, und vergesse mich, ohne auf Eleganz zu achten. Die Jeans zwangen mich zur Kontrolle meiner Bewegungen, machten mich zivilisierter und reifer. Ich habe lange darüber nachgedacht, besonders im Gespräch mit Partnerinnen vom andern Geschlecht. Von denen ich schließlich erfuhr, was ich im übrigen schon vermutet hatte, daß Erfahrungen dieser Art für die Frauen alltäglich sind, da ihre Kleidung seit jeher und immer schon darauf zugeschnitten war, eine Haltung zu verleihen: Stöckelschuhe, Reifröcke, Büstenhalter aus Fischbein, Hüftgürtel, enggeschnürte Korsetts usw.

So begann ich darüber nachzudenken, welchen Einfluß die Kleidung als Rüstung im Verlauf der Zivilisationsgeschichte auf die Haltung und damit auf die äußere Moral gehabt hat. Der viktorianische Bourgeois war steif und pedantisch wegen des steifen Stehkragens, der klassische Gentleman war in seiner

Strenge determiniert durch enganliegende Redingotes und Stiefeletten und Zylinder, die keine raschen Kopfbewegungen erlaubten. Wenn das Wien der Jahrhundertwende am Äquator gelegen hätte und seine Bürger in Bermudas gegangen wären, hätte dann Freud dieselben Neurosensymptome beschreiben können? Und dieselben Ödipus-Dreiecke? Und hätte er sie in derselben Weise beschrieben, wenn er, der Doktor, ein Schotte im Kilt gewesen wäre (unter welchem man bekanntlich nicht mal einen Slip zu tragen pflegt)?

Ein Kleidungsstück, das einem die Hoden einzwängt, läßt einen anders denken. Die Frauen, wenn sie ihre Regel haben, die Kranken, die an Hämorrhoiden, Orchitis, Urethritis, Prostatitis und dergleichen leiden, kennen den Einfluß, den Kompressionen oder Interferenzen an der Lendenregion auf die Stimmungslage und die geistige Regsamkeit haben. Aber dasselbe gilt (vielleicht in geringerem Maße) auch für den Hals, den Rücken, den Kopf, die Füße. Eine Menschheit, die in Schuhen herumzulaufen gelernt hat, hat ihr Denken anders orientiert, als sie es getan hätte, wenn sie barfuß geblieben wäre. Traurig zu denken, besonders für Philosophen der idealistischen Richtung, daß der Geist seinen Ursprung in solchen Konditionierungen haben soll, aber damit noch nicht genug, das Schöne ist, daß auch Hegel dies wußte, weshalb er die von der Schädelwissenschaft identifizierten Schädelknochen studierte, und das in einem Buch mit dem Titel *Phänomenologie des Geistes*.

Doch das Problem meiner Jeans hat mich noch zu anderen Beobachtungen getrieben. Die Kleidung zwang mich nicht nur zu einer Haltung, sondern die Konzentration meiner Aufmerksamkeit auf diese Haltung zwang mich auch zu einer *außengerichteten Lebensweise*. Mit anderen Worten, sie reduzierte mein Innenleben. Für Leute in meinem Beruf ist es normal, beim Gehen an etwas anderes zu denken, an den nächsten Artikel, die nächste Vorlesung, die Beziehungen zwischen dem Einen und den Vielen, die derzeitige Regierung, das Problem der Erlösung und wie man es fassen soll, die Frage, ob es ein Leben auf dem Mars gibt, den letzten Schlager von Celentano und das Paradox von Epimenides. Das ist es, was man in unserer Branche *inneres Leben* nennt. Mit den neuen Jeans am Leibe war nun mein Leben ganz äußerlich: Ich dachte jetzt immerzu an das Verhältnis zwischen mir und den Hosen und an das Verhältnis zwischen den Hosen und der Gesellschaft ringsum. Ich hatte ein *Hetero-Bewußtsein* realisiert, beziehungsweise ein epidermisches Selbstbewußtsein.

An diesem Punkt wurde mir klar, daß die Denker seit dem Mittelalter dafür gekämpft hatten, sich von der Rüstung zu befreien. Die Krieger lebten ganz in der Äußerlichkeit, rundum eingepackt in Kettenhemden und Panzer. Die Mönche indes hatten ein Gewand erfunden, das die Erfordernisse der äußeren Haltung *von sich aus* erfüllte (majestätisch, fließend, aus einem Stück und daher fähig zu statuarischem Faltenwurf), während es den Körper (darinnen, darunter) vollkommen frei und sich selbst überließ. Die Mönche hatten ein reiches Innenleben und waren dreckig wie Schweine. Denn ihr Körper, im Schutze eines Gewandes, das ihn zugleich adelte und befreite, konnte ungestört denken und sich dabei selber völlig vergessen. Ein Ideal nicht allein für den Klerus, man denke nur an die schönen weiten Gewänder, die ein Erasmus trug. Und wo auch der Intellektuelle sich in weltliche Rüstungen zwängen muß (in Kniehosen, Fräcke, Puderperücken), sehen wir ihn, sobald er sich zum Denken zurückzieht, schlau in prächtigen Schlafröcken wandeln oder in weiten *chemises drolatiques* wie Balzac. Das Denken verabscheut das Kettenhemd.

Doch wenn es die Rüstung ist, die ein Leben in Äußerlichkeit erzwingt, dann beruht die jahrtausendalte Unterwerfung der Frau auch auf der Tatsache, daß der Frau seit jeher Rüstungen auferlegt worden sind, die sie dazu trieben, die Übung des Denkens zu vernachlässigen. Die Frau ist nicht nur darum von der Mode versklavt worden, weil diese sie durch den Zwang, attraktiv zu sein, eine ätherische Haltung voller Anmut und erregendem Reiz zu wahren, zum Sexualobjekt gemacht hat, sondern sie ist vor allem darum versklavt worden, weil die Kleidermaschinen, die ihr aufgeschwatzt wurden, sie psychologisch zwangen, für die Äußerlichkeit zu leben. Was uns dazu bringt, einmal zu überlegen, wie hochbegabt und heroisch ein Mädchen gewesen sein muß, um in solcher Kleidung eine Madame de Sevigné, Vittoria

Colonna, Madame Curie oder Rosa Luxemburg zu werden. Die Überlegung hat einigen Wert, denn sie bringt uns auf die Entdeckung, daß die Jeans, die den Frauen heute von der Mode aufgedrängt werden, scheinbar Symbol der Befreiung und der Gleichstellung mit den Männern, in Wirklichkeit eine weitere Falle der Herrschaft sind; denn sie befreien den Körper nicht, sondern unterwerfen ihn nur einer anderen Etikette und zwängen ihn in andere Rüstungen, die nicht als solche erscheinen, weil sie scheinbar nicht »weiblich« sind.

Abschließende Überlegung: Kleider sind, da sie eine äußere Haltung erzwingen, semiotische Mechanismen oder Kommunikationsmaschinen. Das wußte man zwar bereits, aber man hatte noch nicht versucht, den Vergleich mit den syntaktischen Strukturen der Sprache zu ziehen, die, wie ja von vielen behauptet wird, die Artikulationsweise des Denkens beeinflussen. Auch die syntaktischen Strukturen der Kleidersprache beeinflussen die Betrachtungsweise der Welt, und zwar sehr viel physischer als die Consecutio temporum oder der Konjunktiv. Woran wieder einmal zu sehen ist, durch wie viele Schleichwege die Dialektik von Repression und Befreiung geht. Und der harte Kampf um mehr Licht.

Auch durch die Leisten.

(*Corriere della sera*, 12. August 1976)

# Wie man einen Ausstellungskatalog bevorwortet

Die nachstehenden Bemerkungen taugen zur Anleitung eines Autors von Ausstellungskatalogvorworten (im folgenden kurz AvoKaVo). Sie taugen, wohlgemerkt, nicht zur Abfassung einer historisch-kritischen Analyse für eine Fachzeitschrift, und das aus mehreren und komplexen Gründen, als deren erster zu nennen wäre, daß kritische Analysen zumeist von anderen Kritikern rezipiert und beurteilt werden und nur selten vom analysierten Künstler (entweder ist er kein Abonnent der betreffenden Zeitschrift oder bereits seit zweihundert Jahren tot). Das Gegenteil dessen, was in der Regel mit Katalogen zu Ausstellungen zeitgenössischer Kunst geschieht.

Wie wird man ein AvoKaVo? Leider nur allzu leicht. Es genügt, einen intellektuellen Beruf auszuüben (sehr gefragt sind Atomphysiker und Biologen), ein auf den eigenen Namen eingetragenes Telefon zu besitzen und eine gewisse Reputation zu haben. Die Reputation bemißt sich wie folgt: Sie muß an geographischer Reichweite dem Aktionsradius der betreffenden Ausstellung überlegen sein (also bezirks- oder landesweit für Städtchen mit weniger als sechzigtausend Einwohnern, bundesweit für Landeshauptstädte und weltweit für Hauptstädte souveräner Staaten, ausgenommen Andorra, Liechtenstein, San Marino) und an Tiefe geringer als die Breite des Bildungshorizontes der möglichen Bilderkäufer (handelt es sich zum Beispiel um eine Ausstellung von alpinen Landschaften im Stil Segantinis, so ist es nicht nötig, ja sogar schädlich, im *New Yorker* zu schreiben, und es empfiehlt sich eher, Leiter der örtlichen Volkshochschule zu sein). Natürlich muß man vom interessierten Künstler aufgesucht worden sein, aber das ist kein Problem, denn die Zahl der interessierten Künstler ist größer als die der potentiellen AvoKaVos. Sind diese Bedingungen einmal gegeben, so ist die Wahl zum AvoKaVo auf die Dauer nicht zu vermeiden, unabhängig vom Willen des Kandidaten. *Will* ihn der Künstler, so wird es dem potentiellen AvoKaVo nicht gelingen, sich der Aufgabe zu entziehen, es sei denn, er wählte die Emigration in einen anderen Kontinent. Hat er dann akzeptiert, so muß er sich eine der folgenden AvoKaVo-Motivationen aussuchen:

A) Bestechung (sehr selten, denn wie man sehen wird, gibt es weniger aufwendige Motivationen). B) Sexuelle Gegenleistung. C) Freundschaft, in den beiden Versionen der wirklichen Sympathie oder der Unmöglichkeit, sich zu verweigern. D) Geschenk einer Arbeit des Künstlers (nicht identisch mit der folgenden Motivation, also mit der Bewunderung für den Künstler, denn man kann ja auch wünschen, Bilder geschenkt zu bekommen, um sich mit ihnen einen verkäuflichen Stock anzulegen). E) Echte Bewunderung für die Arbeit des Künstlers. F) Wunsch, den eigenen Namen mit dem des Künstlers zu assoziieren (eine fabelhafte Investition für junge Intellektuelle, denn der Künstler wird sich beeilen, ihre Namen in zahllosen Bibliographien künftiger Kataloge im In- und Ausland bekanntzumachen). G) Teilhaberschaft ideologischer oder ästhetischer oder auch kommerzieller Art an der Entwicklung einer Tendenz oder einer Kunstgalerie. Letzteres ist der heikelste Punkt, dem sich auch der ehern uneigennützigste AvoKaVo nicht zu entziehen vermag. Ein Literatur- oder Film- oder Theaterkritiker, der ein besprochenes Werk in den Himmel lobt oder in Grund und Boden verreißt, beeinflußt dessen weiteres Schicksal recht wenig: Der Literaturkritiker steigert mit einer guten Besprechung den Absatz eines Romans um ein paar hundert Exemplare; der Filmkritiker kann eine billige Pornokomödie zerpflücken, ohne dadurch zu verhindern, daß sie Unsummen einspielt, ebenso auch der Theaterkritiker. Der AvoKaVo hingegen erhöht durch seine Intervention die Notierungen sämtlicher Werke des Künstlers beträchtlich, manchmal in Sprüngen von eins auf zehn.

Dies kennzeichnet auch die Kritikerlage des AvoKaVo: Der Literaturkritiker kann sich abfällig über einen Autor äußern, den er womöglich gar nicht kennt und der (in der Regel) die Publikation des Artikels in einer gegebenen Zeitung nicht zu kontrollieren vermag. Der Künstler hingegen bestellt und kontrolliert den Ausstellungskatalog. Selbst wenn er den AvoKaVo ermuntert: »Seien Sie ruhig streng«, ist die Lage de facto unhaltbar: Entweder man lehnt ab (doch wir haben gesehen, daß man nicht kann), oder man äußert sich mindestens freundlich. Oder verschwommen.

Darum ist in dem Maße, wie der AvoKaVo seine Würde zu wahren und seine Freundschaft mit dem betreffenden Künstler zu retten trachtet, Verschwommenheit der tragende Grundzug aller Ausstellungskatalogvorworte.

Nehmen wir einen imaginären Fall: den des Malers Prosciuttini, der seit dreißig Jahren ockerfarbene Flächen malt, darauf ein blaues gleichschenkliges Dreieck, dessen Basis parallel zum unteren Rand des Bildes verläuft und dem sich ein rotes ungleichseitiges Dreieck, schräg nach unten rechts geneigt, transparent überlagert. Der AvoKaVo muß nun der Tatsache Rechnung tragen, daß Prosciuttini sein Bild, entsprechend dem jeweils herrschenden Zeitgeist, von 1950 bis 1980 nacheinander folgendermaßen betitelt hat: »*Composition*«, »*Zwei plus Unendlich*«, »$E = Mc^2$«, »*Allende, Allende, il Cile non si arrende!*«, »*Le Nom du Père*«, »*A/traverso*«, »*Privato*«. Wie kann sich der AvoKaVo angesichts dieser Lage ehrenvoll aus der Affäre ziehen? Leicht, wenn er ein Dichter ist: Er widmet dem Künstler ein kleines Gedicht. Zum Beispiel:

Pfeilgleich
(Oh grausamer Zenon!)
schnellt
ein andres Geschoß.
Abgezirkelte Parasange
eines maladen Kosmos
krankend an farbigen
Schwarzen Löchern.

Eine blendende Lösung, prestigefördernd für den AvoKaVo wie für den Künstler, für den Galeristen wie für den künftigen Käufer.

Die zweite Lösung ist ausschließlich den Erzählern vorbehalten und kann zum Beispiel die Form eines frei ausgreifenden Offenen Briefes annehmen:

»Lieber Prosciuttini, beim Anblick Deiner Dreiecke ist mir, als wäre ich unversehens in Uqbar, wie es bezeugt ward von Jorge Luis... Ein Pierre Menard, der mir Gebilde, neugeschaffen in anderen Zeiten, vorsetzt: Don Pythagoras de la Mancha. Laszivitäten, um hundertachtzig Grad umgewendet – wird es uns jemals gelingen, uns von der Notwendigkeit zu befreien? Es war ein Junimorgen im sonnendurchglühten Hügelland, am Telegrafenmast aufgehängt ein Partisan. Jung wie ich war, bekam ich Zweifel am Wesen der Norm...« etc.

Leichter ist die Aufgabe für einen in den exakten Wissenschaften geschulten AvoKaVo. Er kann von der Überzeugung ausgehen (die ja im übrigen zutreffend ist), daß auch gemalte Bilder Elemente der Realität sind. Er braucht also nur von sehr profunden Aspekten der Realität zu sprechen. Zum Beispiel so:

»Prosciuttinis Dreiecke sind Diagramme. Propositionale Funktionen konkreter Topologien. Knoten. Wie gelangt man von einem gegebenen Knoten U zu einem anderen Knoten V? Es bedarf dazu, wie bekannt, einer Bewertungsfunktion F. Erscheint F(U) kleiner als oder gleich F(V), so muß man für jeden anderen Knoten V, den man ins Auge faßt, U in dem Sinne ent-wickeln, daß von U abstammende Knoten entstehen. Eine perfekte Bewertungsfunktion erfüllt demnach die Bedingung: F(U) < / = F(V), so daß sich ergibt: wenn d(U-Q), dann kleiner als oder gleich d(V-Q), wobei d(A-B) evidenterweise die Distanz zwischen A und B im Diagramm bezeichnet. Kunst ist Mathematik. Dies die Botschaft von Prosciuttini.«

Es mag auf dcn ersten Blick so scheinen, als seien Lösungen dieser Art vielleicht ganz brauchbar für ein abstraktes Gemälde, nicht aber für einen Morandi oder für einen Guttuso. Irrtum. Natürlich hängt es von der Geschicklichkeit des Mannes der Wissenschaft ab. Zur allgemeinen Orientierung wollen wir sagen: Man kann heutzutage zeigen, wenn man René Thoms Katastrophentheorie mit der nötigen Unbefangenheit zu nutzen weiß, daß in den Stilleben von Morandi die Flaschen auf jener äußersten Schwelle des Gleichgewichts dargestellt sind, hinter welcher sich ihre natürlichen Formen jählings außer und gegen sich selbst verkehren würden und klirrend zerbrächen wie ein vom Knall eines Ultraschalljägers prall getroffenes Kristall. Und die Magie des Malers liegt genau in der treffenden Darstellung dieser Grenzsituation. Spiel mit der englischen Übersetzung von Stilleben: *still life* = noch Leben, aber bis wann? – *Still-Until*: magische Differenz zwischen Noch-Sein und Sein-Danach...

Eine andere Möglichkeit bestand zwischen 1968 und, sagen wir, 1972: die politische Interpretation. Bemerkungen über den Klassenkampf, über die Korruption der von ihrer Vermarktung befleckten Objekte. Kunst als Revolte gegen die Warenwelt, Prosciuttinis Dreiecke nun als Formen, die sich weigern, bloßer Tauschwert zu sein, offen für den Erfindungsreichtum der vom räuberischen Kapitalismus ausgebeuteten Arbeiterklasse. Rückkehr zu einem Goldenen Zeitalter oder Ankündigung einer Utopie, der Traum einer Sache...

Freilich, alles bisher Gesagte gilt nur für den AvoKaVo, der kein professioneller Kunstkritiker ist. Die Lage des professionellen Kunstkritikers ist sozusagen noch kritischer: Er muß zwar über das Werk sprechen, aber ohne sich über dessen Wert zu äußern. Die bequemste Lösung besteht im Aufweis, daß der Künstler in Eintracht mit der herrschenden Weltanschauung gearbeitet hat, beziehungsweise, wie man heute gern sagt, mit dem Zeitgeist oder der unterschwellig bestimmenden Metaphysik. Jede unterschwellig bestimmende Metaphysik steht für einen Modus des Seienden, also dessen, was *ist*. Ein Gemälde gehört zweifellos zu den Dingen, die *sind*, und stellt unter anderem, so infam dieses sein mag, das Seiende dar (auch ein abstraktes Gemälde stellt dar, was sein könnte, beziehungsweise was im Universum der reinen Formen *ist*). Wenn die unterschwellig bestimmende Metaphysik zum Beispiel behauptet, alles Seiende sei nichts anderes als Energie, so ist die Aussage, daß Prosciuttinis Werke Energie seien und Energie darstellten, jedenfalls keine Lüge; allenfalls eine Binsenwahrheit, doch eine Binse, die den Kritiker rettet und die sowohl Prosciuttini als auch den Galeristen und den künftigen Käufer beglückt.

Das Problem besteht darin, diejenige unterschwellig bestimmende Metaphysik auszumachen, von welcher dank ihrer Beliebtheit in einer gegebenen Phase alle schon einmal gehört haben.

Sicher könnte man etwa mit Berkeley sagen: »*Esse est percipi*«, um daraus abzuleiten, daß Prosciuttinis Werke sind, weil sie wahrgenommen werden. Doch da die fragliche Metaphysik selbst unterschwellig nicht allzu bestimmend ist, würden sich Prosciuttini und die Leser womöglich des krassen Binsencharakters der Aussage innewerden.

Hätten die Dreiecke Prosciuttinis in den späten fünfziger Jahren vorgestellt werden müssen, so wäre es folglich, unter Anspielung auf die sich überschneidenden unterschwelligen Strömungen Banfi–Paci und Sartre–Merleau-Ponty (im Schnittpunkt die Schule Husserls), passend gewesen, die fraglichen Dreiecke etwa zu definieren als »Darstellung des ureigentlichen Aktes der Intendierung, welcher, indem er eidetische Zonen konstituiert, noch aus den reinen Formen der Geometrie eine *Lebenswelt* macht«. Erlaubt gewesen wären damals auch Variationen in Termini der Gestaltpsychologie: Die Aussage, Prosciuttinis Dreiecke hätten eine »gestalthafte Prägung«, wäre unwiderlegbar gewesen, da jedes Dreieck, wenn es als Dreieck erkennbar ist, eine gestalthafte Prägung hat. In den sechziger Jahren wäre Prosciuttini zeitgemäßer erschienen, wenn man in seinen Dreiecken eine *Struktur* in Homologie zum Pattern der Lévi-Strauss'schen Verwandtschaftsstrukturen gesehen hätte. Unter Anspielung auf das Verhältnis von Strukturalismus und '68 konnte man sagen, daß gemäß der Widerspruchstheorie von Mao, die den Hegelschen Dreischritt nach den binären Prinzipien des Yin und des Yang vermittelt, die beiden Prosciuttinischen Dreiecke das Verhältnis von Grund- und Nebenwiderspruch evidenzierten. Und es glaube hier keiner, das strukturalistische Muster ließe sich nicht auch auf die Flaschen Morandis anwenden: tiefe Flasche *(deep bottle)* contra superfizielle Flasche...

Freier sind die Optionen des Kritikers seit den siebziger Jahren. Das blaue Dreieck, das vom roten Dreieck durchquert wird, ist natürlich die Epiphanie des Wunsches *(Désir)*, der nach einem Anderen *(Autre)* strebt, ohne sich je mit ihm identifizieren zu können. Prosciuttini ist der Maler der Differenz, genauer: der Differenz in der Identität. Zwar findet sich die Differenz-in-der-Identität auch im Verhältnis Kopf–Zahl auf jeder gewöhnlichen

Münze, aber die Dreiecke Prosciuttinis bieten sich auch dazu an, in ihnen einen Fall von *Implosion* zu erkennen – wie übrigens auch die Bilder von Pollock und die Einführung von Suppositorien auf analem Wege (Schwarze Löcher). In Prosciuttinis Dreiecken steckt darüber hinaus die wechselseitige Annullierung von Tausch- und Gebrauchswert. Und mit einem subtilen Verweis auf die Differenz im Lächeln der Mona Lisa, das von der Seite gesehen als eine Vulva erkennbar wird (und in jedem Falle *béance*, also sprachloses Baffsein ist), könnten die Dreiecke Prosciuttinis schließlich, in ihrer gegenseitigen Annihilierung und »katastrophischen« Rotation, als eine Implosivität des Phallus erscheinen: ein Phallus, der sich implodierend zur Gezähnten Vagina macht. Der Phallus des Phallus.

Kurzum und schlußendlich, die Goldene Regel für den AvoKaVo besteht darin, das fragliche Werk immer so zu beschreiben, daß die Beschreibung sich, außer auf andere Bilder, auch auf die Erfahrung anwenden läßt, die man beim Betrachten der Auslagen einer Wurstwarenhandlung macht. Wenn also der AvoKaVo schreibt: »Bei den Bildern von Prosciuttini ist die Wahrnehmung der Formen niemals träge Anpassung an die Gegebenheit des Gefühls. Prosciuttini sagt uns, daß es keine Wahrnehmung gibt, die nicht Interpretation und Arbeit wäre, und daß der Übergang vom Gefühlten zum Wahrgenommenen Aktivität ist, Handeln, Praxis, In-der-Welt-Sein als tätiges Konstruieren von Abschattungen, intentional ausgestanzt aus dem Mark des Dings-an-sich«, so erkennt der Leser die Wahrheit des Künstlers, weil sie den Mechanismen entspricht, mit deren Hilfe er beim Wurstwarenhändler eine Mortadella von einem Avokadosalat zu unterscheiden vermag.

Was außer einem Machbarkeits- und Effizienzkriterium auch ein Moralkriterium etabliert: Man braucht nur die Wahrheit zu sagen. Natürlich kann man das so oder so tun.

(1980)

# Was kostet ein Meisterwerk?

Die Debatten der letzten Monate über die Frage, wie man einen Bestseller fabriziert (sei's im Boutiquen-Format oder für große Kaufhäuser)[1], zeigen die Grenzen einer Literatursoziologie, die sich dem Studium der Verhältnisse zwischen Autor und Verlagsapparat (in der Herstellungsphase des Buches) sowie zwischen Buch und Markt (nach seinem Erscheinen) widmet. Vernachlässigt wird dabei, wie man sieht, ein anderer wichtiger Aspekt des Problems, nämlich die Frage nach der inneren Struktur des Buches. Nicht im banalen Sinne seiner literarischen Qualität (die sich jeder wissenschaftlichen Verifizierung entzieht), sondern in einem sehr viel subtiler materialistischen und dialektischen Sinne von Endo-Sozio-Ökonomie des narrativen Textes.

Die Idee ist nicht neu. Sie wurde bereits vor zwanzig Jahren von Roberto Leydi, Giuseppe Trevisani und mir in der Mailänder Buchhandlung Aldrovandi entwickelt, und ich selbst habe darüber seinerzeit in der Zeitschrift *Il Verri* berichtet (Nr. 9/1963, im selben Heft erschien auch eine grundlegende Untersuchung von Andrea Mosetti über die Kosten, die Leopold Bloom aufwenden mußte, um den 16. Juni 1904 in Dublin zu überstehen).

Es ging um die Frage, wie sich für jeden Roman die »Unkosten«, sprich die realen Kosten berechnen lassen, die der Autor zu tragen hatte, um die Erfahrung, von der er erzählt, zu machen. Die Berechnung ist relativ leicht bei Romanen in der ersten Person (die Kosten sind die des Erzählers). Schwieriger wird sie bei solchen mit allwissendem Erzähler, der sich auf die verschiedenen Romanpersonen verteilt.

Beginnen wir mit ein paar einfachen Beispielen, um das Ideenwirrwarr zu klären. Hemingways *Wem die Stunde schlägt* war

1 Seit Herbst 1982 liefen in italienischen Kritiker- und Literatenkreisen heftige Debatten über Wert und Unwert der sogenannten »Bestseller all'italiana«, worunter man jene Romane verstand, die trotz anspruchsvoller Thematik und Schreibweise großen Anklang beim Publikum fanden (genannt wurden namentlich auch die »Erfolgsromane« *Wenn ein Reisender in einer Winternacht* von Calvino und *Wie weit ist die Nacht?* von Fruttero/Lucentini).

sehr billig: Reise durch Spanien als blinder Passagier im Güterwaggon, Unterkunft und Verpflegung gratis bei den Republikanern, das Mädchen im Schlafsack, also nicht einmal Ausgaben für ein Stundenhotel. Ganz anders dagegen *Über den Fluß und in die Wälder*, man bedenke nur, was ein einziger Martini in Harry's Bar kostet.

*Christus kam nur bis Eboli* ist ein Buch, das von A bis Z auf Staatskosten ging. Die Erzählung *Im Schatten des Elefanten* kostete Vittorini eine Sardelle und ein halbes Kilo Gemüse (teurer war schon das *Gespräch in Sizilien*, mit der Fahrkarte von Mailand, auch wenn es damals noch dritte Klasse gab, und den unterwegs gekauften Orangen). Schwierig wird die Berechnung indessen für die gesamte *Comédie humaine*, weil man nie recht weiß, wer bezahlt; ich fürchte, der Menschenkenner Balzac hat da ein so großes Durcheinander von falschen Bilanzen angerichtet, Rastignacs Ausgaben in die Spalte von Nucingen überschrieben, Schulden, Wechsel, verlorene Summen, ungedeckte Kredite und betrügerische Bankrotte, daß eine Klärung jetzt nicht mehr möglich sein wird.

Durchsichtiger ist die Lage fast überall bei Pavese, ein paar Lire für ein Glas Wein in den Hügeln und basta, nur in *Die einsamen Frauen* gibt es ein paar Unkosten für Cafés und Restaurants. Gar nicht kostspielig war auch *Robinson Crusoe*, nur das Schiffsticket ist zu berechnen, auf der Insel ergab sich alles aus gefundenem Material. Weiter gibt es dann jene Romane, die auf den ersten Blick recht billig erscheinen, aber alles zusammengerechnet doch teurer waren, als man gedacht hat. Zum Beispiel der ganze Joyce'sche *Stephen Daedalus*, für den mindestens elf Jahre Pension bei den Jesuiten zu veranschlagen sind, von Clongowes Wood über Belvedere bis zum University College, dazu die Bücher. Sprechen wir nicht von dem verschwenderischen Aufwand, den Arbasino in *Fratelli d'Italia* getrieben hat (Capri, Spoleto, dauernd im Sportwagen unterwegs; man bedenke dagegen, wieviel ökonomischer Sanguineti, der kein Junggeselle war, sein *Capriccio italiano* angelegt hat, er brauchte bloß seine Familie, und schon ging's los). Ein ziemlich teures Werk ist die ganze Proustsche *Recherche*: Als Gast bei den Guermantes war es sicher nicht möglich, im Leihfrack zu kommen, dann Blumen, kleine Geschenke, Hotel in Balbec und mit Ascenseur, der Rollstuhl für die Großmutter, das Fahrrad für die Treffen mit Albertine und Saint Loup, und Fahrräder waren damals noch teuer. Kein Vergleich zu den *Gärten der Finzi-Contini*, in jener Zeit waren Fahrräder schon recht gängige Ware, Bassani brauchte nur einen Tennisschläger, ein neues Hemd, und für alles andere kam die überaus gastfreundliche eponyme Familie auf.

Dagegen war der *Zauberberg* wahrhaftig kein Scherz, mit den Sanatoriumskosten, dem Pelz, dem Kalpak, dazu dem entgangenen Gewinn aus Hans Castorps Geschäft. Ganz zu schweigen vom *Tod in Venedig*, man denke nur an den Preis für ein Zimmer mit Bad in einem Hotel am Lido, und zu jener Zeit gab ein Herr wie von Aschenbach, um der Schicklichkeit willen, allein schon für Trinkgelder, Gondeln und Vuitton-Koffer ein Vermögen aus.

Gut, soviel zum ursprünglichen Ansatz, wir dachten damals sogar daran, Magister- und Doktorarbeiten über das Thema anzuregen, denn die Methode war da, und die Daten sind nachprüfbar. Allerdings kommen mir heute, wenn ich das Problem überdenke, einige beunruhigende Fragen. Versuchen wir beispielsweise nur einmal, die malaiischen Romane von Joseph Conrad mit den malaiischen Romanen von Emilio Salgari zu vergleichen. Als erstes springt ins Auge, daß Conrad, nachdem er eine gewisse Summe für das Kapitänspatent zu großer Fahrt investiert hat, den immensen Stoff zur Bearbeitung gratis vorfindet, ja für seine Fahrten sogar noch bezahlt wird. Recht anders dagegen die Lage Salgaris. Bekanntlich ist er (wie Karl May) nie oder fast nie gereist, und so mußte er sich seinen ganzen malaiischen Archipel, die luxuriöse Einrichtung des »buen retiro« von Mompracem, die Pistolen mit Elfenbeingriff, die nußgroßen Rubine, die Flinten mit ziseliertem Lauf, das Maschinengewehr usw., ja selbst noch den Betel beim Requisiteur besorgen, für teures Geld. Der Bau, der Kauf und dann die Versenkung des »Re del Mare«, noch ehe die Kosten sich amortisiert hatten, muß ein Vermögen gekostet haben. Müßig zu fragen, wie der notorische Hungerleider Salgari sich die nötigen Summen beschafft hat: Wir betreiben hier keinen vulgären Soziologismus, er wird Wechsel ausgestellt haben. Sicher indessen ist, daß der Ärmste alles im Studio nachbauen mußte, wie ein Bühnenbild für die Scala.

Der Vergleich Conrad–Salgari bringt uns auf einen weiteren: zwischen der Schlacht von Waterloo in der *Chartreuse de Parme* und der in den *Misérables*. Stendhal hat offensichtlich die authentische Schlacht benutzt, und der Beweis, daß er sie nicht rekonstruiert hat, ist gerade der Umstand, daß Fabrizio sich nicht in ihr zurechtfindet. Victor Hugo dagegen hat sie ex novo rekonstruiert, wie die Karte des Reiches im Maßstab eins zu eins, und zwar mit enormen Massenbewegungen, aus dem Hubschrauber aufgenommen, mit lahmenden Pferden und großer Verschwendung von Artilleriefeuer, in Salven zwar, aber doch so laut, daß sie von weitem noch Grouchy vernahm. Es mag paradox klingen, aber das einzig Billige in diesem großen Remake war das »Merde!« von Cambronne.

Schließlich ein letzter Vergleich. Auf der einen Seite haben wir jene ökonomisch recht einträgliche Operation, die Manzonis *Promessi sposi* waren, übrigens das beste Beispiel für einen Qualitäts-Bestseller, Wort für Wort kalkuliert nach genauen Studien der Grundstimmung seiner Zeit. Von den Burgen auf Bergeshöhen, vom Seitenarm des Comer Sees bis zur Porta Renza in Mailand hatte Manzoni alles zur Verfügung, und man beachte, mit welcher Umsicht er, wenn er den Bravo oder den Aufstand nicht vorfand, sie uns aus einem historischen Dokument herauspräparierte, wie er uns das Dokument präsentierte und mit jansenistischer Ehrlichkeit versicherte, daß er nichts von sich aus rekonstruiert habe, sondern nur biete, was jeder X-Beliebige in der Bibliothek hätte finden können. Einzige Ausnahme: die Fiktion der alten Handschrift, einziges Zugeständnis an den Requisiteur, aber zu seiner Zeit gab es in Mailand sicher noch einige von jenen Antiquariaten, wie man sie heute noch im Barrio Gotico von Barcelona findet, wo man sich für wenig Geld ein ganz wunderschönes altes Pergament machen lassen kann.

Das genaue Gegenteil haben wir auf der anderen Seite, ich sage nicht bloß in vielen pseudohistorischen Romanen von der Falschheit eines *Trovatore*, sondern auch im ganzen de Sade und in den Gothic Novels, wie aus einer neuen Studie von Giovanna Franci,

*La messa in scena del terrore*, sehr klar hervorgeht (und wie in anderen Begriffen auch schon Mario Praz dargelegt hat). Ich spreche gar nicht von den gigantischen Kosten, die William Beckford für seinen *Vathek* aufbringen mußte, denn hier sind wir schon bei der symbolischen Ausschweifung, die schlimmer ist als D'Annunzios Vittoriale oder Ludwigs Neuschwanstein. Auch die Schlösser, Abteien und Krypten einer Ann Radcliffe, eines Matthew Gregory Lewis oder Horace Walpole sind keine Bauten, die man bezugsfertig an der nächsten Straßenecke vorfindet, ich kann es bezeugen. Es handelt sich um sehr kostspielige Romane, die, auch wenn sie Bestseller wurden, nicht soviel eingebracht haben, wie sie verschlangen, und zum Glück waren ihre Autoren alle begüterte Aristokraten, denn von den Rechten allein hätten selbst ihre Erben nicht leben können. Zu dieser prunkvollen Reihe ganz und gar artifizieller Romane gehört natürlich auch Rabelais' *Gargantua und Pantagruel*. Und strenggenommen auch die *Göttliche Komödie*.

Ein Werk scheint mir auf der Mitte zu liegen, nämlich der *Don Quijote*. Denn der edle Ritter de la Mancha zieht zwar durch eine Welt, die so ist, wie sie ist, und die Windmühlen stehen schon da. Aber seine Bibliothek muß sehr teuer gewesen sein, denn jene Ritterromane sind allesamt nicht die originalen, sondern eindeutig auf Bestellung neugeschrieben worden, und zwar von Pierre Menard.

All diese Überlegungen sind auch darum von einem gewissen Wert, weil sie vielleicht dazu dienen, den Unterschied zwischen zwei Formen von erzählender Prosa zu verstehen, für die das Italienische (wie das Deutsche) nur einen Ausdruck hat, während das Englische sie in *novel* und *romance* unterscheidet. Die *novel* ist realistisch, bürgerlich, modern, und sie kostet wenig, weil der Autor eine Erfahrung benutzt, die er gratis gemacht hat. Die *romance* ist phantastisch, aristokratisch, hyperrealistisch und sehr kostspielig, weil alles darin Inszenierung und Rekonstruktion ist. Und wie rekonstruiert man anders als durch Benutzung schon vorhandener Requisiten? Ich fürchte, dies ist die wahre Bedeutung von so abstrusen Begriffen wie »Dialogismus« und »Intertextualität«. Nur genügt es nicht, um Erfolg zu haben, möglichst viel auszugeben und möglichst viel rekonstruiertes Zeug zusammenzubringen. Man muß auch wissen, daß man es tut, und wissen, daß der Leser es weiß, und folglich darüber ironisieren. Salgari hatte nicht genug Ironie, um seine Welt als kostspielige Fiktion anzuerkennen, und darin lag seine Begrenzung, aus welcher er nur von einem Leser erlöst werden kann, der ihn heute wiederliest, als hätte er damals gewußt, was er tat.

Viscontis *Ludwig* und Pasolinis *Salò* sind traurig, weil die Autoren ihr Spiel ernst nehmen, vielleicht um sich für den gehabten Kostenaufwand zu entschädigen. Aber das Geld kommt nur wieder herein, wenn man es mit der Nonchalance des Großen Herrn ausgibt, wie es eben genau die Meister der Gothic Novel taten. Deshalb faszinieren sie uns und bilden, wie der amerikanische Kritiker Leslie Fiedler anregt, das Modell einer postmodernen Literatur, die sogar zu unterhalten vermag.

Sehen wir, was man alles entdecken kann, wenn man methodisch eine gute und nüchterne ökonomistische Logik auf die kreativen Werke anwendet? Vielleicht könnte man sogar die Gründe finden, warum bisweilen der Leser, aufgefordert zur Besichtigung imaginierter Schlösser, in denen sich Schicksale künstlich kreuzen, das Spiel der Literatur erkennt und daran Gefallen findet. Natürlich darf der Autor, wenn er eine gute Figur machen will, nicht auf die Kosten achten.

(1983)

# VI
# De Consolatione Philosophiae

# Vom Trost der Philosophie

Kein Thema, das jeden Tag Schlagzeilen macht; aber von großer Aktualität ist die Debatte über die Reform der Lehrpläne an den höheren Schulen, und dabei geht es auch um die Reform des Philosophie-Unterrichts. Reform oder Abschaffung zugunsten – wie es heißt – der Humanwissenschaften. Kürzlich habe ich mich auf einer Tagung der Philosophischen Gesellschaft in Bologna zu der Äußerung hinreißen lassen, man solle die herrschende Praxis nicht einfach deshalb verwerfen, weil sie von den Herrschenden stammt. Jedenfalls was den Unterricht in Philosophiegeschichte betrifft. Verglichen mit der Art, wie Philosophie in anderen Ländern (wenn überhaupt) unterrichtet wird, scheint mir die italienische noch die fortschrittlichste zu sein. Wären die Dinge in Italien anders gelaufen und hätte Gramsci die Praxis bestimmt, so würde auf unseren Schulen heute, glaube ich, Philosophiegeschichte gelehrt. Anders? Sicher, die Entwicklung des abstrakten Denkens würde besser mit der allgemeinen Kultur- und Sozialgeschichte verknüpft und man würde besser zu zeigen versuchen, wie sehr es in allen Debatten der Philosophen immer um aktuelle Probleme geht. Aber ist es möglich, ich will gar nicht sagen von Sokrates, sondern auch von Parmenides in aktuellen Begriffen zu sprechen? Ich glaube, ja. Um Humanwissenschaften zu betreiben, genügt es nicht, Kriminalromane zu lesen, als ob sie Parmenides wären, man muß auch Parmenides lesen, als ob er ein Kriminalroman wäre.

Sprechen wir also genau von Parmenides. Beginnen wir mit den traditionellen Klischees einer Philosophiegeschichte der »Großen Namen«. Parmenides ist der Denker des Unbewegten und Einen Seins. Die Kugel, eine massive, unteilbare, immer und überall gleiche Einheit, dergegenüber die Vielfältigkeit der Erfahrung und mit ihr die Geschichte, das Werden, das Leben, das Leiden, der Schmerz und der Tod reine Illusion sind. Dagegen Heraklit: Alles fließt. In einem Wechsel von Haß und Liebe zerteilt sich das Leben im dialektischen Spiel der Ereignisse und somit der Geschichte. Wer ist in diesem hehren Paar der Reaktionär und wer der Vorfahre des marxistischen Historismus? Die Rollen sind festgelegt, wie bei Romulus und Remus, Napoleon und Wellington, Bibì und Bibò. Aber treiben wir nun ein bißchen Humanwissenschaften, verbinden wir die Höhenflüge des denkenden Denkens mit den Kleinkariertheiten der Kulturanthropologie und gewinnen wir die Legenden zurück mit Hilfe des eingeborenen Informanten: Lesen wir das *Leben der Philosophen* von Diogenes Laertius. Aus dem wir erfahren, daß Heraklit, hochfahrend und funkelnd, wie gewisse »Marxisten« der Frankfurter Schule war, die Masse verursachte ihm ein physisches Jucken, er wollte nicht teilhaben an der demokratischen Stadtregierung des Pöbels, und er schrieb bewußt dunkel, damit ihn das ungebildete Volk nicht verstand. Und Parmenides? Um Parmenides zu verstehen, sehen wir uns seinen Schüler (und Buhlen) Zenon an, jenen Zenon von Elea, der zur Unterstützung der Thesen des Meisters behauptete, daß die Bewegung nicht zu beweisen sei: Achilles werde die Schildkröte niemals einholen und der fliegende Pfeil komme nie auch nur einen Millimeter im reglosen Raum, den er einnimmt, voran. Doch was *tat* Zenon? Er starb bei einer Widerstandsaktion. Er organisierte eine Revolte gegen den Tyrannen Nearchos (oder auch Diomedon). Das heißt: an jener reglosen Unveränderlichkeit, die Paul Valéry so faszinierte, fand *Zénon, cruel Zénon, Zénon d'Elée*, daß etwas verändert werden müsse. Als er gefaßt und gefoltert wurde, damit er die Namen der Mitverschwörer verrate, biß er sich die Zunge ab und spuckte sie dem Tyrannen ins Gesicht (nach anderen Quellen versprach er ihm geheime Enthüllungen, biß ihm ins neugierig hingehaltene Ohr und ließ es so lange nicht wieder los, bis man ihn durchbohrte, womit er sich der Folter durch Tod entzog). In jedem Falle hatte er, bevor er starb, noch eine glänzende Idee: »Er gab die Namen sämtlicher Freunde des Tyrannen an, in der Absicht, ihn völlig zu isolieren.«[1]

Wie das? Der Philosoph des dialektischen Fließens war ein Reaktionär und der Philosoph des reglosen Kosmos ein Revolu-

1 Diogenes Laertius, *Leben der Philosophen*, IX, 27.

tionär? Wunderschönes Problem für die jungen Initianden in Philosophie! Denn erstens ist daraus zu ersehen, daß es zwischen Theorie und Praxis keine spiegelgenauen Entsprechungen gibt, nur Vermittlungen, Täuschungen, Inkongruenzen (welchen Grund hat Chomsky, Nativist in Sachen Grammatik, sich für ein anderes Amerika als das bestehende einzusetzen?). Und zweitens ist daraus zu schließen, daß sich aus einer Philosophie nicht unbedingt eine Ideologie ableiten läßt (wie bringt es Louis Althusser fertig, ein spinozianischer Marxist zu sein?), ebensowenig wie aus einer Ideologie eine Philosophie (wie bringt es der konservative Balzac fertig, die Gesellschaft so zu beschreiben, wie es Marx und Engels getan hätten?). Nicht immer garantiert ein Verhalten eine entsprechende Philosophie (auch Reaktionäre waren aktiv im Widerstand gegen die Nazis). Und über die Freisprüche eines Denkens aufgrund einer politischen Praxis kann die Geschichte nur lächeln; so lächeln wie über die voreiligen Verurteilungen eines angeblich antihistorischen Denkens.

Heraklit, der Aristokrat, hat, während er uns seinen metaphysischen Kampf der Gegensätze aufflackern läßt, ein waches Auge für das ökonomische Leben in seiner Zeit: »Wechselweiser Umsatz: des Alls gegen das Feuer und des Feuers gegen das All, so wie der Waren gegen Gold und des Goldes gegen Waren.« Ist sein kosmischer Kampf die Metapher eines neuen Gesetzes im Leben der Händlerklasse seiner Zeit oder die Präfiguration der Geschichte als Klassenkampf? Was gibt der Philosophie Heraklits einen Sinn: sein aristokratisches Leben oder der »demokratische« Gebrauch, den andere von ihr machen? Zwingt uns die Praxis des Denkers, sein Denken in einem anderen Licht zu sehen? Sei's wenn sie es bestätigt oder ihm widerspricht? Und was heißt dem eigenen Denken widersprechen? Waren Zenon und sein Lehrer Parmenides wirklich die Philosophen der Reglosigkeit? Lehrten sie wirklich, daß die reale Welt nicht zu verändern sei?

In Wahrheit (und das weiß die Geschichte der Philosophie seit langem, man braucht sie nur nachzulesen) war das Sein, von dem Parmenides sprach, nicht die empirische Wirklichkeit, die wir erleben. Es war eher, sagen wir einmal, ihr logischer Käfig, das Licht der Vernunft gegen das Dunkel der Fakten (aber auch das

Dunkel der Vernunft gegen das Licht der Fakten). Mitten in seinem philosophischen Lehrgedicht, nachdem er von der Notwendigkeit gesprochen hat, mit der das Sein *ist*, und zwar so, wie das Denken es denkt, sagt Parmenides: »Damit beschließe ich mein verläßliches Reden und Denken über die Wahrheit.« Jetzt, sagt er, spreche ich von den menschlichen Meinungen, und gebt acht, die Ordnung meiner Worte ist trügerisch. Gewiß, denn er spricht von der Veränderlichkeit der Erfahrung. Aber er *spricht* von ihr. Und er beschreibt ihre physischen Mechanismen, das Warme und das Kalte, die Sternbilder und die astronomische Form des Universums. Er spricht vom Schein als von einem Schein, aber da wir im Schein leben, plagt er sich damit ab, ihn zu analysieren. So wie auch Zenon, wenn er mit Paradoxen spielt, um zu beweisen, daß die Bewegung nicht existiert, dies nur tut, um seinen Meister zu verteidigen und jene zu widerlegen, die beweisen möchten, daß die Lehre von der Reglosigkeit des Seins absurd sei. Auf einen absurden Klotz ein absurder Keil, sagt er sich, und führt auch die bloße Idee der Bewegung noch ad absurdum. Paradox gegen Paradox. Doch abgesehen davon, daß dieses Paradox den Weg zu mathematischen Lehren der Neuzeit öffnet (und sogar Cantor und Russell antizipiert), glaubt Zenon so wenig an die Unmöglichkeit der Bewegung, daß er stirbt, um die Bewegung der Geschichte zu ändern. Die zwar nichts anderes ist als die Welt des Scheins und, wenn wir so wollen, der Illusion. Aber Zenon erinnert uns daran, daß man für jene Illusion, die unsere Alltäglichkeit ist, auch sterben kann. Sie mag Schein sein, nicht zurückführbar auf die Gesetze der logischen Identität, aber sie ist *mein* Schein, mit dem ich mich identifiziere, meine Stadt: *right or wrong, my party*. Wenn die Utopie der unbeweglichen Wahrheit mich zu immobilisieren droht, sprenge ich die hemmenden Ketten (nicht die Kohärenz des Widerspruchs) und stürze mich in die Teilwahrheit, koste es auch mein Leben.

Zenon orientierte sein Handeln nicht am Sein, sondern am politischen Unwohlsein seiner tyrannisierten Mitbürger. Und vielleicht sah er in der Vernichtung des Tyrannen den einzigen Weg, auf die Ansprüche der Vernunft zu pochen. Es gibt aber noch einen letzten Aspekt des Falles, der mir sehr aktuell erscheint. Russell war darüber beunruhigt, daß nach Parmenides keine Negation möglich wäre (auch keine Lüge), da sprechen immer nur sprechen von etwas Seiendem ist und nicht von etwas Nichtseiendem. Andererseits wußte Parmenides, daß die Ordnung der Sprache sich auf die Welt des Scheins bezieht, die sie benennt, und daher letzten Endes immer trügerisch ist. Zenon beschließt nun, um den Tyrannen irrezuführen, *zu lügen.* Er täuscht den Tyrannen, indem er ihm sagt, daß die Verschwörer niemand anders als seine Freunde seien (eine brechtische Lösung, die uns durch ihre revolutionäre Vorurteilslosigkeit fasziniert). Indem er das tut, suggeriert er uns zweierlei. Erstens sagt er uns durch sein Handeln, daß die Sprache eine *mögliche* Welt schaffen kann und daß eine von der Sprache geschaffene mögliche Welt so sehr »ist«, daß sie die Konnotate der wirklichen Welt verändert (der Tyrann wird isoliert). Und zweitens weiß er, daß er mit einer Aussage, die an der Oberfläche nicht wahr ist, de facto etwas bekräftigt, was in der Tiefe wahr ist, nämlich daß die Tyrannei von Verdacht und Verrat lebt. Zenon lügt also, um die verblendete Wahrheit der Tyrannei zu bestätigen. Und damit zerstört er sie: Er gibt dem Tyrannen die eigene Unterdrückungstechnik zu fressen...

Wirklich, warum wollen wir das den Studenten von morgen vorenthalten? Diese Chronik aktueller Ereignisse, als die sich, im Licht der Kulturgeschichte betrachtet, die Philosophiegeschichte entpuppt?

(*Corriere della sera*, 1975)

# Vom Cogito interruptus

Es gibt Bücher, die man leichter besprechen, erklären, laut kommentieren als still für sich lesen kann; denn nur mit dem Stift in der Hand kann man ihre Gedankengänge, die zwingende Logik ihrer Schlußfolgerungen oder das feine Binnengeflecht ihrer Argumente gebührend verfolgen. Darum existieren für Bücher wie die *Metaphysik* des Aristoteles oder die *Kritik der reinen Vernunft* mehr Kommentatoren als Leser, mehr Spezialisten als Liebhaber.

Umgekehrt gibt es Bücher, die sich höchst angenehm lesen, aber unmöglich beschreiben lassen; denn sobald man sie darzulegen oder zu kommentieren versucht, merkt man, daß sie sich heftig dagegen sträuben, in Formeln wie »dieses Buch besagt, daß...« übersetzt zu werden. Wer sie zum Vergnügen liest, findet sich gut bedient für sein Geld; wer sie aber liest, um sie anderen zu resümieren, ärgert sich über jede Zeile, zerreißt die eben gemachten Notizen, sucht die Folgerung nach dem »folglich« und findet sie nicht.

Zweifellos wäre es unverzeihlicher Ethnozentrismus, etwa eine Zen-Erzählung, die anderen logischen Idealen als den unseren folgt, als »unlogisch« zu deklarieren; doch wenn sich unser westliches Denk-Ideal in einem bestimmten Modell resümiert, das aus »wenn« und »dann« und »da« und »folglich« besteht, dann finden wir in diesen Büchern illustre Beispiele für ein Denken als *Cogito interruptus*, dessen Verfahren wir uns bewußtmachen müssen. Und da dieses Denken sowohl den Verrückten wie den Autoren einer wohlüberlegten »Unlogik« eigen ist, müssen wir jeweils klären, wann es ein Defekt ist und wann eine Tugend, und zwar eine (allen malthusianischen Vorurteilen zum Trotz) befruchtende Tugend.

Cogito interruptus ist typisch für jene, die überall in der Welt Symbole sehen. So der Verrückte (der uns zum Beispiel ein Streichholzheftchen vor die Nase hält, uns lange und tief in die Augen blickt und schließlich bedeutungsvoll sagt: »Seht ihr, es sind genau sieben...«, in der Erwartung, daß wir den verborgenen Sinn dieses unwiderlegbaren Zeichens erfassen); so auch der Bewohner eines symbolischen Universums, dem jeder Gegenstand und jedes Ereignis zum Zeichen für etwas Überirdisches wird, das alle bereits vorhanden wissen und nur noch bestätigt sehen wollen.

Aber Cogito interruptus ist auch typisch für jene, die überall in der Welt nicht Symbole, sondern Symptome sehen: untrügliche Vorzeichen für etwas, das nicht im Jenseits oder im Diesseits verborgen ist, sondern früher oder später *geschehen wird.*

Die Not des Rezensenten beginnt jedoch schon, wenn einer bedeutungsvoll sagt: »Seht ihr, genau sieben Streichhölzer...«, denn schon weiß man nicht mehr, wie man den anderen die Tragweite dieses symptomatischen Zeichens erklären soll; und wenn der Betreffende gar noch hinzufügt: »Und denkt nur, falls ihr noch Zweifel habt, vier Schwalben sind heute vorbeigeflogen!«, dann ist der Rezensent vollends verloren. Ungeachtet all dessen ist der Modus des Cogito interruptus eine große prophetische, dichterische und psychagogische Technik. Nur eben keine, die sich besprechen läßt. Daher bedarf es eines schönen Vertrauens zum *Cogito perfectus* (das mir der Leser hoffentlich zuerkennt), um dennoch darüber zu sprechen.

In den Diskursen über die Welt der Massenmedien und der technischen Zivilisation ist der Modus des Cogito interruptus sehr in Mode bei denen, die ich andernorts[1] als »Apokalyptiker« bezeichnet habe: Leute, die in den Geschehnissen der Vergangenheit lauter Symbole einer wohlbekannten Harmonie erblicken und in denen der Gegenwart lauter Symbole eines unaufhaltsamen Niedergangs, so daß ihnen jedes Mädchen im Minirock nur als dechiffrierbare Hieroglyphe für ein Ende der Zeiten erscheint. Unbekannt war dieses Denken hingegen bisher bei den »Integrierten«, die das Universum nicht entziffern, sondern problemlos bewohnen. Es wird indessen von einer Kategorie gepflegt, die wir als Hyper- oder pfingstliche Integrierte bezeichnen können, besser noch als Parusiasten: Leute, die von der platonischen Parusie

1 In *Apokalyptiker und Integrierte*, vgl. oben S. 147, Fußnote.

durchdrungen sind, vom Syndrom der vergilschen Vierten Ekloge befallen, Zungenredner des Goldenen Zeitalters. Wenn die Apokalyptiker traurige Brüder Noahs waren, sind die Parusiasten fröhliche Vettern der Weisen aus dem Morgenland.

Dank eines glücklichen Zufalls in den Verlagsprogrammen können wir nun zwei Bücher gemeinsam betrachten, die beide, jedes auf seine Weise und zu seiner Zeit, sehr erfolgreich waren und zu den Grundlagentexten für einen wohlfundierten Diskurs über die moderne Zivilisation gehören: Hans Sedlmayrs *Verlust der Mitte*, ein Hauptwerk des apokalyptischen Denkens, und Marshall McLuhans *Understanding Media* (unschön übersetzt als »Die Instrumente des Kommunizierens«[2]), vielleicht das anregendste und gelungenste Werk aus der parusiastischen Schule. Der Leser, der sich beide gleichzeitig vornimmt, freut sich auf ein dialektisches Fest, eine Orgie von Argumenten, Gegenargumenten und Widerlegungen, die ihm plastisch vor Augen führen, wie verschieden zwei Denker von so radikal entgegengesetzter Weltsicht argumentieren – und statt dessen entdeckt er, daß beide ganz gleichartig argumentieren, ja, mehr noch, sie führen auch beide die gleichen Belege ins Feld. Genauer: Sie berufen sich auf die gleichen Ereignisse, nur sieht der eine sie als Symbole und der andere als Symptome, der eine erwähnt sie im düsteren Ton der Klage, der andere mit fröhlichem Optimismus, der eine schreibt sie auf Bögen mit Trauerrand, der andere auf Hochzeitsanzeigen, der eine versieht sie mit einem Minus-Zeichen, der andere mit einem Plus-Zeichen – doch beide versäumen es, Gleichungen zu formulieren, denn im Cogito interruptus werden Symbole und Symptome mit vollen Händen ausgestreut wie Konfetti im Karneval und nicht pingelig aneinandergereiht wie Kügelchen auf einem Rechenbrett.

*Verlust der Mitte* erschien 1948. Zeitlich bereits recht fern von den Tagen des Zorns, als man die Werke der »entarteten Kunst« verbrannte, bewahrt es sich davon gleichwohl noch (wir sprechen vom Werk, nicht von der Biographie des Autors) einen flackernden Widerschein. Doch wer die ersten Kapitel liest, ohne die

2 Deutsch reißerisch: *Die magischen Kanäle (Understanding Media)*, aus dem Englischen von Dr. Meinrad Amann, Econ, Düsseldorf 1968 (Original New York 1964).

Sedlmayrsche Position im Kontext der Ideengeschichte zu kennen, findet zunächst eine theoretische Abhandlung (scheinbar sine ira et studio) über die »führenden Aufgaben der modernen Architektur« seit den englischen Landschaftsgärten und den utopistischen Monumentalentwürfen der Französischen Revolution, gesehen als Symptome für eine Diagnose der Zeit: Der Kult der Vernunft erzeugt eine »Religion der Denkmäler für die Ewigkeit«, eine Vorliebe für das Grabmal, beim Gärtnerhäuschen wie beim Museum, die eine Suche nach chthonischen Kräften enthüllt, nach tiefen Verwandtschaften mit den Urkräften der Natur; die Geburt einer Idee der »ästhetischen Kirche«, des Kunsttempels ohne Bildnis eines bestimmten Gottes; im Biedermeier dann eine Abkehr von den großen Themen des Heiligen und eine Hinwendung zum Bequemen, Privaten, Intimen; danach eine Renaissance der Äußerlichkeit im Theaterbau und schließlich die Geburt jener weltlichen Kathedralen in Gestalt der riesigen Ausstellungshallen aus Glas und Stahl...

Von der Anbetung Gottes zur Anbetung der Natur, vom Kult der ästhetischen Form zum Kult der Technik: soweit Sedlmayrs Beschreibung einer »Abfolge«. Doch kaum definiert er dann diese Abfolge als eine »absteigende«[3], drängt sich bereits die Diagnose in die Beschreibung: Der Mensch stürzt abwärts, denn er hat die Mitte verloren. Wer die Nerven hat, an diesem Punkt ein paar Kapitel des Buches zu überspringen (von S. 50 bis S. 133), erspart sich viele Traumata, denn in den Schlußkapiteln gibt Sedlmayr den Schlüssel zum Verständnis der Symbole, die er in den Kapiteln davor behandelt: Die Mitte ist das Verhältnis des Menschen zu Gott. Nach dieser Behauptung (ohne daß Sedlmayr, der kein Theologe ist, sich damit aufhält, uns zu erklären, was Gott ist und worin das Verhältnis des Menschen zu Ihm besteht) gelangt auch ein Kind zu dem Schluß, daß Kunstwerke, in denen Gott nicht vorkommt und die sich auch nicht mit Gott auseinandersetzen, gottlose Kunstwerke sind. An diesem Punkt vergeuden sich die Petitiones principii: Wenn Gott »räumlich oben« ist, dann ist ein Kunstwerk, das sich auch verkehrt herum betrachten läßt (siehe

3 Hans Sedlmayr, *Verlust der Mitte. Die bildende Kunst des 19. und 20. Jahrhunderts als Symptom und Symbol der Zeit*, Ullstein Buch Nr. 39, Frankfurt am Main 1956, S. 49.

Kandinsky), atheistisch. Gewiß hätte Sedlmayr dieselben Zeichen, die er im Verlauf der abendländischen Kunstgeschichte entdeckt (romanischer Dämonismus, Obsessionen à la Bosch, Bruegelsche Groteske usw.), nur in einem anderen Schlüssel zu lesen brauchen, um zu schließen, daß der Mensch anscheinend in seiner ganzen Geschichte nichts anderes getan hat, als ständig die Mitte zu verlieren. Aber der Autor hält sich lieber an schulmeisterliche Philosopheme wie: »Unbedingt festgehalten muß daran werden, daß – so wie das Wesen des Menschen zu allen Zeiten eines ist – auch das Wesen der Kunst zu allen Zeiten dasselbe ist, mögen ihre Äußerungen auch noch so verschieden aussehen.«[4] Was soll man dazu sagen? Hat man den Menschen erst einmal als »Natur und Übernatur« definiert[5] und die Übernatur (die göttliche Seite) in jenen Begriffen, in denen eine bestimmte Phase der abendländischen Kunst sie dargestellt hat, so ist es, wenn seit dem 18. Jahrhundert »eine Kluft zwischen Gott und dem Menschen« diese zwei Seiten auseinanderhält, in der Tat »offenbar so, daß dieses Auseinanderhalten dem Wesen des Menschen (und Gottes) widerspricht«[6] – sobald man das Wesen beider aus einer partikularen Ikonographie deduziert, die man als ein für allemal gültig betrachtet.

Um zu diesen Passagen lachhafter Philosophie zu gelangen, erwirbt sich der Autor jedoch zunächst die Bewunderung der literarischen Welt durch einige Musterbeispiele von Lektüre im Kaffeesatz.

Wie liest man im Kaffeesatz? Zum Beispiel indem man voller Entsetzen die Tendenz der modernen Architektur zur »Loslösung von der Erdbasis« konstatiert, zu jener »Vertauschung von unten und oben«[7], die den Gipfel der Ungeheuerlichkeit mit dem Flachdach erreicht, dem horizontalen Perron als einer »Urzelle des neuen Bauens«.[8] Das Trauma des Flachdachs zieht sich (neben dem Trauma des Kugelbaus) durch Sedlmayrs gesamten Diskurs:

4 Op. cit., S. 160.
5 Op. cit., S. 136.
6 Op. cit., S. 135.
7 Op. cit., S. 79.
8 Op. cit., S. 85.

Diese Horizontalisierung der Architektur, die zwischen Stockwerk und Stockwerk die Leere der gläsernen Wände gestattet, dieser Verzicht auf das vertikale Wachstum (außer durch Übereinanderschichtung horizontaler Stockwerke), erscheinen ihm als »Symptome einer Verleugnung des Tektonischen«[9] und einer »Bodenlosigkeit«[10] der Architektur; nirgendwo kommt ihm in Begriffen der Bauwissenschaft der Gedanke, daß ein Wolkenkratzer aus übereinandergestapelten horizontalen Geschossen solider steht als der Chor von Beauvais, der wieder und wieder zusammenbrach, bis man ihn stehenließ, wie er war, ohne die Kathedrale anzufügen. Nachdem Sedlmayr die Architektur als eine besondere Form von Verhältnis zum Boden identifiziert hat, sieht er sie allenthalben zerfallen und birgt das Haupt unter dem Flügel. Die Tatsache, daß jemand kugelförmig statt kubus- oder pyramidenförmig baut, raubt ihm den Atem: Wie dem Verrückten die sieben Streichhölzer, erscheinen ihm die Kugeln von Ledoux bis Fuller als unwiderlegliche Zeichen für ein Ende der architektonischen Zeiten. Mit der Sicht einer Kugel als Epiphanie des Verlustes der Mitte wären Parmenides und Augustinus schwerlich einverstanden gewesen, aber Sedlmayr ist auch bereit, die gegebenen Archetypen zu ändern, um die Geschehnisse, die er als Symbole auserwählt, das bedeuten zu lassen, was er von vornherein bereits wußte.

Zu den bildenden Künsten übergehend, sieht er in den Karikaturen von Goya oder Daumier den Eintritt des entstellten und seelisch zerrütteten Menschen – als hätten die griechischen Vasenmaler sich nicht analoge Späße erlaubt, vielleicht mit weniger Grund als die Satiriker des frühindustriellen Fortschrittsglaubens. Für Cézanne und den Kubismus kann sich der Leser schon denken, was Sedlmayr von dieser Reduktion der Malerei auf eine »Darstellung der im Sehen vorfindbaren«[11] Wirklichkeit hält; in der übrigen zeitgenössischen Malerei kann er nur noch apokalyptische Zeichen erkennen, etwa die »Verzerrungen wie im Hohlspiegel« und die Fotomontage, typische Beispiele für

9 Op. cit., S. 86.
10 Op. cit., S. 81.
11 Op. cit., S. 97.

»außermenschliche Ansichten«.[12] Unnütz zu erwidern, daß mir, da *ich* es bin, den ich in einem Hohlspiegel sehe, den *ich* gemacht habe, diese Ansicht ebenso menschlich erscheint wie die zyklopische Deformation im perspektivischen Kasten der Renaissance, eine alte Geschichte. Sedlmayr sieht das Bild des Chaos und Todes eben stets in *den* Zeichen, die er darauf bezieht. Niemand bezweifelt, daß die Phänomene, die er aufzählt, wirklich Zeichen für etwas sind; Aufgabe eines Historikers der Kunst und der Kultur im allgemeinen wäre es aber gerade, diese Phänomene zu korrelieren, um zu sehen, wie sie zusammenpassen. Statt dessen ist Sedlmayrs Diskurs paranoisch, da er alle Zeichen auf eine unbegründete und philosophisch vage Obsession zurückführt – und so bleibt am Ende kein Unterschied zwischen der Kugel als Symbol für die Ablösung von der Erde, dem Flachdach als Beispiel für den Verzicht auf Anstieg und dem Einhorn als sichtbarem Zeichen für die Jungfräulichkeit Marias.

Sedlmayr ist ein Spätling des Mittelalters, der weitaus scharfsinnigere und visionärer erleuchtete Zeichendeuter imitiert. Und daß sein Diskurs ein so exzellentes Beispiel für Cogito interruptus ist, liegt an seinem allusiven und Einverständnis heischenden Gestus: Jedesmal, wenn er ein Zeichen erwähnt hat, stößt er uns mit dem Ellbogen an, zwinkert uns zu und sagt: Na, habt ihr's gesehen? So passiert es ihm, daß er in drei Zeilen die Tendenz der modernen Kunst zum Amorphen und Degenerierten mit der Tendenz der modernen Wissenschaft zur Entdeckung des Anorganischen gleichsetzt und daraus deduziert (Extrapolation nach Art eines klinischen Falles), das Organ der Degeneration sei der exakte Verstand, sein Instrument sei die mathematische Logik und seine »für diese Sicht entwickelten Organe« seien die Mikro- und Makroskopie; und nach Erwähnung der Makroskopie fügt er in Klammern hinzu: »auch hier Verlust der Mitte«.[13] Nein, Herr Professor Sedlmayr, den sehe ich hier beim besten Willen nicht, und Sie sind ein Blender. Wenn es niemand zu sagen wagt, sage ich es: Entweder Sie erklären sich deutlicher, oder es gibt

12 Op. cit., S. 102.
13 Op. cit., S. 127.

keinen Unterschied zwischen Ihnen und einem, der mir versichert, daß Freitag der dreizehnte Unglück bringe.

Schlagen wir nun McLuhan auf. McLuhan sagt dasselbe wie Sedlmayr, auch für ihn hat der Mensch die Mitte verloren. Nur lautet sein Kommentar: Na endlich, es war auch Zeit!

McLuhans These besagt, wie inzwischen jedermann weiß, daß die Errungenschaften der Technik, vom Rad bis zur Elektrizität, als Medien aufgefaßt werden müssen, das heißt als Ausweitungen unseres Körpers. Diese Ausweitungen haben im Verlauf der Geschichte Traumata, Betäubungen und Umstrukturierungen unserer Sinne bewirkt. Als ihre Verstärker oder Substitute haben sie unsere Weltsicht verändert, und die Veränderung, die ein neues Medium bewirkt, macht den Erfahrungsgehalt, den es transportieren kann, irrelevant. Das Medium ist die Botschaft, nicht was uns die neue Ausweitung bringt, ist entscheidend, sondern die Form der Ausweitung selbst. Was immer wir auf der Schreibmaschine auch schreiben, es wird nie so wichtig sein wie die radikal andere Art, in der die Technik des Maschineschreibens uns die Schrift zu sehen gelehrt hat. Daß die Erfindung des Buchdrucks zur Verbreitung der Bibel im Volk geführt hat, beruht auf dem Umstand, daß jede technische Neuerung »immer das verstärkt, was wir schon sind«. Die Drucktechnik hätte sich auch in den arabischen Ländern ausbreiten und den Koran in jedes Haus bringen können, und die Folgen wären dieselben gewesen wie für die moderne westliche Mentalität: Zerlegung der intellektuellen Praxis in gleichförmige und wiederholbare Einheiten, Herausbildung eines Sinnes für Homogenität und Kontinuität, der ein paar Jahrhunderte später das Fließband hervorgebracht hat und der sowohl Voraussetzung für die Ideologie des mechanischen Zeitalters war wie auch für die Kosmologie der Infinitesimalrechnung. »Die Uhr und das Alphabet brachten durch das Zerhacken der Welt in lauter visuelle Abschnitte die Harmonie der Wechselbeziehungen zum Verstummen.«[14] Sie erzeugten einen Menschen, der zu trennen vermag zwischen seinen Gefühlen und dem, was er

14 Marshall McLuhan, *Die magischen Kanäle*, S. 169.

im Raum aufgereiht sieht; sie erschufen den spezialisierten Menschen, der gewohnt ist, in linearer Weise zu argumentieren, frei von den Stammesbindungen der »oralen« Epochen, in denen jedes Mitglied der Gemeinschaft Teil einer ungeschiedenen Einheit war, die emotional und »ganzheitlich« auf das Geschehen im Kosmos reagierte.

Die Drucktechnik (der McLuhan sein vielleicht bestes Buch, *Die Gutenberg-Galaxis*, gewidmet hat) ist ein typisches »heißes« Medium. Anders als der Begriff vermuten läßt, erweitern »heiße Medien« nur einen einzigen Sinn (im Falle der Drucktechnik den Gesichtssinn) zu einer hohen Definitions- und Aufnahmefähigkeit, indem sie den Empfänger mit Daten sättigen, mit präzisen und »detailreichen« Informationen vollstopfen, aber seine übrigen Fähigkeiten unberührt lassen. In gewisser Weise hypnotisieren sie ihn, aber durch Fixierung nur eines Sinnes auf einen bestimmten Punkt. Umgekehrt liefern »kühle Medien« Informationen von geringer Detailpräzision, zwingen den Empfänger, die Lücken selbständig aufzufüllen, und beanspruchen dadurch seine ganze Person mit allen Sinnen und Fähigkeiten. Sie »beteiligen« ihn, aber in Form einer Halluzination, die ihn ganz erfüllt. Die Drucktechnik und das Kino sind heiße Medien, das Fernsehen ist kühl.

Das Aufkommen der Elektrizität hat nun einige revolutionäre Neuerungen gebracht: Erstens haben wir mit dem elektrischen Licht – wenn es stimmt, daß unabhängig vom transportierten Inhalt das Medium die Botschaft ist – zum erstenmal in der Geschichte ein absolut *inhaltloses* Medium; zweitens präsentiert die Elektrotechnik, die nicht ein einzelnes Organ, sondern unser Zentralnervensystem erweitert, als ihr primäres Produkt die *Information*. Die anderen Produkte der mechanischen Zivilisation sind in einer Zeit der Automation, raschen Nachrichtenübermittlung, Kreditwirtschaft und weltweiten Finanzoperationen gegenüber dem Produkt Information sekundär geworden; Produktion und Verkauf von Information haben sogar die ideologischen Grenzen überwunden. Zur gleichen Zeit hat das »kühle« Medium par excellence, das Fernsehen, die vom Gutenberg-Modell inspirierte lineare Welt der mechanischen Zivilisation zerstört und eine Art Stammeseinheit oder ursprüngliches Dorf wiederhergestellt.

»Das Fernsehbild ist visuell datenarm. Es ist keine photographische Einzelaufnahme. Es ist überhaupt keine richtige Photographie, sondern eine ständig in Bildung begriffene Profilierung von Dingen, die ein elektronischer Stift abtastet . . . Das Fernsehbild bietet dem Betrachter etwa drei Millionen Punkte pro Sekunde, aber davon nimmt er jeweils nur ein paar Dutzend gleichzeitig auf, um sich daraus ein Bild zu machen . . .«[15] »Wie das Fernsehen, dieses Maschennetz und Leuchtpunkt-Mosaik, die Perspektive der Kunst nicht fördert, so ist es auch der Linearität in der Lebensweise nicht förderlich. Seit dem Aufkommen des Fernsehens ist das Fließband aus der Industrie verschwunden, desgleichen die hierarchisch-lineare Struktur aus dem Management der Betriebe. Verschwunden sind auch die Reihen der alleinstehenden Männer auf Tanzfesten, die politischen Linien der Parteien, die Aufstellungen des Hotelpersonals bei der Ankunft eines Gastes und die Nähte der Nylonstrümpfe . . .«[16] »Der Gesichtssinn, erweitert durch die phonetische Alphabetschrift, macht das analytische Wahrnehmen einzelner Aspekte im Leben der Formen zur Gewohnheit. Er erlaubt uns, den Einzelfall zu isolieren, in Zeit und Raum wie in der darstellenden Kunst . . . Umgekehrt bedient sich die ikonische Kunst der Augen, wie wir uns der Hände bedienen, um ein ganzheitliches Bild zu formen, das aus vielen Phasen, Momenten und Aspekten besteht. Daher ist der Modus des ikonischen Bildsymbols nicht visuelle Darstellung und auch nicht Spezialisierung des visuellen Akzents, das heißt der Sicht aus einer besonderen Position. Die taktile Wahrnehmungsweise ist abrupt, nicht spezialisiert. Sie ist total, synästhetisch und darauf aus, alle Sinne einzubeziehen. Vom Mosaikbild des Fernsehens durchdrungen, sieht das Fernsehkind die Welt in einem konträr dem Alphabetismus entgegengesetzten Geist . . . Die jungen Leute, die seit einem Jahrzehnt fernsehen, haben mit dieser Erfahrung automatisch einen Drang zum totalen Einbezogensein mitbekommen, der ihnen die von der herrschen-

15 Op. cit., S. 341 (Wortlaut hier und im folgenden dem Original angeglichen).

16 Op. cit., S. 351 (der letzte Satz in der deutschen Ausgabe nicht enthalten).

den Kultur visualisierten Fernziele nicht nur allesamt weltfremd erscheinen läßt, sondern irrelevant, ja geradezu blutleer . . . Diese veränderte Haltung hat nichts mit den Programmen zu tun, sie wäre dieselbe, wenn die Programminhalte allerhöchstes kulturelles Niveau hätten . . .«[17] »Die elektronische Technik erweitert die Sofortverarbeitung von Informationen durch Herstellung von Querverbindungen in der gleichen Weise, wie das in unserem Zentralnervensystem schon seit langem geschieht. Eben diese Geschwindigkeit stiftet ›organische Einheit‹ und beendet das mechanische Zeitalter, das mit Gutenberg machtvoll eingesetzt hatte . . .«[18] »Wenn es die Elektrizität ist, die Energie und Synchronisierung liefert, verschmelzen alle Aspekte der Produktion, des Konsums und der Organisation mit der Kommunikation . . .«[19]

Diese Zitaten-Collage faßt McLuhans Aussagen einigermaßen übersichtlich zusammen und exemplifiziert zugleich seine Argumentationsweise, die – paradoxerweise – so kohärent mit der These ist, daß sie deren Stichhaltigkeit entkräftet. Erklären wir das genauer.

Typisch für unsere Zeit, ihr in jeder Hinsicht einnehmendes und vereinnahmendes Wesen, ist das Beherrschtsein von »kühlen« Medien, zu deren Eigenschaften, wie wir sagten, gehört, daß sie Konfigurationen von geringem Präzisionsgrad liefern: nicht »Fertigprodukte«, sondern Prozesse, und somit nicht lineare Abfolgen von Objekten, Momenten und Argumenten, sondern eine Art Totalität und Gleichzeitigkeit aller vorhandenen Daten. Überträgt man nun diese Realität auf die Darstellungsweise, so erhält man einen Diskurs, der nicht in Syllogismen voranschreitet, sondern in Aphorismen. Aphorismen sind (wie McLuhan erinnert) unvollständig und verlangen daher eine tiefe Anteilnahme. In diesem Sinne entspricht die Argumentationsweise, die er benutzt, aufs perfekteste jener neuen Welt, in die wir eingeladen sind, uns zu integrieren. Einer Welt, die Leuten wie Sedlmayr als teuflische Perfektion des »Verlustes der Mitte« erscheinen würde (die Idee der Mitte und der Symmetrie gehört ins Zeitalter

17 Op. cit., S. 363 f.

18 Op. cit., S. 378.

19 Op. cit., S. 384.

der Perspektive, einer Erfindung der Renaissance und gutenbergisch wie keine), doch für McLuhan ist sie die nahrhafte »Brühe« der Zukunft, in der die Bazillen der Gegenwart auf eine Weise gedeihen, die sich der Bazillus Alphabet nie hätte träumen lassen.

Nun hat diese Argumentation allerdings einige Mängel. Der erste besteht darin, daß McLuhan zu jeder Behauptung eine Gegenbehauptung aufstellt und dann beide als kongruent annimmt. In diesem Sinne böte sein Buch sehr gute Argumente sowohl für Sedlmayr und die ganze Clique der Apokalyptiker als auch für die Société anonyme der Integrierten, zitierfähige Passagen sowohl für einen Maoisten, der unsere Gesellschaft anprangern will, als auch für einen Theoretiker des neokapitalistischen Optimismus. McLuhan fragt nicht erst lange, ob seine Argumente auch alle wahr sind: Ihm genügt es, daß sie alle *da sind.* Was aus unserer Sicht als Widerspruch erscheinen könnte, ist in seiner Sicht einfach Gleichzeitigkeit. Doch da er schließlich ein Buch schreibt, kann sich auch McLuhan nicht dem gutenbergischen Usus entziehen, lineare Argumentationsfolgen aneinanderzureihen. Nur ist die Folgerichtigkeit bei ihm Fiktion, er offeriert uns die Gleichzeitigkeit seiner Argumente, *als ob* sie eine logische Folge wäre. In einem der angeführten Zitate geht er so blitzschnell vom Bild der Linearität im Management eines Betriebes zum Bild der Linearität im Maschennetz eines Nylonstrumpfes über, daß die Verkoppelung beinahe zwangsläufig als Kausalverbindung erscheint.

Gewiß, das ganze Buch McLuhans demonstriert uns ununterbrochen, daß die Elemente »Verschwinden des Fließbandes« und »Verschwinden der Netzseidenstrümpfe« nicht durch ein »folglich« verbunden werden dürfen – jedenfalls nicht vom Autor der Botschaft, eher vielleicht schon von ihrem Empfänger, der sich daranmacht, die Lücken in dieser ungenau präzisierten Kette zu füllen. Doch insgeheim *wünscht* sich McLuhan, daß wir dieses »folglich« einfügen, auch weil er weiß, daß wir gutenbergischerweise, sobald wir die zwei Daten nebeneinander auf der gedruckten Seite lesen, gezwungen sein werden, in Begriffen einer Sequenz zu denken. Und folglich ist er ein Blender, genauso wie Seldmayr, der uns weismachen will, daß die Makroskopie einen

Verlust der Mitte bedeute, genauso wie der Verrückte, der uns die sieben Streichhölzer hinhält. Er verlangt eine Extrapolation und nötigt sie uns zugleich in der heimtückisch-illegitimsten Weise auf, die wir uns vorstellen können. Wir sind mitten im Cogito interruptus, genauer: in einem Modus, der nicht *interruptus* wäre, wenn er sich konsequenterweise nicht mehr als *Cogito* präsentieren würde. Doch das ganze Buch MacLuhans beruht auf der Zwiespältigkeit eines Cogito, das sich negiert und zugleich argumentierend auf die Modi der negierten Rationalität beruft.

Wenn wir das Aufkommen einer neuen Dimension des Denkens und physischen Daseins erleben, ist diese Neuerung entweder radikal, umfassend – und hat schon den Sieg errungen –, und dann kann man keine Bücher mehr schreiben, um darzulegen, daß etwas gekommen ist, was alle Bücher obsolet gemacht hat; oder das Problem unserer Epoche besteht darin, die neuen Dimensionen des Denkens und Fühlens mit denen zu integrieren, auf die sich alle unsere Kommunikationsweisen bisher immer noch gründen (auch die des Fernsehens, das ja an der Quelle noch in gut gutenbergischen Dimensionen konzipiert, organisiert und programmiert wird), und dann ist es Aufgabe der Kritik (die sich in Büchern artikuliert), diese Vermittlungsarbeit zu leisten, das heißt die globale Vernetzung und ganzheitliche Verflochtenheit in die Termini einer linearen und spezialisierten Gutenberg-Rationalität zu übersetzen.

McLuhan hat neuerdings begriffen, daß man vielleicht keine Bücher mehr schreiben sollte: In seinem kürzlich erschienenen »Nicht-Buch« *The Medium is the Massage*[20] entfaltet er einen Diskurs, der das Wort mit dem Bild verschmilzt und die logischen Ketten zerbricht zugunsten einer synchronen visuell-verbalen Präsentation von Daten, die nicht rational dargelegt, sondern gleichsam vor der Intelligenz des Lesers aufgewirbelt werden. Das Dumme ist nur, daß der Leser, um *The Medium is the Massage* voll zu verstehen, *Understandig Media* als Code braucht. McLuhan kann sich dem Anspruch auf rationale Erklärung des Prozesses, den wir erleben, nicht entziehen, doch sobald

20 Zusammen mit Quentin Fiore, New York 1967; deutsch *Das Medium ist Massage*, aus dem Englischen von Max Nänny, Ullstein Buch Nr. 36075, Frankfurt/M.–Berlin–Wien 1969.

er sich den Ansprüchen des Cogito beugt, ist er gehalten, nicht mittendrin abzubrechen.

Das erste Opfer dieser zwiespältigen Situation ist McLuhan selbst. Denn er beschränkt sich nicht darauf, unverbundene Daten aneinanderzureihen und sie uns aufzuschwatzen, als hätten sie einen Zusammenhang. Es kommt auch vor, daß er sich bemüht, uns Daten zu präsentieren, die uns zusammenhanglos und widersprüchlich erscheinen, während er sie durch logische Operationen verbunden denkt, nur schämt er sich offenbar dieser Operationen und zeigt sie uns nicht in Aktion. Lesen wir beispielsweise den folgenden Abschnitt, zunächst ohne Rücksicht auf die hier in Klammern eingefügten Nummern:

»Es scheint ein Widerspruch zu sein, daß die zerlegende und teilende Kraft unserer analytischen westlichen Welt auf eine Betonung unseres Sehvermögens zurückgehen soll. (1) Der Gesichtssinn ist auch verantwortlich für die Gewohnheit, alle Dinge als kontinuierlich und logisch zusammenhängend zu betrachten. (2) Zerlegung durch Betonung des Visuellen erfolgt durch jene Herauslösung des Moments in der Zeit oder des Gesichtspunkts im Raum, die über das Vermögen des Tastsinns, Gehörs, Geruchssinns und der Bewegung hinausgeht. (3) Indem die elektronische Technik uns bildlich nicht darstellbare Beziehungen aufzwingt, die sich aus ihrer Instantangeschwindigkeit ergeben, entthront sie den Gesichtssinn und versetzt uns wieder ins Reich der Synästhesie und der engen Verflechtungen zwischen den anderen Sinnen.«[21]

Lesen wir nun diesen unverständlichen Abschnitt noch einmal, indem wir an den numerierten Stellen folgende Bindeglieder einsetzen: (1) = *Denn*, (2) = *Jedoch*, (3) = *Im Gegensatz dazu*, und wir werden sehen, daß die Argumentation funktioniert, jedenfalls formal.

Das alles betrifft jedoch nur die Darlegungsweise. Schwerwiegender sind die Fälle, in denen der Autor regelrechte Argumentationsfallen aufstellt. Sie können unter einen Begriff zusammengefaßt werden, der jenen Scholastikern teuer war, die McLuhan, der

21 *Die magischen Kanäle*, S. 122 f.

einstige Kommentator Thomas von Aquins, gut kennen und imitieren sollte: das Äquivok über die *suppositio* der Termini, also die mehrdeutige Definition.

Der gutenbergische Mensch und vor ihm der alphabetische hatten uns wenigstens beigebracht, die Termini unserer Rede genau zu definieren. Ihre Definition zu vermeiden, um den Leser besser »miteinzubeziehen«, kann eine literarische Technik sein (was ist die gewollte Ambiguität des poetischen Redens anderes?), doch im Normalfall ist es ein Gauklertrick.

Sprechen wir gar nicht von jener ungenierten Vertauschung der gewohnten Konnotationen eines Begriffs, nach welcher *heiß* bei McLuhan »kritischen Abstand erlaubend« bedeutet und *kühl* »zum Mitmachen einladend«; *visuell* wird gleichbedeutend mit »alphabetisch« und *taktil* mit »visuell«; *Abstand* heißt »kritisches Engagement« und *Beteiligung* »halluzinatorisches Disengagement« und so weiter. Hier sind wir noch auf der Stufe einer bewußten Erneuerung der Terminologie zu provokatorischen Zwecken.

Aber sehen wir uns exemplarisch einige seiner fragwürdigsten Definitionsspiele an. Die Behauptung, alle Medien seien »mit ihrem Vermögen, Erfahrung in neue Formen zu übertragen, wirksame Metaphern«[22], ist nicht wahr. Ein Medium, etwa die gesprochene Sprache, überträgt Erfahrung in eine andere Form, weil es einen *Code* darstellt. Eine Metapher dagegen ist, innerhalb eines Codes, die Ersetzung eines Terminus durch einen anderen kraft einer hergestellten und dann verhüllten Ähnlichkeit. Die Definition des Mediums als Metapher verhüllt indes auch eine Unklarheit in der Definition des Mediums. Zu sagen, das Medium stelle »eine Erweiterung unserer selbst« dar, heißt noch recht wenig. Das Rad erweitert zwar die Möglichkeiten der Füße und der Hebel die Möglichkeiten der Arme, aber das Alphabet *reduziert* nach Kriterien einer besonderen Ökonomie die Möglichkeiten der Stimmorgane, um die Erfahrung auf eine bestimmte Weise zu codifizieren. Der Buchdruck ist nicht im gleichen Sinne ein Medium wie die Sprache. Er verändert nicht die

22 Op. cit., S. 67.

Reduktion der Erfahrung auf einen Code, die das Alphabet darstellt, sondern fördert die Verbreitung der alphabetisch geschriebenen Sprache und beschleunigt damit gewisse Evolutionen im Sinne der Präzisierung, Standardisierung usw. Zu sagen, »die Sprache leistet für die Intelligenz, was das Rad für die Füße und den Körper leistet; sie erlaubt den Menschen, sich von einem Gegenstand zum anderen mit größerer Leichtigkeit und Geschwindigkeit und immer geringerer Anteilnahme zu bewegen«[23], ist kaum viel mehr als eine aufwendig formulierte Binsenwahrheit.

In Wirklichkeit leidet die ganze Theorie McLuhans an einer Reihe von Unklarheiten, die für einen Kommunikationstheoretiker sehr gravierend sind, da sie die Unterschiede zwischen *Kanal* und *Code* und *Botschaft* verwischen. Zu sagen, sowohl die Straße wie die gesprochene Sprache seien Medien, heißt einen Kanal mit einem Code vermengen. Zu sagen, sowohl die euklidische Geometrie wie die Kleidung seien Medien, heißt einen Code (eine Art und Weise, die Erfahrung zu formalisieren) auf die gleiche Stufe zu stellen wie eine Botschaft (eine Art und Weise, mit Hilfe von Kleiderkonventionen etwas auszudrücken, einen Inhalt zu übermitteln). Zu sagen, das Licht sei ein Medium, heißt übersehen, daß es mindestens drei Bedeutungen von Licht geben kann: 1. Licht als *Signal* (ich sende Lichtimpulse, die nach dem Code des Morsealphabets eine Botschaft bedeuten können); 2. Licht als *Botschaft* (das Licht im Fenster meiner Geliebten bedeutet »komm!«); 3. Licht als *Kanal für andere Informationen* (wenn eine Straße erleuchtet ist, kann ich das Plakat an der Mauer lesen).

In diesen drei Fällen erfüllt das Licht verschiedene Funktionen, und es wäre hochinteressant zu untersuchen, ob sich konstante Elemente unter den so verschiedenen Formen des Phänomens verbergen oder ob durch die verschiedenen Gebrauchsweisen drei verschiedene Licht-Phänomene entstehen. Kurzum, die griffige und inzwischen berühmte Formel »Das Medium ist die Botschaft« erweist sich als vieldeutig und belastet mit einer Reihe konträrer Formeln. Tatsächlich kann sie folgendes bedeuten:

23 Op. cit., S. 88.

1. Die *Form* der Botschaft ist ihr wahrer Inhalt (dies die These der avantgardistischen Literaten und der mit ihnen verbündeten Kritiker).

2. Der *Code* und somit die Struktur einer Sprache – oder eines anderen Kommunikationssystems – ist die Botschaft (dies die berühmte anthropologische These von Benjamin Lee Whorf, für den die Weltsicht von der Struktur der Sprache determiniert wird).

3. Der *Kanal* ist die Botschaft (und somit determiniert das zur Übertragung einer Information gewählte physische Mittel die Form der Botschaft oder ihre Inhalte oder sogar die Struktur des Codes – ein bekannter Gedanke in der Ästhetik, wo man weiß, daß die Wahl des künstlerischen Materials die Rhythmen des Geistes und sogar des Themas determiniert).

Alle diese Formeln zeigen, daß es nicht stimmt, wenn McLuhan behauptet, die Informationstheoretiker hätten sich immer nur mit dem Inhalt der Information beschäftigt, ohne sich um die Probleme der Form zu kümmern. Abgesehen davon, daß McLuhan auch hier mit Definitionen spielt und den Terminus »Inhalt« in zwei verschiedenen Bedeutungen benutzt (für ihn bedeutet er »das, was gesagt wird«, für die Informationstheorie dagegen »die Anzahl der notwendigen Ja-Nein-Entscheidungen, um etwas zu sagen«), zeigt sich, daß die Kommunikationstheorie, indem sie die verschiedenen Phasen des Informationsganges formalisiert, nützliche Instrumente zur Unterscheidung von Phänomenen liefert, die verschieden sind und als verschieden betrachtet werden müssen.

Durch die Vereinigung all dieser Phänomene in seiner Einheitsformel sagt uns McLuhan nichts Nützliches mehr. Selbst wenn er zum Beispiel so interessante Dinge aufdeckt, wie daß die Erfindung der Schreibmaschine, da sie die Frauen als Stenotypistinnen in die Büros trieb, die Fabrikanten von Spucknäpfen in die Krise stürzte, wiederholt er nur das evidente Prinzip, daß jede neue Technik Veränderungen im sozialen Körper bewirkt. Gerade angesichts dieser Veränderungen wäre es aber höchst nützlich zu wissen, wie und wodurch sie jeweils entstehen: ob durch einen neuen Kanal, einen neuen Code, eine neue Artikulationsweise des

Codes, ob durch das, was die Botschaft besagt, indem sie den Code artikuliert, oder durch die Bereitschaft einer bestimmten Gruppe, die Botschaft zu empfangen.

Daher nun hier eine Gegenthese: Das Medium ist *nicht* die Botschaft; zur Botschaft wird das, was der Empfänger zur Botschaft werden läßt, indem er es seinen eigenen Empfangscodes anpaßt, die weder mit denen des Senders identisch sind noch mit denen des Kommunikationswissenschaftlers. Das Medium ist nicht die Botschaft, denn für den Kannibalenhäuptling ist der Wecker nicht Ausdruck seiner Entschlossenheit, die Zeit zu verräumlichen, sondern ein kinetischer Halsschmuck. Wenn das Medium die Botschaft ist, bleibt uns nichts mehr zu tun, und wir sind (die Apokalyptiker wissen es) nur noch Sklaven der Instrumente, die wir geschaffen haben. Aber die Botschaft ist abhängig von der Deutung, die man ihr gibt, im Universum der Elektrizität ist noch Platz für eine Guerilla. Es kommt darauf an, die Rezeptionsperspektiven zu differenzieren: nicht die Fernsehanstalten zu besetzen, sondern den ersten Platz vor jedem Fernsehapparat. Mag sein, daß es wahr ist, was uns McLuhan predigt (im Chor mit den Apokalyptikern), aber dann haben wir es mit einer sehr schlimmen Wahrheit zu tun, und da die Kultur zum Glück in der Lage ist, sich ungeniert andere Wahrheiten zu erschaffen, lohnt es sich, eine produktivere vorzuschlagen.

Zum Schluß noch drei Fragen zur Nützlichkeit einer Lektüre McLuhans.

Schafft man es überhaupt, *Understandig Media* zu lesen? Ja, denn der Autor scheint uns zwar mit einer enormen Fülle von Daten zu überfallen (Alberto Arbasino hat brillant insinuiert, dieses Buch sei von Bouvard und Pécuchet geschrieben), doch die zentrale Information, die er uns gibt, ist eine einzige: Das Medium ist die Botschaft. Er wiederholt sie mit einer Beharrlichkeit sondergleichen und mit absoluter Treue zum Diskurs-Ideal der oralen Stammesgesellschaften, zu denen er uns einlädt: »Die ganze Botschaft wird immer wieder auf den konzentrischen Kreisen einer Spirale und mit scheinbarer Redundanz wiederholt.« Nur eine Anmerkung: Die Redundanz ist nicht scheinbar, sondern wirklich. Wie bei den besten Produkten der Unterhaltungsindustrie dient der Reigen begleitender Informationen einzig dem Zweck, eine bis zum Überdruß wiederholte zentrale Struktur genießbar zu machen, so daß der Empfänger immer nur das empfängt, was er bereits gewußt (oder kapiert) hat. Die Zeichen, die McLuhan deutet, beziehen sich alle auf etwas, das er uns von vornherein mitgeteilt hat.

Lohnt es sich, wenn man Autoren wie Sedlmayr gelesen hat, Autoren wie McLuhan zu lesen? Ganz gewiß. Zwar sagen beide mutatis mutandis dasselbe (nämlich, daß die Medien nicht Ideologien transportieren, sondern selber Ideologien sind), aber die visionäre Emphase McLuhans ist nicht klagend, sondern erregend, übermütig und ausgeflippt. Es steckt etwas Gutes in McLuhan, wie in den Haschrauchern und den Hippies. Warten wir ab, was sie noch zustande bringen.

Ist McLuhan wissenschaftlich ergiebig? Schwierige Frage, denn wir werden uns hüten, den Verfasser franziskanischer Hymnen an Schwester Elektrizität im Licht des akademischen Biedersinns zu verdammen. Was steckt an Fruchtbarem in dieser permanenten intellektuellen Erektion?

McLuhan beschränkt sich nicht auf Versicherungen vom Typus »Freitag der dreizehnte: Unglück«, er stellt auch Behauptungen auf, die zwar ebenfalls kabbalistisch sind, aber zum Typus »Eichen: weichen, Buchen: suchen« gehören; in welchem Falle wir nicht wie im ersten eine völlig unbegründete Gleichsetzung haben, sondern eine gewisse (wenn auch nur um des Reimes willen) strukturelle Homologie. Und die Suche nach strukturellen Homologien ängstigt nur die beschränkten Geister und Fachidioten, die nicht über ihren Tellerrand blicken können. Wenn Erwin Panofsky eine strukturelle Homologie zwischen dem Grundriß der gotischen Kathedrale und den Formen der mittelalterlichen theologischen Traktate entdeckt, sucht er zwei Operationsweisen zu vergleichen, die relationale Systeme ins Leben rufen, deren Strukturen sich auf ein und dasselbe formale Modell zurückführen lassen. Und wenn McLuhan eine Beziehung zwischen dem Verschwinden der gutenbergischen Mentalität und gewisser linear-hierarchischer Konzeptionsweisen der Organisationsstrukturen sieht, bewegt er sich zweifellos auf der gleichen Höhe heuristischer Inspiration. Doch wenn er hinzufügt, derselbe Prozeß habe zum Verschwinden der Aufmärsche des Hotelpersonals bei einer Ankunft des Gastes geführt, betritt er das Reich des Unüberprüfbaren, und wenn er beim Verschwinden der Nylonstrumpfnähte landet, ist er im Reich des Unwägbaren. Wenn er dann gar noch zynisch mit den gängigen Meinungen spielt, wohl wissend, daß sie falsch sind, wird die Sache ärgerlich. Denn McLuhan weiß, daß Elektronenrechner sehr viele Operationen in der Instantangeschwindigkeit einer Sekunde verrichten können, aber er weiß auch, daß diese Tatsache ihn nicht berechtigt zu sagen: »Die instantane Synchronisierung zahlreicher Operationen bedeutet das Ende des alten mechanischen Schemas der Reihung von Operationen in linearer Abfolge.«[24] Gerade die *Programmierung* eines Elektronenrechners besteht schließlich in der Reihung linearer Abfolgen logischer, in binäre Signale zerlegter Operationen. Wenn etwas in unserer modernen Welt sehr wenig stammessippenmäßig, ganzheitlich, polyzentrisch, halluzinatorisch und nicht-gutenbergisch ist, dann gerade die Arbeit des Programmierers. Es geht nicht an, sich die Naivität des durchschnittlichen »Humanisten« zunutze zu machen, der Elektronenrechner nur aus Science-fiction-Romanen kennt. Genau in dem Maße, wie uns McLuhans Diskurs höchst wertvolle Einsichten bietet, müssen wir von ihm verlangen, daß er nicht falschspielt.

Doch, eher melancholische Konklusion, der mondäne Erfolg seines Denkens beruht gerade auf dieser Technik des Nichtdefinierens der Begriffe und dieser Logik des Cogito interruptus, die auch den Apokalyptikern so große Resonanz in den biedersinnigen Feuilletons verschafft hat. In diesem Sinne hat McLuhan ganz recht, der *homo gutenbergianus* ist tot, und der Leser sucht im gedruckten Buch nach einer Botschaft von niederem Präzisionsgrad, in die er sich halluzinatorisch hineinversenken kann. Warum also dann nicht lieber gleich fernsehen?

Daß fernsehen besser als Sedlmayr ist, steht außer Zweifel; die Witzeleien gewisser TV-Unterhalter über die »futuristische« Ma-

24 Op. cit., S. 378.

lerei Picassos sind jedenfalls gesünder als das Lamento über die entartete Kunst. Anders liegt der Fall bei McLuhan: Ideen, auch wenn sie wild durcheinander daherkommen, gute mit schlechten vermischt, wecken andere Ideen, und sei's auch nur, um sie zu widerlegen. Also lest McLuhan, aber dann geht hin und versucht, euren Freunden davon zu erzählen. So werdet ihr gezwungen sein, eine Reihenfolge zu wählen, und werdet die Halluzination überwinden.

(*Quindici*, 1967)

# Die Sprache, die Macht und die Kraft

Am 7. Januar 1977 hielt Roland Barthes in Paris vor dem versammelten Publikum der großen Gesellschafts- und Kulturereignisse seine Antrittsvorlesung im Collège de France, in das er kurz zuvor auf den Lehrstuhl für Literatursemiologie berufen worden war. Diese Vorlesung, die damals großen Widerhall in der Presse fand (*Le Monde* widmete ihr eine ganze Seite), ist nun unter dem schlichten und überaus stolzen Titel *Leçon* bei den Editions du Seuil erschienen[1], ein Büchlein von kaum mehr als vierzig Seiten, das aus drei Teilen besteht. Der erste behandelt die Sprache, der zweite die Funktion der Literatur im Verhältnis zur Macht der Sprache und der dritte die Semiologie, insbesondere die Literatursemiologie.

Sagen wir gleich, daß wir uns hier nicht mit dem dritten Teil beschäftigen werden (der in seiner Kürze eine lange Methodendiskussion erfordern würde) und nur summarisch mit dem zweiten. Denn der erste wirft, wie uns scheint, ein Problem von weit größerer Tragweite auf, das über die Literatur und die Techniken ihrer Erforschung hinausgeht, um die Frage der Macht zu berühren. Eine Frage, die sich auch durch die anderen hier summarisch behandelten Bücher zieht.

Barthes' Antrittsvorlesung, die rhetorisch glänzend aufgebaut ist, beginnt mit einer Eloge auf die Würde, die er zu bekleiden sich anschickt. Wie man vielleicht weiß, beschränken sich die Professoren des Collège de France auf das Sprechen, die reine Lehre: Sie nehmen keine Prüfungen ab, sie haben nicht die Macht, Kandidaten zu promovieren oder durchfallen zu lassen, man besucht ihre Vorlesungen aus Liebe zu dem, was sie sagen. Daher die Freude, die Barthes gleich zu Anfang äußert (auch hier wieder schlicht und überaus stolz): Ich betrete einen Ort »außerhalb der Macht«. Natürlich ist das Heuchelei, denn nichts verleiht in Frankreich mehr kulturelle Macht als ein Lehrstuhl am Collège

1 Paris 1978; deutsch *Leçon/Lektion*, zweisprachig, aus dem Französischen von Helmut Scheffel, Suhrkamp, es 1030, Frankfurt am Main 1980.

de France, einem Ort, an dem Wissen produziert wird. Aber das ist ein anderes Thema. In dieser Vorlesung (in der es, wie wir sehen werden, um das Spiel *mit* der Sprache geht) treibt Roland Barthes, wenn auch mit offenen Karten, ein Spiel: Er stellt eine Definition der Macht zur Debatte und setzt eine andere voraus.

Barthes ist zu feinsinnig, um Foucault zu ignorieren, im Gegenteil, er dankt ihm ausdrücklich als seinem Freund und Fürsprecher im Collège; und so weiß er und sagt es auch, daß die Macht nicht »eine« ist, sondern daß sie gerade dort, wo sie sich einschleicht, ohne daß man es gleich bemerkt, »im Plural« auftritt wie die Dämonen, deren Name Legion ist, ja daß die Macht »in den feinsten Mechanismen des gesellschaftlichen Verkehrs gegenwärtig ist: nicht nur im Staat, in den Klassen, den Gruppen, sondern ebenso in den Moden, gängigen Meinungen, Schauspielen, Spiel- und Sportveranstaltungen, Informationen, familiären und privaten Beziehungen, selbst noch in den Befreiungsschlägen, durch die versucht wird, sie in Frage zu stellen«. Darum erklärt er: »Ich nenne Diskurs der Macht jenen Diskurs, der Schuld erzeugt und infolgedessen Schuldgefühle bei dem, der ihn aufnimmt.« Man mache eine Revolution, um die Macht zu zerstören, und sogleich wird sie unter den neuen Verhältnissen wiederaufleben. Denn »die Macht ist der Parasit eines transsozialen Organismus, der mit der ganzen Geschichte des Menschen zusammenhängt, nicht nur mit seiner politischen, historischen Geschichte«. Und: »Das Objekt, in das die Macht sich einschreibt, seit es den Menschen gibt, ist das Sprechen – oder genauer, sein bindender Ausdruck: die Sprache.«[2]

Nicht im Sprechvermögen als solchem gründet die Macht, sondern im Sprechen, das zu einer Ordnung gerinnt, zu einem System von Regeln, zur Sprache als Code. Die Sprache, sagt Barthes (in einem Diskurs, der auf weite Strecken, ich weiß nicht, wie bewußt, die Positionen Benjamin Lee Whorfs wiederholt), zwingt mich, wenn ich eine Handlung aussprechen will, als Subjekt aufzutreten, und so ist dann das, was ich tue, nur Folge und Fortsetzung dessen, was ich bin; die Sprache zwingt mich, zwi-

2 Op. cit., S. 15-17 (Wortlaut hier und im folgenden dem Original angeglichen).

schen maskulin und feminin zu wählen, sie verbietet mir die Konzeption einer neutralen oder komplexen Kategorie; ich bin gezwungen, den anderen entweder mit »Sie« oder mit »du« anzusprechen, ich habe nicht das Recht, mein affektives oder soziales Verhältnis in der Schwebe zu lassen. Natürlich spricht Barthes vom Französischen, das Englische würde ihm mindestens die beiden letztgenannten Freiheiten wiedergeben, allerdings (würde er mit Recht sagen) ihm dafür andere nehmen. Konklusion: »So impliziert die Sprache durch ihre bloße Struktur bereits eine unvermeidliche Entfremdung.« Sprechen heißt sich unterwerfen, die Sprache ist eine verallgemeinerte Reaktion. Mehr noch, die Sprache »ist weder reaktionär noch progressiv, sie ist ganz einfach faschistisch; denn Faschismus heißt nicht am Sagen hindern, sondern zum Sagen zwingen.«[3]

In polemischer Hinsicht ist dies die Behauptung, die von Januar 1977 bis heute die meisten Reaktionen provoziert hat. Alle weiteren, die noch folgen, folgen aus ihr, und so wird es uns nicht überraschen zu hören, daß die Sprache deswegen Macht ist, weil sie uns zwingt, vorgeformte Stereotype zu gebrauchen, darunter bereits die Wörter, und daß wir aufgrund ihrer unerbittlich harten Struktur als Sklaven in ihr gefangen sitzen, unfähig, uns außerhalb ihres Zugriffs von ihr zu befreien, denn es gibt kein Außerhalb der menschlichen Sprache.

Wie gelangt man hinaus aus diesem Gefängnis, das Barthes in Sartrescher Weise »*un huis clos*« nennt, einen geschlossenen Ort? Indem man es überlistet. Man kann die Sprache durch ein trickreiches Spiel überlisten. Dieses trickreiche, heilsame und befreiende Spiel nennt sich Literatur.

Daher nun die Skizze einer Theorie der Literatur als Praxis des Schreibens, *écriture*, Spiel der Wörter und *mit* den Wörtern. Ein Paradigma, das nicht nur die sogenannten literarischen Praktiken stiftet, sondern sich auch im Text eines Naturwissenschaftlers oder Historikers als wirksam erweisen kann. Aber das Modell dieser befreienden Praxis bleibt für Barthes letztlich immer noch das der sogenannten »schöpferischen« oder »kreativen« Aktivitä-

3 Op. cit., S. 17-19.

ten. Die Literatur bringt das Sprechen ins Spiel, setzt es in Szene und bearbeitet seine Lücken, sie mißt und bemißt sich nicht an schon gemachten Aussagen, sondern am Spiel des aussagenden Subjekts, sie fördert das Salz der Wörter zutage. Sie weiß sehr wohl, daß sie von der Macht der Sprache wieder eingeholt werden kann, doch gerade deswegen ist sie bereit zu widerrufen, sie spricht und verleugnet, was sie gesagt hat, sie versteift sich und bewegt sich leichtfüßig fort, sie zerstört nicht die Zeichen, sondern läßt sie spielen und spielt mit ihnen. Ob und wie Literatur, so verstanden, eine Befreiung von der Macht der Sprache ist, hängt nun allerdings von der Natur dieser Macht ab, und in diesem Punkt ist Barthes, wie uns scheint, etwas vage geblieben. Andererseits hat er Foucault zitiert, nicht nur als Freund und direkt, sondern auch indirekt in einer Art Paraphrase, als er die wenigen Sätze über die »Pluralität« der Macht vortrug. Und der von Foucault entwickelte Machtbegriff ist vielleicht der überzeugendste unter den heute zirkulierenden, jedenfalls der provokanteste. Wir finden ihn, Schritt für Schritt aufgebaut, in seinem ganzen Werk.

Verfolgt man Foucaults von Buch zu Buch immer feinere Differenzierung der Verhältnisse zwischen Macht und Wissen, diskursiven und nichtdiskursiven Praktiken, so zeichnen sich für seinen Machtbegriff zumindest zwei charakteristische Merkmale ab, die uns hier interessieren: Erstens ist Macht nicht nur Repression und Verbot, sondern auch Anstachelung zum Diskurs und Produktion von Wissen; und zweitens ist sie, wie auch Barthes andeutet, nicht einheitlich, nicht kompakt, kein bloß eingleisiger Prozeß zwischen einer Befehlsgewalt und ihren Untertanen.

»Man muß also annehmen, daß diese Macht eher ausgeübt als besessen wird, daß sie nicht so sehr das erworbene oder bewahrte ›Privileg‹ der herrschenden Klasse ist, sondern vielmehr die Gesamtwirkung ihrer strategischen Positionen – eine Wirkung, welche die Position der Beherrschten offenbart und gelegentlich widerspiegelt. Andererseits richtet sich diese Macht nicht einfach als Verpflichtung oder Verbot an diejenigen, die sie ›nicht haben‹, sondern durchdringt sie, behauptet sich durch sie und stützt sich auf sie, genauso wie diese sich in ihrem Kampf gegen sie darauf stützen, daß sie von ihr durchdrungen sind.«[4]

Und weiter: »Unter Macht verstehe ich nicht die Regierungsmacht als Gesamtheit der Institutionen und Apparate, die den Gehorsam der Bürger in einem gegebenen Staat garantieren ... Unter Macht, scheint mir, ist zunächst zu verstehen: die Vielfältigkeit der Kräfteverhältnisse, die ein gegebenes Feld durchziehen und organisieren; das Spiel, das in unaufhörlichen Kämpfen und Auseinandersetzungen diese Kräfteverhältnisse ändert, verstärkt, verkehrt; die Stützen, die diese Kräfteverhältnisse aneinander finden, indem sie sich zu Systemen verketten, oder umgekehrt die Differenzen und Widersprüche, die sie gegeneinander isolieren; und schließlich die Strategien, in denen sie zur Wirkung gelangen und deren große Linien und institutionelle Kristallisierungen sich in den Staatsapparaten, in der Gesetzgebung und in den gesellschaftlichen Hegemonien verkörpern.«[5] Die Macht ist nicht in einem einzigen Zentrum der Souveränität zu suchen, sondern »in der mobilen Basis der Kräfteverhältnisse, die durch ihre Disparität unablässig Machtsituationen erzeugen, aber stets nur lokale und instabile ... Die Macht ist überall, nicht weil sie alles umfaßt, sondern weil sie von überall her kommt ... Die Macht kommt von unten ... am Ursprung der Machtverhältnisse gibt es nicht, als ihr Grundmuster, eine binäre und globale Opposition zwischen Herrschenden und Beherrschten ... Man muß eher davon ausgehen, daß die vielfältigen Kräfteverhältnisse, die sich in den Produktionsapparaten, in den Familien, in den einzelnen Gruppen und Institutionen bilden und auswirken, als Basis für weitreichende und den gesamten Gesellschaftskörper durchlaufende Spaltungen dienen.«[6]

Diese Bild der Macht erinnert nun stark an jenes System, das die Linguisten Sprache (*langue*) nennen. Die Sprache ist zwar ein Zwangssystem (sie verbietet mir bei Strafe der Unverständlich-

4 Michel Foucault, *Überwachen und Strafen. Die Geburt des Gefängnisses*, aus dem Französischen von Walter Seitter, Suhrkamp, stw 184, Frankfurt am Main 1976, S. 38.

5 Michel Foucault, *Sexualität und Wahrheit. Der Wille zum Wissen*, aus dem Französischen von Ulrich Raulf und Walter Seitter, Suhrkamp, stw 448, Frankfurt am Main 1977, S. 113 f.

6 Op. cit., S. 114 f.

keit zu sagen: »Ich gewünschend ein wie«), aber ihr Zwangscharakter beruht weder auf einer individuellen Entscheidung noch auf einem Zentrum, das die Regeln ausstrahlt. Sie ist ein gesellschaftliches Produkt, sie entsteht als Zwangsapparat durch gesellschaftlichen Konsens, weil es alle so wollen: Jeder bedauert zwar, die Grammatik beachten zu müssen, aber er fügt sich drein und verlangt von den anderen dasselbe, weil es ihm dienlich ist.

Ich weiß nicht, ob wir sagen könnten, daß die Sprache ein »Dispositiv« der Macht ist (mag sie auch gerade aufgrund ihrer Systematik konstitutiv für das Wissen sein), aber sicher ist sie ein *Modell* der Macht. Wir könnten sagen, als semiotischer Apparat par excellence (oder wie sich die russischen Semiotiker ausdrücken: als modellisierendes Primärsystem) ist sie Modell jener anderen semiotischen Systeme, die sich in den diversen Kulturen als Dispositive, sprich Apparate, der Macht und des Wissens (modellisierende Sekundärsysteme) stabilisieren.

In diesem Sinne hat Barthes also recht, wenn er die Sprache als etwas bezeichnet, das mit der Macht zusammenhängt, aber er hat unrecht, wenn er daraus zwei Schlüsse zieht: daß die Sprache erstens »faschistisch« sei und zweitens »das Objekt, in das die Macht sich einschreibt«, oder deren drohende Epiphanie.

Eliminieren wir gleich den ersten und offensichtlichen Fehlschluß: Wenn die Macht so ist, wie Foucault sie beschrieben hat, und wenn sich die charakteristischen Eigenschaften der Macht in der Sprache wiederfinden, ist die Behauptung, daß die Sprache deswegen faschistisch sei, nicht bloß ein etwas alberner Gag oder eine Boutade, sondern eine Einladung zur Konfusion. Denn der Faschismus, der ja dann überall wäre, in jeder Machtsituation und in jeder Sprache seit Anfang der Zeiten, wäre dann nirgendwo mehr. Wenn die *condition humaine* unter das Zeichen des Faschismus gestellt wird, sind alle Menschen Faschisten und somit keiner. Woran sich zeigt, wie gefährlich die demagogischen Argumente sind, die heute allenthalben inflationär auf journalistischer Ebene eingesetzt werden – ohne die Raffinesse eines Roland Barthes, der immerhin mit Paradoxen noch umzugehen versteht und sie zu rhetorischen Zwecken einsetzt.

Subtiler erscheint mir der zweite Fehler: die Behauptung, daß sich die Macht in die Sprache einschreibe. Ich habe offen gesagt noch nie die französische oder französisierende Macke verstanden, alles irgendwo »einzuschreiben« oder »eingeschrieben« zu sehen. In schlichten Worten, ich weiß nicht recht, was »sich einschreiben« heißen soll, mir scheint, es ist einer von jenen Imponierausdrücken, mit denen man Probleme umschreibt, die man nicht besser zu definieren weiß. Aber selbst wenn wir den Ausdruck ernst nehmen wollen, würde ich eher sagen, daß die Sprache das Mittel ist (oder das »Dispositiv«), durch welches die Macht dort eingeschrieben wird, wo sie sich installiert. Um das genauer zu erklären, muß ich ein bißchen weiter ausholen und ein ganz anderes Buch heranziehen, nämlich die neue Studie des Mediävisten Georges Duby über die Theorie der drei Ordnungen.[7]

Ausgangspunkt für Duby sind die Generalstände zu Beginn der Französischen Revolution: Klerus, Adel und Dritter Stand. Er fragt sich, woher diese Theorie (und Ideologie) der drei Stände kommt und findet die Antwort in frühmittelalterlichen Texten aus karolingischer Zeit, in denen vom »Volk Gottes« die Rede ist, das sich in drei Ordnungen oder Parteien oder Stufen teilt: in Prediger, Krieger und Arbeitende. Eine andere im Mittelalter beliebte Metapher war die der Herde mit Hirten, Hunden und Schafen. Nach einer gängigen Interpretation dieser Dreiteilung hätten wir somit den Klerus, der die Gesellschaft geistlich führt, die Krieger, die sie schützen, und das Volk, das beide ernährt. Ein klares und ziemlich einfaches Bild, und man braucht nur an den Investiturstreit und den Konflikt zwischen Kaiser und Papst zu denken, um zu begreifen, wovon die Rede ist.

Aber Duby geht über diese gängige Interpretation hinaus. Auf mehr als vierhundert Seiten von außergewöhnlicher Dichte, in denen er die Geschichte dieser Vorstellung von der karolingischen Zeit bis zum Ende des 12. Jahrhunderts (und nur in Frankreich) verfolgt, bringt er zutage, daß dieses Ordnungsmodell der Gesellschaft nie sich selber gleicht. Es taucht immer wieder auf, aber mit unterschiedlicher Terminologie oder anders geordneten Termini;

7 Georges Duby, *Die drei Ordnungen. Das Weltbild des Feudalismus*, aus dem Französischen von Grete Osterwald, Suhrkamp, Frankfurt am Main 1981.

gelegentlich nimmt es statt der Form eines Dreiecks auch die eines Vierecks an, die Ausdrücke zur Bezeichnung der Stände wechseln, mal ist von *milites* die Rede, mal von *pugnatores* und mal von Rittern, mal von Klerus und mal von Mönchen, mal von Bauern, mal von Handwerkern und mal von Händlern.

Der Grund dafür ist, daß im Verlauf von drei Jahrhunderten zahlreiche neue Entwicklungen in der europäischen Gesellschaft eintreten und sich wechselnde Allianzen bilden: Allianzen zwischen städtischem Klerus und Feudalherren, um das Volk niederzuhalten, zwischen Klerus und Volk, um sich den Pressionen der (Raub-)Ritterschicht zu entziehen, zwischen Mönchen und Feudalherren gegen den städtischen Klerus, zwischen städtischem Klerus und Nationalmonarchien, zwischen Nationalmonarchien und großen Mönchsorden... Man könnte die Aufzählung ad infinitum fortsetzen, das Buch von Duby kommt uns vor wie einem Leser des Jahres 3000 eine Studie über die politischen Beziehungen zwischen Christdemokraten, Vereinigten Staaten, Unternehmerverband und Kommunisten im Italien unserer Zeit. In der man sehr rasch bemerkt, daß die Dinge nicht immer so klar sind, wie sie erscheinen, daß kanonische Formeln wie Öffnung nach links oder wirtschaftliche Entwicklung recht verschiedene Bedeutungen annehmen können, nicht nur beim Übergang von Andreotti zu Craxi, sondern sogar schon auf einem Parteitag der Democrazia Cristiana und im Zeitraum zwischen zwei Wahlen. Desgleichen sind jene mittelalterlichen Querelen, die auf den ersten Blick so klar erscheinen, so leicht durchschaubar als Spiel zwischen wohldefinierten Parteien, genau besehen hochkompliziert. Was gewissermaßen nun auch rechtfertigt, daß Dubys Buch so gedrängt voller Daten ist, so faszinierend und zugleich so ermüdend, schwer zu entwirren, bar aller unmittelbar verständlichen Resümees. Denn es konfrontiert uns mit einem Strom von zähflüssigen Manövern. Wenn der Cluniazensermönch von der Dreiteilung in Klerus, Ritter und Bauern spricht, aber dabei das Phantom einer Vierteilung zu beschwören scheint, indem er die Dreistufigkeit des irdischen Lebens durch eine Zweistufigkeit des überirdischen Lebens ergänzt, um der Dreizahl des Diesseits die Mönche als Mittler zum Jenseits entgegenzustellen, dann wird das Spiel infinitesimal und es geht in Wahrheit um die Vorherrschaft, die der Mönchsorden über die drei anderen *ordines* ausüben will, um den städtischen Klerus auf bloße Stellvertreterfunktionen zu reduzieren und ein direktes Verhältnis zwischen Klöstern und Feudalstruktur herzustellen.

Jede dieser scheinbar so gleichen und doch so verschiedenen Formeln macht sich auf einem Netz von Kräfteverhältnissen fest: Die Raubritter plündern das Land, das Volk muß sich Beschützer suchen und die Früchte des Bodens verteidigen, aber im Volk erheben sich auch schon jene, die Eigentum besitzen und danach streben, die Situation zum eigenen Vorteil zu wenden, usw. usw.

Diese Kräfteverhältnisse würden jedoch rein zufällig bleiben, würden sie nicht durch eine Machtstruktur zusammengehalten, die alle durchdringt und bereit macht, sich in ihr wiederzuerkennen. Und zu diesem Zweck interveniert die Rhetorik, das heißt die ordnende und modellbildende Funktion der Sprache, die mit infinitesimalen Akzentverschiebungen bestimmte Kräfteverhältnisse legitimiert und andere kriminalisiert. Es bildet sich eine Ideologie, und die Macht, die daraus resultiert, wird tatsächlich zu einem Netz von Konsens an der Basis, denn die Kräfteverhältnisse sind zu Symbolverhältnissen umgeformt worden.

Es zeichnet sich also, an diesem Punkt meiner Lektüre so verschiedener Texte, ein Gegensatz zwischen Macht und Kraft ab, der, wie mir scheint, in den Diskursen über die Macht, die heute überall zirkulieren, von den Hochschulen zu den Fabriken und zum Ghetto der Alternativen, ganz verlorengegangen ist. Wir wissen ja, von 68 bis heute ist die Kritik der Macht und ihre Anfechtung sehr heruntergekommen, gerade weil sie massenhaft geworden ist. Ein unvermeidlicher Prozeß, und wir werden uns hüten zu sagen (im schön reaktionären Brustton), daß ein Konzept zerfällt, sobald es allen zugänglich wird, weshalb es nur wenigen zugänglich bleiben sollte. Im Gegenteil, gerade weil es allen zugänglich werden muß, aber dabei zu degenerieren droht, ist die Kritik seiner Degenerationen so wichtig.

Also: In der Vermassung des politischen Redens über die Macht hat es zwei trübe Phasen gegeben. Eine erste, naive, in der die Macht ein Zentrum hatte (das System als übler Patron mit

Schnauzbart, der auf den Tasten eines teuflischen Elektronengehirns das Verderben der Arbeiterklasse programmierte). Diese Vorstellung ist zur Genüge kritisiert worden, und Foucaults Revision des Machtbegriffs kam genau in der Absicht, ihre anthropomorphe Naivität zu entlarven. Spuren dieser Begriffsrevision finden sich bis hinein in die inneren Widersprüche der diversen terroristischen Gruppen: zwischen denen, die den Staat noch immer »im Herzen« treffen wollen, und denen, die lieber die Maschen der Macht an den Rändern aufdröseln, an jenen »foucaultianischen« Stellen, wo der subversive Gefängniswärter, der kleine Händler, der Taktgeber einer Akkordlohngruppe agieren.

Ambivalenter ist dagegen noch immer die zweite Phase, in der allzu leicht zwischen Kraft und Macht verwechselt wird. Ich spreche von *Kraft* anstatt, wie es mir spontan kommen würde, von *Kausalität*, und wir werden gleich sehen, warum. Aber gehen wir erst einmal von einem recht simplen Kausalitätsbegriff aus.

Es gibt Dinge, die andere Dinge verursachen: Der Blitz verbrennt den Baum, das männliche Glied befruchtet den weiblichen Uterus. Diese Verhältnisse sind nicht reversibel, der Baum kann den Blitz nicht verbrennen, die Frau kann den Mann nicht befruchten. Andererseits gibt es Verhältnisse, in denen jemand kraft einer symbolischen Setzung jemand anderen dazu bringt, etwas zu tun: Der Mann bestimmt, daß die Frau zu Hause den Abwasch macht, die Inquisition legt fest, daß der Häretiker auf dem Scheiterhaufen verbrannt wird, und nimmt sich das Recht zu definieren, was Häresie ist. Diese Verhältnisse beruhen auf einer Sprach-Strategie, die, nachdem sie Kräfteverhältnisse als labil erkannt hat, sie durch Symbolsetzungen institutionalisiert und den Konsens der Beherrschten gewinnt. Symbolverhältnisse sind reversibel. Im Prinzip genügt es, daß die Frau zum Mann einfach »nein« sagt, damit *er* die Teller abwaschen muß, daß die Häretiker den Inquisitor nicht als Autorität anerkennen, damit *er* verbrannt wird. Natürlich sind die Dinge nicht so einfach, und zwar genau weil der Diskurs, der die Macht symbolisch konstituiert, nicht mit einfachen Kausalitätsverhältnissen rechnen muß, sondern mit komplexen Interaktionen von Kräften. Dennoch ist dies, so scheint mir, der essentielle Unterschied zwischen Macht als symbolischer Setzung und reiner Kausalität: Die erste ist reversibel, an Fragen der Macht entzünden sich Revolutionen, die zweite ist nur *contenibel*, sie läßt sich eindämmen oder zähmen, und sie gestattet Reformen (ich kann den Blitzableiter erfinden, die Frau kann beschließen, Verhütungsmittel zu nehmen, keine sexuellen Beziehungen mehr zu haben oder nur noch gleichgeschlechtliche).

Das Unvermögen, zwischen Macht und Kraft zu unterscheiden, führt zu politisch infantilem Verhalten. Die Dinge sind, wie gesagt, nicht so einfach. Ersetzen wir nun den Begriff der Kausalität (die nur in einer Richtung wirkt) durch den der Kraft. Eine Kraft wirkt sich auf eine andere Kraft aus, sie bilden miteinander ein Kräfteparallelogramm. Sie annullieren einander nicht, sie fügen sich nach einem Gesetz zusammen. Das Wechselspiel zwischen Kräften ist reformistisch, es produziert Kompromisse. Aber das Spiel verläuft nie lediglich zwischen zwei Kräften, sondern zwischen unzählig vielen, das Parallelogramm generiert bedeutend komplexere, multidimensionale Figuren. Zur Klärung der Frage, welche Kräfte welchen anderen Kräften entgegengesetzt werden sollen, intervenieren Entscheidungen, die nicht vom Spiel der Kräfte abhängen, sondern von dem der Macht. Es bildet sich eine Wissenschaft von der Zusammensetzung der Kräfte.

Um noch einmal auf Duby zurückzukommen: Wenn Raubritter existieren, wenn Händler mit ihren Reichtümern auf den Plan treten, wenn die hungernden Bauern das Land verlassen, um in den Städten Arbeit zu suchen, haben wir es mit Kräften zu tun. Die Symbolstrategie, die Formulierung überzeugender Theorien von drei oder vier sozialen Ordnungen und somit die Konsolidierung bestimmter Machtverhältnisse kommen ins Spiel, um festzulegen, durch welche Kräfte welche anderen Kräfte eingedämmt werden sollen und auf welches Ziel die daraus resultierenden Parallelogramme auszurichten sind. Bei Duby droht jedoch, zumindest für den zerstreuten Leser, dieses Spiel der Kräfte aus dem Blick zu geraten angesichts der vorherrschenden Thematik, die den permanenten Umstrukturierungsprozeß der Symbolfiguren betrifft.

Nehmen wir nun noch ein weiteres Buch hinzu, das letzte in

meinem Paket: Michael Howards Geschichte der Waffentechnik im Verlauf der Geschichte Europas.[8] Ich werde es nur summarisch behandeln, mit der Einladung an den Leser, sich auf eigene Faust in diesem faszinierenden Buch umzutun, das bei den Kriegen der Feudalzeit beginnt, um bei denen der Nuklearzeit zu enden, voller Anekdoten und Überraschungen. Im Jahre 1346, in der Schlacht von Crécy, setzt Edward III. zum erstenmal Bogenschützen mit langem Bogen gegen das feindliche Reiterheer ein. Diese langen Bogen, die fünf bis sechs Pfeile abschießen können in der Zeit, in der eine Armbrust einen einzigen Bolzen schleudert, setzen dem Reiterheer eine neue Kraft entgegen. Sie vernichten es. Die Reiter sind von nun an gezwungen, ihre Rüstungen zu verstärken: Sie werden schwerer, unbeweglicher und taugen nicht mehr als Fußkämpfer. Die Kraft des bewaffneten Reiters schwindet.

Das sind Kräfteverhältnisse. Man reagiert auf sie, indem man versucht, die neue Kraft einzudämmen. Mit anderen Worten, man reformiert die gesamte Struktur der Bewaffnung. Durch Umstrukturierungen solcher Art geht die Geschichte Europas voran, die Armeen verändern sich (man denke nur an die Klage der Ariostschen Paladine über die wilde Blindheit der »Arkebuse«). Doch zugleich erzeugen die neuen Kräfteverhältnisse im Verlauf ihrer wechselseitigen Eindämmung und Zusammenfügung neue Ideologien der Armee und produzieren neue symbolische Setzungen. Hierin scheint Howard umgekehrt wie Duby vorzugehen: von den Kräften zu den neuen Strukturen der Macht, während Duby von der Formulierung der Bilder der Macht zu den ihr unterliegenden neuen und alten Kräfteverhältnissen geht.

Wenn man aber diesen Gegensatz nicht genügend bedenkt, verfällt man leicht in Formen von politischem Infantilismus. Man sagt nicht zu einer Kraft: »Nein, ich gehorche dir nicht!« Man entwickelt Techniken, um sie einzudämmen. Umgekehrt reagiert man nicht auf ein Machtverhältnis mit einem bloßen Kraftakt: Die Macht ist sehr viel subtiler und stützt sich auf bedeutend

8 Michael Howard, *Der Krieg in der europäischen Geschichte. Vom Ritterheer zur Atomstreitmacht*, aus dem Englischen von Karl H. Siber, Beck'sche Schwarze Reihe 233, München 1981.

engmaschigere Konsensnetze, ihre Wunden verheilen rasch, und man trifft sie, wohin man auch schlägt, immer nur an der Peripherie.

Deshalb ist man gewöhnlich so fasziniert von den großen Revolutionen, die den Nachgeborenen als ein einziger Kraftakt erscheinen, der an einem scheinbar unbedeutenden Punkt ansetzend ein ganzes Machtgefüge aus den Angeln hebt: die Eroberung der Bastille, der Sturm auf das Winterpalais, der Handstreich auf die Moncada-Kaserne... Und deshalb bemüht sich der Jungrevolutionär, dergleichen Großtaten zu wiederholen, und wundert sich dann, daß sie nicht gelingen. Denn der »historische« Kraftakt war ja in Wirklichkeit nie ein Kraftakt, sondern ein *symbolischer* Akt, ein theatralischer Schlußpunkt, der weithin sichtbar und bühnenwirksam eine Krise der Machtverhältnisse sanktionierte, die sich längst unterschwellig verbreitet hatte. Eine Krise, ohne die sich der Pseudo-Kraftakt sehr bald als ein bloßer Kraftakt erwiesen hätte: als Akt ohne jede symbolische Macht, der sich in einem kleinen lokalen Kräfteparallelogramm erschöpft.

Aber wie kann eine Macht, die auf einem engmaschigen Konsensnetz beruht, zerfallen? Diese Frage stellt sich Foucault immer wieder: »Soll man nun sagen, daß man notwendig ›innerhalb‹ der Macht ist, daß man ihr nicht ›entrinnt‹, daß es kein absolutes Außen zu ihr gibt, weil man dem Gesetz unvermeidlich unterworfen ist?«[9] Genau besehen ist dies die Feststellung, die Roland Barthes trifft, wenn er sagt, daß man der Sprache niemals entrinnen könne.

Foucaults Antwort lautet: »Das hieße, den strikt relationalen Charakter der Machtverhältnisse verkennen. Sie können nur kraft einer Vielfalt von Widerstandspunkten existieren, die in den Machtbeziehungen die Rolle von Gegnern, Zielscheiben, Stützpunkten, Einfallstoren spielen ... Darum gibt es im Verhältnis zur Macht nicht den einen Ort der Großen Weigerung – die Seele der Revolte, den Brennpunkt aller Rebellionen, das reine Gesetz des Revolutionärs. Sondern es gibt einzelne Widerstände: mög-

9 Michel Foucault, *Sexualität und Wahrheit*, S. 116.

liche, notwendige, unwahrscheinliche, spontane, wilde, einsame, konzertierte, schleichende, gewalttätige, unversöhnliche, kompromißbereite, interessenbedingte oder opferbereite . . . Die Widerstandspunkte, -knoten und -herde sind mit größerer oder geringerer Dichte in Raum und Zeit verteilt, gelegentlich kristallisieren sie sich dauerhaft in Gruppen oder Individuen oder entzünden bestimmte Stellen des Körpers, bestimmte Augenblicke des Lebens, bestimmte Verhaltensweisen . . . Aber weit häufiger hat man es mit mobilen und transitorischen Widerstandspunkten zu tun, die sich verschiebende Spaltungen in eine Gesellschaft einführen, Einheiten zerbrechen oder Umgruppierungen hervorrufen, die Individuen selber durchkreuzen, zerschneiden und umgestalten . . .«[10]

In diesem Sinne kann die Macht, in der man lebt, von innen heraus zerfallen: Sie selber gebiert den Zerfall des Konsensgefüges, auf das sie sich stützt. Was mir hier wichtig ist, im Rahmen dieses Artikels, ist der Hinweis auf die Homologie zwischen diesen permanenten Zerfallsprozessen, die Foucault (recht allusiv) beschrieben hat, und der Funktion, die Barthes der Literatur im Innern des sprachlichen Machtsystems zuweist. Ein Hinweis, der uns vielleicht dazu anregen könnte, auch ein paar Reflexionen über einen gewissen Ästhetizismus der Foucaultschen Sicht anzustellen, zumal seit Foucault sich neuerdings (siehe die letzten Interviews) *gegen* das Ende der schriftstellerischen Tätigkeit und *gegen* die Theoretisierung des Schreibens als einer subversiven Tätigkeit ausgesprochen hat. Oder auch uns zu fragen, ob Barthes die Literatur – wenn er sagt, sie sei eine offene Möglichkeit auch für Naturwissenschaftler und Historiker – nicht zu einer bloßen Allegorie der Kritik- und Widerstandsformen gegen die Macht im größeren Rahmen der Gesellschaft verkürzt. Klar zu sein scheint mir, daß diese Oppositionstechnik gegen die Macht, die immer von innen kommt und diffus ist, nichts zu tun hat mit den Oppositionstechniken gegen die Kraft, die immer von außen kommen und punktförmig sind. Die Oppositionen gegen die Kraft erhalten stets eine unmittelbare Antwort, wie beim Zusam-

10 Op. cit., S. 117 f.

menstoß zweier Billiardkugeln; die Oppositionen gegen die Macht erhalten stets indirekte Antworten.

Probieren wir es mit einer Allegorie, inspiriert von amerikanischen Gangsterfilmen der dreißiger Jahre. In den Kneipen und Wäschereien von Chinatown zieht eine Gang das Racket der »Schutzgelder« auf. Kraftakte. Man geht rein, verlangt die Moneten, und wenn der Besitzer nicht zahlt, haut man den Laden zusammen. Der Besitzer kann der Kraft mit Kraft begegnen: Er haut den Gangstern eins in die Fresse. Das Resultat ist unmittelbar: Am nächsten Tag kommen sie mit einer größeren Truppe. Das Kräftespiel (Powerplay) kann zu eindämmenden Modifikationen im Leben von Chinatown führen: Panzertüren, Alarmsysteme... Blitzableiter.

Allmählich durchdringt jedoch das neue Klima die Bewohner von Chinatown: Die Restaurants schließen früher, die Leute gehen abends nicht mehr aus, die anderen Ladenbesitzer sehen ein, daß es vernünftiger ist zu zahlen... Es etabliert sich ein Legitimationsverhältnis der Gangstermacht, und alle kollaborieren, auch diejenigen, die lieber ein anderes System hätten. Die Macht der Gangster beginnt, sich auf symbolische Gehorsamsverhältnisse zu gründen, in denen die Gehorsamen ebenso mitverantwortlich sind wie die Gehorsam Erzwingenden. Jeder arrangiert sich irgendwie.

Der erste Zerfall des Konsens könnte eintreten, wenn eine Gruppe von Jugendlichen beschließt, jeden Abend ein Fest mit Böllerschüssen und Papierdrachen zu veranstalten. Als Kraftakt könnte so eine Aktion vielleicht den Kontrollgang oder die Flucht der Gangster behindern, aber in diesem Sinne ist sie nur minimal. Als Keim zum Widerstand gegen die Macht erzeugt sie jedoch ein Moment von Selbstvertrauen, das den von der Angst diktierten Konsens allmählich ersetzt. Das Resultat kann nicht unmittelbar sein, und vor allem wird es nie ein Resultat geben, wenn nicht andere, periphere Haltungen mit dem Fest korrespondieren, andere Ausdrucksweisen des »Ich mache nicht mehr mit!«. In unserem Film könnte es die mutige Tat des Lokalreporters sein. Aber die Sache könnte auch schiefgehen. Die Taktiken müßten sofort widerrufen werden, falls es dem Racket-System gelingt, sie in die lokale Folklore zu integrieren... Stoppen wir hier die Allegorie, die uns, als Film, zu einem Happy-End zwingen würde.

Ich weiß nicht, ob dieses Papierdrachenfest eine Allegorie für die Literatur nach Barthes ist oder ob die Literatur nach Barthes und dieses Fest Allegorien für Foucaults Krise der Machtsysteme sind. Auch weil sich hier ein neuer Zweifel erhebt: Bis zu welchem Punkt gehorcht die von Barthes beschriebene Sprache Mechanismen, die den von Foucault beschriebenen Machtsystemen homolog sind?

Nehmen wir eine Sprache als ein System von Regeln: nicht nur grammatikalischen, sondern auch solchen, die man heute pragmatische nennt; zum Beispiel die Konversationsregel, daß man auf eine Frage in »pertinenter« Weise antwortet und daß, wer auf »impertinente« Weise antwortet, je nachdem als ungezogen, dumm oder Provokateur beurteilt wird (oder als einer, der etwas zu verbergen hat). Die Literatur, die mit der Sprache spielt, um sie zu überlisten, präsentiert sich als eine Tätigkeit, die diese Regeln zersetzt und durch andere ersetzt: durch provisorische, gültig nur im Rahmen eines bestimmten Diskurses und einer bestimmten Strömung; und gültig vor allem im literarischen Laboratorium. Mit anderen Worten, Ionesco überlistet die Sprache, indem er seine Personen so reden läßt wie in der *Kahlen Sängerin*. Wenn aber im sozialen Verhältnis alle so reden würden wie die Kahle Sängerin, würde die Gesellschaft zerfallen. Und das wäre dann, wohlgemerkt, keine sprachliche Revolution, denn Revolution impliziert Umwälzung der Machtverhältnisse, und eine Welt, die wie bei Ionesco spräche, würde nichts umwälzen, sondern eine Art *n*-Stufe (als Gegensatz zur Nullstufe, eine indefinite Zahl) des Verhaltens etablieren. Es wäre nicht einmal mehr möglich, das Brot beim Bäcker zu kaufen.

Wie verteidigt sich nun die Sprache gegen diese Gefahr? Barthes sagt es selbst: Indem sie die Regelverletzung durch Wiederherstellung einer Machtsituation absorbiert (das Anakoluth des Künstlers wird allgemeine Norm). Und die Gesellschaft verteidigt die Sprache, indem sie die Literatur, die die Sprache in Frage stellt, an gesonderten Orten zelebriert. So kommt es in der Sprache nie zu einer Revolution; denn entweder ist es nur eine fiktive

Revolution auf der Bühne, wo alles erlaubt ist, aber hinterher geht man nach Hause und redet wieder normal; oder es ist eine kontinuierliche infinitesimale Reformbewegung. Ästhetizismus ist der Glaube, daß die Kunst Leben sei und das Leben Kunst. Eine Verwechslung der Zonen. Durch Selbsttäuschung.

Mithin ist die Sprache kein Szenario der Macht im Sinne Foucaults. Gut. Aber wieso glaubten wir dann, so klare Homologien zwischen Sprach- und Machtapparaten zu finden (und zu meinen, das Wissen, von dem eine Macht sich nährt, sei durch sprachliche Mittel erzeugt)?

Hier erhebt sich ein Zweifel. Vielleicht ist es falsch zu meinen, die Sprache sei von der Macht verschieden, weil die Macht ein Ort für Revolutionen ist, was die Sprache nie sein kann. Vielleicht ist die Macht homolog zur Sprache, weil sie, wie Foucault sie beschrieben hat, nie ein Ort für Revolutionen sein kann. Mit anderen Worten, in der Macht gibt es nie einen Unterschied zwischen Reform und Revolution, weil Revolution der Moment ist, in dem ein langer und langsamer Umstrukturierungsprozeß schließlich das erleidet, was René Thom eine Katastrophe nennt, eine plötzliche Wende – aber im gleichen Sinne, in dem eine Zunahme seismischer Strömungen zu einem Erdbeben führt. Zum Durchbruch von etwas, das sich schon lange vorher Schritt für Schritt unterirdisch gebildet hatte. Revolutionen wären dann, so gesehen, die Katastrophen langsamer Reformbewegungen, ganz unabhängig vom Willen der Subjekte. Zufallsergebnisse einer Endkomposition von Kräften, die einer seit langem herangereiften Strategie symbolischer Umstrukturierungen gehorcht.

Mit anderen Worten, es ist nicht klar, ob Foucaults Vision der Macht (die Barthes genial in der Sprache exemplifiziert) eine neorevolutionäre oder eine neoreformistische Sicht ist. Es sei denn, Foucaults Verdienst bestünde darin, den Unterschied zwischen den beiden Konzepten abgeschafft zu haben, um uns zu zwingen, mit dem Begriff der Macht auch den der politischen Initiative zu überdenken. Schon höre ich hier die Leute, die immer der neuesten Mode nachjagen, mich bezichtigen, ich definierte Foucault als einen typischen Denker der »Tendenzwende«. Dummes Geschwätz. Es geht darum zu begreifen, daß sich in diesem

Problemknoten Neuerungen abzeichnen: neue Begriffe von Macht, von Kraft, von gewaltsamer Umwälzung und von schrittweiser Umstrukturierung durch langsame periphere Verschiebungen in einer Welt ohne Zentrum, in der alles Peripherie ist und nichts mehr von nichts das »Herz«. Schönes Ideenknäuel für eine Reflexion, die im Zeichen einer »Leçon« begann. Lassen wir's in der Schwebe. Es handelt sich um Probleme, die, wie Foucault sagen würde, das einzelne Subjekt nicht lösen kann. Es sei denn, es beschränkte sich auf die literarische Fiktion.

(*Alfabeta*, Mai 1979)

# Laudatio auf Thomas von Aquin

Das Schlimmste, was ihm in seiner Karriere passierte, geschah nicht am 7. März 1274, als er mit kaum neunundvierzig Jahren im Kloster Fossanova starb und die Mönche seinen mächtigen Körper nicht die enge Treppe hinunterbekamen. Es passierte ihm auch nicht drei Jahre nach dem Tod, als der Erzbischof von Paris, Etienne Tempier, eine Liste häretischer Lehren ausgab, die insgesamt 219 Sätze enthielt, darunter – neben den meisten Thesen der Averroisten und ein paar Bemerkungen, die Andreas Capellanus hundert Jahre zuvor über die irdische Liebe gemacht hatte – auch zwanzig Sätze von ihm, dem Doctor angelicus Thomas aus dem Grafengeschlecht derer von Aquino. Denn diesen repressiven Akt hat die Geschichte rasch korrigiert und Thomas gewann die Schlacht noch als Toter, während Tempier zusammen mit Guillaume de Saint-Amour, seinem anderen Erzfeind, in die leider endlose Reihe der großen Restauratoren einging, die von den Richtern des Sokrates über die Richter Galileis bis einstweilen (1985) zu Kardinal Ratzinger reicht. Das Schlimmste, was Thomas von Aquin passierte, geschah anno 1323, zwei Jahre nach Dantes Tod und vielleicht nicht ganz ohne dessen Mitschuld – nämlich, als er von Papst Johannes XXII. heiliggesprochen wurde. Dergleichen sind üble Schicksalsschläge, die einem das ganze Lebenswerk ruinieren können, wie wenn man den Nobelpreis erhält oder in die Académie Française berufen wird oder den Oscar bekommt. Man wird wie die Mona Lisa: ein Klischee. Es ist der Moment, da ein großer Brandstifter zum Feuerwehrhauptmann ernannt wird.

In diesem Jahr begehen wir nun seinen siebenhundertsten Todestag. Thomas kommt wieder in Mode, als Heiliger wie als Philosoph, und viele fragen sich, was er heute wohl täte, in unserer Zeit, aber noch mit dem Glauben, der geistigen Aufgeschlossenheit und der Energie, die er zu seiner Zeit hatte. Doch Liebe trübt bisweilen den Blick, und so sagen nun manche, um Thomas für groß zu erklären, er sei ein Revolutionär gewesen. Es stellt sich also die Frage, in welchem Sinne er einer war. Denn wenn man auch sicher nicht sagen kann, er sei ein Restaurator gewesen, hat er doch immerhin ein so grundsolides Gebäude errichtet, daß bislang kein anderer Revolutionär in der Lage war, es von innen heraus zu erschüttern, und das Höchste, was man tun konnte, war, von Descartes über Hegel und Marx bis Teilhard de Chardin, »von außen« darüber zu sprechen.

Die Frage stellt sich um so mehr, als man nicht versteht, wie der Skandal von einem so unromantischen Individuum kommen konnte, einem so korpulenten und trägen Typ, der in der Klosterschule immer nur dasaß und sich schweigend Notizen machte, mit einer Miene, als ob er nichts kapierte, und den seine Mitschüler ständig aufzogen. Wie einmal im Refektorium, während er friedlich beim Essen saß auf seinem Platz für zwei (man hatte extra eine Armlehne absägen müssen, um auf der Sitzbank eine genügend breite Nische für ihn zu schaffen), und plötzlich rufen die lustigen Brüder, draußen fliege ein Esel vorbei, und er läuft hin, um zu gucken, während die Witzbolde sich kaputtlachen (man weiß ja, die Bettelmönche sind schlichten Gemütes). Aber dann sagt er seelenruhig, es sei ihm wahrscheinlicher vorgekommen, daß ein Esel fliegen könne, als daß ein Mönch lüge, und alle schauen betreten drein.

Und dann wird dieser »stumme Ochse«, wie ihn die Mitschüler nannten, ein berühmter und von seinen Anhängern hochverehrter Professor, und eines Tages geht er mit seinen Studenten in die Hügel spazieren und schaut auf Paris hinunter, und sie fragen ihn, ob er gern der Herr einer so großen und schönen Stadt wäre, und er antwortet, daß er viel lieber den Text der Homilien des Sankt Chrysostomos hätte. Doch wenn ihm ein ideologischer Gegner zu sehr auf die Füße tritt, kann er zur Furie werden und in seinem Latein, das scheinbar so wenig besagt, weil man alles versteht und die Verben immer genau da sind, wo sie ein Italiener erwartet, in wüste Beschimpfungen und Sarkasmen ausbrechen, daß es klingt, als geißelte Marx den Herrn Szeliga.

War er ein Friedensbringer, war er ein Engel? War er geschlechtslos? Als seine leiblichen Brüder ihn daran hindern wollten, zu den Dominikanern zu gehen (denn damals ging man als jüngster Sohn aus guter Familie zu den Benediktinern, die waren standesgemäß; zu den Bettelbrüdern gehen war ungefähr so, wie wenn man heute in eine Maoistenkommune geht oder nach Sizilien, um mit Danilo Dolci zu arbeiten), fingen sie ihn auf dem Weg nach Paris ab und schlossen ihn auf der Familienburg ein; und um ihn von seinen Grillen abzubringen und zu lehren, ein richtiger Abt zu werden, wie sich's gehörte, schickten sie ihm ein nacktes Mädchen in seine Zelle. Aber Thomas griff sich ein brennendes Holzscheit und verfolgte die Schöne in der klaren Absicht, ihr das Hinterteil zu versengen. Also von Sex wirklich keine Spur? Ich weiß nicht, immerhin brachte die Sache ihn so durcheinander, daß er von da an – und das erzählt ein gewisser Bernardus Guidonis – »Gespräche mit Frauen tunlichst vermied, als wären sie Schlangen«.

Auf jeden Fall war dieser Mann ein Kämpfer. Kühn und klarsichtig faßte er einen Plan, führte ihn zielstrebig durch und gewann. Sehen wir uns einmal an, auf welchem Schlachtfeld er kämpfte, worum es ging und was er erreichte. Als Thomas anno 1225 geboren wird, ist es fünfzig Jahre her, daß die lombardischen Städte die Schlacht von Legnano gegen das Reich gewannen. Seit zehn Jahren hat England die Magna Charta. In Frankreich ist gerade die Herrschaft Philipp Augusts zu Ende gegangen. Das Reich liegt in Agonie. Fünf Jahre später gründen die See- und Handelsstädte des Nordens die Hanse. Die florentinische Wirtschaft floriert, bald wird der Goldflorin ausgegeben, Fibonacci hat die doppelte Buchführung schon erfunden. Seit einem Jahrhundert blühen die Medizinschule von Salerno und die Rechtsschule von Bologna. Die Kreuzzüge sind in fortgeschrittenem Stadium. Mit anderen Worten, die Kontakte zum Orient sind in voller Entwicklung. Andererseits faszinieren die Araber in Spanien die christliche Welt mit ihren Entdeckungen in Naturwissenschaft und Philosophie. Die Technik erlebt einen mächtigen Aufschwung, verändert hat sich die Art und Weise, wie man die Pferde beschlägt, die Mühlen betreibt, die Schiffe steuert, die Zugtiere vor die Karren und Pflüge spannt. Nationalmonarchien im Norden und freie Stadtrepubliken im Süden. Kurzum, dies ist nicht mehr Mittelalter, jedenfalls nicht, wie man es gemeinhin versteht. Zugespitzt könnte man sagen: Wenn nicht eben noch das wäre, was Thomas zusammenzubrauen sich anschickt, wäre es schon Renaissance. Doch um Renaissance zu werden, braucht es genau noch das, was Thomas zusammenzubrauen sich anschickt.

Europa ist im Begriff, sich eine Kultur zu geben, die seine politische und ökonomische Vielfalt spiegelt, zwar noch unter dem paternalistischen Regiment der Kirche, das niemand in Frage stellt, aber offen für ein neues Bewußtsein von der Natur, der konkreten Wirklichkeit und der menschlichen Individualität. Die Organisations- und Produktionsprozesse rationalisieren sich, man braucht Techniken der Vernunft.

Als Thomas geboren wird, praktiziert man die Techniken der Vernunft schon seit einem Jahrhundert. In Paris, an der Fakultät der *artes liberales*, werden noch Musik, Arithmetik, Geometrie und Astronomie gelehrt, aber auch Dialektik, Logik und Rhetorik, und das mit einer neuen Methode. Abaelard hatte sie vor hundert Jahren durchgesetzt (er hatte zwar seinen äußeren Reproduktionsapparat drangeben müssen, aber aus privaten Gründen, und sein Kopf war dadurch nicht schwächer geworden): Man prüft und vergleicht die Meinungen der diversen überlieferten Autoritäten und entscheidet nach logischen Prozeduren auf Basis einer weltlichen Grammatik der Ideen. Man betreibt Sprachwissenschaft und Semantik, man fragt sich, was ein gegebenes Wort bedeutet und wie es gebraucht wird. Leitfäden sind die Texte der aristotelischen Logik, aber noch längst nicht alle sind übersetzt und interpretiert und niemand kann griechisch außer den Arabern, die den Europäern sowohl in Philosophie als auch in Naturwissenschaft weit voraus sind. Doch schon seit einem Jahrhundert bastelt die Schule von Chartres, indem sie die mathematischen Texte von Platon wiederentdeckt, an einem Bild der natürlichen Welt, regiert von Gesetzen der Geometrie, von meßbaren Prozessen. Es ist noch nicht die experimentelle Methode Roger Bacons, aber es ist eine theoretische Konstruktion, ein Versuch, das Universum auf der Basis natürlicher Vorgänge zu erklären, auch wenn die Natur als göttliches Agens gesehen wird. In Oxford entwickelt Robert Grosseteste eine Metaphysik der

Lichtenergie, die ein wenig an Bergson und ein wenig an Einstein denken läßt: Man beginnt, optische Studien zu treiben, mit anderen Worten, man stellt sich das Problem der Wahrnehmung physischer Gegenstände, man zieht eine Grenzlinie zwischen halluziniertem und wirklichem Sehen.

Das ist nicht wenig, denn das Universum des Hochmittelalters war ein Universum der Halluzination, die Welt war ein symbolischer Wald voll mysteriöser Präsenzen, die Dinge erschienen als Emanationen einer Gottheit, die den Menschen unentwegt Rätsel aufgibt. Nicht daß nun dieses Halluzinationsuniversum zur Zeit von Thomas schon unter den Schlägen des Vernunftuniversums zusammengebrochen wäre; im Gegenteil, letzteres ist ein Produkt der intellektuellen Eliten und wird beargwöhnt. Denn, um die volle Wahrheit zu sagen, beargwöhnt wird noch immer die Welt der irdischen Dinge. Franziskus predigte zu den Vögeln, aber der philosophische Ansatz der Theologie ist neoplatonisch. Und das bedeutet: Weit, weit in der Ferne ist Gott, in dessen unerreichbarer Globalität sich die Prinzipien der Dinge bewegen: die Ideen. Das Universum ist das Ergebnis einer gütigen Unachtsamkeit dieses überaus fernen Einen, der gleichsam überströmend in seiner Überfülle ein wenig sabbert und in den speicheldurchtränkten Krumen der Materie, die er ausscheidet, Spuren seiner Vollkommenheit hinterläßt, wie Zuckerspuren im Urin. In dieser Ausscheidung, die den nichtigsten äußeren Rand der Aura des Einen darstellt, können wir ab und zu, und fast immer nur durch geniales Rätselraten, Spuren von Keimen der Verständlichkeit finden, doch die Verständlichkeit selbst ist woanders, und im günstigsten Fall erreicht sie der Mystiker durch nervöse und asketische Intuition, wenn er mit gleichsam drogenbeflügeltem Blick in das Junggesellenapartment des Einen schaut, wo die einzige wahre Fete abläuft.

Platon und Augustinus hatten alles gesagt, was nötig war, um die Probleme der Seele zu verstehen, aber sobald man herausfinden wollte, was eine Blume ist oder das Knäuel von Eingeweiden, das die Mediziner von Salerno im Bauch eines Kranken erforschten, und warum es gut tut, an einem Frühlingsabend an die frische Luft zu gehen, wurden die Dinge unklar. So unklar, daß es besser war, die Blumen in den Miniaturen der Visionäre zu kennen, die Existenz von Eingeweiden zu ignorieren und die Frühlingsabende als eine gefährliche Versuchung anzusehen. So war die europäische Kultur geteilt, man mochte den Himmel begreifen, die Erde begriff man nicht. Und wenn doch einmal jemand anfing, die Erde begreifen zu wollen, ohne sich für den Himmel zu interessieren, waren es üble Geschichten. Draußen zogen die Roten Brigaden der Epoche umher: häretische Sekten, die auf der einen Seite die Welt erneuern, unmögliche Republiken errichten wollten, auf der anderen Sodomie, Räuberei und andere Ruchlosigkeiten begingen. Ob's stimmt oder nicht, wird sich zeigen, besser erst mal alle umbringen.

Dies war die Lage, als die Männer der Vernunft von den Arabern lernten, daß es einen antiken Meister gab (einen Griechen), der einen Schlüssel liefern könnte, um diese *membra disjecta* einer Kultur zusammenzufügen: Aristoteles. Aristoteles wußte von Gott zu sprechen, aber er klassifizierte die Tiere und Steine und befaßte sich mit dem Lauf der Gestirne. Aristoteles kannte sich in der Logik aus, er beschäftigte sich mit Psychologie, er sprach von Physik und klassifizierte die politischen Ordnungen. Doch vor allem bot er den Schlüssel (und Thomas wird sich ihn bestens zunutze machen), um das Verhältnis zwischen dem Wesen der Dinge (das heißt jenem Bißchen, was man von den Dingen begreifen und sagen kann, auch wenn man sie nicht unmittelbar vor Augen hat) und dem Stoff, aus dem sie gemacht sind, umzuwälzen. Lassen wir Gott auf sich beruhen, er führt sein eigenes Leben und hat der Welt exzellente Naturgesetze gegeben, damit sie allein weitermachen kann. Und verlieren wir uns auch nicht in der Suche nach der Spur der Essenzen in ihrem mystischen Niederströmen, in dessen Verlauf sie, unterwegs ihr Bestes verlierend, sich mit Materie besudeln. Der Mechanismus der Dinge ist hier, vor unseren Augen, die Dinge sind das Prinzip ihrer Bewegung. Ein Mensch, eine Blume, ein Stein sind Organismen, die nach einem inneren Gesetz, das sie bewegt, zu dem herangewachsen sind, was sie sind: Das Wesen ist das Prinzip ihres Wachstums und ihrer Organisation. Es ist ein Etwas, das in ihnen steckt, bereit, aus ihnen hervorzubrechen, das die Materie von innen bewegt, sie wachsen und ans Licht treten läßt. Deshalb können wir es verstehen. Ein Stein ist ein Stück Materie, das Form angenommen hat, und zugleich ist aus dieser Hochzeit von Stoff und Form eine individuelle Substanz geboren. Das Geheimnis des Seins, wird Thomas hier mit einem Geistesblitz kommentieren, liegt im konkreten Akt des Existierens. Das Existieren, das Sich-ereignen sind keine Unfälle, die den Ideen zustoßen, die besser im warmen Uterus der fernen Gottheit geblieben wären. Zuerst existieren die Dinge konkret, dem Himmel sei Dank, und *dann* begreifen wir sie.

Natürlich sind hier zwei Punkte zu präzisieren. Erstens hieß die Dinge begreifen nach der aristotelischen Tradition noch nicht, sie experimentell zu studieren. Es genügte zu begreifen, daß die Dinge *zählen*, den Rest besorgte die Theorie. Kleinigkeit, wenn man so will, aber schon ein recht großer Sprung im Vergleich zum halluzinierten Universum der vorausgegangenen Jahrhunderte. Und zweitens mußte man, wenn man Aristoteles christianisieren wollte, etwas mehr Platz für Gott einräumen, der ein bißchen zu sehr im Abseits gestanden hatte. Die Dinge wachsen zwar durch die innere Kraft des Lebensprinzips, das sie bewegt, aber man wird zugeben müssen, daß Gott, wenn er sich diese ganze große Bewegung zu Herzen nimmt, auch fähig ist, den einzelnen Stein zu denken, während der Stein auf eigene Faust heranwächst, und wenn Gott beschlösse, den elektrischen Strom abzuschalten (den Thomas »Teilnahme«, *participatio* nennt), käme es zu einem kosmischen Blackout. Infolgedessen liegt zwar das Wesen des Steins im Stein und ist darum faßbar für unseren Geist, der fähig ist, es zu denken, doch es existierte schon vorher im Geiste Gottes, der voller Liebe ist und seine Zeit nicht damit verbringt, sich die Nägel zu feilen, sondern das Universum mit Energie zu versorgen. – Dies war das Spiel, das es zu spielen galt, sonst wäre Aristoteles nicht in die christliche Kultur eingegangen, und wenn Aristoteles draußen geblieben wäre, wären die Natur und die Vernunft draußen geblieben.

Es war ein schwieriges Spiel, denn die Aristoteliker, die Thomas vorfand, als er mit seiner Arbeit begann, hatten einen anderen Weg eingeschlagen, der uns womöglich besser gefällt und den ein Interpret, dem der Sinn nach historischen Kurzschlüssen steht, sogar materialistisch nennen könnte. Allerdings war es ein recht undialektischer Materialismus, eher ein astrologischer, und er störte so gut wie alle, die Hüter des Korans ebenso wie die Hüter des Evangeliums. Der Verantwortliche war ein Jahrhundert zuvor Averroës gewesen, ein sehr vielseitiger Gelehrter: Theologe, Jurist, Mediziner und Philosoph, von Erziehung Moslem, von Herkunft Berber, von Nationalität Spanier und der Sprache nach Araber. Averroës kannte Aristoteles besser als alle und hatte begriffen, wohin die aristotelische Wissenschaft führte: Gott ist kein Intrigant, der sich überall einmischt, er hat die Natur erschaffen in ihrer mechanischen Ordnung und ihren mathematischen Gesetzen, reguliert durch die eherne Determination der Gestirne; und da Gott ewig ist, ist auch die Welt in ihrer Ordnung ewig. Die Philosophie studiert diese Ordnung, das heißt die Natur. Die Menschen sind in der Lage, sie zu verstehen, da in allen ein und dasselbe Verstandesprinzip herrscht, andernfalls würde ein jeder die Dinge auf seine Art sehen und man würde einander nicht mehr verstehen. Nach diesen Prämissen war nun die materialistische Konklusion unvermeidbar: Die Welt ist ewig, sie wird von einem voraussehbaren Determinismus geregelt, und wenn ein einziger Intellekt in allen Menschen wohnt, gibt es keine individuelle unsterbliche Seele. Wenn der Koran etwas anderes lehrt, muß der Philosoph philosophisch glauben, was seine Wissenschaft ihm beweist, und dann, ohne sich allzu viele Probleme zu stellen, gläubig glauben, was die geoffenbarte Wahrheit ihm auferlegt. Es gibt zwei Wahrheiten, und die eine darf die andere nicht stören.

Averroës hat zu luziden Schlußfolgerungen geführt, was in einem rigorosen Aristotelismus angelegt war, und dieser Luzidität verdankte er seinen Erfolg in Paris, bei den Magistern der Fakultät der freien Künste, besonders bei jenem Siger von Brabant, den Dante ins Paradies neben Thomas setzt, obwohl es gerade Thomas war, dem Siger den Zusammenbruch seiner wissenschaftlichen Karriere und die Verbannung in die Nebenkapitel der Philosophiegeschichten verdankt.

Das kulturpolitische Spiel, das Thomas in Angriff nimmt, ist also ein Zweifrontenkampf: Einerseits muß er Aristoteles für die zeitgenössische Theologie akzeptabel machen, andererseits muß er ihn von der Einvernahme durch die Averroisten befreien. Dabei stößt er jedoch auf ein Handicap: Er gehört zu den Bettelorden, die das Pech hatten, einen Joachim von Fiore hervorzubringen und mit ihm eine weitere Bande von apokalyptischen Ketzern, die brandgefährlich sind für den Orden, für die Kirche und für den Staat. Infolgedessen haben die reaktionären Magister der theologischen Fakultät, allen voran der schreckliche Guillaume de Saint-Amour, leichtes Spiel mit ihrer Behauptung, die Bettelbrüder seien allesamt joachimitische Ketzer, was man schon daran sehen könne, daß sie Aristoteles lehren wollten, den Meister der gottlosen materialistischen Averroisten. Man kennt die Methode, das gleiche Spiel treibt heute ein Gabrio Lombardi: Wer für die Scheidung ist, ist ein Freund der Abtreibungsfreunde, und folglich ist er auch für die Droge!

Thomas indessen war weder ein Ketzer noch ein Revolutionär. Man hat ihn einen »Schlichter« genannt. Für ihn ging es darum, die neue Wissenschaft in Übereinstimmung mit der Wissenschaft von der Offenbarung zu bringen und alles zu ändern, damit alles so blieb, wie es war.

Doch in diesen Plan investierte er einen außergewöhnlichen *sensus communis* oder *common sense* sowie (als Meister theologischer Subtilitäten) einen starken Sinn für die natürliche Wirklichkeit und das irdische Gleichgewicht. Stellen wir klar, daß er nicht das Christentum aristotelisierte, sondern Aristoteles christianisierte. Stellen wir klar, daß er niemals gedacht hat, mit der Vernunft sei alles erklärbar, sondern mit dem Glauben sei alles verständlich. Er hatte nur sagen wollen, daß *fides* und *ratio* kein Widerspruch seien und daß man sich daher den Luxus eines vernünftigen Denkens leisten könne, um derart das Universum der Halluzination zu verlassen. Und so versteht man, warum in der Architektur seiner Werke die ersten Kapitel allein von Gott und den Engeln, der Seele, den Tugenden und dem ewigen Leben handeln. Doch innerhalb dieser Kapitel findet dann alles seinen mehr noch *vernünftigen* als rationalen Platz. Im Innern der theologischen Architektur versteht man, wieso der Mensch die Dinge erkennt: weil sein Körper in einer bestimmten Weise gemacht ist; weil er, um sich zu entscheiden, die Fakten und Meinungen prüfen und die Widersprüche auflösen muß, ohne sie zu verschleiern, vielmehr im Versuch, sie in aller Offenheit zu versöhnen. Womit Thomas der Kirche eine Lehre wiedergibt, die, ohne ihr auch nur ein Gran ihrer Macht zu nehmen, den Gemeinwesen die Freiheit läßt zu entscheiden, ob sie Monarchien oder Republiken sein wollen, und die beispielsweise zwischen den verschiedenen Typen und Rechten des Eigentums unterscheidet und zum Ergebnis gelangt, daß es zwar ein Recht auf Eigentum gibt, aber nur in Hinblick auf den Besitz, nicht auf den Gebrauch. Mit anderen Worten, ich habe das Recht, ein Mietshaus in bester Gegend zu besitzen, aber wenn es Leute gibt, die in Baracken hausen, verlangt die Vernunft, daß ich denen, die keines haben, den Gebrauch meines Hauses gestatte (ich bleibe der Hauseigentümer, aber die anderen dürfen mein Haus bewohnen, auch wenn es meinem Egoismus nicht paßt). Und so weiter. Lauter Lösungen, die auf dem Gleichgewicht beruhen und auf jener Tugend, die Thomas »Klugheit« nannte, *prudentia*, deren Aufgabe darin besteht, »die Erinnerung an die erworbenen Erfahrungen zu bewahren, den genauen Sinn für die Ziele zu pflegen, den wachen Blick für die Gelegenheiten, die rationale und schrittweise Untersuchung, die Voraussicht der künftigen Möglichkeiten, die Umsicht für den rechten Augenblick, die Vorsicht vor Verwicklungen und die Erkenntnis der außerordentlichen Bedingungen«.[1]

Thomas erreichte sein Ziel, denn dieser Mystiker, der es nicht erwarten konnte, sich in der seligmachenden Anschauung Gottes zu verlieren, nach welcher die menschliche Seele »*per naturam*« strebe, war auch als Mensch sehr aufmerksam für die natürlichen Werte und hatte großen Respekt für den rationalen Diskurs.

Vergessen wir nicht, daß vor ihm die Kommentatoren oder Kopisten, wenn sie den Text eines antiken Autors studierten und darin etwas fanden, was nicht mit der geoffenbarten Religion übereinstimmte, entweder die »irrigen« Sätze strichen oder sie als

1 *Kommentar zur Nikomachischen Ethik des Aristoteles* VI, 4; vgl. *Summa Theologica* II, II, 47 ff.

zweifelhaft kennzeichneten, um den Leser zu warnen, oder sie in die Randnotizen verbannten. Was macht dagegen Thomas? Er reiht die divergierenden Meinungen aneinander, klärt den Sinn einer jeden, stellt alles in Frage, auch die geoffenbarte Wahrheit, zählt die möglichen Einwände auf und versucht schließlich eine Vermittlung. All das in voller Öffentlichkeit, genauso öffentlich, wie zu seiner Zeit auch die *Disputatio* sein mußte, denn nur so funktioniert das Tribunal der Vernunft.

Daß dann bei genauer Lektüre sich zeigt, daß in jedem Falle die Glaubenswahrheit über alle anderen Wahrheiten siegt und die Klärung der Frage leitet, daß also Gott und die geoffenbarte Wahrheit der weltlichen Vernunft vorausgehen und sie lenken, das haben die scharfsinnigsten und hingebungsvollsten thomistischen Forscher klar herausgestellt, zum Beispiel Etienne Gilson. Keiner hat je behauptet, Thomas sei Galilei gewesen. Thomas bot einfach der Kirche ein Lehrgebäude, das sie mit der natürlichen Welt in Einklang brachte. Und er siegte in fulminanten Etappen. Die Daten sprechen für sich. Vor ihm behauptete man, »der Geist Christi regiert nicht, wo der Geist des Aristoteles lebt«, noch 1210 sind die naturphilosophischen Schriften des griechischen Denkers verboten, und die Verbote gelten weiter in den Jahrzehnten, als Thomas diese Schriften von seinen Mitarbeitern übersetzen läßt und kommentiert. Aber 1255 ist der ganze Aristoteles akzeptiert. Nach Thomas' Tod versucht man zwar, wie wir sahen, noch einen letzten Ansatz zur Reaktion, aber schließlich richtet sich die katholische Lehre nach den aristotelischen Positionen aus. Die geistige Vorherrschaft und Autorität eines Benedetto Croce über die italienische Kultur eines halben Jahrhunderts ist nichts im Vergleich zu der Autorität, die Thomas bezeugt, indem er in vier Jahrzehnten die ganze Kulturpolitik der christlichen Welt verändert. Seitdem ist sie thomistisch. Mit anderen Worten, Thomas hat dem katholischen Denken ein so komplettes Raster geliefert, in dem alles seinen Platz und seine Erklärung findet, daß dieses Denken von da an nichts mehr verrücken kann. Höchstens kann es noch, mit der gegenreformatorischen Scholastik, Thomas wiederbeleben, uns einen jesuitischen Thomismus präsentieren, einen dominikanischen Thomismus und sogar einen franziskanischen, in dem sich die Schatten von Bonaventura, Duns Scotus und Ockham regen. Aber an Thomas kann niemand mehr rühren. Was bei Thomas der konstruktive Drang nach einem neuen System war, ist in der thomistischen Tradition zur konservativen Bewachung eines unantastbaren Systems geworden. Wo Thomas alles hochgehen ließ, um Neues zu schaffen, scheut sich der etablierte Thomismus, auch nur die geringste Kleinigkeit zu berühren, und vollbringt wahre Wunder an pseudothomasischen Equilibrismen, um das Neue ins Raster des traditionellen Systems zu pressen. Das hochgespannte und ruhelose Erkenntnisstreben, das der dicke Thomas in höchstem Grade besaß, hat sich daher in die Ketzerbewegungen und in die protestantische Reformation verlagert. Von Thomas ist nur das Raster geblieben, nicht die intellektuelle Anstrengung, die es gekostet hat, ein Raster zu schaffen, das seinerzeit wirklich »anders« war.

Natürlich lag die Schuld auch bei ihm: *Er* bot der Kirche eine Methode zur Versöhnung der Gegensätze und zur konfliktlosen Einverleibung all dessen, was nicht zu vermeiden ist. *Er* hat gelehrt, die Widersprüche zu erkennen, um sie alsdann harmonisch zu vermitteln. Nachdem man sich einmal daran gewöhnt hatte, glaubte man, Thomas habe gelehrt, wann immer ein Gegensatz zwischen Ja und Nein auftritt, ein Jein zu ersinnen. Er mag es getan haben, nur tat er es in einem Moment der Geschichte, als »jein« zu sagen nicht auf der Stelle zu treten hieß, sondern einen Schritt vorwärts zu tun und die Karten neu zu mischen.

Darum ist es gewiß erlaubt, sich zu fragen, was Thomas von Aquin tun würde, wenn er heute lebte. Aber nach alledem wird man antworten müssen: Auf keinen Fall würde er eine neue Summa Theologica schreiben. Er würde sich mit dem Marxismus und mit der Relativitätstheorie auseinandersetzen, mit der formalen Logik, dem Existentialismus und der Phänomenologie. Er würde nicht Aristoteles kommentieren, sondern Marx und Freud. Dann würde er seine Argumentationsmethode ändern, sie weniger harmonisch und konziliant machen. Und schließlich würde ihm klar werden, daß er kein definitives System, kein abgeschlossenes Gebäude errichten kann und darf, sondern nur ein mobiles System, eine Summa aus losen Blättern, denn in seine Enzyklopädie der Wissenschaften wäre der Begriff der historischen Vorläufigkeit eingegangen. Ich weiß nicht, ob er noch gläubig wäre. Aber nehmen wir es als gegeben. Sicher würde er aber an seinen Jubelfeiern nur teilnehmen, um daran zu erinnern, daß es nicht darum geht, wie man heute noch anwendet, was er damals gedacht hat, sondern anderes zu denken. Oder höchstens von ihm zu lernen, wie man es anstellt, sauber zu denken, als Mensch in seiner Zeit. Und dann möchte ich nicht in seiner Haut stecken.

(1974)

# Nachwort zur deutschen Ausgabe

Seit über zwanzig Jahren schreibt Umberto Eco nebenbei Artikel für die italienische Tagespresse: Essays und Glossen zur Chronik der laufenden Ereignisse, Einmischungen ins Zeitgeschehen, praktische Formen einer Semiologie des Alltags. »Gelegenheitsschriften« nennt er sie selbst untertreibend im Vorwort zur jüngsten Sammlung, »Polemiken, Possen, *nugae*, kleine Bemerkungen, wie man sie früher als private Tagebuchnotizen notierte. Heute, seit uns die Massenmedien nicht nur ermöglichen, sondern ermuntern, unsere unmittelbaren Reaktionen auf die Geschehnisse und Probleme zu publizieren, erscheinen die Tagebuchskizzen gedruckt und in Serie. Sie haben den Vorteil, nicht zum Gebrauch der Späteren umgeschrieben werden zu können. Sie sind für die Zeitgenossen geschrieben, sie können in Widersprüche geraten, sich in das Delikt des übereilten Urteils verrennen. Sie sind für den, der beruflich schreibt, die richtigste Art und Weise (und jedenfalls die verantwortlichste), sich politisch zu engagieren.«

Die hier zusammengestellten Texte, ausgewählt aus den drei Essaybänden *Il costume di casa. Evidenze e misteri dell'ideologia italiana* (»Heimische Sitten und Bräuche. Evidenzen und Mysterien der italienischen Ideologie«, 1973), *Dalla periferia dell'impero* (»Von den Rändern des Reiches«, 1977) und *Sette anni di desiderio* (»Sieben Jahre Verlangen«, 1983), umfassen den Zeitraum von 1967 bis 1983. Die Auswahl wurde vom Autor und mir vorwiegend nach dem Kriterium der Verständlichkeit für nicht-italienische Leser getroffen. Anspielungen und Verweise auf kulturelle Daten, Ereignisse und Personen, die außerhalb Italiens kaum bekannt sind, wurden entweder in Fußnoten erklärt[1] oder, wenn irgend möglich, durch knappe Einfügungen im Text verständlich gemacht; Namen und Fakten, die nur als Beispiele dienen, wurden, wo nötig, durch hierorts bekanntere Äquiva-

1 Fußnoten vom Autor sind mit einem Sternchen gekennzeichnet.

lente ersetzt (so steht im Original z. B. Carolina Invernizio statt Hedwig Courths-Mahler, Claudio Villa statt Karel Gott und Gabrio Lombardi, seinerzeit heftigster Agitator gegen die zivile Ehescheidung, statt Kardinal Ratzinger). In einigen Fällen ließ sich die kulturelle Schranke allerdings nicht überwinden. So bleibt der Anfang im »Dialog über die Todesstrafe« für nicht-italienische Leser weitgehend unverständlich oder jedenfalls fremd, während er auch für wenig belesene Italiener auf Anhieb klar und reizvoll erscheint, da Manzonis Roman *Die Verlobten*, mit dessen männlichem Protagonisten der Dialog geführt wird, in italienischen Schulen noch heute Pflichtlektüre ist (und sogar passagenweise auswendig gelernt wird, wie früher bei uns Schillers *Glocke*).

Dementsprechend ist auch die Übersetzung nicht immer im akademischen Sinne »wörtlich«, sondern bisweilen (und natürlich in Absprache mit dem Autor) eher eine Art Adaption. Es ging darum, auch etwas von jenem pointiert urbanen Ton zu vermitteln, den diese Texte in ihrem originalen Ambiente hatten: auf der *Piazza pubblica*. Denn ihr Autor ist, wie Heinz Coubier sagen würde, ein typischer »Mann des Platzes«.

München 1985 Burkhart Kroeber

# Quellenverzeichnis

Umberto Eco, *Il costume di casa*, Mailand 1973:
Für eine semiologische Guerilla, Die Modi der kulturellen Moden, Das Sportgerede, Zwei Familien von Gegenständen, Lady Barbara.

Umberto Eco, *Dalla periferia dell'impero*, Mailand 1977:
Auf dem Wege zu einem Neuen Mittelalter, Reise ins Reich der Hyperrealität, Dialog über die Todesstrafe, Casablanca oder die Wiedergeburt der Götter, Vom Trost der Philosophie, Vom Cogito interruptus, Laudatio auf Thomas von Aquin.

Umberto Eco, *Sette anni di desiderio*, Mailand 1983:
Das Heilige ist keine Mode, Die Selbstmörder vom Tempel des Volkes, Mit wem halten es die Orixà?, Den Staat im Herzen treffen?, Warum lachen sie in ihren Käfigen?, Die Multiplizierung der Medien, Die Fälschung und der Konsens, Kultur als Spektakel, Die Fußball-WM und ihr Staat, Ein Foto, Das Lendendenken, Wie man einen Ausstellungskatalog bevorwortet, Was kostet ein Meisterwerk?, Die Sprache, die Macht und die Kraft.

Wenn nicht anders angegeben, erschienen die Texte zuerst in dem römischen Wochenmagazin *L'Espresso*.

Das Foto auf S. 217 erschien zuerst im *Corriere d'Informazione* vom 16. Mai 1977.

Das Umschlagfoto zeigt Hearst Castle in Kalifornien.

# Personenregister

*(Kursiv gesetzte Seitenzahlen beziehen sich auf Fußnoten.)*